跟**好萊塢編劇教父**學習說故事的技藝，打造獨一無二的內容、結構與風格

羅伯特·麥基 Robert McKee——著　　黃政淵、戴洛棻、蕭少嵫——譯

故事的解剖

Substance, Structure,
Style and the Principles of Screenwriting

U0011096

謹以此書獻給我的父母，他們用與眾不同的方式
讓我愛上故事，並留下愉快的回憶。

我剛學會閱讀的時候，正是偶會逾矩闖禍的年紀，
那時父親讓我讀《伊索寓言》，
希望這些具警世意味的老故事有助於改善我的行為舉止。
每天晚上，我認真讀完〈狐狸與葡萄〉之類的故事後，
父親會點點頭，問：「羅伯特，你覺得這個故事有什麼含義？」
我看著書上的文字和美麗的彩色插畫，
試著用自己的話來詮釋故事，同時逐漸了解，
故事不只是文字與漂亮的插畫而已。

後來，在進大學前，我出現一個想法：
能盡情打高爾夫球就是最棒的人生。
因此，我決定成為牙醫。
「牙醫?!」母親大笑說：「你是開玩笑的吧？
牙醫解決所有牙齒的毛病後要做什麼？
羅伯特，每個人總會需要娛樂調劑，
我知道你的未來在哪裡──你該進演藝圈才對。」

【作者說明】

　　本書提及的數百個例子，是從百年來世界各地電影編劇與製作過程中挑選出來的。我雖盡量舉出較新且較廣為人知的電影來當作例子，但實在不可能找到所有人都看過且記得片中細節的電影，因此優先選擇目前較容易找到的影片。儘管如此，挑選的首要原則，還是這些影片必須清楚輔助說明文字的重點。

【第四部】　編劇實戰篇

第一部
作者與說故事的技藝

故事是生活中不可或缺的。
——肯尼斯·柏克

【引言】
掌握內容與形式，
打造動人故事

《故事的解剖》談論的不是規則，而是原理。

規則的意思是：「你必須這麼做。」原理則是：「經過時間的考驗⋯⋯這麼做確實行得通。」這當中有很大不同。想寫出好故事，應遵循打造這門藝術的原理，而不是模仿寫得好的劇本。心急且經驗不足的作者總是墨守成規；離經叛道的非科班作者總是衝撞規則；只有藝術家真正精確掌握形式。

《故事的解剖》談論的不是公式，而是普世皆同、歷久彌新的形式。

如果有人說，某個故事模式足堪成為範本而且保證賣座，這樣的想法實在荒謬。電影界確實有舊片重拍、續集，或隨趨勢出現的跟風現象，不過檢視所有好萊塢電影就會發現，故事設計的豐富樣貌儘管令人驚訝，但標準範本並不存在。

《終極警探》（*Die Hard*）固然是典型的好萊塢風格，但《溫馨家族》（*Parenthood*）、《來自邊緣的明信片》（*Postcards from the Edge*）、《獅子王》（*Lion King*）、《搖滾萬萬歲》（*This is Spinal Tap*）、《親愛的！是誰讓我沉睡了》（*Reversal* of Fortune）、《危險關係》（*Dangerous Liaisons*）、《今天暫時停止》（*Groundhog Day*）、《遠離賭城》（*Leaving Las Vegas*），以及其他數千部優秀電影，無論在鬧劇或悲劇等數十種類型與次類型中如何歸類，也同樣具有典型好萊塢風格。

故事激發了創作，為世界各地的觀眾帶來刺激，也不斷有新的詮釋。儘管如此，如何炒好萊塢冷飯的食譜夠多了，我們真正需要的，是重新找出這門藝術的基本信念，以及能引導人們盡情發揮才華的原理。無論電影在好萊塢、巴黎或香港拍攝，只要它具有原型（archetypal）特質，就能在全世界引發源源不絕的連鎖反應，在一家又一家戲院裡為一代又一代觀眾帶來歡樂。

《故事的解剖》談論的不是刻板的老套，而是原型。

原型故事發掘普世皆同的人生經驗，並以某種特定文化的獨特表現方式包裝。老套的刻板故事相反，它們因內容和形式的匱乏而顯得蹩腳——內容局限於某種文化當中的褊狹經驗，包裝形式陳腐、平凡且毫無特色。

例如，從前西班牙人的習俗是女兒必須依照長幼順序出嫁。在西語文化圈裡，一部講述十九世紀家庭的電影，片中有嚴厲的父親、順從的母親、未婚的長女和長年待字閨中的么女，或許能打動仍記得此習俗的觀眾，但非西語文化圈的觀眾未必會有同感。如果編劇擔心故事本身的吸引力有限，刻意以從前的觀眾喜歡並熟悉的場景、角色和動作來加以包裝，那麼會有什麼樣的結果？答案是：讓世人對這些陳腔濫調更提不起興趣。

從另一個角度來看，如果藝術家願意投注心力鑽研故事原型，仍可將這類專制的習俗當成素材，創作出普受歡迎的故事。原型故事打造出不尋常的場景和角色，以各種細節滿足我們，更透過故事的敘述過程真實映照人性衝突，因而得以在一個又一個不同的文化圈中傳播。

在蘿拉‧艾絲奇薇（Laura Esquivel）的小說《巧克力情人》（*Like Water For Chocolate*）中，母親和女兒因為依賴與獨立、永恆與變動、自我與他人而衝突不斷。這些問題是每個家庭都能理解的，但艾絲奇薇對家庭與社會、人際關係與人類行為觀察細膩，描繪出前所未見的豐富細節，讓我們立刻就深受書中

角色吸引，為過去不曾知曉也無從想像的國度深深著迷。

刻板而老套的故事畫地自限，只有原型故事才能廣為流傳。從卓別林到英格瑪‧柏格曼（Ingmar Bergman），從薩亞吉‧雷（Satyajit Ray）到伍迪‧艾倫（Woody Allen），這些電影故事大師提供了我們所渴望的雙重衝突。

首先，他們讓我們發現未知的世界。傑出藝術家打造的世界，無論關乎小我個人或如史詩般宏大、屬於當下或已成歷史、具體或幻想，總會帶來某種獨特或奇異的感受，讓人震撼。我們就像劈荊斬棘穿越森林的探險家，瞠目結舌走入某個封閉的社會，來到一個沒有陳腔濫調的地帶，在那裡，原本平凡無奇的，在我們眼中都變成非比尋常。

其次，一旦走進這個異世界，我們也在其中找到了自我。我們深入角色或他們面對的衝突，發現了自己身而為人的本質。看電影時，我們走進一個迷人的新世界，棲身於另一個看似迥異但內在與我們神似的人，在虛構的現實當中生活，並照見日常的現實世界。我們不想逃避生活，但渴望發現生活，渴望以新穎、實證的方式運用心智、收放情感、享受生命並從中學習，從而增加日常生活的深度。

故事寫作的目的，正是為了孕育出具原型力量與美感的電影，為世界帶來這雙重的喜悅。

《故事的解剖》談論的不是速成的捷徑，而是堅持不懈。

從靈感浮現到定稿，完成一部劇本和一本小說所需要的時間或許不相上下。劇本作者與小說作者創造出同樣扎實的世界、角色與故事，不過因為劇本版面有許多留白，經常讓人誤以為寫劇本比寫小說更快、更容易。

有些熱中塗塗寫寫的人或許能像打字機般迅速填滿稿紙，電影編劇卻總是毫不留情一刪再刪，期待以最少的文字傳達最多的訊息。巴斯卡[1]有一回寫

1　布萊茲‧巴斯卡（Blaise Pascal, 1623~1662），法國數學家、哲學家、神學家與散文大師。他提出「巴斯卡定律」，也是「機率論」奠基者之一。他在神學領域提出的直觀論，影響了盧梭、柏格森等後世哲學家，其作品《沉思錄》充滿哲思，文筆雋永，更成為法國散文經典之一。

了一封冗長而乏味的信給朋友，後來又在信末補充說明，為自己沒時間寫一封短一點的信致歉。編劇和巴斯卡都知道，簡約才是關鍵。簡潔明快必須投入時間，優秀的作品來自於堅持不懈的自我要求。

《故事的解剖》談論的不是寫作的奧祕，而是寫作的客觀事實。

這門藝術的真諦當中沒有必須費心守護的祕密。兩千三百年前，亞里斯多德完成了《詩學》（*The Poetics*），在那之後，故事的「祕密」始終像街頭圖書館般公開。說故事這門技藝沒有什麼深奧之處，不過，透過銀幕說故事看似不難，一旦逐步接近核心，想在一個又一個場景中努力說好故事，難度就會愈來愈高，因為我們這時才意識到，一切在銀幕上都無所遁形。

如果編劇無法單純以具戲劇張力的場景來打動我們，那麼他也無法像小說家那樣隱身於作者聲音（authorial voice）之後，或像舞台劇作家那樣潛藏於獨白之下；他無法躲藏在自己的語言文字之後，無法用感性或說明式的語言來粉飾邏輯不通、動機不明或情感匱乏，也不能只是告訴我們該怎麼想或該有什麼樣的感覺。

攝影機就像恐怖的 X 光機，能照出一切虛假。它將生活以倍數放大，拆穿每一個拙劣或虛假的故事轉折，讓我們因困惑與挫敗而不想再面對。儘管如此，只要下定決心深入研究，就能克服難題。

電影劇本的創作過程遠遠超乎想像，但當中沒有任何無法解釋的奧祕。

《故事的解剖》談論的不是對市場的揣測，而是技藝的精進。

沒有人能告訴其他人什麼會賣座、什麼不會，或什麼會爆紅、什麼會慘敗，因為沒有人真的了解。好萊塢一敗塗地的作品與賣座影片都使用同一套商業算計方式；某些略帶沉鬱、理當會名列票房毒藥清單的劇情片，反而悄悄攻占了美國與國際票房，例如《凡夫俗子》（*Ordinary People*）、《意外的旅客》（*Accidental Tourist*）、《猜火車》（*Trainspotting*）等。在這門藝術當中，沒有什麼是

保證行得通的。這也是為什麼這麼多人因如何「脫穎而出」、「打造奇蹟」、「避免創意干預」而苦惱不已。

解決這些疑懼的真正答案就是比照大城市做法，委託經紀人為自己行銷作品。只要作品品質夠好，終究能以劇本原有的樣貌出現在銀幕上，但若草率模仿去年暑假熱門片而寫出仿冒品，就等於加入每年以老掉牙故事淹沒好萊塢的平庸作家之列。與其因種種困境而苦惱，不如投入精力讓自己昇華。只要能拿出精采的原創劇本，所有經紀人會爭相成為你的代理人，而你決定合作的經紀人，也會在苦等好故事的製片圈裡引爆競標之戰，最後得標者即使左支右絀也會願意支付你巨額稿費。

此外，進入製作階段後，你完成的劇本也幾乎不會面臨其他干預，這是理所當然的。沒有人能保證組合不佳的團隊不會糟蹋好作品，但好萊塢最優秀的演員和天才導演一定都很清楚，他們的事業有賴於優質劇本。可惜好萊塢過度渴求故事，經常選出尚未發展成熟的劇本，最後不得不邊拍邊修。

謹慎的編劇不會出售初稿。他們耐心地一再修改，直到劇本幾乎完全符合導演和演員拍攝時的需求為止。未完成的作品容易引來干預，不斷琢磨潤飾的成熟作品才能保持完整。

《故事的解剖》談論的不是輕忽觀眾，而是尊重觀眾。

有才華的寫作者之所以寫出糟糕的作品，原因通常是以下兩種之一：一心想驗證某個想法而出現盲點，或是受某種非表達不可的情感所左右。有才華的寫作者能寫出好的作品，原因通常只有一個：渴望感動觀眾的念頭成為創作動力。

多年來，在無數夜晚，在許多不同的演出場合，觀眾與他們回應的力道總讓我感到驚歎。一切就像變魔術似的，他們卸下面具，露出脆弱善感的神情，不再隱藏自己的感受，而是對說故事的人打開心房，迎接笑聲、淚水、恐懼、憤怒、同情、激情、愛戀或憎恨。他們的這一面，甚至連情人都未必看過；他們也由於經歷了這樣的儀式而精疲力盡。

觀眾一旦坐在黑暗的電影院裡，不只變得格外敏感，平均智商似乎也躍升了二十五個單位。看電影時，你是否經常發現自己比眼前所見的情節來得聰明？是否在角色展開行動前就知道他們準備做什麼？是否早在結尾出現前就已料到結局？觀眾不但聰明，而且比大多數電影聰明。即使你從幕前走到幕後，這個事實也不會改變。作者能做的，就是使出十八般武藝，努力超越專注的觀眾的敏銳感知。

　　一部電影若無法了解觀眾的反應與期待，勢必不會成功。打造故事時，必須能表達自己的觀點，並滿足觀眾的渴望。設計故事時，觀眾與其他要素具有同樣關鍵的力量，因為沒有觀眾，創作也就失去了意義。

　　《故事的解剖》談論的不是複製，而是原創。

　　原創是內容與形式的融合——獨特的選題，搭配獨特的說故事方式。所謂內容，指的是場景、角色、構想；形式則是指事件的選擇與安排。這兩樣都不可或缺，而且彼此相互啟發，相互影響。作者一手掌握內容，另一手拿捏形式，就這樣開始雕鑿故事。當你修正故事的主旨，說故事方式也必須跟著調整。當你琢磨故事的形式，知性和感性的特質也會逐漸成形。

　　故事的內容不只是「必須說什麼」，也包括「如何述說」。如果內容老套，述說過程想必也會充滿陳腔濫調。如果觀察與想像既深入又具原創性，故事的設計就會與眾不同。相反的，如果說故事的方式死板且一成不變，那麼就會需要具刻板形象的角色來詮釋老套過時的行為。不過，即使故事設計充滿新意，場景、角色與構想也必須具有足夠的新鮮感，如此一來故事才算完整。因此，我們針對故事的本質來形塑說故事的方式，或者修正故事的本質來當作故事設計的後盾。

　　儘管如此，千萬不要將標新立異當成原創。為了與眾不同而刻意求新，就像為商業而商業一樣毫無意義。嚴謹的寫作者經年累月蒐集事實、回憶與想像，收藏於故事素材的寶庫中，因此絕不會為了老套而縮限自己的想像，或任由作品淪為前衛電影的斷簡殘篇。「精心安排」的公式化招數，可能會

導致故事無法發聲；「藝術電影」式的特立獨行，可能會造成語言障礙。就像小孩會為了好玩而摔壞東西，或藉由無理取鬧來吸引注意，無數電影工作者不惜用幼稚的招數透過銀幕大聲嚷嚷：「看我多厲害！」成熟的藝術家從不刻意引人注意，有智慧的藝術家也不會只為了打破常規而創作。

荷頓・傅特[2]、羅伯・奧特曼[3]、約翰・卡薩維蒂[4]、普萊斯頓・史特吉斯[5]、楚浮和柏格曼等大師的作品風格獨具，即使只有三頁故事摘要，仍像DNA一般立刻就能辨識出作者的身分。偉大編劇的傑出之處在於說故事方式獨具風格，這種風格不但與他們的想像與視野關係緊密，甚至可以這麼說：他們的想像與視野也正是他們的風格。他們決定了形式（主角人數、故事進展的節奏、衝突的層面、速度的拿捏等），也決定了實際內容（場景、角色、構想）；這二者相輔相成又相互衝突，直到所有重要元素融合成獨一無二的劇本。

如果暫不推敲他們的影片內容，單純探討電影當中的事件形式，就會發現，這些形式就像沒有歌詞的旋律或缺乏主體的剪影，因為他們的故事設計本身負載了強而有力的意涵。這些說故事的人對事件的選擇與安排，也正是他們對現實世界中個人、政治、環境、精神等層面的相互關係所作的高明隱喻。揭開角色塑造與場景安排的表相，故事結構顯露出來的是創作者個人的宇宙觀，以及他對世間諸般種種最內在的形式與動力的體悟，也可說是他為生活中隱然存在的秩序所繪製的地圖。

伍迪・艾倫、大衛・馬密[6]、昆汀・塔倫提諾（Quentin Tarantino）、露絲・

2　荷頓・傅特（Horton Foote, 1916~2009），美國知名編劇、演員、製片，曾獲普立茲及奧斯卡等獎項。作品包括：《梅崗城故事》（To Kill a Mockingbird）、《溫柔的慈悲》（Tender Mercies）、《豐富之旅》（The Trip to Bountiful）等。

3　羅伯・奧特曼（Robert Altman, 1925~2006），美國知名導演、編劇、製片，曾獲金球獎等獎項，作品包括：《外科醫生》（M.A.S.H.）、《納許維爾》（Nashville）、《超級大玩家》（The Player）、《銀色・性・男女》（Short Cuts）、《迷霧莊園》（Gosford Park）等。

4　約翰・卡薩維蒂（John Cassavetes, 1929~1989），美國知名導演、編劇、演員。他以演員身分參與了八十多部電影演出，執導時致力在商業和藝術之間尋找平衡，為獨立製片樹立了典範，有「美國獨立電影之父」之稱。作品包括：《影子》（Shadows）、《受影響的女人》（A Woman under the Influence）、《大丈夫》（Husbands）等。

5　普萊斯頓・史特吉斯（Preston Sturges, 1898~1959），美國導演、編劇，作品包括：《蘇利文遊記》（Sullivan's Travels）、《偉大的麥金特》（The Great McGinty, 又譯《江湖異人傳》）、《七月的耶誕節》（Christmas in July）、《淑女夏娃》（The Lady Eve）、《棕櫚灘奇緣》（The Palm Beach Story）等。

6　大衛・馬密（David Mamet, 1947~），美國作家、製片，作品包括：《大亨遊戲》（Glengarry Glen Ross）、《猛

普勞爾・賈布瓦拉 [7]、奧利佛・史東 [8]、威廉・戈德曼 [9]、張藝謀、諾拉・艾芙隆 [10]、史派克・李（Spike Lee）、史丹利・庫柏力克（Stanley Kubrick）……無論你的偶像是誰，你之所以崇拜他們，正因為他們如此獨特，而他們之所以傲視群倫，正因為他們選擇與眾不同的內容，設計與眾不同的形式，並將兩者結合成為唯他獨有的自我風格。希望這樣的風格也能出現在你們的作品裡。

不過，我對各位的期待不只是能力與技巧。我渴望看見了不起的電影。過去二十年來，我看過不少好電影，有些可說非常好，卻很少看到令人震懾且深具美感的電影。或許原因在於我；或許我看了太多電影而感覺疲乏。不過我認為不是這樣，至少現在還不是。我依然相信藝術能改變生活，但我也知道，如果無法演奏「故事」這個管弦樂團裡的所有樂器，無論想像中的音樂多麼美好，也只能輕哼同樣的老調。我之所以撰寫《故事的解剖》，是為了幫助各位能更精進這門技藝，隨心所欲表達關於生活的原創視野，讓才華超越各種慣例的限制，創作出具有獨特本質、結構與風格的電影。

　犁田》（*Speed-the-Plow*）、《大審判》（*The Verdict*）、《桃色風雲搖擺狗》（*Wag the Dog*）等。

7　露絲・普勞爾・賈布瓦拉（Ruth Prawer Jhabvala, 1927~2013），英國知名小說家與劇作家，小說《熱與塵》（*Heat and Dust*）曾獲一九七五年布克獎，劇本作品包括《窗外有藍天》（*A Room with a View*）、《此情可問天》（*Howards End*）、《長日將盡》（*The Remains of the Day*）、《總統的祕密情人》（*Jefferson in Paris*）、《終點之城》（*The City of Your Final Destination*）等。

8　奧利佛・史東（Oliver Stone, 1946~），美國知名製片、導演及劇作家，作品包括《前進高棉》（*Platoon*）、《華爾街》（*Wall Street*）、《藍天使》（*Blue Stell*）、《七月四日誕生》（*Born on the Fourth of July*）、《誰殺了甘迺迪》（*JFK*）、《閃靈殺手》（*Natural Born Killers*）、《世貿中心》（*World Trade Center*）等。

9　威廉・戈德曼（William Goldman, 1931~），美國小說家及劇作家，曾以《虎豹小霸王》（*Butch Cassidy and the Sundance Kid*）及《大陰謀》（*All the President's Men*）獲得奧斯卡最佳改編劇本獎，小說作品包括：《公主新娘》（*The Princess Bride*, 曾改編為同名電影）、《霹靂鑽》（*Marathon Man*, 曾改編為同名電影）等。

10　諾拉・艾芙隆（Nora Ephron, 1941~2012），美國知名編劇、製片、導演，作品包括：《當哈利遇上莎莉》（*When Harry Met Sally...*）、《西雅圖夜未眠》（*Sleepless in Seattle*）、《電子情書》（*You've Got Mail*）等。

01
故事面臨的難題

故事品質的低落

想像一下，全世界一天當中翻閱的文章、上演的戲劇、放映的電影、持續播出的電視喜劇與影集、二十四小時印刷或播報的新聞、孩子的床邊故事、酒吧裡的自吹自擂、網路社群裡的八卦……人類對故事的需求就像無底洞似的無窮無盡。

故事不只是人類藝術形式當中成果最豐碩的，同時也和工作、玩樂、飲食、運動等其他活動一起瓜分我們清醒時的每一刻。我們訴說和聆聽故事的時間和睡眠時間不相上下，甚至連睡覺都在作夢。為什麼？為什麼我們為故事耗費這麼多寶貴的時間？原因正如評論家肯尼斯·柏克[1] 所說的，故事是生活中不可或缺的。

亞里斯多德在《倫理學》（*Ethics*）中提出一個永恆存在的問題：人該如何度過一生？我們日復一日尋找答案，但就在努力落實夢想、結合想法與熱情、實現欲望時，答案隱身在飛快流逝的韶光殘影之下，難以捉摸。我們乘著发

---

1 肯尼斯·柏克（Kenneth Burke, 1897~1993），美國作家、評論家暨語藝學者。

岌可危的太空船在歲月中穿梭，如果想停下來捕捉人生的形式與意義，生命就會像「格式塔」[2]般不斷變動：從嚴肅到滑稽；從靜止到狂亂；從意味深長到毫無意義。我們完全無法掌控世界上的重大事件，而且無論多麼努力操控方向盤，往往也仍受制於個人事件。

從前，人們習慣從哲學、科學、宗教、藝術當中尋找亞里斯多德這個問題的答案，在這四種知識領域分別有所體會後，才忽然領悟某種可接受的意義。然而，現在還有多少人不是為了考試而研讀黑格爾或康德？一度發揮最佳闡釋功能的科學，如今卻以複雜紛亂曲解了生命。聽到經濟學家、社會學家和政治家的高談闊論，又有多少人不變得憤世嫉俗？至於宗教，對許多人來說，則已成為戴著偽善面具的空洞儀式。我們對傳統意識型態的信任日漸減少，轉而寄託於我們至今堅信不移的根源——說故事的藝術。

當今世人對電影、小說、戲劇和電視節目的消耗量龐大，需求量也非常大，說故事的藝術已成為人類最重要的靈感來源，因為它致力於重整生命中的混沌，試圖從中有所體悟。我們對故事的欲望，反映出人類對於掌握生命型態的極度需求；它不僅與單純的智識訓練有關，更關乎相當個人的、情感層面的經驗，正如法國劇作家尚・阿努伊（Jean Anouilh）所說的：「小說為人生提供了形式。」

有人認為，這種對故事的強烈渴望純屬娛樂，是對生活的逃避，而不是對生命的探索。不過娛樂究竟是什麼？娛樂就是沉浸於故事的儀式當中，讓智識與情感最後都能得到滿足。對電影觀眾來說，娛樂包括這樣的儀式：坐在黑暗當中，專心看著銀幕，以便體驗故事本身的意義；在這過程中得到的體悟，喚起了強烈甚或痛苦的情感，這些情感同時也隨著故事意義的加深而帶來極度的滿足。

無論是《魔鬼剋星》（Ghostbusters）中瘋狂的捉鬼公司擊敗西台惡魔的勝利

---

2 「格式塔」（Gestalt）也譯為「完形」。在「完形心理學」（Gestalt Psychology）中，「格式塔」指的是整體。德國心理學家魏泰默（M. Wertheimer）等人認為，人類的知覺來自外在訊息，這些訊息或許各自分離，但我們接受許多訊息的同時，心理現象會將它們加以組織，產生整體性的知覺經驗。這時，這些訊息可能已被賦予某種意義，和原來客觀的訊息有所不同，因而形成個人特殊的知覺經驗。

過程，或是《鋼琴師》（*Shine*）裡克服心魔的複雜心路歷程；無論是《紅色沙漠》（*The Red Desert*）裡渾然天成的角色，或是《對話》（*The Conversation*）中性格分裂的角色，所有好的電影、小說和戲劇，都透過各種或喜或悲的氛圍提供令人耳目一新的生命型態，並賦予情感意義，從而達到娛樂效果。如果藝術家聲稱觀眾只想將煩惱拋在門外以逃避現實，並將這種想法當成藉口，不也正是以懦弱心態棄自己的責任於不顧？故事不是對現實的逃避，而是承載我們去追尋現實的工具，讓我們得以在混亂的生存當中努力發現真諦。

當今無遠弗屆的媒體儘管讓我們能超越國界和語言的藩籬，將故事帶到億萬人面前，但說故事的整體品質卻日漸下滑。我們偶爾會讀到或看到優秀的作品，但早已厭倦在報紙廣告、影片出租店和電視節目表中尋找素質夠好的作品，也早已厭倦放下讀了一半的小說、中場時悄悄離開劇院，或是走出電影院時藉由「攝影倒是相當出色……」這樣的話來沖淡失落感。說故事的藝術步入凋零，如同亞里斯多德兩千三百年前所說的，如果連故事都說不好，一切終將衰頹。

充滿瑕疵的仿冒故事，不得不以壯觀的場面來代替實質的內涵，用各式花招來代替真實。拙劣的故事深怕失去觀眾注意，因而淪為用億萬美元堆砌而成的唬人樣品影片。在好萊塢，影像愈來愈不知節制，在歐洲則愈來愈流於裝飾。演員的表現愈來愈做作、愈來愈低俗、愈來愈暴力，音樂和音效也愈來愈喧鬧。這一切結合在一起後，逐漸變得荒誕不經。

少了誠實有力的故事，文化將無從進步。社會若不斷面對虛有其表、空洞而虛假的故事，也勢必會退化。我們需要真實的諷刺作品、悲劇、戲劇和喜劇；我們需要將它們澄澈的光芒引入社會與人類心靈的昏暗角落，否則終將如同葉慈詩中提出的警告那般「失勢」[3]。

好萊塢每年製作或發行的電影大約四、五百部，幾乎相當於每天一部，其中有些非常出色，但大多數都是普通或糟糕的作品。乏味作品如此充斥，

3　此句引自葉慈詩作〈二度降臨〉（The Second Coming），前後文為「舉凡有是者皆崩潰；中央失勢／全然混亂橫流於人世之間」（Things fall apart; the centre connot hold; Mere anarchy is loosed upon the world），中譯引自《葉慈詩選》（楊牧編譯，洪範出版，1997 年）。

讓人忍不住想譴責巴比特[4]般市儈的影片投資人。

不過，回顧一下《超級大玩家》裡的這個片段：提姆‧羅賓斯（Tim Robbins）飾演的好萊塢年輕製片指出，他的公司每年只能製作十二部電影，卻會收到兩萬多份故事投稿，因此敵人很多。片中的這段對白非常真確。大型片廠的故事部門為尋找能搬上銀幕的精采故事，必須閱讀成千上萬的劇本、劇本雛形、小說和舞台劇。這樣說或許更加貼切：他們挑出的是有潛力的半成品，再將它們發展為中上水準的作品。

一九九〇年代，好萊塢每年投注於劇本開發的成本已突破五億美元，其中四分之三用來向作者取得電影改編權，或是請作者改寫劇本但最後並未拍成電影。儘管投入了五億美元，相關開發人員也費盡心力，好萊塢還是無法找到比拍攝成果更好的故事。每年我們在銀幕上看到的電影，已合理反映出那些年裡最好的劇本創作結果。這麼說實在讓人難以置信，卻是事實。

不過許多電影編劇始終活在美好的假想裡，無法正視現實世界的真相，認定好萊塢漠視了自己的才華。事實上，除了罕見的特例之外，懷才不遇不過是一種迷思。第一流的劇本即使最後沒有拍成電影，至少也可釋出電影改編權。對於能說好故事的作者來說，這是賣方市場，過去如此，而且向來如此。好萊塢電影每年的基本國際市場需求高達數百部，因此至少會拍出這麼多部影片，只是其中大多數在院線上映幾星期就下片，悄悄為人們所遺忘。

儘管如此，好萊塢依然存在，而且依然繁榮，因為它幾乎沒有競爭對手。不過它並非一直所向無敵。從新寫實主義的崛起，到新浪潮的巔峰時期，北美院線曾經排滿優秀的歐陸電影作品，好萊塢霸權面臨極大挑戰。然而，隨著這些大師相繼過世或淡出電影圈，最近二十五年來，有質感的歐洲影片逐漸減少了。

如今，歐洲電影人將無法吸引觀眾進場歸咎於發行商的陰謀，但他們的前輩如雷諾瓦、柏格曼、費里尼、布紐爾（Luis Buñuel）、華依達（Andrzej

---

4　「巴比特」是美國小說《巴比特》（*Babitt*）中的人物。作者辛克萊‧路易斯（Sinclair Lewis）生動刻畫了中產階級商人巴比特的愚蠢、勢利等行徑，賦予巴比特鮮明形象，「巴比特」及「巴比特式」（Babbittry）後來也成為庸俗商人或市儈的代名詞。

Wajda）、克魯佐（Henri-Georges Clouzot）、安東尼奧尼與雷奈等人的影片卻風行全球。這個體系並未改變。非好萊塢電影的觀眾依然人數眾多且不改其志；發行商的動機也和過去一樣，都是為了錢。唯一有所不同的，是當今電影「作者」說故事能力與前輩無法同日而語。他們就像自負做作的室內設計師，拍出的影片除了震懾視覺外，沒有其他特色。於是，歐洲天才風起雲湧過後形成的乾涸荒漠，有待好萊塢片廠來填滿真空。

此外，亞洲電影如今也已遍及北美與全世界，這些電影輕易打動數千萬名觀眾，為他們帶來歡樂，並吸引國際影壇的注目，原因只有一個：亞洲電影人說的故事精采萬分。好萊塢圈外的電影人與其怪罪發行商，不如放眼東方，因為當地的藝術家滿懷說故事的熱情，也擁有把故事說得漂亮的技藝。

說故事技藝的失傳

說故事的藝術是當今世界的強勢文化力量，電影藝術則是這個不可一世的全新領域的強勢工具。全球觀眾都熱愛故事，卻無法得到滿足。為什麼？原因不是因為努力不足。美國編劇工會（The Writers Guild of America）每年登錄了三萬五千筆以上的劇本紀錄，這還只是登記有案的數字。每一年，美國國內進行創作的新劇本大概有數十萬部，但品質好的劇作屈指可數，原因大可歸納成一個：如今希望成為編劇的人，還沒開始學習技藝就急著出手。

如果你的夢想是創作音樂，你會告訴自己「我聽了很多交響樂……我也會彈鋼琴……我想這個週末就能寫出一首曲子了」嗎？不會。但現在許多編劇確實就是這樣開始創作的：「我看了不少片子，有的不錯，有的很糟……我當年的英文成績是 A……轉行的時間到了……」

想創作音樂，你會到音樂學校學習理論與實務，專心研習交響樂這個樂種。經過幾年的用功學習，就能結合所學的知識與創意，大膽練習作曲。有太多辛苦奮鬥的編劇從來沒想過，優秀劇本的創作難度和交響樂創作差不多，有時甚至難度更高，因為作曲家透過如數學般精密的音符來譜曲，但我們處理的卻是所謂人性這樣棘手的內容。

新手上路勇往直前，他能依賴的只有經驗，認為從自己的人生經歷與看過的電影中，就能找到值得敘述的內容與敘述方式。然而，人們往往過分高估經驗。我們當然需要願意直面生活、活得深刻且貼近生活的作者；這一點非常重要，但只有這樣絕對不夠。對大多數寫作者來說，從閱讀與探究中獲得的知識與經驗同樣重要，甚至比經驗更重要，尤其是尚未經過檢驗的經驗。自覺也是重要的關鍵；所謂自覺，就是生活加上我們對生活中種種回應的深刻思索。

　　接下來談論的是技巧。新手誤認為技藝的，其實是他們從看過的小說、電影或戲劇中不自覺吸收的故事元素。當他們著手寫作時，會透過反覆審閱或發現錯誤等步驟，將作品與過去閱讀或觀看時累積的印象加以比較。非科班出身的作者將這樣的過程稱為「本能」，事實上這只是一種習慣，而且帶來很大的局限。他模仿心中的原型模式，或因自認前衛而顛覆這個模式。不過，對一切不自覺且難以根除的複製模式，無論是隨興的摸索或全然的顛覆，全都算不上技巧，也只會讓劇本充塞商業片或藝術片的陳腔濫調。

　　並非所有人都像這樣只想靠運氣。過去數十年來，劇本寫作者學習技藝的管道，除了就讀大學、上圖書館自修，或是透過在劇場工作、撰寫小說來累積經驗外，還有在好萊塢片廠制度裡擔任學徒，有的甚至以上幾種方式都嘗試過。

　　二十世紀初期，美國幾所大學開始主張，寫作者和音樂家、畫家一樣，也需要類似音樂或美術學院提供的系統化教育，以便學習這門技藝的基本原理。因此，許多學者紛紛撰寫關於編劇方法及文字藝術的傑出作品，包括威廉‧亞契（William Archer）、肯尼斯‧羅伊（Kenneth Rowe）和約翰‧霍華‧勞森（John Howard Lawson）等。他們提出的方法是向內探尋，從隨欲望而來的激烈變化當中，或從對立、轉捩點、故事骨幹、情節進展、危機、高潮當中引發力量，也就是由內而外看見故事。從事創作的寫作者無論是否接受過正規教育，都利用這些教材來精進自己的藝術，於是，從「咆哮的二〇年代」[5]到充滿抗

5　「咆哮的二〇年代」（Roaring Twenties），又譯「怒吼的二〇年代」或「狂囂的二〇年代」。一九二〇年代，美國經濟高度發展，摩天大樓接二連三矗立，大眾消費欲望也隨之提升，音樂、電影、

議的六〇年代，這半個世紀成為美國銀幕、小說和舞台故事的黃金時代。

　　然而，過去二十五年來，美國大學裡傳授創意寫作的方法從「向內探尋」轉為「向外探尋」。許多教授受文學理論思潮影響，將焦點從故事最深層的內在起源轉向語言、符號與文本——亦即從由外而內看見故事，造成當前的作家世代嚴重缺乏關於故事重要原理的素養，只有極少數特例未受影響。

　　其他國家的編劇研習這門技藝的機會甚至更少。歐洲學術界普遍認為寫作不可能透過教導來學習，因此「創意寫作」從未列入歐陸大學的課程。歐洲的確孕育出許多世上最出色的美術與音樂學院，但他們認為有些藝術可透過教育傳授，有些卻不，原因何在？這是個難以回答的問題。更嚴重的是，由於對電影劇本創作的輕視，除莫斯科和華沙外，歐洲所有電影學院至今不曾開設這類課程。

　　好萊塢過去的製片廠制度固然引來不少批評，但當中也有值得肯定的部分，那就是由經驗豐富的故事編輯大師負責督導的學徒制。那樣的時代已經過去了。即使有些製片廠不時想恢復學徒制，急切地想找回往昔的黃金歲月，卻忘了學徒需要師父帶領。當今的電影公司主管或許能看出千里馬，但只有少數人擁有足夠的技巧或耐心，讓有才華的作者蛻變成藝術家。

　　故事品質低落的最後一個原因牽涉的層面較廣。價值取向，亦即人生意義的正負極性變化[6]，可說是這門藝術的靈魂。人為什麼而生，又為什麼而死？什麼樣的追求是愚蠢的？正義與真理的意義又是什麼？寫作者覺察這些人生的基本價值取向，以此為中心來形塑故事。過去數十年，寫作者和社會對這些問題或多或少有了共識，但我們眼前卻是個價值觀混淆的時代，在道德倫理方面逐漸走向了犬儒主義、相對主義和主觀主義。例如，隨著家庭制度的瓦解與性別對立的日益惡化，還有誰自認了解愛情的本質？即使願意相信愛情，又如何向日益懷疑的觀眾傳達自己的想法？

　　這樣的價值觀流失相對也帶來了故事的流失。我們和過去的寫作者不同，我們無法作任何假設。首先，我們必須深入挖掘生活，找出新的體悟，並重

舞蹈等多元發展，甚至影響二十世紀的藝術文化，因而有「咆哮的二〇年代」之稱。
6　在本書中，作者經常以正負電荷極性來比喻人生價值取向的擺盪。

新改造價值和意義。接著我們創造出某種故事載體，向愈來愈不可知的世界傳達我們解讀的一切。這個課題並不容易。

故事的迫切課題

我搬到洛杉磯後，和許多為了餬口或為了持續寫作的人選擇同樣的工作——閱讀故事。我為聯美影片（UA）和美國國家廣播公司（NBC）分析電影和電視劇本提案。累積數百份分析經驗後，我認為應事先準備一份好萊塢通用的故事分析格式，之後只要再填上片名和作者姓名即可。我反覆書寫的分析內容大致都像這樣：

描寫精采，對白可用。有些片段輕鬆有趣，有些較感性。整體而言，這個劇本遣詞用字出色，但故事糟糕。前三十頁的背景說明太多，簡直像朕著肥胖小腹吃力爬行；其他頁數完全動彈不得。姑且不論主要情節的內容是什麼，這當中塞滿便宜行事的巧合，動機也缺乏說服力。主角不夠突出。互無關連的緊張場面沒有結合成劇情副線，可惜。角色的呈現只局限於表面，未能深入洞察這些人物的內心世界或其周遭社會。由一堆平淡、粗糙、老套的片段組合而成，缺乏生命力，最後迷失在毫無重點的濃霧中。不予考慮。

不過，我從來沒寫過以下這樣的報告：

故事棒極了！從第一頁就抓住我的注意力，深深吸引我。第一幕打造突如其來的高潮，並衍生出由情節和劇情副線交織而成的出色脈絡。角色性格刻畫入木三分，令人讚歎。對社會的洞察極為出色。時而令人發笑，時而令人垂淚。第二幕高潮出現時震懾人心，讓我誤以為故事即將結束。還沒有。作者從第二幕的灰燼中創造出來的第三幕，竟如此有力、如此美好、如此壯觀，讓人心悅誠服。儘管如此，這個劇本有兩百七十頁，裡面文法錯誤連篇，

每五個字就有一個拼錯，而且對白紊亂拗口，就算是奧利佛[7]也沒辦法不結巴。故事的敘述過程摻雜了鏡頭位置、潛文本式的說明，以及具哲思的評論，甚至連列印的格式也亂七八糟。顯然不是專業編劇。不予考慮。

如果我寫過這樣的報告，早就失業了。

畢竟我門上掛的牌子不是「對白部門」或「敘事部門」，而是「故事部門」。好故事可能成就好電影，如果故事無法順利進行，電影必會徹底失敗。審閱時倘若沒有掌握這個最重要的原則，自然會遭解雇。事實上，技藝高明且優美的故事，確實很少會有拙劣的對白或乏味的敘事，更常見的情況是故事說得愈好，故事的影像愈生動，對白也愈具風格。然而，導致文本平淡乏味的根本原因，往往來自於故事停滯不前、動機不夠真實、角色多餘、潛文本貧乏、破綻隨處可見等，這些都是這類故事的常見問題。

只有文學天分也不夠。如果不能把故事說好，長期反覆琢磨出來的美麗影像和巧妙對白也只是浪費紙張。我們為世人創作的，以及世人要求我們的，就是故事。現在與未來都是如此。無數作者為貧乏的冒險故事提供大量考究華麗的對白，以及修剪整齊的敘事，但始終無法了解自己的作品不能拍成電影的原因；相反的，有些作者儘管文學才華平平，但說故事能力驚人，因而欣慰地看見自己的夢想在銀幕光影之間實現。

寫作者為完成作品在創作過程中付出的心血，至少有百分之七十五投注於故事的設計。這些角色是什麼人？他們想要什麼？他們為什麼想要這些事物？他們如何得到這些事物？他們面臨的阻撓是什麼？結果又是什麼？找出這些重要問題的答案，並形塑成故事，是我們無法迴避的創作課題。

故事的設計考驗寫作者的成熟程度、洞察能力，以及對社會、自然與人類內心的了解。故事要求有生動的想像力，以及具有力道的分析式思考，自我表達向來不是重點，因為不管故事是誠懇或虛偽、聰明或愚蠢，無論有意

7　此處的奧利佛，可能指英國演員、導演及製作人羅倫斯‧奧利佛（Laurence Olivier, 1907~1989）。奧利佛出身戲劇，最初以演出莎士比亞戲劇而聞名，後來也參與電影、電視演出，都有非常出色的表現，被視為二十世紀最偉大演員之一。

或無意，全都如實反映了作者本人，暴露他的人性特質或缺乏人性。與這個可怕的事實相較之下，寫作對白可說是輕鬆愉快的逍遣。

因此，作者該好好掌握說故事的原理，把故事說出來……然後停格。究竟故事是什麼？發想故事和發想音樂一樣。我們一生中聽過許多曲子；我們會唱歌，也會跳舞。我們自以為了解音樂，直到嘗試譜曲時，鋼琴傳出的聲音卻嚇走了貓。

如果《溫柔的慈悲》和《法櫃奇兵》（*Raiders of the Lost Ark*）都是了不起的故事，敘述過程精采——它們確實如此——那麼這兩部電影究竟有什麼共同點？如果《漢娜姊妹》（*Hannah and Her Sisters*）和《聖杯傳奇》（*Monty Python and the Holy Grail*）都是出色的喜劇故事，敘述過程趣味盎然——它們確實如此——那麼，它們觸動觀眾的又是什麼？

試著比較一下這幾部電影：《亂世浮生》（*The Crying Game*）和《溫馨家族》、《魔鬼終結者》（*Terminator*）和《親愛的！是誰讓我沉睡了》、《殺無赦》（*Unforgiven*）和《飲食男女》（*Eat Drink Man Woman*）。

或是這幾部：《笨賊一籮筐》（*A Fish Called Wanda*）和《人咬狗》（*Man Bites Dog*）、《威探闖通關》（*Who Framed Roger Rabbit*）和《霸道橫行》（*Reservoir Dogs*）。

或者，回到數十年前，比較一下《迷魂記》（*Vertigo*）和《八又二分之一》（*8 1/2*）、《假面》（*Persona*）和《羅生門》、《北非諜影》（*Casablanca*）和《貪婪》（*Greed*）、《摩登時代》（*Modern Times*）和《波坦金戰艦》（*The Battleship Potemkin*）。

這些都是精采絕倫的銀幕故事，儘管內容大異其趣，卻帶來同樣的效果——讓觀眾走出戲院時同聲讚歎：「真是了不起的故事！」

在類型與風格的汪洋大海中載浮載沉的作者或許會逐漸相信，如果這些影片都是在說故事，那麼任何題材都能成為故事。不過，如果再進一步剝開表相，深入探究，就會發現它們的內在本質是一樣的。每部電影都具體呈現了故事通用的形式。每部電影都透過獨特的方式在銀幕上具體呈現這樣的形式；它們的基本形式是相同的，觀眾正由於這個內在的深層形式而有所反應，進而讚歎：「多棒的故事！」

每一種藝術都有明確的基本形式。無論是交響樂或嘻哈，音樂的內在形

式讓作品成為樂曲而不是噪音。無論是具象藝術或抽象藝術，視覺藝術的基本原理讓油畫成為繪畫作品而不是塗鴉。同樣的，無論是荷馬還是柏格曼，故事的普遍形式將作品形塑為故事，而不是成為人物的描繪或拼貼。無論哪一種文化或哪一個時代，這種內在的形式雖然不斷改變，但萬變不離其宗。

儘管如此，形式不等於「公式」。電影編劇不像烤蛋糕，不會有保證烤得鬆軟的食譜。故事難以捉摸、錯綜複雜、靈活變幻；它是如此豐富，很難用某個公式加以涵蓋，只有傻瓜才會這麼做。無論如何，作者還是必須掌握故事的形式。這是非面對不可的課題。

好故事，更要說得好

所謂「好故事」，就是值得分享而且人人想聽的故事。找出好故事是孤單的工作。首先這需要天分。你必須擁有與生俱來的創造力，能將各種素材以超乎他人想像的方式加以組合。其次，你必須為作品賦予想像空間。這個想像的空間奠基於你對人性本質與社會的新體悟，以及你對角色及角色置身的世界的深入了解。除了這些，還要加上霍莉與惠特・伯內特[8]在他們了不起的小書裡提到的——許多的愛，包括：

對故事的愛：相信自己的想像只能透過故事來表達，相信角色比真實世界的人物更「真實」，相信虛構的世界比具體的世界更深刻。

對戲劇張力的愛：酷愛為生活帶來翻天覆地變化的意外驚奇或發現。

對真相的愛：相信造假是藝術家的絆腳石；相信必須質疑生命中所有真理，包括個人最不為人知的動機。

對人性的愛：願意試著體會飽受折磨的心靈，慢慢進入他們的內在，並透過他們的眼睛來看世界。

對感知的愛：放任感覺，更加沉浸於內在的感受。

---

8 霍莉與惠特・伯內特（Hallie and Whit Burnett, 1908~1991, 1900~1972），美國小說家暨編輯，兩人合作的《故事》雜誌（*Story*），刊登了許多知名與新銳作者的作品，對當時的美國小說發展有重要貢獻。這裡作者說的小書，應是伯內特夫婦合作的《小說作者手冊》（*Fiction Writer's Handbook*）。

對夢想的愛：依隨想像任意奔騰，盡情享受想像帶來的樂趣。

對幽默的愛：足以保持生活平衡。

對語言的愛：喜愛探討音義、句法和語意。

對二元性的愛：覺察生活中的潛在矛盾，對表裡不一抱持相當的懷疑。

對完美的愛：熱中反覆琢磨推敲作品，盡可能追求完美。

對獨特風格的愛：勇於嘗試，面對嘲諷無動於衷。

對美的愛：憑直覺就能去蕪存菁，並且深知良莠之間的差異。

對自己的愛：擁有足夠的力量，因而不需一再為自己打氣，也不再懷疑自己的作者身分。

你必須熱愛寫作，也必須能忍受孤獨。

不過，即使你熱愛好的故事，熱愛由於你的熱情、勇氣與創造力而誕生的精采世界和角色，但這樣還不夠。你的目標必須是：把好故事好好說出來。

作曲家必須精通構思樂曲的原理，同樣的，你也必須嫻熟構思故事的原理。這門技藝不是機械式的，也不耍花招。它統籌了各種技巧，我們因而得以創造與觀眾之間的共同默契。它整合了所有方法，我們因而得以深深吸引觀眾，讓他們流連忘返，而這個動人且深具意義的經驗，正是對他們的回報。

作者如果缺乏這樣的技藝，頂多只能捕捉腦中出現的第一個構想，接著就是不知所措地面對自己的作品，無法回答以下這些令人畏懼的問題：這樣夠好嗎？或根本是垃圾？如果是垃圾，該怎麼辦？思緒清晰的頭腦若聚焦在這些可怕的問題，就會妨礙潛意識的發揮。思緒清晰的頭腦若專注於施展技藝這樣的具體工作，潛意識自然會發揮作用。對技藝的精通，讓潛意識得以自由發揮。

寫作者每天有什麼樣的工作節奏？首先，進入想像的世界。角色對你說話或有所行動時，立刻動筆。接下來呢？走出幻想，讀一讀自己寫下的內容。一邊讀，一邊該留意什麼？分析。「寫得好嗎？行得通嗎？為什麼不行？該刪掉嗎？再補寫一點？重新整理一下？」一面寫一面讀；一面創作一面批評；有時衝動，有時邏輯清楚；有時用右腦，有時用左腦；有時重新想像，有時重新改寫。至於改寫的品質優劣，以及是否可能趨近完美，取決於你對這項

技藝的掌控，因為這項技藝能引導你修補不完美的地方。藝術家不該受心血來潮左右，而應堅定地苦練技藝，在直覺與構想之間創造和諧。

故事與生活

根據多年來的觀察，失敗的電影劇本大致有兩種典型，而且屢見不鮮。

第一種是「個人故事」的糟糕劇本：

場景是辦公室，我們看見了面臨問題的主角。應該輪到她升遷的，公司卻升了別人。她帶著憤怒來到父母家，發現爸爸因衰老而退化，媽媽束手無策。她回到自己公寓，又和懶散任性的室友吵架，於是出門和男朋友約會。沒想到兩人好像活在不同世界——粗神經的男友竟帶她到昂貴的法國餐廳，完全忘了她在節食。鏡頭又回到辦公室，意外之喜出現，她升官了……但新的壓力也隨之而來。她又來到父母家，才剛處理好爸爸的問題，換成媽媽處於崩潰邊緣。回到家，發現室友搬走她的電視，也沒付房租，就此消失無蹤。她和男友分手，把冰箱裡的食物一掃而空，結果胖了兩、三公斤。不過她努力振作，把升遷當成戰利品。晚餐時和媽媽像以前一樣談心，紓解了媽媽心中的苦悶。她的新房客不僅是個注重小節的好人，還提前幾星期預付了房租，並且幫她介紹了「新朋友」。這時，我們來到劇本第九十五頁。她堅持節食，一直保持好身材。接著來到倒數第二十五頁，這時，故事以文學筆法描述她與「新朋友」的愛情開花結果，鏡頭是兩人奔跑的慢動作，四周朵朵小花盛開。後來，她的危機場景終於出現。她必須作出決定：結婚或分手？最後她認為還是需要保有自己的空間，劇本就這樣在淚眼矇矓的高潮中結束。

第二種是「保證賣座」的糟糕劇本：

一名軟體業務人員在機場行李堆裡得到某樣「足以摧毀當今人類文明的東西」。這個「足以摧毀當今人類文明的東西」非常小。事實上，它藏在一枝原子筆裡，而且莫名其妙出現在這位倒楣的主角的口袋裡。就這樣，他成為電影裡三十多個角色的目標。這些人都有雙重或三重身分，都曾為鐵幕

時期對峙的兩邊工作，冷戰開始後都知道彼此的存在，而且都有共同的目標——殺死主角。劇本裡有數不清的飛車追逐、槍戰、驚悚逃脫及爆炸場面。在沒有爆炸或追殺的片段，出現的則是密集的對白，因為主角試圖釐清這些雙面人中可以相信誰。劇本結尾是狂飆的暴力，以及數億美元打造的特技場面，在這段期間，主角想盡辦法破壞了那個「足以摧毀當今人類文明的東西」，拯救了全人類。

「個人故事」結構散漫，儘管描繪了個人生活片段細節，但表相的逼真不代表真實的生活。作者以為對日常現象觀察愈細微，對實際發生的一切說明愈精確，故事就會愈真實。事實上，無論觀察多麼仔細，看見的只是部分的事實。真正的事實隱藏於事物的表相之後、之外、之內或之下；它們時而與現實密不可分，時而與現實隔離，無法直接觀察。作者只看見看得見的表面事實，因此對生活的真實面向毫無所知。

反觀「保證賣座」的劇本結構性過強、過度複雜、角色過多，帶來太多感官刺激，而且與生活毫無關連。作者認為動作就是娛樂；他不在意故事，希望用夠多快節奏和炫目的視覺效果讓觀眾為之興奮。如今美國暑期檔電影就用了一大堆電腦合成技術；從這個現象來看，作者的想法未必沒有道理。

這類的壯觀場面，是用模仿的真實來取代想像。它們假藉故事之名來展現新研發的特效，將我們帶入龍捲風、恐龍張大的嘴裡或未來世界的浩劫中。這樣令人暈眩的壯觀場面，當然能像馬戲團般令人亢奮，不過引發的快感也像遊樂園的遊戲設施般短暫。因為電影製作歷史一再告訴我們，新穎有力的刺激剛出現時固然風靡，但轉眼就淪為過眼雲煙，無人聞問。

大約每隔十年，技術的創新讓敘事拙劣的影片如雨後春筍般湧現，這些電影的唯一目的只是展現壯觀的場面。電影的發明是對真實世界的模仿，其成果令人驚歎，也讓眾人感到興奮，但之後的許多年卻只帶來索然無味的故事。不久，默片逐漸發展為令人印象深刻的藝術形式，但有聲影片的問世卻粉碎了默片的未來，因為有聲影片是更貼近真實的對現實的模仿。三〇年代早期，觀眾為了體驗聽演員說話的愉悅，願意忍受枯燥乏味的故事，電影因

而倒退了一大步。後來，有聲影片的力與美有了長足的進步，卻因為彩色電影、3D 電影、寬銀幕及當今電腦合成影像的發明而一蹶不振。

電腦影像特效不是詛咒，也不是萬靈藥，單純用來為故事增添新鮮色調。電腦影像特效讓我們想像得到的都能實現，為我們帶來難以言喻的滿足感。當它使用於具說服力的故事當中，其效果會隱遁於故事敘述過程之中，毋需刻意吸引觀眾注意就能發揮烘托作用，《阿甘正傳》（Forrest Gump）或《MIB 星際戰警》（Men in Black）就是其中兩個例子。然而，「商業片」編劇往往迷失於吸睛的壯觀場景，不曾留意到，能長久延續的娛樂，蘊藏於影像之下充滿情感的真實人性裡。

描繪人物或打造壯觀故事的寫作者，甚或所有寫作者都該明白，故事與生活的關係應該是這樣的：故事是生活的隱喻。

說故事的人就是生活中的詩人或藝術家，將日常生活、內在生活和外在生活、夢想與現實轉化為一首詩。這首詩的節奏是由事件組合而成的，而不是語言。它是一則長達兩個小時的隱喻，告訴我們：「生活就像這樣！」因此，我們必須從生活當中萃取故事，以發現生活的精髓。不過故事絕不能抽象化，以免失去實際生活中的一切感知。故事必須與生活相似，但不能完全拷貝，以免只呈現平凡大眾熟悉的一切，缺乏深度與意義。

描繪人物的作者必須了解，事實是中性的。企圖將一切放進故事裡的理由不少，其中最不具說服力的藉口就是：「可是它真的發生過！」什麼事都會發生；所有想像得到的事都會發生，連難以想像的事也會發生。儘管如此，故事不是現實生活。只描述發生的一切，無法讓我們接近真相。確實發生過的一切只是事實，而不是真相。真相是我們對所發生的一切的思索。

讓我們從不同角度來看看所謂「聖女貞德生平」的相關情況。數百年來，許多知名作家讓這位女性陸續出現在舞台、書中或銀幕，他們筆下的貞德也都相當獨特，例如：阿努伊的貞德神聖，蕭伯納的貞德機智，布萊希特的貞德參與政治，德萊葉[9]的貞德備受磨難，好萊塢的貞德是浪漫的鬥士，在莎士

9　卡爾・德萊葉（Carl Theodor Dreye, 1889~1968），丹麥導演，大多數電影主題均與宗教經驗有關，最知名的代表作品之一為《聖女貞德受難記》（La Passion de Jeanne d'Arc）。

比亞筆下，她成為瘋狂的貞德——典型的英國觀點。不過這幾位貞德都同樣受神感召，率領軍隊擊敗英國人，最後遭處火刑。關於貞德的事實永遠不變，作家卻從她的生命「真相」各自找出意義，故事類型也因而有所不同。

　　同樣的，打造壯觀故事的寫作者必須了解，抽象概念是中性的。我說的抽象概念，指的是對圖像設計、視覺效果、色彩飽和度、聲音空間感、剪接節奏等面向的規畫。這些技術本身沒有意義。在六個不同場景使用完全相同的剪接方式，結果會有六種完全不同的詮釋。電影美學是用來傳達有生命的故事內容的工具，但絕不能取代故事。

能力與天賦

　　描繪人物和打造壯觀故事的作者雖然不擅長說故事，但可能天生具有其中一種基本能力。著重描繪細節的作者通常具有感知能力，能夠將人類的感官知覺傳達給讀者。他們的視覺與聽覺敏銳而活躍，讀者一旦受他們簡潔美好的影像震懾，莫不為之心折。相對的，打造大場面的作者往往深具想像力，能夠帶領觀眾從現實前往想像的世界。他們能將理當不可能的假想轉變為令人震驚的事實。他們也能讓觀眾怦然心動。無論是敏銳的感知抑或是鮮活的想像，二者都是令人欽羨的天賦，但就像美滿的婚姻一樣，它們相輔相成，缺一不可，否則發揮不了太大作用。

　　現實的兩個極端分別是純粹的事實，以及純粹的想像。在兩端之間存在著變化無窮的虛構光譜，具說服力的敘事在光譜之間擺盪，找到平衡。如果你的作品不知不覺偏向其中一個極端，那麼你必須知道如何讓人性的所有面向維持協調感。你必須讓自己進入這個具創造力的光譜，亦即擁有敏銳的視覺、聽覺和感覺，同時藉由想像力在其間保持平衡。你必須深入了解兩個極端，透過體悟和本能來感動我們，將你對人們如何及為何去做他們想做的事的洞察與想像傳達給我們。

　　最後，除了感知與想像這兩種創作的必備能力外，寫作時還必須擁有兩種不尋常的基本天賦。話雖如此，這兩種天賦未必互有關連，具備其中一種

未必表示也擁有另一種。

第一種是文學天賦——藉由創意將日常語言轉化為更具深意、更耐人尋味的形式，生動描繪世界，表現人性之聲。不過，文學天賦相當尋常。世界各地的文學領域裡，至少都有數以百計甚或更多人能將自己文化當中的尋常語言轉化為非比尋常的作品，只是轉化程度略有不同而已。就文學意義來說，他們的寫作優美，當中有些更是了不起的作品。

第二種是說故事的天賦——藉由創意，將生活本身轉化為更有力道、更清晰、更具意義的體驗。它找出尋常日子的內在特性，將它重新打造成為生活增色的故事。純粹的說故事天賦非常少見。什麼樣的作者能年復一年只憑本能創作出色的故事，而且未曾想過自己如何有這樣好的表現，以及怎樣才能有更好的成績？憑藉本能的天才或許偶能創造佳績，但完美與源源不絕的作品不可能出自隨興創作的素人之手。

文學天賦和說故事天賦不只截然不同，彼此也沒有必然的關連，因為說故事未必要靠書寫。只要是人類能溝通的方式，都能用來傳達故事。戲劇、文字、電影、歌劇、默劇、詩歌、舞蹈，都是故事儀式的絕佳形式，巧妙各有不同。不過若回顧歷史，在不同的時期，某些形式確實較引人注目，如十六世紀是戲劇，十九世紀是小說，到了二十世紀，則是集結所有藝術共同創作的電影。創造銀幕上最令人震懾、最動人的片段，不需透過言語的描述，也不需靠對白來表現。它們就只是影像，單純而無聲。文學天賦的素材是語言與文字；說故事天賦的素材是生活本身。

技藝讓天賦發揮極致

說故事的天賦雖然少見，但我們還是經常遇見似乎天生擁有這種才能的人；對街頭那些健談的人來說，說故事就像微笑一樣輕鬆。例如，同事聚在咖啡機旁，故事就開始了。故事就是人與人的交流。在上午例行的休息時間，只要五、六個人聚在一起，其中至少就有那麼一個人擁有這樣的天分。

想像一下，這天早上，某位故事主人告訴朋友的是「我如何把孩子們弄

上校車」的故事。她像柯立芝[10]筆下的老水手一樣抓住所有人的注意，他們則手裡拿著咖啡杯，隨她進入她的魔法世界，聽得目瞪口呆。她滔滔不絕拋出故事，讓他們時而亢奮時而放鬆，時而捧腹時而大叫，吊足所有人胃口。最後，她用極具衝擊的場景讓所有人得到滿足：「總之，今天早上我就是這樣把那些小鬼弄上校車的。」同事們回過神來，心滿意足地喃喃自語：「天啊，海倫，真的是這樣，我家那幾個也差不多。」

再想像一下，說故事的人換成她隔壁的男同事，他告訴大家母親在週末不幸過世的悲傷故事，卻讓所有人感覺無聊到了極點。他說的一切都只是點到為止，而且雜亂無章，不斷重複瑣碎的細節或千篇一律的話：「她躺在棺材裡看起來還是很美。」他講不到一半，其他人都回頭拿起咖啡壺再倒一杯咖啡，不再留意聆聽他的傷心故事。

素材瑣碎但說故事技巧高明，以及素材具有深意但說故事技巧拙劣，如果觀眾可以選擇，他們選的永遠是素材瑣碎但說得高明的故事。說故事技巧高明的大師知道如何為微不足道的事物賦予生命，技巧有限的人則會讓原本具有深意的故事失色。或許你擁有佛陀般的洞見，但若不會說故事，你的想法就會像石灰般枯燥乏味。

說故事的天賦是最重要的，文學天賦儘管次之，但也不可或缺。對電影和電視節目創作來說，這是毋庸置疑的基本原則，對戲劇和小說來說更是如此，只不過大多數劇作家和小說家不願承認。說故事的天賦難得一見，但你必定擁有一些這樣的天分，否則不會對寫作躍躍欲試。你的課題是從中找出創作的所有可能。唯有善用對說故事技藝所掌握的一切，才能將天賦打造成故事，因為只有天賦但缺乏技藝，就像只有燃料沒有引擎，儘管能燃燒旺盛，卻無法成就任何事。

---

10 山繆・泰勒・柯立芝（Samuel Taylor Coleridge, 1772~1834），英國詩人、評論家及哲學家，致力調和宗教、哲學與理性，詩作影響當時英國浪漫主義詩派，對莎士比亞作品的評論亦對後來的文學評論帶來影響。其作品包括：《老水手之歌》（*The Rime of the Ancient Mariner*, 亦譯為《古舟子詠》）、《文學傳記》（*Biographia Literaria*）、《忽必烈汗》（*Kubla Khan*）……等。

第二部
故事的要素

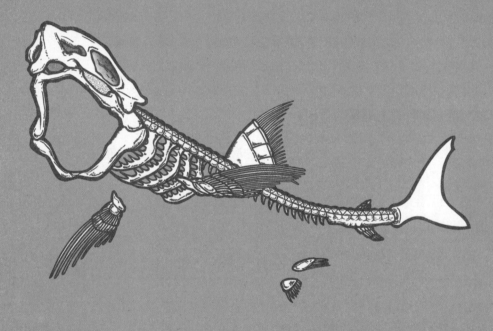

優美動聽的故事如交響樂般協調，
其中的結構、設定、角色、類型與意念完美相融。
想找出故事整體和諧之道，作者必須探究故事的要素，
就像研究交響樂團裡的樂器那樣，
先逐一認識，再練習合奏。

02
結構的光譜

故事設計的相關術語

當某個角色走進你的想像世界，他為故事帶來了許多可能性。如果你願意，大可從角色出生前開始說起，跟著他度過一天又一天，一年又一年，直到他去世為止。一個角色的一生涵蓋了數十萬個小時的生命，這些時光複雜且層次豐富。

> 從瞬間到永恆，從腦中乾坤到浩瀚銀河，每個角色的人生故事提供了無窮的可能。大師之所以是大師，就是只選擇某些片刻，卻足以呈現角色的一生。

如果從最深層開始，或許你可以將故事設定為主角的內心世界，在他清醒或作夢時，透過他的想法和感受來講述整個故事。你也可以提升一個層面，從主角與家人、朋友、情人之間的個人衝突來進行，或可將衝突層面擴展到社會體制，讓角色對抗學校、職場、教會或司法體系。或者把視野再拉得更廣一點，讓角色對抗整個環境，如：危險的城市街頭、致命的疾病、發不動

的汽車、即將耗盡的時間。當然，你也可以將以上所有衝突層面任意結合在一起。

　　無論如何，這個複雜的漫漫人生故事，必須轉化為經過講述的故事。想設計一部劇情電影，不但必須將不斷快速前進的混亂人生故事濃縮為兩個小時，還必須設法讓你捨棄的部分呈現出來。說得精采的故事就發揮了這種功能。問問朋友剛看過的電影內容，或許你會留意到，他們往往將經過講述的故事融入人生故事裡。

　　「好看極了！電影講一個在佃農農場長大的人，小時候跟家人一起在烈日下工作。他有上學，但成績不好，因為一大早就要起床除草或鋤地。不過有人送他一把吉他，他學會彈吉他，還自己寫歌……最後他不想再過這種苦日子，離家出走，在廉價酒吧表演，勉強餬口。後來他遇到歌聲迷人的美麗女孩。他們陷入愛河，一起組了樂團，演藝事業突然一飛沖天。問題是焦點永遠都是她。歌是他寫的，編曲和聲也是他，可是大家都是為了她而來。他活在她的陰影下，開始藉酒澆愁。最後她趕走他，他再度流浪，生活跌落谷底。他來到灰撲撲的美國中西部小鎮，在廉價汽車旅館裡醒來，不知今夕何夕，沒有錢也沒有朋友。一個絕望的酒鬼，連打電話的銅板都沒有，就算有也不知道要打給誰。」

　　換句話說，他把《溫柔的慈悲》的故事從角色出生開始講起了，但這些在電影裡根本看不到。《溫柔的慈悲》的開場，是勞勃・杜瓦（Robert Duvall）飾演的麥克・史雷基（Mac Sledge）在人生盪入谷底的某個早晨醒來，之後兩小時描述的是史雷基接下來那一年的故事。然而，從片中場景以及場景與場景之間，我們了解了史雷基過去的一切，還有那一年他遭遇的所有大事；片尾最後的影像，則讓我們對他的未來有了想像。這是荷頓・傅特獲得奧斯卡獎項的劇本，一個男人的一生，從出生到死亡，幾乎就在劇本開頭的淡入與結尾的淡出之間 [1] 道盡了。

1　有些美國電影劇本採取此寫作慣例：淡入（fade in, 全黑漸淡進入畫面）作為電影開場，淡出（fade out, 畫面漸淡進入全黑）作為電影結尾。

結構

在人生故事的滾滾洪流裡，作者必須作出許多抉擇。虛構的世界不是白日夢，而是血汗工廠，我們在工廠裡苦苦尋找素材，以便量身打造電影。不過，面對「選擇什麼？」這個問題時，每位作者的意見都不同。有人尋找角色，有人尋找行動或糾紛，也或許是氛圍、影像、對白。無論如何，只有單一要素無法打造故事。電影不只是一連串的衝突或活動、性格或情感、機智對話或符號象徵的片段結合。作者尋找的是事件，因為事件包含了以上所有元素，以及其他更多事物。

> 所謂「結構」，就是從角色的人生故事當中選取某些事件，編寫成有意義的場景段落，引發觀眾特定情緒，同時呈現某種特定的人生觀點。

事件因人而起，也影響了人，因而能勾勒出角色的樣貌；事件發生在某個場景當中，製造了影像、行動與對白；角色和觀眾都因衝突而產生情緒，而事件就從這樣的衝突裡汲取能量。不過，挑選出來的事件不可無關緊要地任意呈現，必須加以編寫。在故事中「編寫」事件，就相當於在音樂世界裡編寫樂曲。

寫什麼？不寫什麼？該放在什麼之前，又該接在什麼之後？想回答這些問題，你必須清楚自己的目標是什麼。編寫事件是為了什麼？表達你的感受可能是一種目的，但若無法引發觀眾情感，就會變成自我耽溺。第二種目的或許是想表達意念，但若觀眾無法理解，結果可能會導致自我中心。因此，事件的設計需要雙重策略。

事件

所謂「事件」（Event），意思就是改變。如果窗外的街道是乾的，午覺醒來後看見地面變濕了，你會認為發生了某個事件；這個事件稱為「下雨」，世界由乾變濕。然而，不能只靠天氣變化來打造電影——儘管有人嘗試過。故事事件是有意義的，絕不是瑣碎不重要的。如果希望改變是有意義的，至

少必須讓改變發生在角色身上。如果看到某人遭大雨淋濕，就某種層面來說，就比街道變濕來得更有意義。

「故事事件」為角色的人生處境帶來有意義的改變，這樣的改變是透過「價值取向」來加以呈現和體驗的。

為了賦予改變意義，必須從價值角度來加以呈現，引發觀眾的反應。這裡所謂的價值，不是指道德或狹隘說教的「家庭價值」；故事價值取向指涉的是它最廣泛的意涵。價值取向是故事敘述的本質。歸根究柢，我們追求的是向世界傳達價值認知的藝術。

「故事價值取向」是人類經驗共有的特質，它可能在一瞬之間就由正轉為負，或由負轉為正。

舉例來說：生／死（正／負）是一種故事價值取向，而愛／恨、自由／奴役、真相／謊言、勇氣／懦弱、忠貞／背叛、智慧／愚蠢、強／弱、興奮／無聊等也是。人類經驗中所有類似的二元組合都可隨時轉換正負極性，也都是故事價值取向。它們或許是道德價值，例如好／壞；它們或許是倫理價值，如對／錯，或只是單純含有某種價值。希望／絕望與道德、倫理無關，但我們清楚知道自己在這個經驗的二元組合裡處於哪一端。

想像窗外是一九八〇年代東非某個乾旱的地帶。此時我們的價值取向面臨重要考驗──生存，生／死。我們從負面意涵展開故事：可怕的饑荒奪走數千人的生命，如果接下來能下雨，如果大雨將綠意帶回大地，讓動物重新出現在草原，讓人類得以生存，這場雨就深具意義，因為它讓價值取向由負轉為正，由死轉為生。

儘管這是如此重要的事件，它仍算不上「故事事件」，因為它是由於巧合而發生的。東非最後還是下了雨。雖然故事敘述裡有供巧合發揮作用的空間，但不能只靠意外事件來建構故事，無論這些事件具有多大的價值意義。

> 「故事事件」為角色的人生處境帶來有意義的改變。這樣的改變是透過「價值取向」來加以呈現和體驗的,並且「透過衝突加以實現」。

再回到那個乾旱的世界。一個男人出現,他想像自己是「造雨人」。這個角色的內心深處存在著衝突:他不曾造雨成功,但堅信自己能做到,另一方面又深怕自己是傻瓜或瘋子。他遇到一名女子,愛上了她。她試著相信他,後來認為他是騙子或比騙子更糟,因而離開了他,讓他痛苦不堪。他與社會也存在著強烈衝突:有些人認為他是救世主而跟隨他;另一些人想丟石頭把他趕出城鎮。此外,他還必須面對與實體世界無法化解的衝突——熾熱的風、無雲的天空、乾涸的大地。

如果這個男人真的可以努力解決所有內在與個人的衝突,對抗來自社會與環境的力量,最後從無雲的天空誘出雨水,這場暴雨就具有非凡的重大意義,因為這是透過衝突所誘發的改變。上面描述的這部電影是《雨緣》(*The Rainmaker*),劇本由李察·納許(Richard Nash)從自己的舞台劇改編而成。

場景

以一部典型劇情片來說,編劇大約會選擇安排四十至六十個「故事事件」(Story Event),或一般所說的場景。小說家需要的數量大約是六十個以上,劇作家則很少多於四十個。

> 場景是在大致連續的時空中因衝突而引發的行動。這個行動改變了角色人生裡的價值狀態,或至少為其中某種價值帶來明顯的重大轉變。如果每個場景就是一個「故事事件」,這是最理想的。

仔細檢視你寫好的每一場戲,問自己:在這一刻,我筆下的角色有什麼人生價值面臨考驗?愛?真相?或其他?在這場戲的開場,這項價值取向處於什麼狀態?正向?負向?或正負各有一些?記下你的答案。接著看看這場戲的收場,問自己:這個價值取向現在處於哪一種狀態?正向?負向?兩種

都有？記下答案，然後加以比對。如果你在收場記下的答案跟開場一樣，這時你必須問自己另一個重要的問題：為什麼這場戲出現在我的劇本裡？

如果角色的人生價值狀態從場景開頭到結尾都沒有改變，這場戲可說沒有什麼重要的事發生。這場戲裡有活動，談談這個，做做那個，但價值取向沒有改變。這樣不算是事件。

那麼這個場景為什麼會出現在故事裡？答案幾乎都是為了「背景說明」——為了向從旁觀看的觀眾傳達角色、角色置身的世界或其歷史等相關資訊。背景說明如果是某一場戲存在的唯一理由，有專業素養的編劇就會捨棄不用，將其中的資訊交織置入其他場景。

所有場景都應帶來轉變，這是我們的理想。我們努力讓角色的人生價值面臨考驗並引發轉變，無論由正轉負或由負轉正，都能讓場景更加完美。嚴格遵守這項原則或許不容易，但絕非不可能。

《終極警探》、《絕命追殺令》（The Fugitive）與《稻草狗》（Straw Dogs）顯然都通過了這項考驗；《長日將盡》與《意外的旅客》則以更細膩但同樣嚴謹的方式堅守這個理想。前後兩組影片的差別，在於動作片類型訴諸公眾價值，例如自由／奴役，或正義／不公；教育類型訴諸內在的價值，例如自覺／自欺，或人生有意義／無意義。無論類型為何，這個原則放諸四海皆準：如果某一場戲不是真正的事件，把它剪掉。舉例來說：

克麗絲與安迪相愛並同居。一天早上，他們起床後開始為小事爭吵。在廚房趕著做早餐時，他們愈吵愈凶。來到車庫，坐上車準備上班，狀況更糟了。車子開上高速公路後，雙方更加火爆。安迪突然把車子停在路肩，跳下車，結束兩人之間的關係。這一連串的行動與地點創造了一個場景：它將這對情侶從正面狀態（相愛、相依）帶到了負面狀態（厭憎、分離）。

從臥室、廚房、車庫到高速公路，這場戲轉換了四個地點，但這些都是攝影機鏡位，不是真正的場景。地點的變換加強了角色行為的強度，也讓關鍵時刻具可信度，但面臨考驗的價值取向沒有改變。即使這對情侶吵了一整

個早上，他們還是在一起，可能仍彼此相愛。然而，當行動來到轉捩點——車門猛力關上，安迪大聲說：「我們之間玩完了！」——這對情侶的人生從此翻轉，活動變成行動，這個橋段變成完整的場景，也就是**故事事件**。

一系列活動是否構成真正的場景，通常可用以下的問題來加以測試：這些活動是否能在同一個時空裡寫成「一場完整」的戲？從這個例子來看，答案是肯定的。他們的爭執也可能從臥室開始，在臥室愈吵愈凶，最後也在臥室裡結束兩人的關係。太多情侶結束關係的地點是在臥室。或是廚房，或是車庫，或是在辦公室的電梯裡，而不是高速公路。

舞台劇編劇可能會把這個場景寫成「一景到底」的戲，因為劇場的布景帶來了限制，我們經常不得不將戲維持在同一個時空裡。另一方面，小說家或電影編劇可能會在這場戲裡漫遊，只為了進一步打造劇本接下來的地點、克麗絲對家具的品味、安迪的駕駛習慣，或為了其他各種理由，將它拆解到不同的時空裡。這場戲甚至可以和其他場景交叉剪接，或許還帶出了另一對情侶。變化有無限種可能，但無論如何，這都是單一的「故事事件」——「情侶分手」場景。

戲劇節拍

在場景裡，最小的結構要素是節拍〔Beat, 和英文劇本寫作裡的「停頓片刻」（beat）不同，「停頓片刻」是放在對白欄[2]供演員參考的指示。〕

> 「節拍」是行動／反應之間一來一回的行為更替。這些變動的行為透
> 過一個接一個的節拍，形塑了場景的轉變。

更仔細來看前面這個「情侶分手」場景：鬧鐘響起，克麗絲嘲弄安迪，他也以其人之道還治其人之身。他們換衣服時，嘲弄轉為諷刺，兩人互相辱罵對方。當他們來廚房，克麗絲威脅安迪：「如果我離開你，寶貝，你會非

2　美國電影劇本格式中，對話會左右縮排成一欄。

常悽慘⋯⋯」但安迪說她吹牛，回敬一句：「這種悽慘我會很喜歡。」在車庫裡，克麗絲擔心會失去他，求他不要分手，但他大笑奚落她的懇求。最後，當車子行駛在高速公路時，克麗絲握拳搥了安迪，兩人動起手來。接下來是尖銳的煞車聲，安迪跳出車子，鼻血直流。他用力把車門關上，大吼：「我們之間玩完了。」留下震驚的她轉身離開。

這場戲由六個戲劇節拍建構而成，亦即六個明顯不同的行為、六次明顯的行動／反應：彼此嘲弄，接著互相辱罵，然後威脅挑釁對方，接著是懇求與奚落，最後暴力相向，讓場景來到最後一個節拍和轉捩點：安迪的決定與行動結束了兩人的關係，克麗絲呆若木雞。

場景段落

節拍建構場景，場景再建構出場景段落（Sequence）——這是故事設計中比場景更大一級的單位。每一個真正的場景都會改變角色的人生價值狀態，但在每一個事件之間，改變的幅度可能有很大的差異。場景引發的改變相對較小，但有重要的意義。場景段落中引發戲劇高潮的場景則會帶來更強而有力、更具決定性的改變。

「場景段落」由一系列場景組合而成，通常是二到五場，其結尾帶來的衝擊比前面所有場景更為強烈。

以下這個由三場戲組成的場景段落可當作例子：

故事設定：在美國中西部，一名年輕白領女子工作表現傑出，獵人頭公司為了紐約某家公司的某個職位約她面談。如果她爭取到這個職位，職場生涯可說往前邁進了一大步。她非常希望得到這份工作，但八字還沒一撇（負面）。她進入了最後六位候選名單。公司高層認為這個職務在公共關係方面至關重要，希望在非正式的場合親自看看這些候選人，以便作最後的決定。於是他們邀請這六個人到曼哈頓東區參加派對。

第一場：曼哈頓西區某飯店。主角為晚上的派對作準備。這場戲的價值取向考驗是自信／自我懷疑。她需要鼓足自信，今晚才能有好表現，但她內心充滿懷疑（負面）。她在房內來回踱步，恐懼讓她五臟六腑糾結，她告訴自己，跑來東岸真傻，這些紐約客會把她生吞活剝。她從行李箱中倒出衣物，試試這件，試試那件，但每一套看起來都比上一套更糟。她的頭髮鬈曲凌亂，幾乎梳不開。她搞不定服裝和髮型，決定打包回家，以免丟臉。

電話突然響起。她母親打來祝她順利，卻也說出自己的寂寞及擔心女兒棄之不顧，讓主角芭芭拉產生了罪惡感。芭芭拉掛上電話，心裡明白，跟家裡的大白鯊比起來，曼哈頓食人魚根本不算什麼。她需要這個工作！接著她用從沒試過的方式來搭配衣服，眼睛一亮。很神奇的，她的頭髮看起來也很有型。她站在鏡子前，看起來很棒，雙眼炯炯有神，充滿自信（正面）。

第二場：飯店招牌下。雷電交加，大雨傾盆而下。芭芭拉來自印第安納的特雷霍特，不知道登記入住時該給門房五元小費，因此門房是不會冒著大雨幫小氣鬼招計程車的。何況，下雨天紐約根本招不到計程車。她只好研究手上的觀光地圖，衡量接下來該怎麼做。

她發現，如果從西八十幾街朝中央公園西路跑，一路跑到五十九街，穿過中央公園南路到公園大道，再往北來到東八十幾街，絕對無法準時出席派對。於是她決定做一件所有人警告她絕對不能做的事——在夜晚穿過中央公園。這場戲的重點是一項新的價值取向：生／死。

她用報紙護著頭髮，衝進夜色裡，向死亡挑戰（負面）。一道閃電亮起，忽然間，幫派分子包圍了她。他們無論什麼天氣都在這裡混，等著晚上穿越公園的笨蛋。不過芭芭拉空手道不是白學的。她施展腳下功夫大戰幫派，踹裂了這個人的下巴，把另一個人的牙齒踢飛到水泥地上，最後跌跌撞撞跑出公園，保住了小命（正面）。

第三場：公園大道的公寓大樓，大廳地板潔亮如鏡。這時，面臨考驗的價值轉為社交勝利／社交失敗。她活下來了，但鏡子裡出現的她卻像隻溺水的老鼠：頭髮纏著報紙屑，衣服上血跡斑斑——就算是幫派分子的血，終究還是血。她的自信驟然下滑，陷入比自我懷疑或恐懼更糟的情緒，不得不低

頭承受自己的失敗（負面）。這場社交災難徹底擊垮了她（負面）。

計程車載著其他候選者抵達。他們都招到了車；每個人下車後看起來都是紐約的時尚男女。他們深深同情這個來自中西部的可憐輸家，招呼她走進電梯。

來到頂樓，有人拿浴巾讓她把頭髮擦乾，但找不到合身的衣服借她。這身打扮讓她整晚成為注目的焦點。她知道自己失敗了，乾脆放鬆做自己，內心深處出現一股連自己都不知道的無所顧忌。她不僅告訴別人她在公園裡大戰幫派，還拿這件事開玩笑。所有人都張大了嘴，有的是因為震驚，有的是因為大笑。派對結束前，公司每一位高層都清楚這份工作要交給誰：經歷了公園恐怖經驗，還能展現如此冷靜態度，這個人顯然就是他們想找的人才。派對結束，她獲得了這份工作，在個人及社交層面都獲得了勝利（雙重正面）。

每一個場景都啟動了各自的某項或多項價值取向。第一場：從自我懷疑轉變為自信。第二場：從死亡轉變為生存；從自信轉變為挫敗。第三場：從社交災難轉變為社交勝利。儘管如此，這三場戲又組成一個具有更大價值意義的場景段落，這個新的價值意義超越並凌駕其他價值之上，它就是新的職位。在段落開場，她還沒得到新的職位。第三場成為「場景段落高潮」，因為這時的社交勝利讓她得到了新的職位。從她的觀點，這個新的職位具有極為重要的價值，值得她冒生命危險去爭取。

為每一個場景段落下標題，有助於釐清它出現在電影裡的目的。這個「獲得職位」的場景段落之所以出現在故事裡，目的是讓她從沒得到新的職位轉變成獲得新的職位。這個目的可以只透過一個有人資主管出現的場景就完成，但為了比「她夠格獲得職位」傳達出更多內容，我們或許就得創造一個完整的場景段落，不僅讓她得到新工作，同時也以具戲劇張力的方式來呈現她的內在性格、她與母親的關係，以及對紐約與那家公司的見解。

幕

場景以輕微但有意義的方式帶來轉變。場景段落由一系列場景建構而成，

以影響較深的中等方式帶來轉變。「幕」（Act）是更大一級的單位，由一系列場景段落建構而成，對角色的人生價值狀態帶來了重大逆轉。基本場景、創造場景段落高潮的場景、創造幕高潮的場景，三者之間的差異在於改變的程度，或者更精準地說，其差異在於改變引發的衝擊程度。這個衝擊對角色而言可能是好的也可能是不好的，衝擊可能發生在他的內心世界、個人人際關係、在世間的運勢，或以上三者的排列組合。

「幕」指的是一系列場景段落，戲劇張力在高潮發生的場景達到顛峰，導致價值取向的重大逆轉，其衝擊比之前所有場景段落或場景更大。

故事

一系列的幕構成最大的單位——故事。一個故事就是一個巨大的首要事件。故事開始時，觀察角色的人生價值狀態，然後與故事結局的價值取向加以比較，就會看見電影的轉變弧線（arc of the film）。轉變弧線是一個影響重大的改變，它將人生從開場的某種處境帶到結局已然轉變的處境。至於這個最終的處境，亦即這個結局的轉變，必須是絕對且無法逆轉的。

場景造成的改變可以逆轉：前面橋段裡的情侶可能重修舊好；每一天都有人相愛、分手、復合。場景段落也可以逆轉：來自美國中西部的白領女子，可能在得到新工作後才發現很討厭直屬主管，希望能回特雷霍特的老家。幕高潮也可以逆轉：角色可能死亡，然後又復活，就像《E.T. 外星人》（*E.T.*）第二幕的高潮就是一例，E.T. 後來又復活了。為什麼不行？在現代醫院裡，把人從鬼門關搶救回來稀鬆平常。因此，作者從場景、場景段落到幕，創造輕微、中等與重大的改變，但這一切改變都可能反轉。不過，最後一幕的高潮卻非如此。

「故事高潮」：故事由一系列的幕組成，它們打造出最後一個幕高潮或故事高潮，帶來絕對且無法逆轉的改變。

如果能讓最小的要素完成任務，也就達成了說故事的深層目的。讓所有對白或描述都能改變行為與行動，或改變預設即將改變的處境。用戲劇節拍建構場景，用場景建構場景段落，用場景段落建構幕，用幕將故事帶向戲劇高潮。

來自特雷霍特的主角，在前面三場戲中，人生從自我懷疑轉為自信，從危險轉為倖存，從社交災難轉為成功，三場戲結合成一個場景段落，讓她從沒得到新的職位轉向獲得新的職位。為了將故事的轉變弧線引向故事高潮，這個開場的場景段落或許鋪陳了接下來的一系列段落，讓她在第一幕的高潮從沒得到新的職位轉變成公司總經理。第一幕的高潮為第二幕鋪陳，讓她在公司內部鬥爭中遭朋友和同事背叛。在第二幕的高潮，她遭董事會開除，捲鋪蓋走路。這個重大的逆轉，讓她投向競爭對手的公司。她因擔任總經理時期獲知的商業機密而迅速東山再起，並得以享受摧毀老東家的快感。這幾幕讓她從電影開場時那個拚命、樂觀、誠實的年輕專業人士，變成結局裡那個冷酷、犬儒、敗德的企業戰爭老手——這就是絕對且無法逆轉的改變。

故事三角

在某些文學圈裡，「劇情」（plot）已經變成髒字，因為帶有俗氣商業主義色彩而遭汙名化。這是我們的損失，因為劇情原是精準的用詞，用來指稱前後連貫、互有關連的事件的排列模式，這些事件隨著時序而發展，形塑與設計出整個故事。好電影固然都擁有幸運的靈光乍現，但劇本卻不是在意外中完成的。不經意蹦出的素材，不能就這麼保持隨意。作者將靈感一再反覆改寫，讓作品看起來像憑本能而隨興創作的成果。事實上，電影看起來之所以如此渾然天成，是因為耗費了無數心力與人工雕琢。

> 「劇情設計」在危險的荒原上為故事導航，在面對十多種可能的走向時，為故事選擇正確的途徑。所謂「劇情」，就是編劇對各種事件的選擇，以及對事件排列時序的規畫。

同樣的，再次問自己：什麼該寫進劇本？什麼不需要？哪些在前，哪些在後？作者必須為每個事件的選擇下判斷；無論他的選擇是好是壞，最後的結果就是劇情。

《溫柔的慈悲》首映時，有些影評人說它「沒劇情」，卻又認為這正是它的優點。《溫柔的慈悲》不僅有劇情，更越過了難度最高的電影地形，設計出細膩的劇情；在這個故事裡，轉變弧線發生在主角的內心。主角面對人生與（或）自身的態度，經歷了深刻且無法逆轉的徹底改變。

對小說家來說，這類的故事很自然也容易處理。無論是第三人稱或第一人稱觀點，小說家可直接進入角色的思緒與感受，在主角內在的生命風景裡，以戲劇方式呈現整個故事。

對編劇來說，這樣的故事是目前難度最高、最不容易掌握的。我們沒辦法讓攝影機的鏡頭鑽進演員額頭，拍攝他的思緒——儘管有人會想嘗試這麼做。正如知名導演約翰・卡本特[3]曾說的：「電影就是將心靈層面變得具象。」我們必須設法引導觀眾，讓他們從角色的外在行為來詮釋其內在生命，而不是在電影的音軌裡填滿背景說明式的旁白，或在角色口中塞滿用來解釋劇情的對白。

荷頓・傅特為了開啟主角內在的巨大轉變歷程，以史雷基陷溺於無意義的人生當作《溫柔的慈悲》開場。史雷基藉由酒精慢性自殺，因為他不再相信家庭、事業、這個世界或來生；他什麼都不相信了。傅特在推動電影情節進展時避開了陳腔濫調，沒有讓主角透過偉大戀情、傑出成就或宗教啟發等強烈經驗來尋找意義，而是在我們眼前呈現一個男人由愛情、音樂與精神等層面細膩交織而成的簡單但具有深意的人生。經歷了沉靜轉變的史雷基，最後找到了值得往下走的人生。

傅特為這部充滿不確定性的電影設計劇情耗費了多少心血，我們只能透

---

3 約翰・卡本特（John Carpenter, 1948~），美國導演、作家，電影作品包括：《月光光心慌慌》（Halloween）、《洛杉磯大逃亡》（Escape from L.A.）、《紐約大逃亡》（Escape from New York）、《極度空間》（They Live, 又譯為《X 光人》）等。

過想像來估量。史雷基的內心旅程引人入勝，但也像紙牌疊成的城堡，只要走錯一步——少了某場戲、多出某個場景、事件順序稍微出錯——就會崩塌，只剩下對主角的描繪。因此，劇情不是指拙劣的情節轉折與變化，也不是指緊繃的懸疑和震撼的驚人事件。劇情設計的真義是事件必須精心選擇，透過時序來排列順序。就編寫與設計的意義而言，所有的故事都經過劇情設計。

原型劇情／極簡劇情／反劇情

事件設計雖有無窮的變化，但不是沒有任何限制。故事敘述藝術的三個角度組合成一個三角形，繪製出故事宇宙當中各種形式的可能性。這個三角形呈現了寫作者的宇宙論全貌，以及對現實與現實中的生活樣貌的所有觀點。想了解你在這個藝術世界裡的位置，請研究這個圖示的座標，並與你正在進行的故事相互對照，在這些座標引導下，走向與你擁有相似觀點的創作之路。

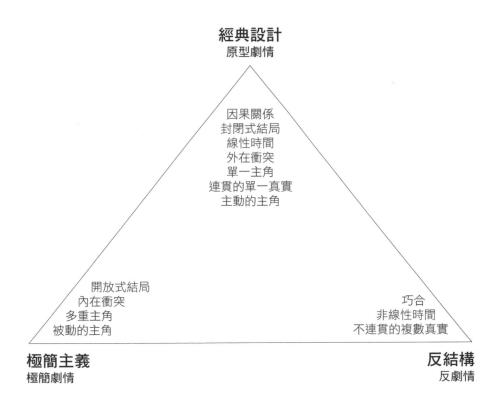

故事三角的頂點，是構成經典設計的法則。這些法則是貨真價實的「經典」：超越時間，跨越文化，地球上每個文明或原始社會都不可或缺，更可上溯至數千年前太古之初的口述故事。四千年前，當美索不達米亞地區以楔形文字將史詩《基爾伽美什》（*Gilgamesh*）刻在十二塊泥版上，故事首度經由書寫方式記錄下來，此時，經典設計的法則也已粲然大備。

　　「經典設計」指故事發展以一名主動的主角為核心，主角與主要來自外在的敵對力量進行對抗，以追求自己的渴望。這個歷程經過一段連續的時間，發生在連貫且互有因果關連的虛構真實裡，最後有封閉性結局，完成了絕對且無法逆轉的改變。

　　這套歷久彌新的法則，我稱之為「原型劇情」（Archplot），這個英文字裡的 Arch〔發音同 archangel（大天使）裡的 arch〕，取字典中「高於同類」之意。

　　不過，原型劇情不是故事敘述形式唯一的限制。在三角形的左下角，我把所有極簡主義的例子放在一起。望文生義，極簡主義是指作者用經典設計的元素當作起點，但採取精簡的手法，縮小或濃縮、修剪或截短原型劇情的重要特色。我將這組極簡主義式的變化形式稱為極簡劇情（Miniplot）。

　　極簡劇情不是沒有劇情，因為它的故事敘述過程必須與原型劇情一樣精采。極簡主義致力追求質樸與簡約，同時仍保留足夠的經典元素，讓電影依然能滿足觀眾，讓他們離開電影院後會心想：「這故事真棒！」

　　三角形的右下角是反劇情（Anttiplot），是呼應「反小說」或「新小說」[4]與「荒謬劇場」[5]的電影法則。這套反結構的變化形式反轉了經典而非限縮，與傳統形式背道而馳，對形式法則概念加以利用甚或嘲弄。反劇情創作者鮮

4　新小說（Nouveau Roman）浪潮大約興起於一九五〇年代的法國，以反抗傳統小說形式的「反小説」運動著稱，致力擺脫傳統小説的情節、對白、人情趣味等特色，可以説是當代文學書寫的重大實驗，對法國電影也有相當的影響。新小説運動的代表作家包括：亞蘭・霍格里耶（Alain Robbe-Grillet）、娜塔莉・薩洛特（Nathalie Sarraute）、米歇爾・布托爾（Michel Butor）等。

5　荒謬劇場（Theatre of the Absurd）是二十世紀中期受當時局勢及卡繆哲思影響而盛行於歐美的戲劇風格，代表作家包括：山繆・貝克特（Samuel Beckett）、尤金・尤涅斯科（Eugène Ionesco）、尚・惹內（Jean Genet）、哈洛・品特（Harold Pinter）等。

少對節制或沉靜樸實感興趣；為了展現「革命」雄心，他們的電影作品傾向過度表現、充滿自覺的誇張手法。

原型劇情是世界影壇的肉類、馬鈴薯、義大利麵、稻米和北非小米。過去一百年來，受國際觀眾喜愛的電影大多數都受其影響。綜觀百年電影史，就可看到原型劇情涵蓋如此多樣化的故事，如：

《火車大劫案》（*The Great Train Robbery*／美國／1904）

《龐貝城的末日》（*The Last Days of Pompeii*／義大利／1913）

《卡里加利博士的小屋》（*The Cabinet of Dr. Caligari*／德國／1920）

《貪婪》（美國／1924）

《波坦金戰艦》（蘇聯／1925）

《M》（*M*／德國／1931）

《禮帽》（*Top Hat*／美國／1935）

《大幻影》（*La Grande Illusion*／法國／1937）

《育嬰奇譚》（*Bringing Up Baby*／美國／1938）

《大國民》（*Citizen Kane*／美國／1941）

《相見恨晚》（*Brief Encounter*／英國／1945）

《七武士》（*The Seven Samurai*／日本／1954）

《馬蒂》（*Marty*／美國／1955）

《第七封印》（*The Seventh Seal*／瑞典／1957）

《江湖浪子》（*The Hustler*／美國／1961）

《2001 太空漫遊》（*2001: A Space Odyssey*／美國／1968）

《教父第二集》（*The Godfather, Part II*／美國／1974）

《多娜和她的兩個丈夫》（*Dona Flor and Her Two Husbands*／巴西／1976）[6]

《笨賊一籮筐》（英國／1988）

《飛進未來》（*Big*／美國／1988）

《菊豆》（中國／1990）

6　此片在巴西於 1976 年上映，原書標示之 1978 年為美國上映時間。

《末路狂花》（*Thelma & Louise*／美國／1991）

《你是我今生的新娘》（*Four Weddings and A Funeral*／英國／1994）

《鋼琴師》（澳洲／1996）

極簡劇情雖然沒那麼多樣化，卻同樣國際化，例如：

《北方的南努克》（*Nanook of the North*／美國／1922）

《聖女貞德受難記》（法國／1928）

《操行零分》（*Zero de Conduite*／法國／1933）[7]

《游擊隊》（*Paisan*／義大利／1946）

《野草莓》（*Wild Strawberries*／瑞典／1957）

《音樂房》（*The Music Room*／印度／1958）[8]

《紅色沙漠》（義大利／1964）

《浪蕩子》（*Five Easy Pieces*／美國／1970）

《克萊兒之膝》（*Claire's Knee*／法國／1970）

《感官世界》（*In The Realm of The Senses*／日本／1976）

《溫柔的慈悲》（美國／1983）

《巴黎，德州》（*Paris, Texas*／西德／法國／1984）

《犧牲》（*The Sacrifice*／瑞典／法國／1986）

《比利小英雄》（*Pelle The Conqueror*／丹麥／1987）

《小小偷的春天》（*Stolen Children*／義大利／1992）

《大河戀》（*A River Runs Through It*／美國／1992）[9]

《活著》（中國／1994）

《我們來跳舞》（*Shall We Dance*／日本／1996）[10]

7　此片在法國上映為 1933 年，美國為 1947 年，原書標示 1953 年應為誤植。

8　此片在印度上映時間為 1958 年，在美國上映時間應為 1963 年。

9　此片上映時間應為 1992 年，原書誤植為 1993 年。

10 此片在日本上映時間為 1996 年，原書標示之 1997 年，應為美國上映時間。

極簡劇情的例子中也包括敘事性紀錄片，例如：《社會福利》（*Welfare* ／美國／ 1975）。

反劇情的例子較少見，以歐洲及二次大戰後的電影為主，如：

《安達魯之犬》（*Un Chien Andalou* ／法國／ 1928）

《詩人之血》（*Blood of the Poet* ／法國／ 1932）

《午後的羅網》（*Meshes of the Afternoon* ／美國／ 1943）

《跑跳停電影》（*The Running, Jumping and Standing Still Film* ／英國／ 1959）

《去年在馬倫巴》（*Last Year in Marienbad* ／法國／ 1960）

《八又二分之一》（義大利／ 1963）

《假面》（瑞典／ 1966）

《週末》（*Weekend* ／法國／ 1967）

《絞死刑》（*Death by Hanging* ／日本／ 1968）

《小丑》（*Clowns* ／義大利／ 1970）

《聖杯傳奇》（英國／ 1975）

《朦朧的慾望》（*That Obscure Object of Desire* ／法國／西班牙／ 1977）

《性昏迷》（*Bad Timing* ／英國／ 1980）

《天堂陌影》（*Strangers Than Paradise* ／美國／ 1984）

《下班後》（*After Hours* ／美國／ 1985）

《一加二的故事》（*A Zed & Two Noughts* ／英國／荷蘭／ 1985）

《反斗智多星》（*Wayne's World* ／美國／ 1992）[11]

《重慶森林》（香港／ 1994）

《驚狂》（*Lost Highway* ／美國／ 1997）

反劇情的例子還包括集錦式的紀錄片，如：雷奈的《夜與霧》（*Night and Fog* ／法國／ 1955），以及《機械生活》（*Koyaanisqatsi* ／美國／ 1983）。

---

11 此片上映時間應為 1992 年，原書標示之 1993 年為其續集上映時間。

故事三角中形式的差異

封閉式結局／開放式結局

原型劇情提供封閉式結局，亦即故事提出的所有問題都獲得解答，激起的所有情緒都獲得滿足。觀眾離開時帶著圓滿、封閉式的觀影經驗，沒有任何懷疑，心滿意足。

另一方面，極簡劇情經常或多或少讓結局呈現開放狀態。故事敘述過程中提出的大多數問題都有了答案，但會留下一、兩個未回答的問題，讓觀眾在電影之外自尋解答；電影引發的多數情感也都得到了滿足，但可能會留下餘韻讓觀眾回味。儘管極簡劇情可能會用思考或情感的問號來結束電影，「開放性」並不代表電影半途而廢，讓一切懸而未決。它留下的問題必須能獲得解答，殘留的情緒必須能獲得解決。之前發生的劇情會導向明顯而有限的若干解答，讓觀眾感覺故事某種程度已然結束。

> 若「故事高潮」來自絕對且無法逆轉的改變，回答了故事敘述過程引發的所有問題，滿足了觀眾所有情感需求，這就是「封閉式結局」。

> 若「故事高潮」留下了一、兩個未解答的問題，以及些許未獲滿足的情緒，這就是「開放式結局」。

《巴黎，德州》片中的高潮，父親與兒子和解；他們的未來已定，我們希望他們幸福的願望也獲得了滿足。不過，夫／妻與母／子關係仍懸而未決。「這個家未來能團圓嗎？如果可以，會有什麼樣的未來？」這兩個問題是開放的，答案可在觀影後私下尋找：如果你希望這家人團聚，但內心卻認為他們不會幸福，那麼這會是感傷的一夜。如果你能說服自己，他們接下來會幸福快樂，走出戲院時就會心滿意足。極簡主義的故事創作者刻意將這最後的重要課題交給觀眾。

外在衝突／內在衝突

　　原型劇情將重心放在外在衝突。雖然角色經常有強烈的內在衝突，但劇情重點仍放在他們與人際關係、社會體制或實體世界的力量之間的抗衡。極簡劇情則相反，主角或許與家庭、社會及環境有強烈的外在衝突，但劇情重心放在他與自己的思想和情感有意識或無意識的交戰。

　　試著比較《衝鋒飛車隊》（*The Road Warrior*）與《意外的旅客》片中主角的旅程。前者，梅爾・吉勃遜（Mel Gibson）飾演的瘋狂麥克斯經歷了內在的轉變，從自主的獨行俠變成犧牲小我的英雄，但故事的重心在於部族的存續。後者，威廉・赫特（William Hurt）飾演的旅行作家再婚，成為一個寂寞男孩極渴望的父親角色，但電影的重點落在這個男人精神層面的重生。他從情感麻木的男人轉變成能自在去愛和感受的人，這是這部片最重要的轉變弧線。

單一主角／多重主角

　　以經典方式講述的故事，無論主角是男人、女人或小孩，通常會將單一主角放在敘述的核心。主要故事占了電影的大部分篇幅，其主角就是最閃亮的角色。然而，如果作者把電影拆解成一些相對較小、屬於劇情副線（subplot）篇幅的故事，每個故事也都各有主角，如此一來，原型劇情原本如雲霄飛車般的動能就會降到最低，並從極簡劇情中開創出「多線劇情」（Multiplot）——這個變化形式從一九八〇年代起就愈來愈受歡迎。

　　在《絕命追殺令》刺激的原型劇情中，攝影機永遠跟著哈里遜・福特（Harrison Ford）飾演的主角，完全沒看其他地方，也沒有劇情副線。《溫馨家族》的劇情則至少交織了六個主角的六個故事，它們就像典型的原型劇情，角色面對的衝突主要來自外在，不像《意外的旅客》那般經歷深刻苦痛與內心的轉變。這些家庭紛爭從許多方向拉扯我們的情感，每個故事只分配到十五到二十分鐘的銀幕時間，多線劇情的設計也讓故事的敘述不那麼強烈。

　　多線劇情的歷史可追溯到《忍無可忍》（*Intolerance*／美國／1916）、《大飯店》（*Grand Hotel*／美國／1932）、《穿過黑暗的玻璃》（*Through A Glass Darkly*／瑞典／1961）和《愚人船》（*Ship of Fools*／美國／1965），如今已成為常見手法，如：

《銀‧色性‧男女》、《黑色追緝令》（*Pulp Fiction*）、《為所應為》（*Do the Right Thing*），以及《飲食男女》。

主動主角／被動主角

原型劇情的單一主角通常主動且充滿動能，在不斷升高的衝突與改變中，刻意追求欲望的滿足。極簡劇情的主角不是缺乏動能，但對周遭事件的回應相對是被動的。通常有兩種方式來補強這樣的被動：讓主角面對強烈的內心糾結，如《意外的旅客》，或是讓主角身邊環繞著多起戲劇事件，如《比利小英雄》的多線劇情設計。

主動的主角在追求欲望的滿足時，直接採取行動與周遭的人和世界發生衝突。

被動的主角追求內心欲望的滿足，因而從外在看起來沒有行動；他面對的衝突屬於自身本質的某些層面。

《比利小英雄》片名裡的比利是個受成人世界控制的青少年，除了回應大人之外沒有太多選擇。然而，編劇畢利‧奧古斯特（Bille August）利用比利的疏離，讓他成為周遭悲劇故事的被動觀察者：不倫的戀人殺死嬰兒，一個女人閹割偷腥的丈夫，工運反抗領袖遭重擊而癱瘓。奧古斯特從這個孩子的觀點來掌握敘述，這些暴力事件都發生在遠處或銀幕畫面之外，因此我們很少看到緣由，只看見後果。這樣的設計，讓原本可能煽情甚至令人不適的事件不至於那麼強烈，或是將衝擊降到最低。

線性時間／非線性時間

原型劇情從某個時間點開始，經歷一段偶有省略但大致連續的時間，在後來的時間點結束劇情。即使運用了倒敘，倒敘情節的安排仍讓觀眾能夠理解故事的時序。反劇情的時間則經常是斷裂、紛亂或片段的，觀眾很難甚或

無法理解事件發生的線性順序。高達（Jean-Luc Godard）曾說，從他的美學觀來看，電影一定要有開頭、中間與結尾……但未必要依照這個順序排列。

　　無論有沒有倒敘，只要觀眾能夠理解故事的時間順序，就是以「線性時間」敘述的故事。

　　時間前後紛亂，時間的連續性變得模糊，觀眾因而無法理解事件發生的先後順序，就是以「非線性時間」敘述的故事。

　　在片名名副其實的反劇情電影《性昏迷》[12] 裡，一名心理醫生〔亞特・葛芬柯（Art Garfunkel）飾〕在奧地利度假時遇到一名女子〔泰瑞莎・羅素（Theresa Russell）飾〕。電影前三分之一，場景似乎以這段婚外情的萌芽階段為主，但在這些場景之間，又出現婚外情中期與最後階段的前敘場景。電影中間的三分之一，散落著我們認為是婚外情中期的場景，但穿插著戀情初期的倒敘，以及戀情尾聲的前敘。電影最後三分之一，主要由似乎是情侶最後相處時光的場景組成，但也穿插了戀情中期與初期的倒敘。電影最後以戀屍癖行徑的場景結束。

　　「性格即命運」是個古老的概念，意思是你的命運就等同於你這個人，最後決定你人生結局的，是你個人獨有的特質，而非家庭、社會、環境或機遇。《性昏迷》正是這個概念的當代重新演繹。它像翻攪沙拉似的處理時間，反結構的設計阻斷了角色與周遭世界的連結。他們週末要不要去薩爾斯堡？下週末要不要去維也納？要在這裡吃午餐或那裡吃晚餐？有沒有為了這些或那些爭吵？這一切有什麼差別？真正重要的，是他們性格交會所產生的可怕化學變化。他們相遇的那一刻，兩人就搭上了通往怪誕命運的子彈列車。

因果關係／巧合

　　原型劇情強調事情在這個世界裡如何發生，因如何導致果，果又如何轉

---

12 此片英文片名為 Bad Timing，直譯即為「時機不對」。

變成因，觸發另一個果。經典故事設計羅列了人生的許多相互關連，從顯而易見的到難以理解的，從個人內在的到史詩的，從個人認同到跨國資訊交流圈。它展現了由因果鏈組成的網絡，如果能理解這個網絡，就能為生命賦予意義。另一方面，反劇情經常用巧合來取代因果關係，重點放在故事世界裡事物的隨機碰撞，打破了因果鏈，產生片段、無意義與荒謬的效果。

在由「因果關係」驅動的故事裡，動機引發的行動造成某些結果，而這些結果又轉變成原因，引發其他結果。就這樣透過一連串的連鎖反應情節，將多重層次的衝突相互連結，呈現出真實世界中萬事萬物的相互關連。

在由「巧合」驅動的虛構世界裡，動機不明的行動引發了事件，但並未造成進一步的結果，因此讓故事斷裂成許多分歧的插曲，並產生開放式結局，呈現出人的存在與外界並無連結。

在《下班後》片中，一名年輕男子〔葛里芬・鄧恩（Griffin Dunne）飾〕在曼哈頓一間咖啡館巧遇一位女子，並定下約會。就在他前往女子位於蘇活區的公寓途中，身上最後一張二十元紙鈔竟飛出計程車外，等他來到她的閣樓，發覺在某個未完成的怪異雕像上好像就釘著那張鈔票，而他的約會對象突然就依照她的縝密計畫自殺了。他沒有錢搭地鐵，困在蘇活區，當地一個守望相助隊誤認他是小偷，展開追捕。瘋狂的人物和滿出水來的馬桶讓他無法脫逃，他只好躲進一個雕像裡，但真正的竊賊卻偷走了這個雕像。最後他從竊賊作案的卡車跌落，撞上他辦公室大樓的階梯，及時坐回文書處理軟體前工作。在上帝的撞球枱上，他只是其中一顆球，隨機四處亂撞，直到進洞為止。

連貫的真實／不連貫的真實

故事是人生的隱喻，帶我們離開柴米油鹽的現實，觀照人生本質。因此，將現實中的標準逐一應用於故事中是不智的。我們創造的每一個世界都遵循

它們各自的內在因果規則。原型劇情在連貫的真實中開展……但在這個狀況裡，真實並不代表現實狀況。即使是最遵循自然主義、講求表現「真實人生」的極簡劇情，其存在仍是經過提煉與萃取的。每一種虛構的真實，都以獨特的方式來設定事物在其中是如何發生的。在原型劇情中，這些規則即使再古怪都不能打破。

「連貫的真實」是虛構的環境，當中設定了角色與其周遭世界的種種互動模式。在故事敘述裡，這些模式維持連貫，因而創造了意義。

舉例來說，奇幻電影類型幾乎都屬於原型劇情，這些作品裡都嚴格遵守「真實」中的怪異規則。想像一下，如果《威探闖通關》裡有個人類角色追逐卡通角色──兔子羅傑，將牠逼到上鎖的門前。突然間，羅傑變成扁平的二維圖像，鑽過門下的縫隙逃脫了，人類則撞上了這扇門。很好，但這也就變成故事的規則了：沒有人類抓得到羅傑，因為他可以變成二維圖像逃脫。如果編劇希望兔子羅傑在後來的場景被抓，就必須發想出一個非人類的角色，或回頭改寫前面這場追逐戲。一旦創造出故事的因果關係規則，原型劇情的編劇必須在他自創的規矩裡發展故事。因此，「連貫的真實」意謂內在連貫一體的世界，且忠於自身的規則。

「不連貫的真實」是混合多種互動模式的環境，導致故事情節前後不連貫，從一個真實跳到另一個真實，創造出荒謬感。

然而，在反劇情中，唯一的規則就是打破規則。例如：高達的《週末》裡，巴黎一對情侶決定謀殺老姑媽，詐取保險理賠金。就在前往姑媽鄉下住處的路上，一場幻覺似的車禍毀了他們的紅色跑車。不久，這對情侶在漂亮的林蔭小徑上蹣跚前進，小說家艾蜜莉‧勃朗特（Emily Brontë）突然出現，從十九世紀的英格蘭掉到二十世紀法國的小路上讀她的《咆哮山莊》。這對巴黎情侶一看到艾蜜莉就討厭，拿出一個防風打火機，點火燃燒她的襯裙，讓她燒

焦⋯⋯然後繼續往前走。

　　這賞了經典文學一巴掌？也許，但這樣的事件沒再發生。這不是時間旅行電影，沒有其他人來自過去或未來，只有艾蜜莉，就出現了這麼一次。設定這個規則的目的是用來打破的。

　　顛覆原型劇情的欲望始於二十世紀初期。奧古斯特・史特林堡[13]、恩斯特・托勒[14]、吳爾芙、喬伊斯、貝克特，以及威廉・布洛斯[15]等作家，都認為需要切斷藝術家與外在真實的連結，因此也切斷了藝術家與大多數讀者的連結。表現主義、達達主義、超現實主義、意識流、荒謬劇場、反小說、反結構電影，這些流派可能技巧不同，但產生的結果相同：回歸藝術家的私密世界之內，只有藝術家許可的讀者觀眾才能進入。在這些作品的世界裡，事件不僅時序混亂、隨機巧合、片段碎裂、混沌無序，也看不出角色行動時的心理狀態。他們的精神狀態非正常，也非瘋狂，只是經由刻意的設計而呈現不連貫，或公然象徵某些事物。

　　這種模式的電影都不是「真實人生」的隱喻，而是「思想建構之人生」的隱喻。它們反映的不是真實，而是電影創作者的自我中心主義，為了達到這個目的，電影將故事設計的限制推向教條式與概念性的結構。儘管如此，像《週末》這類反劇情的不連貫真實，仍保有某種整體感。如果處理得好，我們仍能感覺得到，這樣的電影呈現出的電影創作者主觀心智狀態。無論劇情多麼不連貫，這種單一的認知仍將電影統整在一起，讓願意冒險進入其扭曲世界的觀眾欣賞。

　　以上七種形式上的相反與對比並非僵化不變的。開放／封閉、被動／主

---

13 奧古斯特・史特林堡（Autust Strindberg, 1849~1912），瑞典小說家、劇作家，作品結合心理學與自然論，包括：《父親》（*Father*）、《茱莉小姐》（*Miss Julie*）等。

14 恩斯特・托勒（Ernst Toller, 1893~1939），德國劇作家、詩人，作品包括：《群眾與人》（*Masse-Mensch*）、《哈啊，人生如斯！》（*Hoppla, Wir Laben!*）等。

15 威廉・布洛斯（William S. Burroughs, 1914~1997），美國「垮世代」代表人物之一，作品領域廣泛，與許多藝術家跨界合作，影響許多音樂人和電影導演。代表作品《裸體午餐》（*Naked Lunch*）書中捨棄傳統結構模式，大量使用俚語與暗話，充滿各式意象，重新定義了文學，被視為二十世紀最重要小說之一。

動、連貫／不連貫真實等，有無限的濃淡層次與程度差異。在故事設計三角中，分布著無窮無盡的故事敘述可能性，但很少電影的形式因為完全純粹而能置於極端的三角頂點。這個三角形的每一個邊，都是結構選擇的光譜，作者沿著這三個邊移動故事，從每個極端混合或借用某些故事設計的特性。

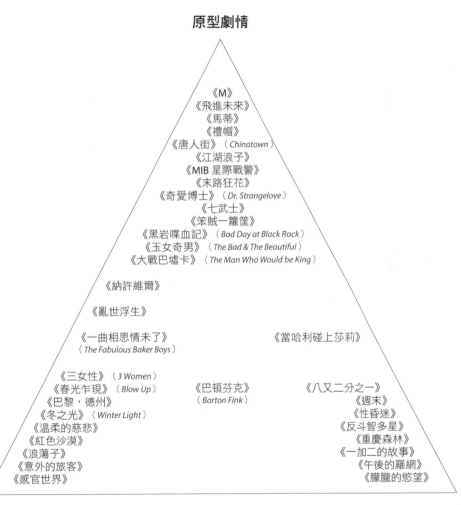

原型劇情

《M》
《飛進未來》
《馬蒂》
《禮帽》
《唐人街》（*Chinatown*）
《江湖浪子》
《MIB 星際戰警》
《末路狂花》
《奇愛博士》（*Dr. Strangelove*）
《七武士》
《笨賊一籮筐》
《黑岩喋血記》（*Bad Day at Black Rock*）
《玉女奇男》（*The Bad & The Beautiful*）
《大戰巴墟卡》（*The Man Who Would be King*）

《納許維爾》

《亂世浮生》

《一曲相思情未了》
（*The Fabulous Baker Boys*）

《當哈利碰上莎莉》

《三女性》（*3 Women*）
《春光乍現》（*Blow Up*）
《巴黎，德州》
《冬之光》（*Winter Light*）
《溫柔的慈悲》
《紅色沙漠》
《浪蕩子》
《意外的旅客》
《感官世界》

《巴頓芬克》
（*Barton Fink*）

《八又二分之一》
《週末》
《性昏迷》
《反斗智多星》
《重慶森林》
《一加二的故事》
《午後的羅網》
《朦朧的慾望》

極簡劇情 ◄ - ► 反劇情

結構的光譜　61

《一曲相思情未了》與《亂世浮生》落在原型劇情與極簡劇情之間。這兩部影片講述的是被動且孤獨角色的故事；兩者也都讓結局保持開放，劇情副線愛情故事的未來並沒有答案。這兩部片也不是《唐人街》或《七武士》這樣的經典故事設計，但也不是像《浪蕩子》或《青木瓜的滋味》（*The Scent of Green Papaya*）這樣的極簡主義。

　　多線劇情電影同樣較不貼近經典劇情，但距離極簡劇情也有段距離。羅伯・奧特曼是這種形式的大師，其作品跨越了許多可能性的光譜。多線劇情可能「硬」，偏向原型劇情，因為個別的故事經常隨強烈的外在因素而轉變，例如《納許維爾》。它也可能「軟」，偏向極簡劇情，因為劇情的每條線會讓節奏變慢，行動會發生於內心，例如《三女性》。

　　電影也可以走類似反劇情的形式。舉例來說，《當哈利碰上莎莉》的編劇諾拉・艾芙隆與導演勞勃・萊納（Rob Reiner），將偽紀錄片（Mockumentary）的場景放進電影，這部電影整體的「真實性」就成了問題。以紀錄片風格訪問老夫妻，讓他們回顧當年相識的場景，其實全是演員演出前先寫好的有趣劇本。電影在其他方面遵循傳統愛情故事風格，因此，放進這些偽真實的場景，將影片推向反結構不連貫的真實，以及自我指涉的諷刺。

　　《巴頓芬克》這類電影落在故事三角的中心，同時具有三個頂點的特質。電影一開始是紐約一名年輕編劇的故事（單一主角），他想在好萊塢揚名立萬（主動與外在力量產生衝突）──這是原型劇情。不過芬克〔約翰・特托羅（John Turturro）飾〕愈來愈離群索居，同時陷入了嚴重寫作瓶頸（內在衝突）──這是極簡劇情。當主角逐漸出現幻覺，我們愈來愈難確定什麼是真，什麼是幻想（不連貫的真實），最後一切都不能相信（斷裂的時序與因果順序）──這是反劇情。芬克凝視大海的結局相當開放，但他肯定無法繼續留在好萊塢寫劇本了。

改變／不變

　　在極簡劇情與反劇情兩個頂點之間畫一條線，線的上方是人生明顯有改變的故事。儘管如此，在極簡劇情那一端可能幾乎看不到改變，因為改變發生在內在衝突的最深處，《大丈夫》就是一例。在反劇情那一端的改變，則

可能會引爆成超級大笑話，如《聖杯傳奇》。不過在這兩個案例中，故事有轉變弧線，人生也有了或好或壞的改變。

　　在這條線之下，故事維持不變，沒有轉變弧線。在電影的尾聲，角色人生的價值取向幾乎與開場時狀態相同。故事消散為角色刻畫，變成一幅或逼真或荒誕的人物畫像。我將這類電影稱為非劇情（Nonplot）。它們提供我們資訊、打動我們，也都有修辭或形式上的結構，但它們並未敘述故事。因此，它們落在故事三角之外，歸屬於另一個範疇，那個範疇涵蓋了所有可統稱為「敘事」的作品。

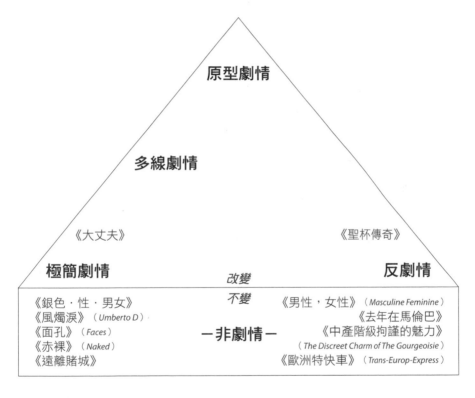

　　在《風燭淚》、《面孔》、《赤裸》這類生活切面式的電影中，我們看見主角過著寂寞、困擾的人生，甚至還會經歷更多磨難考驗，但到了電影尾聲，他們似乎認命接受人生的痛苦，甚至準備承受更多。在《銀色‧性‧男女》

中，個別的人生在許多故事線裡有了改變，但冷漠無情的病態包圍了整部電影並滲透了一切，最後謀殺與自殺似乎成為眼前世界自然的一部分。非劇情的宇宙裡儘管沒有任何改變，我們依然能獲得發人深省的體悟，內心也可能期待著某些改變。

反結構的非劇情也依循這種繞回原點的模式，但採用超級不自然的風格，藉由荒謬和諷刺來轉變故事。《男性，女性》（法國／1966）、《中產階級拘謹的魅力》（法國／1974）與《自由的幻影》（ *The Phantom of Liberty* ／法國／1974），這三部片中串聯了一系列的場景，用來嘲諷中產階級關於性或政治的怪誕行徑，但是開場場景裡的盲目笨蛋，直到電影結尾演職員表出現時還是一樣盲目愚昧。

故事設計的政治學

在理想的世界裡，藝術與政治沒有瓜葛，但在現實中，兩者很難不相互影響。因此政治就像在其他領域一樣，也潛伏在故事三角中：品味裡有政治，影展和獎項裡有政治，還有最重要的是藝術成就與商業成功角力的政治。如同所有政治議題一樣，在三角的極端，真相扭曲得最嚴重。我們每個人都能在故事三角中找到符合本性的創作位置。不過必須格外當心，因為我們可能會受意識型態而非個人因素影響，認為必須離開原本的創作位置，移到遙遠的另一角創作，結果卻為了設計出內心並不相信的故事而動彈不得。這時，只要坦誠審視那些似是而非的電影論調，就不會迷失方向。

多年來，「好萊塢電影」相對於「藝術電影」一直是電影的主要政治議題。這兩個詞看來陳舊，但雙方至今仍有大聲發言的支持者。他們的傳統論點始終局限在以下幾種對立概念：高預算／低預算、特殊效果／藝術化構圖、明星制度／群戲表演、私人資金／政府支持、導演是作者／導演是受聘雇的專業人士。這些論戰中潛藏著兩種完全相反的人生視野，關鍵戰線就在故事三角底部那條線：不變／改變。對寫作者來說，這是深具意義的哲學矛盾。我們就先從名詞定義開始談起：

「好萊塢電影」的概念，不包含以下電影：《親愛的！是誰讓我沉睡了》、《警察大亨》（*Q&A*）、《追陽光的少年》（*Drugstore Cowboy*）、《來自邊緣的明信片》、《薩爾瓦多》（*Salvador*）、《不設限通緝》（*Running On Empty*）、《藍絲絨》（*Blue Velvet*）、《天生贏家》（*Bob Roberts*）、《誰殺了甘迺迪》、《危險關係》、《奇幻城市》（*The Fisher King*）、《為所應為》，以及《大家都說我愛你》（*Everybody Says I Love You*）。

這些電影與更多類似作品，都是好萊塢片廠製作的國際賣座影片，而且備受好評。《意外的旅客》全球票房超過二點五億美元，超越大多數動作片，但不歸屬於好萊塢電影定義之內。「好萊塢電影」的政治意義縮限於好萊塢拍攝的特效電影、鬧劇與愛情電影，這幾種類型年產量各三、四十部，還不到好萊塢總產量的一半。

廣義來說，「藝術電影」指非好萊塢電影，更精確地說是外國電影，再更精確來說，就是指歐洲電影。西歐每年製作超過四百部電影，通常比好萊塢多。然而，藝術電影並不包括在歐洲作品中占比高的血腥動作片、硬調色情片或鬧劇搞笑片。用坊間評論的語言來說，「藝術電影」（愚蠢的詞。想想看，可有「藝術小說」或「藝術劇場」的說法？）僅適用於少數能夠橫越大西洋流入美國的傑出電影，例如：《芭比的盛宴》（*Babette's Feast*）、《郵差》（*Il Postino*）和《人咬狗》。

這兩個詞出現於文化政治戰爭中，指涉的世界觀即使不是完全相反，也非常不同。好萊塢電影工作者對人生改變的力量往往過度樂觀（有人認為樂觀得可笑），為了呈現這樣的創作視野，他們十分依賴原型劇情，以及比例過高的正面結局。非好萊塢電影工作者對於改變往往過度悲觀（有人認為這很潮），聲稱人生愈是改變，愈是在原地踏步，更悲觀的甚至認為改變會帶來痛苦。為了表現改變的徒勞、無意義或破壞力量，他們傾向於製作靜態的、非劇情的人物刻畫，或以消極結局收場的極端極簡劇情與反劇情。

當然，這兩種傾向在大西洋兩岸都有例外，但這個二分法比隔開了新舊世界的大西洋更深、更真實。多年之前，渴望改變的美國人逃離了停滯的文化與僵化的階級制度。我們改變又改變，試著找出可行的方法，什麼都願意

嘗試。美國一九六〇年代的大社會計畫（the Great Society）讓美國人編織出三兆美元的社會安全網，如今我們卻在粉碎這張網。反觀「舊世界」，由於經歷千百年的艱辛經驗，因而對這樣的改變有著畏懼，因為社會轉型總是帶來戰爭、饑荒與混亂。

這造成我們對故事的兩極化態度：好萊塢單純的樂觀主義（對於改變並不天真，但堅持正面改變的傾向很天真），藝術電影程度相當的單純悲觀主義（對於人類處境並不天真，但堅持改變只是原地踏步或帶來負面結果的傾向很天真）。好萊塢電影太常將正向結局強加於電影中，而且是為了商業理由，而不是因應故事的實際需求。非好萊塢電影則太常堅持呈現黑暗面，而且是為了符合潮流，而不是因應故事的實際需求。真實總是存在於中庸之道。

藝術電影聚焦於內在的衝突，吸引了高學歷者的興趣，因為受過高等教育的人較會花時間關注內心世界。然而，極簡主義者經常高估觀眾的胃口，完全只有內在衝突的電影，恐怕連最觀照內心的人也難以消化。更糟的是，他們也高估了自己透過銀幕傳達難以言傳的內心世界的能力。相對的，好萊塢動作片工作者則低估了觀眾對角色、思想與情感的興趣，更糟的是，他們也高估了自己不讓動作片陷入該類型老套的能力。

因為好萊塢電影裡的故事往往刻意造作而且老套，導演必須用其他方式來補救，以抓住觀眾注意力，因而只能依賴視覺特效及紛亂的賣命場面，《第五元素》（The Fifth Element）就是一例。依照同樣的邏輯，藝術電影往往故事薄弱甚或不存在，導演也必須補救，於是出現兩種解決方式：資訊，或感官刺激。前者在場景中使用大量對白，探討政治議題、哲學思索，或讓角色自覺地剖析內心的情感；後者利用豐富的美術設計、攝影或配樂來取悅觀眾的感官，《英倫情人》（The English Patient）即為一例。

當代電影政治戰爭的悲哀真相，是「藝術電影」與「好萊塢電影」各走極端，結果卻產生相互鏡照的類似作品：故事的敘述不得不以聲勢浩大的耀眼外表來吸引觀眾注意，以免他們發現故事的空洞與虛假……如此一來，作品勢必會變得無趣，就像白日結束黑夜必然降臨。

除了財務、發行與獎項議題的政治爭吵外，還潛藏著深層的文化差異；

原型劇情與對立的極簡劇情、反劇情，不但呈現出兩種相反的世界觀，更反映出這樣的文化差異。在故事與故事之間，作者可能會在故事三角中任意移動，但我們大多數人較習慣固定在某個位置。你必須作出自己的「政治」選擇，決定自己的位置在哪裡。在你作選擇的時候，請參考接下來我提供的這些重點加以評估。

寫作者必須靠寫作維生

有一份每週工作四十小時的正職，同時兼顧寫作是可能的。成千上萬人走過這樣的路。然而，在疲憊襲來、注意力渙散、創造力瓦解時，你會有打退堂鼓的念頭。在你放棄之前，必須想辦法靠寫作維生。在電影、電視、劇場與出版的真實世界裡，有才華的作者必須體認到以下事實才能生存：隨著故事設計由故事三角的原型劇情頂點往下移，無論是往極簡劇情、反劇情與非劇情的方向移動，觀眾都會隨之減少。

觀眾的減少與寫作品質優劣無關。故事三角的三個角落都因大師的巨作而發光，這些作品受到全世界珍視，更是我們不完美世界中的完美作品。

觀眾數量縮減的理由，在於大多數人相信以下幾種想法：人生帶給他們的是封閉式的經驗，而這些經驗來自於絕對且無法逆轉的改變；他們最大的衝突來源是自己與外在的衝突；他們是自身經驗單一的主動主角；他們的存在，在連續的時間、因果互相連結的連貫真實中運轉，而在這個真實裡，事件因為可解釋、有意義的理由而發生。自從我們的老祖宗凝視自己生起的火，思索「我存在」這個想法後，人類就如此看待世界，以及存在於世界當中的自身。經典設計是人類心智的鏡子。

經典設計是記憶與預期的模型。當我們回想過去，我們會用反結構或極簡主義的方式串聯事件？不會。我們以接近原型劇情的方式來回想並形塑記憶，讓過去栩栩如生地重現。我們作起白日夢，臆想著未來那些我們恐懼或祈禱發生的事情時，我們的想像是極簡主義式的？反結構的？不是。我們把幻想與希望塑造成原型劇情。經典設計展現了人類認知在時間、空間與因果關係的運作模式，我們的心智會反抗在這個運作模式之外的事物。

經典設計不是西方的人生觀。數千年來,從黎凡特[16]、爪哇到日本,亞洲說故事的人在原型劇情的框架裡創作,編造出充滿偉大冒險與熱烈激情的故事。正如亞洲電影崛起一樣,東方的電影編劇所運用的經典設計原則和西方相同,他們的故事敘述因而增加了某種獨特的智慧與嘲諷。原型劇情既非古老亦非現代,既非西方亦非東方;它源自於人性。

　　觀眾若察覺故事逐漸偏向他們認為無趣或無意義的虛構真實,就會覺得疏離並轉身離去。無論收入多寡或背景高低、知性或感性的人,都會有這種反應。大多數的人無法認同反劇情不連貫的真實、極簡劇情內化的被動性、非劇情用來象徵人生實況的靜態循環。故事若來到三角形底部,觀眾會縮減為忠實影痴級知識分子,他們偶爾喜歡扭曲自己的真實。這群人是熱中電影、難以討好的觀眾……但人數非常少。

　　如果觀眾減少,製作預算也必須縮減。這是鐵律。一九六一年,法國作家亞蘭‧霍格里耶寫了《去年在馬倫巴》。整個七〇與八〇年代,他寫了不少反劇情的精采謎樣作品,這些電影關注的較不是生活,而是寫作的藝術。有一次我問他,他的電影具有反商業性質取向,是如何拍出來的。他說,他拍電影的預算從來沒超過七十五萬美元,未來也不會。他的觀眾很忠實,但人數很少。在預算超低的情況下,他的金主可以淨賺投資金額的一倍,並繼續支持他擔任導演,但若以兩百萬美元的預算來看,金主可能會賠光投資,他也不能再當導演。霍格里耶不但有創作視野,也很實際。

　　如果你像霍格里耶一樣想寫極簡劇情或反劇情,也能找到非好萊塢的製片來做這個低預算的案子,並且滿意自己只能賺到相對較少的金錢,很好,放手寫吧。但若是幫好萊塢寫劇本,低預算劇本對你來說不會加分。資深的專業人士讀到你極簡主義或反結構的作品,可能會讚許你處理畫面的手法,但拒絕參與,因為經驗告訴他們,如果劇本裡故事沒有重要性,那麼觀眾也不會受到重視。

　　即使是好萊塢的中等預算,金額也高達數千萬美元,每部電影必須找到

---

16 關於黎凡特(Levant)的實際地點或歷史說法不一,一般而言指的是歷史上存在於地中海東部的古老文化或國家。

夠多的觀眾群來回收成本，並且讓獲利高於安全投資報酬率。為什麼金主要拿幾百萬美元來冒險？他們大可把錢投入房地產，投資結束後至少還擁有一棟建築物，而不是某部電影，在幾個影展播放後就被送進低溫倉庫[17]，然後為人所遺忘。如果好萊塢片廠打算冒險跟你合作拍電影，你必須寫出一個至少有機會回報高風險報酬的劇本。換句話說，寫出傾向原型劇情的電影。

作者必須靠精通經典形式

無論是透過本能或研究，優秀的作者知道極簡主義與反結構不是獨立的形式，而是對經典的反動。極簡劇情與反劇情是從原型劇情衍生而出的——前者限縮它，後者牴觸它。前衛派存在的理由，就是反抗通俗與商業性，直到最後它也變得通俗與商業，然後又轉頭攻擊自己。如果非劇情「藝術電影」開始流行且大賣座，前衛派就會反抗，抨擊好萊塢為了錢只做人物刻畫電影，然後自行占用經典設計。

重視形式／自由風格、對稱／不對稱之間的風潮循環，就如雅典劇場一樣古老。藝術的歷史是許多復興再生的歷史：體制的象徵符號遭前衛派粉碎，前衛變成新的體制，受新一代前衛派以上兩代的形式當成武器加以攻擊。搖滾樂（Rock 'n' roll）的英文名稱源自黑人俚語，意謂性愛，它是反抗二次大戰戰後時期白人中產階級音樂的前衛運動，如今卻代表音樂的貴族階層，連教會音樂都會採用其樂風。

反劇情設計的嚴肅運用不僅不再流行，還變成一種玩笑。反結構作品裡始終延續黑暗諷刺的風格，從《安達魯之犬》到《週末》皆是，但現在直接對攝影機講話、不連貫的真實與多重結局，已是搞笑電影的主要手法。《荒漠迷宮》（Road to Morocco）裡，鮑勃·霍伯（Bob Hope）與平·克勞斯貝（Bing Crosby）開創的反劇情搞笑橋段，在其他作品裡也已廣泛運用，例如《閃亮的馬鞍》（Blazing Saddles）、蒙地蟒蛇[18]系列搞笑電影、《反斗智多星》等電影。人

---

17 電影拷貝與拍攝毛片膠卷需貯放在低溫環境，才能長久保存不變質。

18 蒙地蟒蛇（Monty Python）是英國知名的六人喜劇表演團體，作品包括：《聖杯傳奇》、《萬世魔星》（Monty Pythons Life Of Brian）等。

們曾認為危險且具革命性的故事技巧，現在似乎不再可怕，反而迷人。

偉大的故事敘述者尊重這些潮流，他們始終明白，無論背景或教育程度，無論出於自覺或本能，所有人都帶著對經典的預期而進入故事儀式之中。因此，為了讓極簡劇情與反劇情奏效，作者必須戲弄或挑戰這種預期。唯有用細膩有創意的方式打破或扭曲經典形式，藝術家才能引導觀眾認知潛藏在極簡劇情裡的內心生活，或接受反劇情裡令人不寒而慄的荒謬。如果作者不懂經典形式，如何有創意地加以簡化或反轉？

在故事三角角落深處發現成功之道的作者知道，理解的起點在故事三角頂端，並且從經典設計開啟他們的寫作生涯。柏格曼勇敢挑戰極簡主義的《沉默》（The Silence）與反結構的《假面》之前，已編寫、導演了二十年的愛情故事，以及社會、歷史戲劇。費里尼在冒險執導極簡劇情的《阿瑪珂德》（Amarcord）或反結構的《八又二分之一》之前，已拍出《小牛》（I Vitelloni）與《大路》（La Strada）。高達在《週末》之前，已拍出《斷了氣》（Breathless）。羅伯·奧特曼在電視影集《牧野風雲》（Bonanza）及《希區考克電視劇場》（Alfred Hitchcock Presents）將說故事的才能磨練純熟。大師的起點，都是精通原型劇情。

年輕人渴望第一部電影劇本就能寫得像《假面》一樣，這一點我能體會。不過加入前衛派的夢想必須稍作等待，就像之前的許多藝術家一般，你也必須先精通經典形式。不要欺騙自己，自認看過電影，理解原型劇情。當你能寫出原型劇情，你就知道自己真的懂了。寫作者不斷精進技巧，直到相關知識從左腦轉換右腦，直到智性的認知轉變成靈活的技藝。

作者必須相信自己寫的東西

史坦尼斯拉夫斯基[19]問演員：你愛上的是自己內在的藝術？還是藝術裡的自己？各位也必須檢視自己的動機，自問為什麼想採取這種寫作方式。為什麼你的電影劇本走向故事三角的某一角，而非另一角？你的創作視野是什麼？

你創造的每個故事都對觀眾說：「我相信人生即是如此。」你必須時時

---

19 康斯坦丁·史坦尼斯拉夫斯基（Konstantin Stanislavski, 1863~1938），俄國劇場演員、導演、表演藝術理論家。

刻刻充滿熱情與堅定的信念，否則就會讓我們感到虛偽。如果你採取極簡主義風格，你相信這種形式的意義嗎？你的經驗是否讓你相信，人生帶來極少的改變甚或不會改變？如果你追求的是反經典主義，你是否相信人生的偶然與虛無？如果你的答案是熱切的「是」，那麼就去寫你的極簡劇情或反劇情，然後盡一切努力讓劇本變成電影。

對大多數人來說，誠實面對這些問題的答案是否定的。不過，反結構與極簡主義就像童話裡的神奇吹笛手一般，依然吸引不少年輕寫作者追隨，極簡主義尤其如此。為什麼？我懷疑對許多人來說，吸引他們的不是這類形式隱含的意義，而是這些形式外顯的象徵意義。換句話說，就是政治。重點不是反劇情與極簡劇情是什麼，重點在於它們不是什麼——它們不是好萊塢。

年輕人學到的是：好萊塢與藝術是對立的。因此，希望被視為藝術家的新手編劇落入了某個陷阱：寫作電影劇本不是為了它是什麼，而是為了它不是什麼。他避開封閉式結局、主動的角色、時序與因果關係，以免染上商業主義的汙名。結果，故作姿態危害了他的作品。

故事是我們的想法與熱情的具體展現，借用哲學家胡塞爾（Edmund Husserl）的說法，故事是我們希望灌輸觀眾的情感與體悟的「客觀對應物」（objective correlative）。寫劇本時，如果一眼看著劇本，另一眼看著好萊塢，為避免商業主義汙名而作出怪異的選擇，可說是耍性子在創作。就像活在威權父親陰影下的孩子，你打破好萊塢的「規則」，因為這麼做讓你感覺自由。不過憤怒地違逆父權並不是創造力；這是青少年為引起大人注意而做的犯罪行為。為了差異而追求差異，就和任由商業規則擺布一樣空洞。寫你相信的東西就好。

03
結構與設定

向陳腔濫調宣戰

現在可能是有史以來寫作者最難混的時候。與幾世紀前的觀眾相較之下，如今的觀眾看過大量的故事。維多利亞時代受過教育的英國人，一年去劇場幾次？在大家庭與沒有自動洗碗機的年代，他們有多少時間讀小說？在我們曾曾祖父母的年代，一星期通常可能只有五、六個小時能閱讀故事——相當於現在我們一天閱聽故事的時數。

現代電影觀眾坐下來看你的作品時，他們已有過數萬小時欣賞電視、電影、文字創作與劇場的經驗。你會創作什麼樣的作品是他們沒看過的？你會從哪裡尋找真正原創的故事？你要如何戰勝陳腔濫調？

陳腔濫調是造成觀眾無法滿足的根本原因，它就像因無知而散播的瘟疫，如今感染了所有講述故事的媒體。我們感覺無趣而闔上小說或走出戲院，正是因為從開場就可預見結局的乏味，而且這樣的經驗還真不少，畢竟這樣老套的場景與角色太常見了，實在讓人氣惱。這個全球性瘟疫的起因既單純也明確；所有陳腔濫調可追溯到的源頭只有一個：作者不了解自己故事裡的世界。

這樣的作者選擇了某個環境設定，著手開始寫電影劇本，且自認了解自

己創造的虛構世界。其實不然。當他們探索內心，試圖尋找素材時，結果一無所獲。這時候他們會怎麼做？去找有類似設定的電影、電視、小說或舞台劇。他們從其他作者的創作裡抄襲我們看過的場景，改寫我們聽過的對白，偽裝成我們見過的角色，將這些當成自己的創作。他們將他人創作的剩菜重新加熱，端出一盤盤乏味的菜。無論他們有沒有才華，對故事設定與當中的所有元素都欠缺深度理解。認識並洞察故事裡的世界，是原創與出色作品的基本動作。

設定

故事的設定有四個面向：時代、持續期間、地點、衝突的層面。

時間的第一個面向是「時代」。故事的設定是否在當代的世界？在過去的歷史？在假設的未來？或者故事是不尋常的奇想，如同《動物農莊》（*Animal Farm*）或《瓦特希普高原》（*Watership Down*），其中的地點與時代都無法得知，也無關緊要？

「時代」是故事在時間裡的位置。

時間的第二個面向是「持續期間」。在角色的人生中，故事橫跨了多少時間？幾十年？幾年？幾個月？幾天？或者，這是一個故事時間相當於銀幕時間的不尋常作品？例如《與安德烈晚餐》（*My Dinner with Andre*），這部兩小時的電影就是一頓持續兩小時的晚餐。

或是像更少見的《去年在馬倫巴》，將時間消融成永恆？透過交叉剪接、重疊、反覆與（或）慢動作鏡頭，銀幕時間比故事時間更長是有可能的。沒有劇情長片曾嘗試這麼做，不過有些場景段落倒表現得相當出色，其中最著名的，就是《波坦金戰艦》的奧德薩台階（Odessa Steps）段落。沙皇軍隊攻擊奧德薩抗議民眾，實際上只花了兩、三分鐘，也就是穿長靴的軍人行軍從台階頂

部走到地面的時間，但在銀幕上，恐怖氛圍延長了五倍的時間。

「持續期間」是故事經歷的時間長度。

「地點」是故事的實體面向。故事的地理位置為何？在哪個城鎮？哪條街？哪些建築物？建築裡的哪些房間？攀登哪座高山？穿越哪片沙漠？前往哪個星球的旅程？

「地點」是故事在空間裡的位置。

「衝突的層面」屬於人的面向。故事設定的領域不僅包含時間與空間，也包括社會。就這個意義上來說，社會的面向是垂直的：你要在哪個衝突層面敘述故事？無論是在多麼外在的體制層面，或多麼內在的個人層面，社會當中的政治、經濟、意識型態、生理、心理的各種力量都在形塑事件，它們對故事的影響就像時代、自然景致或服裝造型一樣。因此，故事裡的角色各有不同的衝突層面，選用哪些角色來敘述故事，也是故事設定的一部分。

你的故事是否聚焦在角色的內在衝突？甚或是無意識層面的衝突？或者往上提升一個層面，聚焦於個人之間的衝突？或再往上更廣泛地關注與社會體制的對抗？或更宏觀地關注周遭各種力量的爭鬥？從潛意識到宇宙星球，透過這些多重層面的人生經驗，故事可以設定在這些層面其中之一，或幾個層面的組合。

「衝突的層面」，是故事在人類各種抗爭體系中的定位。

結構與設定之間的關係

故事設定精準定義了故事，並限制了它的可能性。

儘管你的設定是虛構的，不是所有腦中想到的都能夠在其中發生。無論在哪個世界，無論是多麼虛幻的世界，只有某些事件可能發生或有機率發生。

如果你的戲劇設定在西洛杉磯有圍籬鐵門的豪宅，我們就不會看到豪宅主人在綠意盎然的街頭暴動抗議社會不公，但他們可能會舉辦每個席位三千美元的募款餐會。如果你的設定是東洛杉磯貧民窟的公有住宅，這些市民不會在每人三千美元的宴會上用餐，但可能會走上街頭要求改變。

故事必須遵循自己內在可能的規則。因此，作者對事件的選擇，僅局限於他創造出來的世界內部的可能性與或然率。

每個虛構世界都創造了特殊的宇宙，設立了自己的「規則」，規範事物在其中如何及為何發生。無論此設定多麼寫實或怪異，因果關係法則一旦建立就不能改變。在所有電影類型中，奇幻其實是最嚴格的，也是結構最傳統的。我們願意跨越現實，大膽相信編劇創造的世界，從而要求故事開展的可能性必須嚴謹，不能有巧合。例如《綠野仙蹤》（*The Wizard of Oz*）就是徹徹底底的原型劇情。另一方面，極力貼近真實的寫實主義卻容許邏輯上的跳躍。例如《刺激驚爆點》（*The Usual Suspects*）的編劇克里斯托夫‧邁考利（Christopher McQuarrie），在自由聯想的「規則」中實現了近乎不可能的故事發展。

故事不是憑空出現，而是從歷史與人類經驗中已有的素材滋生。從第一眼看到的第一個畫面，觀眾就開始審視你虛構的世界，分別出可能與不可能、有機率與沒有機率發生的事物。觀眾有意識或無意識地想了解你的「規則」，以便理解你這個故事世界裡的事物如何或為何發生。你藉由故事設定與處理手法的選擇，創造出這些可能性與限制。創造這些限制後，你就有了必須遵守的約定。因為觀眾一旦理解故事世界的法則，而你卻打破了法則，他們就會感覺受到冒犯，因而認定你的作品不合邏輯，也不具說服力。

從這個觀點來看，故事設定感覺或許就像是想像力的束縛。在協助故事發展的工作中，寫作者經常拒絕將故事設定具體化，試圖掙脫其限制，這一點往往讓我非常驚訝。

我問：「你的設定是什麼？」

「美國。」寫作者興高采烈地回答。

「聽起來有點太廣泛了。你設想過哪一類特定的社區嗎？」

「羅伯特，這一點無所謂。這是典型的美國故事，主題是離婚。還有什麼比這個更有美國特色？我們可以設定在路易斯安納、紐約或愛達荷，都沒差。」

絕對有影響。路易斯安納沼澤區的離婚，和紐約公園大道億萬富豪的離婚官司沒什麼共同點，它們也和愛達荷馬鈴薯農場的婚外情不一樣。沒有故事是可任意移植的。一個誠實的故事只有一個時空，也只歸屬於一個時空。

創意限制的原則

限制至關緊要。故事要講得好，第一步就是創造一個平易近人的小世界。藝術家的本性渴望自由，而結構與設定的關係限制了創意的選擇，這個原則可能會激發你的反抗之心。然而，仔細觀察，你會發現這個關係是絕對正面的。故事設定加諸故事設計的限制並不會妨礙創意，反而會啟發創意。

所有精采的故事都發生在一個有限、可知的世界裡。無論虛構的世界看起來可能有多大，只要仔細檢視，就會發現它其實相當小。《罪與罰》（Crime and Punishment）彷彿顯微鏡下的故事。《戰爭與和平》（War and Peace）以動盪俄國為背景，故事其實集中在幾個角色以及互有關連的家族。《奇愛博士》的故事發生在傑克‧D‧利普[1]將軍的辦公室、一架飛往蘇俄的飛行堡壘，以及五角大廈的戰情室裡，電影高潮是核彈毀滅地球，但故事的敘述過程僅限於上述三個場景與八個主要角色。

故事的世界必須夠小，一位藝術家的心智才能容納整個虛構的宇宙，像神知悉祂創造的世界一般，對故事世界有同樣深入與細膩的理解。就像我母親常說的：「就連一隻小麻雀墜地，神也知道。」在寫作者的世界裡，就連一隻小麻雀墜地，他也知道。完成最後一次校稿時，你對自己的故事設定完全掌握，既深入又鉅細靡遺，無論有人提出任何與你的世界有關的問題——

1　傑克‧D‧利普（Jack D. Ripper）與英國知名連續殺人犯「開膛手傑克」（Jack the Ripper）英文諧音。

從角色的飲食習慣到九月的天氣——你都能立刻回答。

　　儘管如此，「小」世界不等於瑣碎的世界。藝術，就是從宇宙的其他部分特意挑選並分離出一小部分，讓它看起來是當下最重要、最迷人的東西。在這樣的定義下，「小」意味著可知。

　　「完全掌握」的意思不是對故事裡所有事物衍生的一切都完全清楚。它指的是對所有相關事物的理解。這看似不太可能，但最優秀的作者每天都達到這個境界。《哭泣與耳語》（Cries and Whispers）中，哪個關於時間、地點與角色的重要問題能逃過柏格曼的法眼？《大亨遊戲》的編劇大衛・馬密、《笨賊一籮筐》的編劇約翰・克里斯（John Cleese）也是一樣。這並不是因為優秀編劇刻意、有意識地思考故事蘊涵的人生的每個層面，而是他們在某個層面上將這些東西都消化了。傑出的作者理解全局。因此，在可以理解的世界裡創作吧。一個廣闊、角色眾多的世界會耗盡心力，對故事的理解也勢必會因而變得膚淺。一個有限的世界及有限的角色組合，才能讓我們有機會以兼具深度與廣度的方式來認識故事。

　　故事設定與故事的關係頗具反諷意味：世界愈大，作者的理解就愈淺薄，因此他創作的選擇就愈少，故事也就愈多陳腔濫調。故事愈小，作者的理解就愈完整，因此創作的選擇就愈多。由此可知：一個完全原創的故事戰勝了陳腔濫調。

研究

　　戰勝陳腔濫調的關鍵是研究，亦即投入時間與精力以獲得知識。我建議以下列幾種方法來進行：從記憶研究，從想像研究，從事實研究。一般來說，這三種研究故事都需要。

從記憶研究

　　坐在書桌前，仰靠在椅背上，問自己：「就我個人經驗來說，我對我筆下角色的人生有何認識？」

假設你正在寫一個關於中年主管的故事，他面臨一場能造就自己也能毀滅自己前途的簡報。他個人生活與事業都會受到影響，因此他很害怕。恐懼是什麼樣的感覺？慢慢的，記憶帶你回到某一天，你的母親由於某個你永遠不明白的理由將你反鎖在衣櫥裡，然後離開了家，第二天才回來。你回想起那段黑暗、令人窒息、充滿恐懼的漫長時間。你的角色也有相同的感覺嗎？如果答案是肯定的，鮮明地描述你困在衣櫥裡的那一天與那一夜。你可能以為自己了解，但除非你能寫下來，否則你不知道自己知道。

研究不是作白日夢。探索你的過去，重溫記憶，然後寫下來。留在你的腦海裡僅是記憶，但寫下來後就成為有用的知識。現在，心懷恐懼的苦澀，將一個誠懇、獨一無二的場景寫下來吧。

從想像研究

仰靠在椅背上，問自己：「如果生活就像我筆下的角色，每個小時、每一天會有什麼樣的感覺？」

用生動的細節，描繪你筆下的角色如何購物、做愛、祈禱。這些場景未必都會放進故事裡，但能把你帶進自己的想像世界，直到你感覺這些場景彷彿都曾見過。記憶帶給我們大塊大塊的人生，想像則將看似不相關的片段、夢境碎片與經驗點滴收納起來，然後找尋它們隱藏的關連，再融合成一個整體。找到這些關連並想像這些場景之後，將它們寫下來。有效的想像也是一種研究。

從事實研究

經歷過寫作瓶頸嗎？很恐怖吧？接連好幾天，什麼都沒寫出來。這時連清理垃圾看起來都變得有趣了。你一而再、再而三重新整理書桌，最後簡直快要抓狂。我知道有個方法有幫助，但不是去看精神科醫師，而是去圖書館。

寫不出來，是因為無話可說。你不是江郎才盡。如果你有話要說，就會無法停筆。你毀不掉自己的才華，但可以用無知讓它因匱乏而呈現昏迷狀態，因為不管多有才華，無知的人無法寫作。才華必須以事實與創意來加以刺激。

進行研究，滋養你的才華吧。研究不僅能戰勝陳腔濫調，也是戰勝恐懼及其近親──沮喪──的關鍵。

例如，想像你在寫的是家庭戲劇類型。你在家庭裡成長，或許已經成家；你看過家庭，可以想像家庭。不過，如果去圖書館閱讀家庭生活人際關係相關的經典作品，會發生兩種重要的狀況：

1. 你在人生中學到的一切會得到有力的證實。你從一頁頁閱讀過程中認出自己家庭的模樣。你個人的經驗也是眾人皆有的，這個發現很重要。這表示你的作品會有觀眾。你可以用獨特的方式寫作，但各地的觀眾都能理解，因為家庭的模式無所不在。你在家庭生活中所體驗的，與其他所有人的經驗是可以類比的，如敵對關係與同盟關係、忠誠與背叛、痛苦與快樂。當你表達你感受到的情緒，每位觀眾都會從中找到他們也有的相同感受。

2. 無論你曾在多少個家庭中生活、觀察過多少家庭，或你的想像力多麼鮮活，你對家庭本質的認識仍局限在自己經驗的有限範圍裡。然而，當你在圖書館裡作筆記，扎實地研究事實，就能將經驗範圍拓展到全世界。你可能會突然靈光乍現，得到其他管道無法達到的深度理解。

透過記憶、想像與事實進行研究，接下來經常會發生一個現象，那就是作者喜歡用神祕的詞語來描述的：角色突然生氣蓬勃，有了自由意志，作出選擇，並採取了行動，創造一個個轉捩點，讓故事峰迴路轉，讓寫作者打字的速度跟不上故事的急速發展。

這種「處女生子」式的現象儘管誘人，卻是自欺欺人，但寫作者喜歡耽溺其中。不過，所謂故事自己發聲的意外之喜，標示出作者此時對於題材的理解已經飽和，他已變成了筆下小宇宙的神。他因看似自己發聲的作品而吃驚，其實那只是自己辛勞工作之後的報償。

不過務必當心。研究提供了素材，卻不能取代創造力。針對故事設定與角色而進行人物傳記、心理、生理、政治與歷史的研究很重要，但若無助於

創造故事事件，便是枉然。故事不是將資訊堆疊後串聯進敘事當中，而是設計事件來帶領我們前往有意義的戲劇高潮。

此外，研究絕不可變成延宕。太多沒有安全感的才子才女耗費數年研究，卻不曾真正提筆寫出任何東西。研究是餵養想像與創造力的食物，不是目的。研究也沒有必要的程序。我們並不是先在筆記本裡寫滿社會、傳記與歷史的研究，做完全部的研究才開始編寫故事。創作很少這麼理性，發想與研究可以分頭進行。

想像你在寫心理驚悚劇本。或許你會從「要是……會是什麼情況」開始。要是一個精神科醫師違背專業倫理，與患者有染，會是什麼情況？你覺得有意思了，心想，這個醫生是誰？患者呢？也許他是軍人，因戰爭心理受創，罹患僵直型精神分裂症。為什麼她愛上他？你分析、探索，最後累積足夠的知識，得出以下這個不可思議的推測：或許她的治療似乎產生奇蹟時，她愛上了他——在催眠狀態下，他雙眼圓睜的麻痺狀態消失，展現出美好甚至天使般的人格。

這樣的轉折似乎過於美好，讓人難以置信，因此你從相反的方向來搜索，並且在深入研究時發現了精神分裂症成功者的概念：有些患者有高智商與強大意志力，他們可以隱藏自己的瘋狂，輕鬆瞞過周遭每個人，甚至包括精神科醫生。你筆下的患者可能是其中之一嗎？你筆下的醫師可能愛上她自以為治癒的瘋子嗎？

當新想法的種子埋進你的故事裡，故事和角色都會成長；當故事滋長，各種問題隨之出現，並需要更多的研究。創作與調查你來我往，相互需要，時而拉扯故事，時而推動故事，直到故事掙脫而出，既完整又有活力。

創作的抉擇

優異的寫作絕不是先規畫出精準數量的必要事件來填滿故事，然後再把對白寫進去。創作不是一個蘿蔔一個坑，它的比例是五比一，也可能是十比一或二十比一。這門技藝需要發想的素材遠比實際可能用上的多，這樣才能

從這些高品質的故事事件、忠於角色也忠於故事世界的原創片段中作出嚴謹的選擇。比方說，演員彼此稱讚時經常會說：「我喜歡你作的選擇。」他們知道，一名演員呈現出一次美好的表演，那是因為在排演時已嘗試過二十種不同的方式，然後從中選擇一個完美的片刻。對我們來說也是如此。

「創造力」是指在創意上該包含什麼、該捨棄什麼的抉擇。

想像一下，你在寫的浪漫喜劇設定在曼哈頓東區。你的思緒在不同角色的人生之間來回穿梭，尋找這對戀人相遇的完美時刻，然後突然有了靈感：「單身酒吧！這就對了！他們在克拉克酒館相遇！」有何不可？因為你想像的角色是富裕的紐約客，在單身酒館相遇當然可能。為什麼不用？因為這是可怕的陳腔濫調。在《約翰與瑪麗》（John and Mary）中達斯汀‧霍夫曼（Dustin Hoffman）與米亞‧法羅（Mia Farrow）的相遇，這是新鮮的點子，但自此之後，在許多電影、肥皂劇與情境喜劇裡，雅痞戀人總是在單身酒吧不期而遇。

如果懂得編劇技藝，就會知道如何消除陳腔濫調：快速列出五、十、十五種不同的「東區戀人相遇」場景。為什麼？因為有經驗的編劇從不相信所謂的靈感。靈感經常只是腦裡蹦出的第一個點子，而腦中想到的第一個點子，來自你看過的每部電影、讀過的每本小說，這些素材都會帶來陳腔濫調。這就是為什麼星期一我們愛上一個點子，睡了一覺在週二起床重讀時卻覺得反感，因為我們發現在其他十來個作品裡都用了同樣的老招數。真正的靈感來自更深的源頭，因此，解放你的想像力並來個實驗：

1. 單身酒吧。陳腔濫調，但是個選項，先別丟掉。
2. 公園大道。他的 BMW 轎車爆胎。他站在人行道，穿著三件式西裝，茫然無助。她騎摩托車經過，同情他的遭遇，拿起汽車備胎幫忙換輪胎，他則扮演助手，幫她遞千斤頂、輪幅螺絲和輪胎蓋……最後兩人眼神交會，天雷勾動地火。
3. 廁所。在辦公室的耶誕派對，她醉得凶，跌跌撞撞闖進男廁嘔吐。他

發現她昏倒在地板上，在其他人進來前鎖上小隔間的門，幫她撐過酒醉噁心的痛苦，再等四下無人時悄悄將她送出男廁，讓她免於出糗。

這個清單可以不斷列下去。你不需要把這些場景完整寫出來，因為只是在搜尋點子，大致寫下發生什麼事件即可。只要夠了解角色和他周遭的世界，寫出十幾場這樣的場景並非難事。如果你把最好的點子都寫出來了，審視一下你的清單，問自己：哪個場景對我的角色來說最真實？對角色的世界也最真實？還有，這樣的場景在電影中是否也從來沒出現過？這就是你該寫進電影劇本的場景。

然而，檢視清單上這些邂逅場景時，你內心深處意識到，儘管每種寫法都有優點，你的第一印象還是正確的。無論是不是陳腔濫調，這對情侶還是該在單身酒吧相遇；這樣的場景最能夠表現他們的本性與出身。那麼接下來該怎麼做？相信直覺，開始列新的清單：十二種在單身酒吧相遇的方式。研究這個圈子，去那裡混，觀察這裡的人，參與其中，直到你對單身酒館有了全然獨特的認識。

快速檢視你的新清單，問自己同樣的問題：對角色與故事世界來說，哪一種變化最真實？哪一種從來沒在銀幕上出現過？當你的劇本變成電影，攝影機鏡頭推向一間單身酒吧，觀眾的第一個反應可能是：「喔，拜託，不會又是老套的單身酒館場景吧？」但接著你帶他們進了門，讓他們看到這個人肉市場實況。只要寫得夠好，觀眾會張大了嘴，認同地說：「沒錯！單身酒館可不是『你是什麼星座？最近看了什麼好書？』那裡充滿尷尬與危險，這才是真相。」

如果完成的電影劇本裡保留了你寫的每個場景，如果你連一個點子都沒有捨棄，如果你的改寫只不過是調整對白，你的作品大抵會失敗。無論才華高低，午夜夢迴時我們都清楚，我們寫出來的東西百分之九十都不盡理想。不過，如果研究讓寫作步調變成十比一甚至二十比一的比例，如果接著又作出絕佳的選擇，找出其中最好的百分之十，把剩下的稿子燒掉，如此一來，每一場戲都會引人入勝，全世界都會為你的天分驚歎。

沒有人應該看到你的失敗作品，除非你因為虛榮心和愚昧將它公諸於世。天分不僅是創造動人戲劇節拍與場景的能力，還包含品味、判斷，以及淘汰並摧毀俗爛、欺瞞、虛偽與謊言的意志力。

04

結構與類型

電影類型

人類在火堆旁講述了數萬年的故事，也有四千年的文字、兩千五百年的劇場、一百年的電影、八十年的廣播電視，無數世代的故事講述者讓故事發展出驚人的多元模式。為了理解這麼龐大的內容，人們設計出多種系統來整理故事，依據共同的元素將它們分類成不同的類型。不過每個系統所用的分類故事元素都不同，因此每個系統裡的類型數目與種類也各不相同。

亞里斯多德依據故事結局的價值取向改變，以及相對應的故事設計，首先為世人分類出第一批故事類型。他認為，故事結局可能有正向或負向的價值變化，而這兩種類型各自又可再分出兩類：「簡易」設計（結局平淡，沒有轉捩點或驚奇），或「複雜」設計（在主角人生中有重大逆轉時產生戲劇高潮），因此得出四種基本類型：「簡易不幸」（Simple Tragic）、「簡易幸運」（Simple Fortunate）、「複雜不幸」（Complex Tragic）、「複雜幸運」（Complex Fortunate）。

然而，經過這麼多世紀，類型系統變得愈來愈模糊、膨脹，亞里斯多德的清晰洞見已不復見。歌德依照七種題材來分類：愛、復仇……等。德國文學家席勒（Schiller）看法不同，認為一定有更多類型只是無法命名。法國文學

家波提（Polti）分類出至少三十六種不同的情感，因而歸納出「三十六種戲劇情境」，但是他的某些分類太過模糊，無法使用，例如：「為了愛犯下不可自抑的罪」或「為了理想犧牲自我」。法國符號學家梅茲（Metz）將所有電影剪接模式歸類為八種可能性，稱為「影段」（Syntagma），然後嘗試在「大影段」（La Grande Syntagmatique）的架構中分類出所有電影的結構。不過他試圖把藝術變成科學的努力，卻像巴別塔般崩塌了。

另一方面，新亞里斯多德派（neo-Aristotelian）批評家諾曼·弗里德曼（Norman Friedman）發展出一個系統，再次以結構與價值來描述類型。此書中教育劇情（Education Plot）、救贖劇情（Redemption Plot）與幻滅劇情（Disillusionment Plot）等分類，承襲自弗里德曼的研究；在這些細膩的形式中，故事在內在衝突的層面演變，並在主角內心或道德本質之中造成深層變化。

儘管學者對於定義與系統爭辯不休，觀眾早已是類型專家。觀眾進入每部電影時，都配備了一套複雜的心理預期，這是他們從一生的觀影經驗學到的。電影觀眾對於類型的熟悉，讓編劇必須面對這個重大挑戰：既要滿足觀眾預期，不讓觀眾困惑與失望，同時還必須超越他們的期待，呈現新鮮、意想不到的片段，以免讓觀眾覺得無聊。如果對類型的理解不如觀眾，不可能同時達到這兩個目標。

以下是電影編劇使用的類型與次類型系統。這個系統由實踐而非理論演變而來，各有主題、設定、角色、事件與價值取向的差異。

1. **愛情故事**（Love Story）。它的次類型**拯救摯友**（Buddy Salvation）則以友誼替代愛情，如《殘酷大街》（*Mean Streets*）、《激情魚》（*Passion Fish*）、《阿珠與阿花》（*Romy and Michelle's High School Reunion*）。

2. **恐怖電影**（Horror Film），可分成三種次類型：
   (1) **怪誕**（Uncanny）：恐怖的來源令人震驚，卻有「合邏輯」的解釋，例如來自外太空的生物、科學製造的怪物，或某個瘋狂人物。
   (2) **超自然**（Supernatural）：恐怖的來源是出自靈界的「不合邏輯」現象。
   (3) **超自然－怪誕**（Super-Uncanny）：觀眾不斷猜測恐怖來源屬於哪一

種，如《怪房客》（*The Tenant*）、《狼的時刻》（*Hour of the Wolf*）、《鬼店》（*The Shining*）。

3. **當代史詩**（Modern Epic, 個人對抗國家）：《萬夫莫敵》（*Spartacus*）、《史密斯遊美京》（*Mr. Smith Goes to Washington,* 又譯《華府風雲》）、《薩巴達傳》（*Viva Zapata!*）、《一九八四》（*1984*）、《情色風暴 1997》（*The People vs. Larry Flint*）

4. **西部電影**（Western）：威爾·萊特（Will Wright）的《六枝槍和社會》（*Six Guns and Society*）一書，精采追溯了這個類型與其次類型的演變。

5. **戰爭電影**（War Genre）：雖然戰爭經常是**愛情故事**等其他類型的背景，**戰爭電影特別關注戰鬥**。**主戰 vs. 反戰**（Pro-war versus Antiwar）是主要次類型。當代戰爭電影通常反戰，但數十年來，大多戰爭片卻在不知不覺中讚頌著戰爭，無論戰爭的型態有多殘酷。

6. **成長劇情**（Maturation Plot），或稱「轉變成人」（coming-of-age）故事，如《站在我這邊》（*Stand by Me*）、《週末夜狂熱》（*Saturday Night Fever*）、《保送入學》（*Risky Business*）、《飛進未來》、《小鹿斑比》（*Bambi*）、《妙麗的春宵》（*Muriel's Wedding*）。

7. **救贖劇情**：電影的轉變弧線是主角改過向善的道德轉變，如《江湖浪子》、《吉姆爺》（*Lord Jim*）、《追陽光的少年》、《辛德勒的名單》（*Schindler's List*）、《承諾與背叛》（*La Promesse*）。

8. **懲罰劇情**（Punitive Plot）：好人變壞，並受懲罰，如《貪婪》、《碧血金沙》（*The Treasure of the Sierra Madre*）、《千面惡魔》（*Mephisto*）、《華爾街》、《城市英雄》（*Falling Down*）。

9. **考驗劇情**（Testing Plot）：意志力對抗投降誘惑的故事，如《老人與海》（*The Old Man and the Sea*）、《鐵窗喋血》（*Cool Hand Luke*）、《陸上行舟》（*Fitzcarraldo*）、《阿甘正傳》。

10. **教育劇情**：故事的轉變弧線是主角對生命、人或自我的觀感由負（天真、懷疑、宿命論、自我厭惡）轉正（明智、信任、樂觀、自信）的深度改變，如《哈洛和茂德》（*Harold and Maude*）、《溫柔的慈悲》、《冬之光》、《郵

差》、《另類殺手》（*Grosse Pointe Blank*）、《新娘不是我》（*My Best Friend's Wedding*）、《我們來跳舞》。

11. **幻滅劇情**：世界觀由正轉負的深度改變，如《派克夫人的情人》（*Mrs. Parker and the Vicious Circle*）、《慾海含羞花》（*L'Eclisse*）、《鬼火》（*Le Feu Follet*）、《大亨小傳》（*Great Gatsby*）、《馬克白》（*Macbeth*）。

有些是超大類型，非常龐大且複雜，充滿許多次類型變化：

12. **喜劇**涵蓋了以下幾種次類型：
    (1) **諧仿**（Parody）。
    (2) **諷刺**（Satire）。
    (3) **情境喜劇**（Sitcom）。
    (4) **浪漫喜劇**（Romantic）。
    (5) **神經喜劇**（Screwball）。
    (6) **鬧劇**（Farce）。
    (7) **黑色喜劇**（Black Comedy）。
    這些次類型在喜劇攻勢的重點（愚蠢官僚、上流社會矯揉造作、青少年談戀愛等）與嘲弄程度（溫和、尖銳、惡毒）上各有不同。

13. **犯罪**（Crime）：它的次類型主要的差異，在於對「我們從誰的觀點來看犯罪？」的不同答案：
    (1) **謀殺推理**（Murder Mystery）採取大偵探的觀點。
    (2) **偷搶犯罪**（Caper）採取主謀的觀點。
    (3) **偵探**（Detective）採取警察的觀點。
    (4) **幫派**（Gangster）採取惡徒的觀點。
    (5) **驚悚**（Thriller）或**復仇故事**（Revenge Tale）採取受害者的觀點。
    (6) **法庭**（Courtroom）採取律師的觀點。
    (7) **報紙**（Newspaper）採取記者的觀點。
    (8) **諜報**（Espionage）採取間諜的觀點。
    (9) **監獄戲劇**（Prison Drama）採取受刑人的觀點。

(10) **黑色電影**（Film Noir）的觀點來自主角，他身兼罪犯、偵探、蛇蠍美女加害對象三重角色。

14. **社會戲劇**（Social Drama）。此類型指出社會的貧窮、教育體系、傳染病、弱勢階層、反社會抗爭等問題，然後建構出一個展現解決方法的故事。它有一些焦點明確的次類型：

(1) **家庭戲劇**（Domestic Drama）處理家庭裡的問題。

(2) **女性電影**（Woman's Film）處理職場與家庭、戀人與孩子等兩難的局面。

(3) **政治戲劇**（Political Drama）處理政治中的腐敗。

(4) **環保戲劇**（Eco-Drama）呈現拯救環境的戰役。

(5) **醫療戲劇**（Medical Drama）呈現與病魔的對抗。

(6) **心理戲劇**（Psycho-Drama）呈現與精神疾病的對抗。

15. **動作／冒險**（Action/Adventure）：此類型經常從戰爭或政治戲劇借用某些面向，當作一觸即發的行動與勇猛行動的起始點。如果**動作／冒險**加入了命運、自傲或精神層面的概念，就會變成次類型**偉大冒險**（High Adventure），例如《大戰巴墟卡》。如果大自然是對立力量的來源，那就是**災難／求生電影**（Disaster/Survival Film），如《我們要活著回去》（*Alive*）、《海神號》（*The Poseidon Adventure*）。

再從更廣的觀點來看，一組各自獨立的電影類型，其設定、表演風格或電影技巧也能創造出一個超大類型。這些超大類型就像有許多房間的豪宅，所有基本類型、次類型或任何組合都可能歸屬在這裡：

16. **歷史戲劇**（Historical Drama）。歷史是故事題材無窮無盡的源頭，其中包含了每一種想像得到的故事型態。然而，歷史這個百寶箱上貼著這樣的警告封條：過去式必須轉為現在式。電影編劇不希望自己成為死後才讓人發現的詩人；他必須在現代找到觀眾。此外，拍歷史劇會增加數百萬的預算，因此，運用歷史最好的方式，以及將電影設定在過去的唯一合理理由，就是時代錯置（anachronism）——以史為鑑，用現

代方式加以呈現。

　　現代許多對立狀態非常令人憂慮，而且充滿爭議，很難在現代故事設定中藉由戲劇方式來呈現。觀照這類的兩難局面，最好的方式往往是拉開時間的安全距離。**歷史戲劇**將過去打磨成當下的鏡子，映照出明顯且觀眾能承受的種種痛苦問題，如《光榮戰役》（*Glory*）裡痛苦的種族主義、《豪情本色》（*Michael Collins*）的宗教紛爭、《殺無赦》中的各種暴力——尤其是針對女性的暴力。

　　克里斯多夫·漢普頓（Christopher Hampton）《危險關係》劇本裡的愛恨故事，發生在法國貴族衣香鬢影、言辭交鋒之間，結局苦澀，似乎符合了注定票房慘敗的規則。然而，這部電影卻找到了廣大的觀眾，因為它將炙人的光聚焦在某種現代式的敵意模式——把戀愛當成戰鬥。這樣的敵意以政治角度來看太過敏感，無法直接處理。漢普頓回溯兩個世紀，當時性別政治爆發為性別權勢爭奪戰，最具優勢的情感不是愛情，而是讓異性產生恐懼與疑心。儘管故事背景在遙遠的過去，觀眾很快就發覺這些道德敗壞的貴族很親切——他們就是我們。

17. **傳記**（Biography）：**歷史戲劇**的表親，聚焦在個人而非整個時代。然而，**傳記**絕不能變成單純的編年史。某人活著、死去，在這段期間做了有趣的事，這樣的東西只有學者才感興趣。傳記作家必須把事實當成虛構來詮釋，找出傳主人生的意義，讓他成為傳記電影裡的主角，例如：

    (1) 《青年林肯》（*Young Mr. Lincoln*）在**法庭戲劇**裡為無辜的人辯護。

    (2) 《甘地》（*Gandhi*）變成**當代史詩**的英雄。

    (3) 《伊莎朵拉》（*Isadora*）在**幻滅劇情**裡放棄。

    (4) 《白宮風暴》（*Nixon*）在**懲罰劇情**裡受苦。

　　在次類型**自傳**（Autobiography）中，上述原理同樣適用。有些電影工作者認為應該寫自己了解的主題，因而喜歡創作自傳電影。這個想法非常正確，但自傳電影經常欠缺原本應有的特質——自覺。渾渾噩噩的人生固然不值得，但一片空白的人生也不值得回顧。《偉大的星期三》（*Big Wednesday*）是此類型例子之一。

18. **紀錄劇情片**（Docu-Drama[1]）：**歷史戲劇的遠房表親**，重心放在近期事件而非過去。法國的真實電影（Cinéma Vérité）潮流曾讓紀錄劇情片充滿活力，《阿爾及利亞之戰》（The Battle of Algiers）即是其中一例。如今，紀錄劇情片已成為流行的電視類型，儘管有時很有力量，但通常沒什麼記錄價值。

19. **偽紀錄片**：偽裝源自真實事件或回憶，表現手法像紀錄片或自傳電影，卻是徹底的虛構故事。它顛覆以事實為基礎的電影，來諷刺偽善的體制，如《搖滾萬萬歲》中搖滾樂舞台後的世界，《羅馬》（Roma）裡的天主教教會，《變色龍》（Zelig）裡的中產階級道德觀；《人咬狗》裡的電視新聞，《天生贏家》中的政治；《愛的機密》（To Die For）中粗糙的美國價值觀。

20. **歌舞劇**（Musical）：由歌劇衍生而來，它所呈現的「真實」裡，角色可以用歌舞來講述他們的故事。它通常是**愛情故事**，但也可以是以下幾種類型：

    (1) **黑色電影**，如由《日落大道》（Sunset Boulevard）改編的舞台劇。

    (2) **社會戲劇**，如《西城故事》（West Side Story）。

    (3) **懲罰劇情**，如《爵士春秋》（All That Jazz）。

    (4) **傳記電影**，如《阿根廷別為我哭泣》（Evita）。

    確實，任何類型都可用歌舞劇形式呈現，也都可用**歌舞劇喜劇**（Musical Comedy）的形式來加以諷刺。

21. **科幻**（Science Fiction）：在假想的未來，通常會出現科技反面烏托邦，帶來獨裁與混亂。科幻電影編劇經常結合人對抗國家的**當代史詩**與**動作／冒險**，例如《星際大戰》三部曲與《魔鬼總動員》（Total Recall）。未來就和歷史一樣，是任何類型都能發揮的舞台，例如，在《飛向太空》（Solaris）中，導演安德列・塔可夫斯基（Andrei Tarkovsky）用科幻來演繹**幻滅劇情**的內在衝突。

1　紀錄劇情片仍是劇情電影，只是採用紀錄片的敘事與（或）視覺風格。

22. **運動類型**（Sports Genre）：運動是角色轉變前面對的嚴峻考驗。這個類型的本質很適合以下幾種類型：

    (1) **成長劇情**，如《達拉斯猛龍》（*North Dallas Forty*）。

    (2) **救贖劇情**，如《回頭是岸》（*Somebody Up There Likes Me*）。

    (3) **教育劇情**，如《百萬金臂》（*Bull Durham*）。

    (4) **懲罰劇情**，如《蠻牛》（*Raging Bull*）。

    (5) **考驗劇情**，如《火戰車》（*Chariots of Fire*）。

    (6) **幻滅劇情**，如《長跑者的寂寞》（*The Loneliness of the Long Distance Runner*）。

    (7) **拯救摯友**，如《黑白遊龍》（*White Men Can't Jump*）。

    (8) **社會戲劇**，如《紅粉聯盟》（*A League of Their Own*）。

23. **奇幻**（Fantasy）：在此類型裡，編劇可以操弄時間、空間與物理，扭曲並混合自然與超自然的規律。奇幻類型裡的架空真實，吸引了**動作類型**，也歡迎其他類型，例如：

    (1) **愛情故事**，如《似曾相識》（*Somewhere in Time*）。

    (2) **政治戲劇／寓言**，如《動物農莊》。

    (3) **社會戲劇**，如《假如……》（*If....*）。

    (4) **成長劇情**，如《愛麗絲夢遊仙境》（*Alice in Wonderland*）。

24. **動畫**（Animation）：在此類型裡有個規則，那就是所有事物都可以變形，任何東西都可以變成其他東西。**動畫和奇幻與科幻類型**一樣，有以下幾種類型傾向：

    (1) **卡通鬧劇式動作類型**，如《兔寶寶》（*Bugs Bunny*）。

    (2) **偉大冒險**，如《石中劍》（*The Sword in the Stone*）、《黃色潛水艇》（*Yellow Submarine*）。

    動畫原本訴求的市場是年輕觀眾，因此其中有很多**成長劇情**，如《獅子王》（*The Lion King*）、《小美人魚》（*The Little Mermaid*）。不過，從東歐與日本動畫工作者的作品可以發現，動畫的故事類型其實毫無限制。

最後，有些人相信類型及其慣用手法只有「商業片」編劇在乎，他們也相信嚴肅的藝術沒有類型。為了他們，我特地在類型清單加上最後一項：

25. **藝術電影**（Art Film）。前衛派認為可以在類型之外寫劇本，這是很天真的想法。沒有人能在真空中寫作。故事的講述經歷了數千年發展，每一個故事都不可能與其他現有故事毫無相似之處。藝術電影已變成有傳統的類型，可再分成兩種次類型：**極簡主義**與**反結構**。這兩種次類型無論是結構或宇宙觀，都有各自複雜的形式慣例。**藝術電影**就像**歷史戲劇**一樣是超大類型，可以涵蓋其他的基本類型，如**愛情故事**、**政治戲劇**等。

以上所列固然已算完整，但沒有任何清單能涵蓋所有類型，因為類型互相影響與融合時，彼此間的界線也經常重疊。類型並不僵化，它們具有彈性且不斷演變，但也夠堅實穩定，讓人能辨識及運用，就像作曲家能運用音樂類型中具可塑性的各式樂章一樣。

每位編劇的第一項功課是定義自己的類型，然後研究決定此種類型的慣用手法。這是一定要面對的功課，因為我們全都是類型編劇。

結構與類型間的關係

每種類型的慣用手法都會影響故事設計，例如：幻滅劇情的苦澀結局在戲劇高潮時，依慣例會出現價值取向的改變；西部片有符合其傳統的慣用設定；愛情故事裡，男孩遇見女孩有慣用的事件；犯罪故事裡有罪犯等慣有的角色。觀眾知道這些慣用手法，也期待看到這些慣用手法能具體落實。此外，設計故事時，必須預先想像觀眾對故事有什麼樣的了解與期待，因此，選擇什麼類型，對故事的可能性具有決定性的影響與限制。

所謂「類型慣用手法」，就是每一種類型與次類型各自擁有的獨特設定、角色、事件與價值取向。

每種類型都有獨特的慣用手法，但在某些類型裡，慣用手法相對而言並不複雜，也有彈性。幻滅劇情的主要慣用手法是主角在開展故事時充滿樂觀，胸懷高尚理想或信念，對人生的看法是正面的。第二個慣用手法是負面的故事轉折反覆出現，起先這些轉折會讓他帶來希望，但終究還是摧毀了他的夢想與價值觀，讓他徹底幻滅並充滿懷疑。例如《對話》一開始，主角的人生安定且井然有序，最後卻變成偏執的夢魘。這兩個慣用手法提供無數種可能，因為人生有一千條通往絕望的路。此類型有許多令人記憶猶新的作品，如《亂點鴛鴦譜》（*The Misfits*）、《生活的甜蜜》（*La Dolce Vita*）和《倫尼的故事》（*Lenny*）。

　　其他類型相對較無彈性，有不少嚴格的慣例。犯罪類型中一定要有犯罪事件，而且一定要在故事開始敘述不久就出現；一定要有一個偵探角色，他或許是專業的，或許是業餘的，由他來發現線索與嫌犯。在驚悚片中，罪犯必須「為個人因素而犯罪」。故事一開始可能會有只為餬口而入行的警察，但為了深化戲劇，在某個時間點，罪犯會跨越紅線。陳腔濫調包圍著這個慣用手法，像黴菌般滋生：罪犯威脅警察的家人，或讓警察變成嫌犯；或者，他殺了警察的搭檔──這可說是老套中的老套，可回溯到《梟巢喋血戰》（*The Maltese Falcon*）──最後，警察必須找到並逮捕罪犯，且加以懲罰。

　　喜劇也有許多次類型，每一種都有其慣用手法，但有一條最高慣例統整了這個超大類型，將喜劇與戲劇區隔開來：沒有人受傷害。在喜劇裡，觀眾必須感覺到，無論角色怎麼撞牆、怎麼尖叫或飽受人生蹂躪，他們其實不會真的受傷。建築物可能會垮在勞萊和哈台身上，但他們會從瓦礫中站起來，拍掉身上灰塵，喃喃自語：「真是亂七八糟……」然後繼續前進。

　　在《笨賊一籮筐》，劇中角色肯〔麥可・帕林（Michael Palin）飾〕對動物有超乎執著的愛心，但在試圖殺死一位老太太時，意外害死她的幾隻寵物獵犬，而且最後一隻還死在大型建築水泥塊之下，只露出小小的狗爪。導演查爾斯・克萊頓（Charles Crichton）為這個片段拍了兩個版本：第一個版本只出現狗爪，但為了拍第二個版本，他到肉店買了一袋內臟，為遭壓扁的獵犬加了一條拖行的血痕。試映時，這個血腥的畫面瞬間閃過觀眾眼前，放映廳頓時陷入死寂，因為那些血與內臟傳達出「痛」的感受。在公映版，克萊頓改成乾淨的

第一種版本，觀眾就笑了。根據類型慣用手法，喜劇編劇遊走在某條界線，一邊讓角色經歷煉獄般的折磨，另一邊卻要安撫觀眾，告訴他們，地獄之火其實不會燒傷劇中角色。

越過這條線，就來到黑色喜劇這個次類型。在這個領域裡，編劇會違反喜劇慣例，讓觀眾感受到劇烈但並非無法承受的痛，如《苦戀》（ *The Loved One* ）、《玫瑰戰爭》（ *The War of the Roses* ）、《現代教父》（ *Prizzi's Honor* ）等電影，經常讓我們笑中帶淚。

一些外在的實際運作，也定下藝術電影的慣例，如未採用明星（或未採用明星的薪酬標準）、在好萊塢體系之外進行製作、通常不是英語電影等。這些都是行銷團隊的賣點，以鼓勵影評支持非主流影片。藝術電影的主要內在慣例中，首先是對理性的稱頌。藝術電影偏好知性，用氛圍全面壓抑強烈的情感，同時又透過難解之謎、象徵符號或未舒緩的張力，邀請觀眾看完電影後到咖啡館進行評論儀式，進行進一步的詮釋與分析。藝術電影的故事設計依賴的第二個慣例非常重要，也是不可或缺的——不墨守成規。極簡主義或反結構的不墨守成規，就是藝術電影最具特色的慣用手法。

在藝術電影類型獲得成功，通常會立刻受到認可，躋身藝術家之列，不過這往往也只是一時的。反觀歷久不衰的希區考克只在原型劇情和類型慣用手法的框架中工作，總是為了廣大觀眾拍電影，作品也經常獲得許多觀眾喜愛。如今他站在電影工作者萬神殿的頂端，全世界推崇他是二十世紀最重要藝術家之一，他的作品中，關於性別、宗教性和細膩敘事觀點與令人讚歎的影像相互輝映，為他贏得「電影詩人」之稱。希區考克了解，在藝術與備受大眾肯定之間並非完全牴觸，藝術與藝術電影之間也未必相互連結。

精通類型

我們每個人都因偉大的故事傳統而獲益匪淺。你不僅要尊重你寫的類型，更要精通它與它的慣用手法。千萬不要以為自己看過一些類型電影就以為自己懂了，這就像聽過貝多芬九首交響曲就自以為可以寫出交響樂。你必須研

究類型的形式。閱讀類型評論的書籍可能有幫助。儘管這些書大多出版年代已久，也沒有一本夠完整，但還是要全部閱讀，因為我們必須盡可能吸收對自己有幫助的一切。話說回來，最有價值的洞察力來自於自己的發現；挖掘出埋藏的寶藏，最能啟發我們的想像力。

類型研究最好用以下的方式進行。首先，列出所有你覺得符合自己想寫的類型的作品，成功或失敗的作品都包括在內。（研究失敗作品相當有啟發性，且讓人學會謙遜。）接下來，租那些電影來看，可能的話，也把劇本買回來。然後一邊播放一邊暫停來研究這些電影，並且跟著螢幕畫面翻閱劇本，將每部電影分解成設定、角色、事件與價值取向等元素。最後，把這些分析排放在一起，逐一審視後問自己：在我選擇的類型裡，故事向來是怎麼發展的？這個類型在時間、地點、角色與行動方面的慣用手法有哪些？在你找出答案之前，觀眾永遠比你更了解這個類型。

為了預測觀眾的預期，你必須精通自己打算創作的類型，以及它的慣用手法。

如果電影有適當的宣傳，觀眾來到戲院時是充滿預期的。以專業行銷人員的術語來說，電影已經被「定位」了。「定位觀眾」的意思是：我們不希望觀眾來看電影時沒有心理準備或毫無預期，讓我們不得不耗費銀幕時間的前二十分鐘，提示他們該採用什麼態度來觀看這個故事。我們希望觀眾在戲院坐下時，已經作好準備，全神貫注於我們即將提供滿足的一切。

定位觀眾不是什麼新鮮事。莎士比亞不是將劇名取為「哈姆雷特」，而是《丹麥王子哈姆雷特的悲劇》（*The Tragedy of Hamlet, Prince of Denmark*）。他將喜劇命名為《無事生非》（*Much Ado About Nothing*）和《終成眷屬》（*All's Well That Ends Well*）。於是，伊莉莎白時期的每個下午，他的觀眾來到環球劇場（Globe Theatre），心裡已準備好要哭或笑。

高明的行銷創造觀眾對類型的期待。從片名到海報，從文宣到電視廣告，廣宣努力將故事型態在觀眾心中留下印記。既然已告訴電影觀眾期待某一種

偏好的形式，我們就必須提供我們承諾的。如果以省略或誤用慣用手法的方式來糟蹋類型，觀眾立刻就會發現，並對我們的作品作出不好的評價。

例如，《危險的情人》（*Mike's Murder* ／美國／ 1984）命名不妥（原文直譯為「麥克謀殺案」），很不幸的讓觀眾誤以為會看到謀殺推理電影。然而，這部電影其實是另一種類型，因此觀眾在戲院裡看了一小時後，心想：「這部電影裡到底誰死了？」電影劇本是用新的角度來切入成長劇情，故事的轉變弧線是黛博拉・溫姬（Debra Winger）飾演的銀行行員從依賴、不成熟，走向自立自強與成熟的轉變歷程。然而，由於錯誤的定位與困惑的觀眾給予惡評，將這部本質不錯的電影打入了冷宮。

創意的局限

詩人羅勃・佛洛斯特（Robert Frost）曾說，寫自由詩體就像放下網子打網球，因為自由詩體是自我設定的人為慣例，用意在於激發想像力。假設某個詩人自己隨意設定了以下的限制：他決定用六行詩節來寫詩，每隔一句押韻，就這樣在第四行與第二行押韻，一路寫到詩節尾聲。由於有這樣的限制，他努力讓第六行與第二、第四行押韻，這可能會啟發他想出一個只是正好押韻但與此詩毫無關連的字，不過也由於這個隨機出現的字，新的詞組萌生了，帶來了某種意象，這個意象隨後又呼應前面五行，觸發全新的意義與感覺，扭轉了這首詩，帶來更豐厚的意義與情感。因此，這個詩人自設押韻規則的創意局限，反而讓這首詩變得更有力，如果詩人允許自己任選字詞，就不會產生這個結果。

創意的局限，在種種障礙包圍中帶來了自由。才華就像肌肉，沒有施力抗衡的目標就會不斷萎縮。因此我們刻意在創作過程中擺放一些石頭，這些障礙可以啟發靈感。我們規範自己該做什麼，但並未限制達成目的的方法。因此，我們四個步驟的第一步，是辨識作品屬於哪個類型或哪幾個類型的範疇，因為類型慣例正是能萌發最佳點子的艱難環境。

類型慣例之於故事講述者，就像創作「詩」時的押韻規則。它們不會阻

礙創造力，反而啟發了創意。具挑戰性的地方，在於沿襲慣用手法，但又避免陳腔濫調。愛情故事裡，男孩遇上女孩不是陳腔濫調，而是必要的形式元素，亦即一種慣例，但若他們以愛情故事慣用的方式邂逅，這才是陳腔濫調，例如：兩個充滿活力的個人主義者被迫一起面對一趟冒險之旅，而且似乎初見面就彼此討厭；或者，兩個害羞的人各自愛上對他們視而不見的人，兩人在派對都因受冷落而靜靜躲在角落。

　　類型慣用手法是創意的局限，強迫寫作者必須用想像力來克服困境。優秀的作者不否認慣用手法讓故事變得平淡，但像拜訪老朋友一樣面對這些習慣用法，知道只要努力找尋特殊方法來落實慣用手法，他可能會在過程中找到某一場戲的靈感，讓自己的故事不再平凡。精通類型之後，我們可以透過豐富、有創意的慣用手法變化形式來引導觀眾，如果功力夠好，不僅能提供他們所期待的，還能寫出超越他們想像的，因而重新塑造並超越觀眾的預期。

　　接下來要思索的是動作／冒險類型。它經常被貶抑為不需要動腦的類型，實際上卻是當今最難寫的類型──原因正是已經寫爛了。動作片編劇寫出來的成品當中，哪些不是觀眾看過上千遍的？比方說，它眾多慣用手法當中最重要的場景之一就是：英雄的生死掌握在惡棍手上。英雄處於無助的劣勢，必須扭轉局面。這個場景是必要的，因為它考驗主角，並用絕對的方式表現主角的聰明才智、意志力與承受壓力時的冷靜。沒有這場戲，主角和故事就沒有看頭了；觀眾會失望地走出戲院。陳腔濫調像麵包上的黴菌一樣出現這個慣用手法四周，但若能提出新鮮的解法，故事敘述就會大幅強化。

　　在《法櫃奇兵》中，印第安那・瓊斯面對一名揮舞大彎刀的埃及巨漢時，起初看起來充滿恐懼，接著他想起自己帶著槍，於是聳了聳肩，很快開了一槍。根據電影幕後的傳說，提出這個大受歡迎解套方式的是哈里遜・福特，因為拍攝當天他腹瀉，無法演出編劇勞倫斯・卡斯丹[2]寫的特技打鬥場面。

　　《終極警探》的高潮場景，也漂亮地運用了這個慣用手法：約翰・麥克

2　勞倫斯・卡斯丹（Lawrence Kasdan, 1949~），美國劇作家、製片及導演，作品包括《星際大戰（五）：帝國大反擊》（Star Wars: Episode V- The Empire Strikes Back）、《大寒》（The Big Chill）、《意外的旅客》、《終極保鑣》（The Bodyguard）、《捕夢網》（Dreamcatcher）、《愛狗在心眼難開》（Darling Companion）等。

連〔John McClane, 布魯斯・威利（Bruce Willis）飾〕赤裸上身，沒有武器，雙手高舉，面對漢斯・葛魯伯〔Hans Gruber, 艾倫・瑞克曼（Alan Rickman）飾〕這個有虐待狂又有精良武器的惡棍。當攝影機繞到麥克連背後，我們發現他用膠帶把槍貼在裸背上。他開玩笑讓葛魯伯分心，然後迅速拿出背後的槍殺掉葛魯伯。

在所有「惡棍掌握英雄生死」的老套裡，「小心！有人在你後面！」是最老掉牙的，但《午夜狂奔》（*Midnight Run*）的編劇喬治・葛羅（George Gallo）卻在不同場景裡接連祭出這個老套的瘋狂變化版，為它賦予新生命與新樂趣。

混合類型

為了創造意義、讓角色更深刻、營造多元變化的氛圍與情緒，有些類型經常會結合在一起。例如，幾乎任何犯罪故事都可放進愛情故事劇情副線；《奇幻城市》則將救贖劇情、心理戲劇、愛情故事、社會戲劇、喜劇等五種劇情交織成一部出色的電影；歌舞劇恐怖片（Musical Horror）則是很有趣的發明。因為主要類型高達二十多種，混合類型的創意可能性無窮無盡。精通類型的編劇，就可用這種方式創造前所未見的電影型態。

徹底改造類型

精通類型同樣可讓電影編劇不至於落伍。因為類型慣用手法不是永遠不變的，它們會隨著社會變遷而演化、成長、適應、修改與碎裂。社會改變固然緩慢，但確實會變，每當社會進入新階段，類型也會隨之變化。因為類型就是面向真實的窗口，也是寫作者觀照人生的多元方式。當窗外的真實發生改變，類型就跟著調整。若非如此，類型就會僵化，無法隨變遷中的世界調整，變成化石。以下是三個類型演進的例子。

西部電影

一開始，西部片是以「老西部」當背景的道德戲劇，對善惡對抗的寓言

來說，那是神話般的黃金年代。不過在一九七〇年代的犬儒氛圍裡，這個類型變得過時與缺乏新鮮感。梅爾‧布魯克斯（Mel Brooks）導演的《閃亮的馬鞍》揭露西部片的法西斯本質後，這個類型冬眠了二十年，然後才改變其慣用手法，再現影壇。在一九八〇年代，西部電影演變為類社會戲劇（quasi-social Drama），修正了原來的種族主義與暴力，如《與狼共舞》（Dances With Wolves）、《殺無赦》、《鐵血英豪》（Posse）。

心理戲劇

首度透過戲劇來呈現精神疾病的，是德國寰宇電影公司（UFA）的默片《卡里加利博士的小屋》（德國／1919）。隨著精神分析的聲譽日隆，心理戲劇發展成一種佛洛依德式的偵探故事。在第一階段，心理醫師扮演「偵探」，調查隱藏的「犯罪」，也就是病患過去的心理創傷遭深度壓抑的結果。一旦心理醫師揭露了「犯罪」，受害者可能恢復精神正常，或往康復邁進一大步，如《西碧兒》（Sybil）、《毒龍潭》（The Snake Pit）、《三面夏娃》（The Three Faces of Eve）、《未曾許諾的玫瑰園》（I Never Promised You a Rose Garden）、《記號》（The Mark）、《大衛與麗莎》（David and Lisa）、《戀馬狂》（Equus）等片。

然而，當連續殺人魔成為社會揮之不去的夢魘，心理戲劇類型演進至第二階段，與偵探類型融合成一個次類型，稱為心理驚悚片（Psycho-Thriller）。在這類電影中，警察變成業餘心理醫生以追捕人格病態者，逮捕的關鍵就在警探對精神失常者的精神分析，例如：《無頭血案》（The First Deadly Sin）、《1987大懸案》（Manhunter）、《刑警》（COP），以及較近期的《火線追緝令》（Seven）。

一九八〇年代，心理驚悚片第三度進化。在《黑色手銬》（Tightrope）、《致命武器》（Lethal Weapon）、《天使心》（Angel Heart）和《翌日清晨》（The Morning After）中，偵探自己成為瘋子，備受各式各樣現代心理問題之苦，如：性偏執、自殺衝動、創傷後失憶、酗酒。在這些電影裡，追求正義的關鍵是偵探對自己的精神分析。一旦偵探能夠面對自己內心的惡魔，逮捕罪犯就輕而易舉了。

這次的演進顯現了社會的變遷。我們再也不能像過去那樣安慰自己，認為所有瘋子都已遭監禁，在精神病院外的我們正常人可以安心生活。現在很

少人會這麼天真。由於一些事件的發生，我們知道我們也可能與真實脫節。這些心理驚悚片反映了這種威脅，也回應了我們的發現：在我們嘗試理解人性，並終止內心掙扎的過程中，生活中最困難的任務就是自我分析。

一九九〇年代，這個類型來到第四階段，人格病態者再度換人，這時，他們可能是你的另一半、心理醫師、外科醫師、小孩、保母、室友、社區員警。這些電影訴諸社群的集體妄想，因為我們發現生活中最親密的人、必須信任的人、希望能保護的人其實都是瘋子。

例如《推動搖籃的手》（*The Hand That Rocks the Cradle*）、《與敵人共枕》（*Sleeping with the Enemy*）、《強行入侵》（*Forced Entry*）、《惡夜情痴》（*Whispers in the Dark*）、《雙面女郎》（*Single White Female*）、《危險小天使》（*The Good Son*）等。不過最強而有力的例子可能是《雙生兄弟》（*Dead Ringers*），這部電影述說的是終極的恐懼，亦即對最親近的人的恐懼——那就是自己。有什麼恐怖的東西會在你不自覺時慢慢出現，讓你精神失常？

愛情故事

創作愛情故事時，我們該提出的最重要問題是：「是什麼阻止戀人相愛？」愛情故事裡的故事在哪裡？兩人相遇、相戀、結婚、養兒育女、互相扶持，直到人生的盡頭……還有比這個更無聊的故事嗎？因此，從希臘戲劇大師米南德[3]開始，兩千多年來，寫作者對這個問題的答案是「女方家長」。她的父母認為這個青年不適合女兒，他們成為所謂的「阻擋角色」（Blocking Characters）或「反對愛情的力量」。莎士比亞在《羅密歐與茱麗葉》中，將這個慣用手法延伸到雙方家長。從西元前兩千三百年起，這個基本慣用手法並未改變……直到二十世紀爆發的浪漫革命為止。

二十世紀是前所未見的浪漫年代。浪漫愛情的概念（以及伴隨而來的性）主導了大眾音樂、廣告與整個西方文化。幾十年來，汽車、電話與其他一千種解放的因素，讓年輕人脫離父母控制，擁有愈來愈多自由。在此同時，由於

3　米南德（Menander, 西元前 342~292），古希臘劇作家，與阿里斯陶芬尼斯（Aristophanes, 西元前 448~380）並稱古希臘喜劇大師。

婚外情、離婚與再婚比率快速上升，父母也將浪漫從年輕時期的放縱擴展為一生的追求。年輕人總是不聽父母的話，但如果現在電影裡出現父母反對，且青少年戀人也真的服從，觀眾會嘲笑不已。因此，女方家長這個慣用手法已隨著父母安排婚事一起走入歷史，聰明的寫作者發掘出各種新鮮與令人驚奇的力量來反對愛情。

在《畢業生》（*The Graduate*）裡，阻擋角色是女方家長，符合慣用手法，但理由卻非比尋常。在《證人》（*Witness*）中，反對愛情的力量是她的文化——她是阿米胥人[4]，幾乎是另一個世界的人。在《鐵窗外的春天》（*Mrs. Soffel*）裡，梅爾．吉勃遜飾演獄中獲判絞刑的殺人犯，黛安．基頓（Diane Keaton）則是典獄長夫人。是什麼阻止他們相愛？「思想正常」的所有社會成員。在《當哈利碰上莎莉》中，因為「友誼與愛情並不相容」這個荒謬的信念，這對戀人吃了不少苦。《致命警徽》（*Lone Star*）裡，阻擋力量是種族主義，在《亂世浮生》是性別認同，在《第六感生死戀》（*Ghost*）則是死亡。

二十世紀初期興起對浪漫愛情的熱切期盼已接近尾聲，轉為一種深層的不安，並對愛情懷抱著黑暗、懷疑的態度。電影呼應這個現象，讓我們看到苦澀結局的崛起，而且相當受歡迎，令人驚訝，如《危險關係》、《麥迪遜之橋》（*The Bridges of Madison County*）、《長日將盡》、《賢伉儷》（*Husbands and Wives*）等。在《遠離賭城》中，班是有自殺傾向的酒鬼，莎拉是有被虐傾向的妓女，他們的愛情只是交會時互放的光芒。這些電影都回應一種愈來愈強的感性：<u>互久不變的愛就算不是不可能，也是沒有希望的</u>。

為了營造愉快結局，近來一些電影將此類型改造為「渴望愛情的故事」（Longing Story）。男女邂逅向來是不可少的慣用手法，而且在故事開始敘述不久就發生，接著是嘗試、試煉，以及愛情的勝利。然而，《西雅圖夜未眠》與《紅色情深》（*Red*）卻在男孩與女孩相遇時結束。觀眾等著看戀人的「命運」在機遇手中會如何變化，而這些電影將戀人的相遇高明地延後到戲劇高

4　阿米胥（Amish），生活於北美洲的基督教團體，約二十五萬人，主要聚居美國賓州、俄亥俄州、印第安納州、愛荷華州，以及加拿大的安大略。他們務農為生，穿著古樸，不使用電力及許多現代化器具，與外界保持距離，生活就像數世紀前移民至北美的祖先一樣簡樸。

潮，因而避開了當代愛情的尖銳議題，以相遇的困難取代相愛的困難。這些電影不是愛情故事，而是充滿渴望的故事，愛情的實際行為與經常令人困擾的後果，則留待銀幕之外的未來。或許，二十世紀催生了「浪漫年代」（Age of Romance），也埋葬了「浪漫年代」。

由此可知，社會大眾的態度會改變。寫作者的文化天線必須對這些風潮保持警覺，否則就可能寫出老氣的作品。例如在《墜入情網》（Falling In Love）裡，反對愛情的力量是戀愛的雙方都已婚。觀眾流下淚水，只因為打了太多呵欠。我們幾乎可以聽到觀眾在心中呼喊著：「你究竟怎麼回事？你跟無聊的人結婚？那就甩了他們。你們這些人不懂『離婚』是什麼意思嗎？」

然而，在一九五〇年代，婚外情被視為痛苦的背叛，許多深刻的電影都從社會仇視不倫的情緒中獲取能量，如《相逢何必曾相識》（Strangers When We Meet）、《相見恨晚》。到了一九八〇年代，社會態度已經轉變，興起的情緒是人生苦短，而浪漫如此珍貴，如果兩個已婚的人想談戀愛，就讓他們去吧。無論是對是錯，這是時代的氛圍，因此具有一九五〇年代陳舊價值的電影會讓一九八〇年代的觀眾感覺無聊。現在的觀眾則想知道，活在刀鋒邊緣是什麼感覺？如今，身為人的意義為何？

創新的作者不僅跟上時代，還能預見未來。他們將耳朵貼在歷史的牆上，情勢如果改變，他們可以感覺到社會的未來走向。然後，他們寫出打破慣例的作品，帶領類型演進到下一個世代。

舉例來說，這正是《唐人街》眾多優點之一。在此之前，所有謀殺推理類型的戲劇高潮是偵探逮捕並懲罰罪犯，但《唐人街》中，富裕且政治勢力強大的殺人犯卻逍遙法外，打破了此類型引以為榮的慣用手法。然而，這部電影在一九七〇年代之前是不可能拍成的。七〇年代經歷了民權運動、水門事件與越戰，美國覺察其深層的腐敗，全國上下意識到，有錢人做了殺人等壞事，確實能逍遙法外。《唐人街》改寫了原有的類型，開啟了具有苦澀結局的犯罪故事傳統，如《體熱》（Body Heat）、《罪與愆》（Crimes and Misdemeanors, 又譯為《愛與罪》）、《警察大亨》、《第六感追緝令》（Basic Instinct）、《最後的誘惑》（The Last Seduction），以及《火線追緝令》等。

最優秀的作者不僅能預見未來，更能創造經典。每種類型都涉及人類重要的價值取向：愛／恨、和平／戰爭、正義／不公、成就／失敗、善／惡等，每一種價值取向都是永恆的主題，從故事源起就啟發了偉大的作品。年復一年，這些價值取向必須重新書寫，讓當代閱聽者持續感覺有生氣、有意義。不過，最偉大的故事總是歷久彌新。它們就是經典。我們能一再愉快回味經典作品，正因為它經歷數十年依然能重新詮釋；經典富含真相與人性，每個新世代都能從中鏡照自己。《唐人街》就是這樣的作品，編劇羅勃・湯恩（Robert Towne）與導演羅曼・波蘭斯基（Ramon Polanski）對類型有絕對的掌握，因而能將才華發揮得淋漓盡致，抵達電影史上很少人能到達的高度。

類型給予的禮物——耐力

精通類型另一個重要原因是電影編劇適合長程耐力賽，不適合短跑競速。或許你聽說過某個週末在游泳池畔就趕出劇本的傳說，事實上，從靈感萌發到最後潤飾完成的完稿，一部好電影劇本需要六個月、九個月、一年或更長的時間。就劇情世界、角色與故事來說，寫一部電影劇本需要的創作精力與四百頁長篇小說差不多，唯一的重要差異是故事敘述所用的字數。電影劇本極力追求語言的精簡，需要耗費汗水與時間，寫小說可在頁面上自由書寫，通常比較輕鬆也比較快。所有的寫作都需要紀律，但電影劇本寫作卻嚴格得像訓練新兵的班長。因此你可以自問，在好幾個月的寫作時間裡，有什麼可以讓自己保持旺盛的創作欲？

一般來說，偉大的作者不接受所謂的折衷。他們每一位都將畢生作品精準聚焦在一個概念，聚焦在一個啟發自己熱情的單一主題。他們耗費一生來創作，以各種美妙的變奏來追尋這個主題。

例如，海明威對如何面對死亡這個問題著迷。他親眼看見父親自殺後，死亡不僅變成其作品的核心主題，也成為他人生的主題。他在戰爭、運動、狩獵旅行中追逐死亡，最後將霰彈槍放進嘴裡，找到了死亡。狄更斯的父親因欠債而遭囚禁。他在《塊肉餘生記》、《孤雛淚》和《孤星血淚》中，不

斷書寫孤單的孩子追尋失落的父親。莫里哀對十七世紀法國的愚行與腐敗採取批判觀點，他畢生創作的劇本標題讀起來就像人類罪惡的清單：《吝嗇鬼》（*The Miser*）、《厭世者》（*The Misanthrope*）、《無病找病》（*The Imaginary Invalid*）。以上這些作者都找到各自的主題，在漫長的寫作生涯中，這些主題持續帶給他們動力。

你的主題是什麼？你是否像海明威或狄更斯，直接從人生經驗中取材？或像莫里哀一樣書寫自己對社會與人性的想法？無論靈感來源為何，請留意：早在電影劇本完成之前，你的自戀就會銷聲匿跡，對故事點子的熱愛也會委靡。若對自己或自己的點子感覺厭倦無聊，可能就無法跑完這場比賽。

最後再問自己一個問題：我最喜歡的類型是什麼？然後書寫你喜愛的類型。你對點子或個人經驗的熱情或許會降低，但對電影的愛是永恆的。類型應是不斷反覆為你提供靈感的來源。每回重讀自己的劇本都應該感覺興奮，因為這是你想寫的故事類型，是你會願意在雨中排隊進場觀看的電影類型。不要只因知識分子朋友認為某個題材具社會重要性而寫；不要只因預想某個題材會在《電影季刊》[5]受到讚賞而寫。誠實面對你對類型的選擇，因為在所有賦予寫作動力的理由當中，唯一能長時間提供我們養分的就是作品本身。

5　《電影季刊》（*Film Quarterly*），權威學術期刊，美國加州大學出版社出版。

05

結構與角色

　　劇情或角色，哪一個比較重要？這個辯論就像這門藝術一樣古老。亞里斯多德衡量各個面向，結論是故事為主，角色為輔。他的觀點很有影響力，但隨著小說的演變，意見的鐘擺才盪向了另一邊。到了十九世紀，許多人認為，結構的設計只是為了用來呈現角色的個性，因為讀者渴望的是引人入勝的複雜角色。如今這個爭論依然持續，而且沒有定論。至於無法得出定論的理由很簡單：這是一個看似有意義的假議題。

　　我們不能提問結構或角色哪個重要，因為結構就是角色，角色就是結構，這兩者是同一件事，沒有誰比誰更重要。至於論戰始終持續不輟，原因在於許多人將虛構角色的兩個重要面向相互混淆，弄不清角色（Character）與角色塑造（Characterization）之間的差異。

角色與角色塑造

　　角色塑造是對人類所有可觀察的特質的歸納，是透過仔細檢視而可得知的一切，例如：年齡與智商；性別與性傾向；說話風格與肢體動作；住家、汽車與服飾的選擇；教育與職業；個性與神經質；價值取向與態度等，都是

透過日夜觀察某人而可得知的所有人類面向。這些特質的總和讓每個人變得獨一無二，因為我們每個人都是結合了特定基因與經驗累積的某種獨特的組合。這種獨一無二的特質總和就是角色塑造，但不是角色。

一個人在壓力下作出的選擇，相對也展露了「角色本色」。壓力愈大，顯露出的真相愈深刻，這個選擇也愈貼近角色的重要本質。

一個人無論長相如何，在角色塑造的表相之下，他究竟是什麼人？我們會在他最內在的人性發現什麼？他富有愛心或殘酷不仁？慷慨或自私？堅強或軟弱？誠實或說謊？勇敢或怯懦？想知道真相的唯一方法，就是親眼見證他在壓力下作出選擇，看他為了追求自己的欲望會採取什麼樣的行動。一個人的選擇反映出來的就是他的本質。

壓力是必要的。沒有面對風險時所作的抉擇沒有太大意義。如果角色在某個情境下選擇說實話，但說謊並不會讓他得到什麼好處，那麼這個選擇就無關緊要，這個片段也沒傳達出什麼訊息。然而，如果說謊能救自己一命，同一個角色面對這樣的時刻仍選擇說出真相，那麼我們就能感受到，誠實確實是他的本性。

試著想像以下的場景：兩輛車行駛在高速公路上，一輛是生鏽的廂型車，後座放了水桶、抹布與掃把，駕駛是非法移民。這是一個安靜、害羞的女人，她是家裡唯一的經濟支柱，以家庭打掃為業，因沒有合法身分，工作所得只能收取現金。在她車旁並行的是一輛嶄新發亮的保時捷，駕駛是傑出富有的神經外科醫師。這兩個人有完全不同的背景、信念、個性和語言，從任何方面來看，兩人的角色塑造截然不同。

這時，他們前方一輛滿載兒童的校車突然失控，撞上地下道，冒出火焰，所有孩子全困在車內。在這樣的時刻，面對如此驚人的壓力，我們會看到這兩個人的真實本色。

誰會選擇停車？誰又會選擇從旁繞過？他們兩人都有不停車的理由。清潔婦擔心如果涉入，警察可能會訊問她，接著就會發現她是非法移民，將她

遣送回國，她們一家的溫飽就會出問題。醫生擔心如果受傷，燒傷了能透過顯微手術創造奇蹟的雙手，未來就會有數千名病患失去生命。儘管如此，讓我們假設他們都踩下了煞車，把車停下。

這個選擇為我們提供了認識角色的線索，只不過，誰是為了幫忙而停下車的？誰又是因為歇斯底里而無法繼續開車的？假設兩人都因為選擇幫忙而停車，這又多告訴了我們一點訊息。不過，誰選擇幫忙打電話叫救護車，然後在一旁等待？誰又選擇衝進燃燒的校車？假設兩人都衝向校車，這個選擇更深刻顯露了角色本色。

醫生和清潔婦都打破了校車車窗，爬進著火的車內，抓住尖叫的孩子，把他們推到安全的地方。不過他們的選擇還沒結束。火燄很快變成火熱的煉獄，他們臉上的皮膚開始剝落，他們也幾乎無法呼吸，因為熱氣灼傷了肺。在這麼恐怖的情況下，許多兒童還困在車內，兩人都意識到，只剩一秒鐘能各自再拯救其中一個孩子。醫生的反應是什麼？在那一瞬間的反射動作，他會伸手去拉白人小孩，還是離他比較近的黑人小孩？清潔婦的本能又會讓她採取什麼動作？她會救小男孩？還是蜷縮在她腳旁的小女孩？她要如何作出「蘇菲的選擇」[1]？

在這兩種完全不同的角色塑造的內在深處，我們可能會發現相同的人性——他們都願意為了陌生人毫不猶豫地犧牲自己。或者，結果可能是我們以為會有英雄行徑的人其實是懦夫，而我們以為會懦弱退縮的人其實是英雄。

或者，我們可能最後會發現，兩人無私的英雄行徑並不是角色本色的極限，因為即使在兩人如聖人般勇敢採取行動的那一刻，來自不同文化養成背景的隱形力量，可能會讓兩人在不得不作出本能反應的選擇時，不自覺暴露出性別偏見或種族偏見……。無論這場戲怎麼寫，面對壓力的選擇都會摘下角色塑造的面具，我們因而得以窺見他們的內心本質，在瞬間閃過的體悟中掌握他們的角色本色。

---

1 在《蘇菲的選擇》（Sophie's Choice）這部電影中，女主角被迫作出犧牲兒子或女兒的艱困抉擇。

角色本性的顯露

　　透過與角色塑造對比或衝突來顯露角色本色，是所有精采故事敘述過程的重要基礎。我們從人生當中學會了這個重要的原則：表裡不一。人往往不是表面呈現的樣子。隱藏的本質潛藏在許多個人特質的表相之後。無論他們說什麼，無論他們待人處事如何，我們深入認識角色的唯一方法，就是透過他們在壓力下的選擇。

　　如果我們知道某個角色出場時的舉止是「愛老婆」，在故事尾聲仍是如此，仍是個沒有祕密、沒有未實現的夢想、沒有隱藏愛好的愛妻好丈夫，我們會非常失望。當角色塑造與角色本色一致，內心生活與外在表相就像水泥塊一樣表裡如一，這個角色的功能就變成一連串重複、可預測的行為。這樣的角色並非不可置信。膚淺、單調的人確實存在，只是他們很無趣。

　　舉個例子：藍波出了什麼問題？在《第一滴血》（First Blood）裡，這是個令人注目的角色——身心俱疲的越戰老兵，獨自在山野健行，希望遺世獨立（角色塑造）。後來，一名警長只因睪固酮過度分泌而惡意向他挑釁，於是真正的藍波出現了——一名不擇手段、無人能擋的殺手（角色本色）。不過，藍波一旦出現就回不去了。在續集電影中，他將成排子彈綁在油亮鼓脹的肌肉上，用紅色頭巾把頭髮綁起來，最後，超級英雄的角色塑造與角色本色融合為一，變得比星期六早上的卡通還單調。

　　試著將這個平板的角色和詹姆士・龐德（James Bond）比較一下。三部藍波電影似乎已來到極限，但龐德電影已拍了將近二十部[2]。龐德電影能持續不斷拍攝，是因為每一部都展露出一個有深度的角色，而且與角色塑造相互牴觸，讓全世界看得開心不已。龐德喜歡扮演花花公子，穿著燕尾服在豪華派對之間穿梭，拿著雞尾酒杯與美女搭訕。然而，隨著故事中的壓力逐漸增加，龐德的選擇顯露出花花公子外表下潛藏的那個有智慧的藍波。聰明的超級英雄與花花公子角色塑造相互牴觸，這種對角色本色的揭露，似乎提供了無窮的觀影樂趣。

2　截至二〇一四年上半年，龐德電影至少已有二十三部。

進一步探究這個原則就會發現：透過與角色塑造的對比或衝突來展露深層角色，對主要角色來說不可或缺。次要角色或許需要隱藏的面向，也或許不需要，但主要角色必須寫得有深度，換句話說，他們的內心不能與外表看起來的表相相同。

角色轉變弧線

若再更進一步探究這個原則就會發現：最優秀的作品不僅展現角色本色，在敘述過程中也會出現逐步的轉變，或帶來內在本質的改變，無論變好或變壞。

在《大審判》裡，主角法蘭克．蓋文（Frank Galvin）以波士頓律師的身分登場。他身穿三件式西裝，看起來就像保羅．紐曼（Paul Newman）……一樣英俊帥氣。大衛．馬密的電影劇本一層層剝除角色塑造，顯露出一個墮落、破產、自我毀滅、無可救藥的酒鬼。

蓋文很多年沒打贏官司了，離婚與失去尊嚴讓他委靡不振。我們看到他透過報紙訃聞版搜尋因車禍或工業事故身亡的人，前往這些不幸往生者的葬禮，將名片發給哀悼的家屬，希望招徠一些保險官司。在這個場景段落的高潮，爛醉的他因自我厭惡而暴怒，砸爛自己的辦公室，從牆上扯下各類證書，一個個砸碎，最後癱倒在地上。然而，這時案子上門了。

有人請他為一名昏迷的女人打醫療疏失官司。他迅速與被告和解，賺進七萬美元。然而，當他看著他的委託人的無助處境，感覺這件案子帶給他的不是豐厚、輕鬆入袋的律師費，而是最後的救贖機會。他選擇對抗天主教會與政治單位，不僅為委託人而戰，也為自己的靈魂而戰。勝利帶來了重生。這場司法戰役讓他轉變成清醒、有操守的優秀律師，也就是他失去生命意志之前原本的自我。

綜觀虛構故事的歷史長流，我們可以看到角色與結構的互動關係。首先，故事概述了主角的角色塑造。哈姆雷特從大學返家參加父親葬禮，憂鬱困惑

的他，起了輕生之意：「啊，只望這血肉之軀能瞬化……」

第二階段，我們很快進入角色的內心。他在接二連三的行動選項中作出某些選擇，展露真正的本質。哈姆雷特父親的鬼魂聲稱自己遭哈姆雷特的叔父克勞狄阿斯（Claudius）謀殺，而此時叔父已即位成為國王。哈姆雷特的選擇顯現他的極度聰明與謹慎本質；他拚命克制自己魯莽、激動的不成熟個性，決定復仇，但需先證明當今國王犯下謀殺罪：「我要施舌劍……但不動真刀。」

第三階段，角色的深層本質與角色的外在表情不一致，或許是對比，或許是相反。我們感覺到他不是表面那樣的人。他不只是悲傷、敏感、小心翼翼，還有其他特質潛藏在他扮演的角色之下。哈姆雷特：「只有在北北西，我會有點瘋；風自南方吹來時，我分得清什麼是蒼鷹，什麼是白鷺。」

第四階段，角色的內在本質已經顯露，故事會對他施加愈來愈大的壓力，讓他面對愈來愈困難的抉擇。哈姆雷特追蹤殺父凶手，發現叔父正跪著祈禱。他可以輕鬆殺掉國王，但想到克勞狄阿斯若在祈禱時死去，靈魂可能會上天堂，於是強迫自己等待，直到國王的靈魂「如地獄般遭受天譴與黑暗，其魂魄亦定會下地獄」。

第五階段來到故事高潮，這些選擇已深刻改變了角色的人性。哈姆雷特已知與未知的戰爭都來到尾聲。他已達到平靜的成熟境界，聰明才智已熟成為智慧：「其餘皆是沉默。」

結構與角色的功能

「結構」的功能是提供不斷上升的壓力，迫使角色進入愈來愈困難的兩難局面，不得不作出愈來愈艱難的冒險抉擇與行動。在這過程中，他們逐漸顯露出真正的本質，甚至是無意識的自我。

「角色」的功能是將必要的角色塑造特質帶進故事，進而以令人信服的方式依照抉擇採取行動。簡單來說，角色必須有可信度：夠年輕或夠年老，強壯或軟弱，世故或天真，受過教育或無知，聰明或愚笨，

種種設定都要恰如其分。每個角色必須將一組個人特質帶進故事，這些特質必須能讓觀眾相信角色有能力也有意願做出他所做的行為。

　　結構與角色密不可分。角色在壓力下作出的選擇及選擇採取的行動，創造出故事事件的結構；角色在壓力下選擇如何行動，則顯露其本色並改變其本質。只要結構或角色其中之一改變了，另一個也必須連動。如果你改變了事件設計，就必須也改變角色；如果你改變的是深層的角色特質，就必須重新創造結構來呈現這個角色的新特質。

　　假設某個故事裡出現了關鍵事件，主角冒著極大的風險選擇說出真相。不過，編劇感覺初稿的寫法行不通，改寫劇本時仔細研讀這個場景，判斷他的角色會說謊，於是改變故事設計，讓主角採取相反的行動。從初稿到第二稿，主角的角色塑造不變——打扮相同、職業相同、聽到同樣的笑話會大笑，但初稿裡他是個誠實的人，第二稿卻變成說謊的人。反轉一個事件，編劇就能創造出全新的角色。

　　想像一下，如果狀況是這麼發展的：編劇對主角的本質突然有所體悟，新的靈感讓他寫出全新的角色心理側寫，將一個誠實的人轉變成說謊的人。為了表現徹底改變的本質，編劇必須做的不只是調整角色的特質。黑色幽默感或許可以增加層次，但絕對不夠。故事若保持不變，角色也就保持不變。如果編劇重新創造角色，他就必須重新創造故事。修改過的角色勢必會作出新的抉擇，採取不同的行動，活出另一個的故事——他的故事。無論我們的直覺引導我們修改角色或結構，終究會殊途同歸。

　　因此，「角色帶動的故事」這個說法是多餘的。所有的故事都是「由角色帶動」的。事件設計與角色設計相互鏡照。只有透過故事設計，才能深刻呈現角色。

　　關鍵在於是否適得其所。

　　角色的相對複雜程度必須隨著類型而調整。動作／冒險與鬧劇需要單純的角色，因為複雜的角色會讓我們分心，無法完全專注於這些類型必備的勇猛動作或摔跌搞笑。教育與救贖劇情這類關於個人與內在衝突的故事，需要

的是複雜的角色，因為單純角色無法讓我們洞悉人性本質，但這樣的體悟對這些類型來說是必要的。這是常識。那麼，「由角色帶動」的真正含義是什麼？對許多編劇來說，它指的是「由角色塑造來帶動」，但他們並不知道，角色塑造只是表層的角色刻畫，這個面具可能畫得很漂亮，但深層角色卻沒有發展或沒有加以呈現。

故事高潮與角色

在我們討論結局的問題之前，架構與角色的緊密關係似乎完美對稱。備受推崇的好萊塢定理這樣警告我們：「電影的重點是最後二十分鐘。」換句話說，如果希望電影有機會受全球觀眾肯定，最後一幕及其高潮必須帶來最令人滿足的經驗。因為無論前九十分鐘已達到什麼成果，如果最後的篇章失敗，電影在上映的那個週末也就撐不下去了。

試著比較一下以下兩部電影。在《盲目約會》（*Blind Date*）中，金·貝辛格（Kim Basinger）與布魯斯·威利在這部鬧劇裡跌跌撞撞，接連引發笑聲。到了第二幕，笑聲不見了，第三幕則變得平淡，結果這部本該賣座的電影搞砸了。反觀《蜘蛛女之吻》（*Kiss of the Spider Woman*），開場的三、四十分鐘相當無趣，但這部電影逐漸吸引我們，並加快了步調，最後故事高潮帶給我們的感動是很少電影能夠企及的。原本八點時覺得無聊的觀眾，到了十點變得非常開心；口碑為這部電影帶來了成功。美國影藝學院[3]投票結果，讓威廉·赫特獲得了奧斯卡獎[4]。

故事是生活的隱喻，而生活是與時俱進的。因此，電影是時間的藝術，而非造型藝術。這門藝術的表親不是繪畫、雕塑、建築或平面攝影等空間媒介，而是音樂、舞蹈、詩、歌等時間的藝術形式，而時間的藝術第一誡就是：

3　即美國電影藝術與科學學院（Academy of Motion Picture Arts and Sciences），成立於一九七二年，隔年開始舉行每年一度的「奧斯卡金像獎」。

4　該片入圍當年奧斯卡四項獎項：最佳男主角〔威廉·赫特〕、最佳導演〔海克特·巴班克（Hector Babenco）〕、最佳改編劇本〔李歐納德·施拉德（Leonard Schrader）〕、最佳影片，最後由威廉·赫特獲得最佳男主角獎。

將最好的留在最後。芭蕾舞最後的動作、交響樂的尾聲、十四行詩的最後對句、電影的最後一幕與故事高潮——這些最後的時刻，必須帶來最令人滿足也最有意義的體驗。

電影劇本的完稿當然代表作者百分之百的創作努力，而創作時的大部分心力，都用來設計「深層角色」與「事件安排創造」之間的緊密互動。我們至少為此投注了百分之七十五的心力，對白與描述則占用其他百分之二十五。投入故事設計的大量精力當中，又有百分之七十五專注於創造最後一幕的高潮。故事最終的事件，是編劇最終極的任務。

吉恩·佛勒[5]曾說，寫作不難，就只是瞪著空白稿紙直到額頭出血為止。如果真有什麼會讓你額頭出血，那就是創造最後一幕的高潮，因為這是所有意義與情感的頂點與匯集處，也是觀眾滿意度的決勝點，其他一切都是為了成就此刻而存在。如果這場戲失敗，故事也完了。想盡辦法把它創造出來，否則故事就不算存在。如果無法帶著詩意縱身躍上出色且令人滿意的高潮，之前所有的場景、角色、對白與描述，都只是費盡心力的打字練習罷了。

想像一下，有一天早上醒來時，湧現的靈感讓你寫出這樣的故事高潮：「英雄與惡棍徒步在莫哈維沙漠（Mojave Desert）互相追逐三天三夜。就在距離最近的水源還有一百英里時，瀕臨脫水、精疲力盡與精神錯亂邊緣的兩人開始對決，其中一人殺了另一人。」這很刺激……但是當你回頭檢視主角，想起他是個退休會計師，已經七十五歲了，撐著拐杖蹣跚而行，而且還對灰塵過敏，這肯定會讓你的悲劇式高潮變成笑話。更糟的是，你的經紀人告訴你，只要寫出結局，華特·馬舒[6]希望擔任主角。這時，你該怎麼辦？

找到你介紹主角出場的那一頁，再找到你描述主角的那一行——「傑克，七十五歲」，然後把七刪掉，改成三。換句話說，就是修改角色塑造。深層角色維持不變，因為不管傑克三十五歲或七十五歲，他還是有在莫哈維沙漠

5　吉恩·佛勒（Gene Fowler, 1890~1960），美國作家及編劇，作品包括：《怪人博覽》（*The Mighty Barnum*）、《影城何價？》（*What Price Hollywood?*）、《比利小子》（*Billy the Kid*）等。

6　華特·馬舒（Walter Matthau, 1920~2000），美國演員、導演，曾獲得奧斯卡最佳男配角、金球獎最佳男主角等獎項，作品包括：《單身公寓》（*The Odd Couple*）、《吾父吾子》（*Kotch*）、《陽光小子》（*The Sunshine Boys*）等。

奮戰到底的決心與韌性。

　　一九二四年，艾利赫·馮·史托洛海姆[7]執導了《貪婪》。這部電影的高潮是英雄與惡徒在莫哈維沙漠對抗三天三夜。在盛夏超過攝氏五十四度的高溫中，馮·史托洛海姆在莫哈維沙漠拍攝這個場景段落。他幾乎讓演職員累壞了，但拍出了他想要的成果：延伸至地平線另一頭的廣袤鹽漠，白上加白的風景。在烈日下，英雄與惡徒的皮膚也和沙漠地表一樣龜裂、焦灼。他們互相搏鬥，惡徒在打鬥中拿石頭砸破了英雄的頭，英雄在瀕死前仍有意識的最後一刻，奮力伸出手，將自己和惡徒銬在一起。最後一個畫面是惡徒在沙塵中昏倒，與他殺死的屍體銬在一起。

　　終極的抉擇創造出《貪婪》出色的結局，並深刻刻畫了兩個角色。無論是角色塑造的哪一個面向，但凡會削弱結局行動可信度的一切都必須犧牲。正如亞里斯多德觀察到的，劇情比角色塑造更重要，但故事結構與角色本色是一體的兩面。角色在外在面具下所作的抉擇，形塑了其內在本質，同時也推動了故事。從《伊底帕斯王》到《法斯塔夫》（*Falstaff*），從《安娜·卡列妮娜》到《吉姆爺》，從《希臘左巴》到《末路狂花》，都呈現了完美故事敘述過程中角色與結構的動態關係。

7　艾利赫·馮·史托洛海姆（Erich von Stroheim, 1885~1957），奧地利裔美國演員、編劇、導演，作品包括：《貪婪》、《日落大道》等。

06

結構與意義

美學情感

關於故事與意義，亞里斯多德是這麼思考的：為什麼我們看到街頭橫屍有所反應，但讀到或在劇場裡看到荷馬作品裡的死亡時，又會有另一種反應？因為在人生當中，想法與情感出現的方式不同。心智與激情在人性中不同的領域裡運轉，兩者通常不一致，很少協調同步。

在生活中，如果你看到街頭曝屍，會感受到腎上腺素的衝擊：「我的天！他死了！」或許你會恐懼地開車遠離現場。稍後，等時間讓人冷靜下來，可能你會思索這個陌生人死亡的意義、自身生命的有限，以及在死亡陰影下的人生。這樣的沉思可能會改變你的內心，讓你下回再次面對死亡時，或許會有更具同情心的不同反應。

或者，反過來看，年輕時你可能對愛情會有具深度但未必夠有智慧的思考，懷抱著理想化的想像，結果談了一場濃烈但痛苦萬分的戀情。這或許會讓你的心變冷，讓你變得犬儒，在往後的歲月當中，年輕人感覺甜美的愛情對你而言，依然是苦澀的代名詞。

你的心智生活讓你準備好面對情感的體驗，這些體驗讓你產生新的認知，

並且與新遭逢的化學變化重新混合在一起。這兩個領域相互影響，但必定是一個產生變化後再影響另一個。事實上，生活當中想法與情感同時交會發光的時刻非常少見，如果真的發生了，你會以為自己有了宗教體驗。不過，儘管生活將意義與情感分離，藝術卻加以統合。透過故事這項工具，你可以隨意創造這樣的頓悟，這個現象稱為美學情感（aesthetic emotion）。

所有藝術的源起，是人類心靈渴求透過美與和諧來解決挫折與紊亂，渴求用創意來讓枯燥的日常生活恢復生氣，渴求透過對真相本能、感官的感覺來與真實產生連結。這樣的原始需求早在語言出現之前就已存在。故事就像音樂與舞蹈、繪畫與雕塑、詩與歌，始終都是美學情感的體驗，也就是思想與感受的同時交會。

當思想的周圍充滿情感能量，就會變得更有力量、更深刻、更令人難忘。你可能會忘記看到街頭曝屍的那一天，但哈姆雷特之死會時時浮上你心頭。如果沒有藝術來形塑人生，生活本身會讓人陷入困惑與混沌。美學情感讓人的所知與所感能保持和諧，增強置身現實當中的覺察力與確定感。簡而言之，故事說得好，就能賦予某樣人生無法提供的東西，那就是有意義的情感體驗。在人生當中，經驗因隨時間而來的反思而變得有意義。在藝術裡，經驗在經驗發生的當下就有了意義。

由此觀之，故事的本質並不是智性的活動。故事不會用一般文章那種不帶感情的智性論述來表達想法。儘管如此，這不代表故事是反智性的；我們衷心期盼作者有重要的想法與洞見。我想說的是，藝術家與觀眾之間的交流，是直接透過感官與認知、直覺與情感來表達思想的。這樣的交流不需要中介或評論者來提供邏輯，或用解釋與摘要來取代無以名狀、只能感受的事物。學術專業可讓品味與判斷更敏銳，但我們絕不能將批評誤認為藝術。智識的分析無論多麼深奧，都無法滋養我們的靈魂。

動聽的故事表現的不是主題的精準推演，也不是洶湧情緒的膚淺發洩。結合理性與非理性，才能成功說出好故事，因為完全以情感或智識為基礎的作品，無法像真正的故事那樣喚起我們更細膩的感知，如：同情心、同理心、預感、判斷力……以及我們對於真相的內在感受。

故事前提

　　創作歷程由兩個想法支撐：故事前提（Premise）啟發作者創造故事的欲望，主導意念（Controlling Idea）則是故事的終極意義，透過最後一幕高潮的行動與美學情感來傳達。然而，故事前提和主導意念不同，它很少是完整的陳述，反而較像開放式的問題，例如：如果……會發生什麼事？如果鯊魚游進度假海灘吞噬了一個旅客，會發生什麼事？──《大白鯊》（Jaws）。如果一個妻子離開了丈夫與孩子，會發生什麼事？──《克拉瑪對克拉瑪》（Kramer vs. Kramer）。史坦尼斯拉夫斯基稱之為「魔力假使」（Magic if...），它是白日夢般的假設，飄進心靈，打開通往想像的大門，在想像之中，似乎所有的一切都可能發生。

　　不過「如果……會發生什麼事」只是故事前提之一。寫作者在任何地方都能發現靈感，如：朋友輕鬆坦白黑暗的欲望、缺腿的乞丐的嘲弄、夢魘或白日夢、報上的事實、孩子的奇想。即使這門技藝本身都能啟發靈感，例如：從某一場戲流暢地轉到另一場，或為了避免重複而編輯對白，這一類全然技術性的練習都可能促使想像力爆發。任何事物都可能觸發寫作，哪怕是往窗外瞥一眼。

　　一九六五年，柏格曼罹患了「迷路炎」（labyrinthitis），這是內耳受病毒感染而造成的病症，病患陷入無盡的旋轉昏眩，即使睡覺時也是如此。柏格曼臥床數週，由支架撐住頭部，努力盯著醫生在天花板上畫的一個點，以便讓昏眩停止，但只要一移開視線，整個房間又會天旋地轉。他專注看著那個點，開始想像兩張糾纏在一起的臉孔。許多天後，他復元了，朝窗戶望去，看見一名護士與一位患者坐在一起互相比較彼此的手。護士與病患的關係，以及臉孔糾纏的畫面，就是柏格曼經典巨作《假面》的源起。

　　看似隨機、突然即興出現的靈感或直覺，其實是偶然的意外。原因是對某位作者可能會帶來啟發作用的靈感，另一個人卻可能會忽視。故事前提喚醒作者內心的願景或信念。他所有的經驗已讓他準備好面對這一刻，並以只有他才會採取的方式來加以回應。此時，作品動了起來，在這過程中，他詮釋、

抉擇，並作出判斷。如果對某些人來說，作者最後關於生命的論點顯得武斷且堅持己見，那也無所謂。平淡、令人安心的作者很無趣；我們要的是有勇氣、有觀點、沒有束縛的靈魂，也就是其洞見令人吃驚與興奮的藝術家。

最後，提供寫作靈感的東西未必要留在作品裡，這一點很重要。故事前提並不珍貴，若對故事發展有貢獻就保留，但若敘述過程有了轉變，放棄原始靈感，跟隨進化中的故事走。問題不在於讓寫作開始，而是讓寫作持續並不斷有新的靈感。我們很少知道我們前進的方向，因為寫作即是發現。

結構作為一種修辭

請容我提醒：儘管故事的靈感來源或許是夢，而故事最後的結果是美學情感，但作品若要從開放的前提走向令人滿足的高潮，作者必須進行嚴肅的思考。對藝術家來說，除了呈現自己想法外，也必須證明這些想法。只用說明的方式來表現想法永遠不夠；觀眾不僅必須理解，更必須相信。你希望全世界看完你的故事後，相信它是人生的真實隱喻，而你的故事設計，就是帶領觀眾認識自己觀點的工具。創作故事時，你也創造了證據；想法與結構是透過某種修辭學的關係而緊密相連的。

「故事敘述」是以有創意的方式來展現真相。故事是想法的活見證，也將想法轉換成行動。故事的事件結構，則是用來表達並證明想法的方法，但不多作解釋。

故事大師從不解釋。他們做的是困難、痛苦的創造工作——賦予戲劇形式。如果強迫觀眾聆聽關於想法的討論，他們很少人會有興趣，當然也絕不會信服。對白是各個角色追求欲望時的自然交談，而不是用來解釋電影工作者哲學的平台。無論用對白或旁白來解釋作者的想法，都會嚴重降低電影品質。傑出的故事只在事件的動態關係中證實其想法；若無法藉由人類各種抉擇與行動的全然真實因果關係來呈現某種觀點，這就是創作上的失敗，再多

聰明的話語也無法挽救。

讓我們用相當多產的犯罪類型來加以說明。幾乎所有偵探故事都想表達的想法是什麼？「犯罪沒有好下場。」我們如何能理解這一點？希望不是靠某個角色對另一個人陳述感想：「看！我是怎麼跟你說的？犯罪沒有好下場。他們看起來好像逍遙法外，但法網恢恢，疏而不漏……」並非如此。我們想看到的是概念在我們面前透過演出來呈現，例如：有人犯案，罪犯逍遙了一陣子，最後遭逮捕並受到懲罰。他或許獲判終身監禁，或許遭當街擊斃，在懲罰的過程中，一個充滿情感的想法就會進入觀眾心中。如果我們能用文字說明這個想法，可不會像「犯罪沒有好下場」這麼有禮貌，而會是：「他們收拾了這個王八蛋！」這是由正義與社會報復帶來的勝利快感。

美學情感的種類與質地是相對的。心理驚悚片企圖追求非常強烈的效果；幻滅劇情或愛情故事等其他形式需要的是比較軟調的情感，也許是悲傷或同情。不過，無論是哪一種類型，以下這個原則一概適用：無論喜劇或悲劇，故事的意義必須在情感動人的故事高潮以戲劇方式呈現，而不是用解釋性的對白來輔助。

主導意念

在寫作者的字彙裡，主題已變成相當朦朧的詞。比方說，「貧窮」、「戰爭」、「愛」都不是主題，而與設定或類型有關。真正的主題不是一個字，而是一句話；它是一句清晰、通順的句子，表現出故事最精練的意義。我較偏好使用主導意念這個詞，它和主題一樣意味著故事的根源或中心思想，同時也蘊涵了「功能」：主導意念形塑寫作者的策略選擇。它是另一項創作紀律，引導你的美學選擇，讓你知道你的故事中什麼適當、什麼不適當，也讓你知道哪些表現出你的主導意念而該保留，哪些與主導意念無關而該刪除。

在已完成的故事中，主導意念用一句話就能表達完整。首次構思出故事前提後，作品不斷演化，此時雖應探索腦中浮現的一切點子，但打造電影終究只能以一個概念當作核心。這並不是說故事可簡化成一個標題，因為故事

之網捕捉了更多難以言傳的事物，如：微妙的意涵、弦外之音、巧妙構思、雙重意義等各式豐富內容。故事於是變成某種有生命的哲學，觀眾在轉瞬之間不自覺就能完整理解，而這樣的理解，也能與他們的人生經驗相互結合。

　　不過，這當中也會有適得其反的結果。當你藉由某個明確的想法將故事形塑得愈美好，當觀眾將你的概念帶進人生的每個面向，理解其中的各種含義後，他們就會在你的電影裡發現更多意義。相反的，如果你試圖將愈多想法塞進一個故事裡，這些構想彼此擠壓的狀況就愈嚴重，最後，電影瓦解成一堆略有相關的概念，但什麼都沒說。

　　「主導意念」可以用一句話來表達。它描述的是人生起始與結束之間的存在處境如何轉變，以及為何轉變。

　　主導意念的組成成分有兩個：價值取向，再加上緣由。在最後一幕的高潮，主導意念確認故事關鍵價值最後的走向是正極或負極，並確認此價值取向轉變為最終狀態的主要原因。價值取向與緣由這兩個要素共同組成的句子，傳達了故事的核心意義。

　　所謂的「價值取向」，是指在故事最後的行動影響下，角色的世界或人生的主要價值最終走向正極或負極。舉例來說，像《惡夜追緝令》（*In the Heat of the Night*）這樣有愉快結局的犯罪故事，將不公不義的世界（負向）轉向正義（正向），言下之意就是：「正義重新獲得伸張……。」像《失蹤》（*Missing*）這樣有苦澀結局的政治驚悚片，故事高潮是軍事獨裁政權掌控了故事中的世界，會立刻讓人想到負面的「暴政肆虐……」。《今天暫時停止》之類有正面結局的教育劇情，轉變弧線是主角從犬儒、自私自利變成真心無私、充滿愛心，讓人感覺「人生充滿幸福……」。《危險關係》這類有負面結局的愛情故事，則將激情轉為自我厭惡，讓人想到「仇恨毀滅一切……」。

　　所謂的「緣由」，指的是主角的人生或世界轉向正面或負面價值的主要理由。從結局回溯開場，我們可以在角色內心、社會或環境的深層面向追溯這個價值取向存在的主要理由。一個複雜的故事可能有許多帶來改變的力量，

但通常會有一個凌駕其他理由的緣由。因此在犯罪故事裡，「犯罪沒有好下場……」（正義獲勝）或「犯罪有好下場……」（不公不義獲勝），都不能當作完整的主導意念，因為它們只提供了一半意義——結局的價值取向。一個扎實的故事，也要能傳達為什麼故事中的世界或主角最後有這樣的特定價值取向。

舉例來說，若幫克林・伊斯威特（Clint Eastwood）主演的《緊急追捕令》（Dirty Harry）寫劇本，你的價值取向加上緣由的主導意念會是：「正義獲勝，因為主角哈利比罪犯更暴力。」儘管片中不時設法穿插些許辦案推理，但主角的暴力才是帶來改變的主要緣由。這個體悟引導你判斷什麼適合寫，什麼不適合寫；它讓你知道，寫出下面這個場景是不適當的：哈利偶然間發現命案死者，看見逃逸的凶手留下一頂滑雪帽，拿出放大鏡檢查帽子，最後得出結論：「嗯……這個男人大概三十五歲，紅髮，來自賓州煤礦區，因為這裡有無煙煤的塵埃。」這是福爾摩斯，不是哈利。

然而，如果你是幫彼得・福克（Peter Falk）主演的電視劇《神探可倫坡》（Columbo）寫劇本，你的主導意念會是：「正義重新獲得伸張，因為主角比罪犯更聰明。」鑑識滑雪帽的場景對可倫坡來說或許適合，因為在可倫坡影集中，帶來改變的主要緣由是他如福爾摩斯般的推理能力。不過，倘若幫可倫坡寫出以下這個場景就不恰當了：他把手伸進皺巴巴的防水大衣，拿出一把點四四大口徑手槍，然後大開殺戒。

且將上一頁的例子說得更透徹些：《惡夜追緝令》中，正義重獲伸張，是因為有位觀察敏銳的黑人局外人看見了白人顛倒是非的真相。《今天暫時停止》告訴我們，只要學習付出無條件的愛，人生會充滿幸福。《失蹤》表達的是暴政之所以肆虐，原因在於受到腐敗的美國中情局支持。《危險關係》讓我們知道，一旦恐懼異性，憎恨就會毀滅我們。主導意念是故事意義最純粹的形式，是帶來改變的原因與方式，也是觀眾與自己生活結合的人生視野。

意義與創作程序

如何找到故事的主導意念？這個創作程序可以從任何地方開始。啟發你的，可能是「如果……會發生什麼事」的故事前提，也可能是某些關於角色

的細節，或某個影像。或許你會從中間、開場、尾聲開始尋找。當你的虛構世界與各個角色開始發展，不同事件相互連結，故事也逐漸成形。隨後，你來到關鍵時刻，縱身一躍，創造出故事高潮。最後一幕的高潮是刺激你、感動你的最後一個行動，帶來完整與滿足的感受。這時，主導意念即將出現。

審視你的結局並且問自己：這個戲劇高潮的行動，將為主角的世界帶來正極或負極的價值取向？接下來，從高潮往前回溯，追根究柢問自己：將這樣的價值取向帶入角色世界的主要緣由、力量或方法是什麼？將這兩個問題的答案結合成一個句子，就會成為你的主導意念。

換句話說，故事自會告訴你意義；不要將意義強加於故事。不要從概念衍生戲劇行動，而是反過來從行動中產生意義。因為無論有什麼樣的靈感，故事終究會將主導意念嵌入最後的戲劇高潮，而當這個事件表達出其中的意義，這時，你將體驗到寫作生涯中最強而有力的時刻——自我認知。故事高潮將鏡照你內在的自我，倘若你的故事來自內在最好的自我，鏡照所呈現出來的往往會讓你感到震撼。

在你發現自己寫出黑暗、犬儒的故事結局之前，你可能會認為自己是個溫暖、有愛心的人。或者，在你寫出溫馨、有同情心的結局之前，你可能以為自己飽經世故、歷盡滄桑。你以為你知道自己是誰，但往往會因發現內心潛藏著某些不吐不快的事物而驚訝。換句話說，如果劇情完全依照原訂計畫發展，表示你不夠隨興，沒讓自己有足夠的空間發揮想像與直覺。你筆下的故事應該一再讓你感到驚奇。美好的故事設計是以下三者的結合：信手捻來的主題，充分發揮的想像力，以及隨興卻又能聰明施展編劇技藝的心智。

意念與反意念

帕迪·柴耶夫斯基[1] 曾告訴我，當他終於發現自己故事的意義時，他會寫在紙片上，再貼在打字機前，如此一來，所有從打字機敲出來的句子都會以

1　帕迪·柴耶夫斯基（Paddy Chayefsky, 1923~1981），美國知名戲劇及電影編劇，多次入圍奧斯卡及金球獎，並以《馬蒂》，《醫生故事》（ The Hospital ）、《螢光幕後》（ Network ）獲得奧斯卡最佳劇本獎，其中《醫生故事》、《螢光幕後》也獲得金球獎最佳劇本獎。

某種方式表達出他的中心主題。這麼明確的價值取向與緣由時時刻刻出現眼前，他就能抗拒有趣但無關緊要的東西，以某種方式專心統整故事的敘述，且不悖離核心意義。柴耶夫斯基所謂的「某種方式」，意指他以動態的方式打造故事，在故事主要價值取向的正負兩極之間擺盪。他的即興寫作就以這樣的模式逐漸成形，於是每個場景段落接連表現出主導意念的正負取向。換句話說，他讓意念（Idea）來對抗反意念（Counter-Idea），藉此塑造故事。

讓故事中面臨重要考驗的價值取向在正負兩極之間動態移動，就能打造出「劇情進展」。

從靈感乍現的那一刻開始，你就進入你的虛構世界尋找故事設計。你必須在開場與結局之間建構一座故事之橋，這座橋由一連串事件進展過程形成，從故事前提通往主導意念，而這些事件呼應了某個處於主題中兩種相互矛盾的聲音。隨著一個個場景段落及一個個場景的進行，正面的意念與負面的反意念來回爭辯，創造出戲劇化的辯證。在故事高潮，其中一個聲音會獲勝，成為這個故事的主導意念。

以下就以犯罪故事中熟悉的節奏來加以說明。

典型的開場段落會傳達負面的反意念：「犯罪會有好下場，因為罪犯很屬害且（或）無情。」此外，它也會以具戲劇張力的方式呈現高深莫測的犯罪（如《迷魂記》），或以惡魔似的罪犯的犯罪行為（如《終極警探》）讓觀眾震驚不已：「罪犯會逍遙法外！」

不過，當老練的偵探發現逃逸凶手留下的證據〔如《夜長夢多》（The Big Sleep）〕，下一個場景段落就會以正面的意念來對抗觀眾的恐懼：「犯罪沒有好下場，因為主角更屬害且（或）更無情。」

隨後，警探或許因為受誤導而懷疑無辜的人〔如《再見，吾愛》（Farewell, My Lovely）〕：「犯罪有好下場。」但主角很快就發現惡徒的真正身分（如《絕命追殺令》）：「犯罪沒有好下場。」接下來，罪犯抓住主角，甚至即將殺害他〔如《機器戰警》（RoboCop）〕：「犯罪有好下場。」儘管如此，警探可說置之死地而後

生〔《撥雲見日》（*Sudden Impact*）〕，接著又繼續追捕惡徒：「犯罪沒有好下場。」

相同意念的正負兩種說法在影片裡來回競爭，而且愈來愈激烈，最後在故事裡危機橋段的最後對峙中正面衝突，從而產生了故事高潮。這當中只有一個意念會勝出，可能是正面意念：「正義獲勝，因為主角有韌性、有智慧、有勇氣。」〔如《黑岩喋血記》、《捍衛戰警》（*Speed*）、《沉默的羔羊》（*The Silence of the Lambs*）〕，也可能是負面的反意念：「不公不義獲勝，因為對立力量如此冷血、強大，無法抵抗。」（如《火線追緝令》、《警察大亨》、《唐人街》）。在最後的戲劇高潮行動中，無論由哪一個意念勝出，都會成為價值取向加緣由的主導意念，單純表達出故事最後的決定性意義。

意念與反意念的節奏，對編劇藝術來說至關重要；它在所有好故事的核心當中搏動，無論戲劇行動屬於多麼內在的層面。此外，這個簡單的動態關係也能變得非常複雜、細膩且具反諷意味。

在《激情劊子手》（*Sea of Love*）中，警探凱勒〔艾爾・帕西諾（Al Pacino）飾〕愛上頭號嫌犯〔艾倫・芭爾金（Ellen Barkin）飾〕，於是每一場指向她涉案的場景都具有反諷意味：就正義的價值取向而言是正面，就愛情的價值取向而言是負面。在成長劇情電影《鋼琴師》裡，大衛〔諾亞・泰勒（Noah Taylor）飾〕在音樂上的成功（正面），導致父親〔阿敏・穆勒－史托爾（Armin Mueller-Stahl）〕的嫉妒與殘酷壓制（負面），因此他最後的成功，是在藝術與精神層面成熟的雙重勝利（雙重正面）。

教導主義

請注意：創造你故事中的「辯證」面向時，要格外謹慎地建立雙方的力量。編寫與你最後主導意念衝突的場景與場景段落時，要投入與支持力量分量相當的真實感與能量。如果你的電影以反意念結束，如「犯罪有好下場，因為……」，那麼就強化觀眾認為正義會獲勝的場景段落。如果你的電影以正面意念結束，例如「正義必勝，因為……」，那麼就強化表現「犯罪所得頗多」的場景段落。換句話說，不要讓你的「辯證」一面倒。

假如有一個道德故事，你打算將反派主角寫成無知的笨蛋，他可說是自我毀滅了，我們又如何相信良善必勝？然而，如果像遠古的神話故事創作者那樣，你準備創造一個幾乎無所不能的反派，而且差一點就獲勝，那麼你也會強迫自己創造一個足以匹敵的主角，而且主角會變得更強大、更出色。在這個平衡的敘述過程中，邪不勝正就相當合理與真實。

　　需留意危險之處在於：如果你的故事前提是自認必須向世界證明的概念，並將故事設計成關於此概念成立的鐵證，那麼就會讓自己淪為教導主義（didacticism）。你一心一意想要說服觀眾，因而抑制了對立的聲音，但誤用或濫用藝術來說教，會讓你的電影劇本變成論文電影，而且很難掩飾講大道理的本質，因為你用盡心力，希望一舉就讓全世界都信服。教導主義源自天真的熱切信念，認為虛構故事可以當成手術刀，割除社會的惡性腫瘤。

　　這類的故事經常採取社會戲劇的形式，這個沉重的類型有兩個典型慣用手法：找出社會的病灶，用戲劇方式呈現解藥。例如，編劇可能判斷戰爭是人類災禍的根源，和平主義是解藥。他熱切想說服我們，他筆下的好人非常非常好，壞人非常非常壞。所有的對白都「直白」哀歎戰爭的無謂與瘋狂，並真心誠意宣稱戰爭的緣由就是「當權者」。從大綱到完稿，他用令人反胃的畫面塞滿銀幕，確保每場戲都清楚大聲說出：「戰爭是萬惡之源，但可以用和平主義解決……戰爭是能用和平主義解決的萬惡之源……戰爭是能用和平主義解決的萬惡之源……」直到你想掏出一把槍來。

　　然而，反戰電影的和平主義呼聲很少讓我們對戰爭敏感，例如《多可愛的戰爭》（Oh! What a Lovely War）、《現代啟示錄》（Apocalypse Now）、《加里波利》（Gallipoli）、《漢堡高地》（Hamburger Hill）。編劇急著證明他有答案，反而會對我們太過熟悉的真相視而不見——男人喜歡戰爭，因此他無法說服我們。

　　這並不表示從一個意念開始創作，就一定會寫出教導主義的作品，但這個風險存在。當故事開始發展，你必須樂於思考相反甚或令人反感的概念。最優秀的作者有邏輯辯證的靈活心智，能夠輕鬆切換觀點。他們看到正面、反面、各種程度的反諷，並以誠實與令人信服的方式尋求這些觀點之下的真相。這種全知觀點迫使他們變得更有創意、更有想像力、更有洞察力，最後

終能表達出自己深信的事物，但在此之前，他們會願意考量所有相關的議題，並體驗所有的可能性。

別誤會，若沒有些許哲學家氣質且胸懷強烈信念，不可能成為優秀作家。關鍵訣竅在於：不要屈從於自己的意念，而是讓自己浸潤於生命之中，因為能證明自己觀點的，不是你多麼堅持主導意念，而是讓主導意念戰勝你極力想對抗的強大力量。

來看看庫柏力克導演的三部反戰電影中高明的平衡。庫柏力克與電影編劇研究並探索反意念，以深度審視人類心理。在他們打造的故事中，戰爭是人性內在喜好打打殺殺的本質的合理延伸，我們意識到人類喜歡做什麼就會去做，不禁背脊發涼，因為人性自古以來如此，現在與可見的未來亦如此。

庫柏力克的《光榮之路》（*Paths of Glory*）片中，法國的命運取決於不計一切對抗德國。因此，當法國軍隊從戰役中撤退，一名憤怒的將軍想出一個創新的激勵策略——命令砲兵轟炸自己的部隊。在《奇愛博士》中，美國與蘇俄都明白，在核子戰爭中不輸比獲勝更重要，於是兩國都籌畫出不輸的計謀，這個計謀非常有效率，竟將地球上的生命全部化為灰燼。在《金甲部隊》（*Full Metal Jacket*）裡，海軍陸戰隊面臨艱困的任務——如何說服人類忽視基因中禁止殺害同類的本能。解決方案很簡單，那就是為新兵洗腦，讓他們相信敵人不是人；如此一來，殺人就變得容易了，連自己的新訓教官也不例外。庫柏力克知道，只要給人性足夠的彈藥，它就會開槍打自己。

偉大的作品是活生生的隱喻，告訴我們：「人生即是如此。」千百年來，傳世經典提供我們的，不是解決方案而是清晰的思路，不是答案而是詩意的坦率。對於每個世代都必須解決的難題，它們毫不逃避地一一釐清，唯有解決這些難題，我們才能成為真正的人。

理想主義、悲觀主義與反諷

根據主導意念的情感正負極性，寫作者和他們述說的故事可以分成三大類，這個分類方式非常有助益。

理想主義主導意念

「愉快結局」的故事表現出樂觀主義、希望以及人類的夢想，對人類精神具有正面的願景；這是我們希望的人生。以下是幾個例子：

「一旦我們能克服智識的假象，跟著直覺走，愛就會充滿我們的生命。」這是《漢娜姊妹》。在這個多線劇情的故事裡，一群紐約客尋找愛情卻無法如願，因為他們不斷思考、分析，試圖解讀各種事物的意義，如：性別政治、工作、道德或永生不死。然而，他們一個接一個擺脫智識假象，傾聽自己的內心，這時，他們都找到了愛。這是伍迪‧艾倫拍過最樂觀的電影之一。

「只要智取邪惡，善良就會勝利。」這是《紫屋魔戀》（The Witches of Eastwick）。片中眾女巫機伶地以牙還牙反制惡魔，最後在三個胖嘟嘟的寶寶中找到善良與幸福。

「人類的勇氣與才智將凌駕於嚴酷的大自然。」求生電影是動作／冒險的次類型，也是與環境力量有生死衝突、有愉快結局的故事。主角瀕臨死亡邊緣，透過意志力與機智，與大自然向來殘酷的特質進行抗爭。這類電影包括：《海神號》、《大白鯊》、《人類創世》（Quest for Fire）、《小魔星》（Arachnophobia）、《陸上行舟》、《鳳凰號》（Flight of the Phoenix）、《我們要活著回去》。

悲觀主義主導意念

「苦澀結局」故事表現我們的犬儒主義，我們對失去與不幸的感受，以及對人類文明衰落與人性黑暗面向的負面觀點；我們害怕人生如此，但知道人生經常如此。以下是幾個例子：

「當我們把人視為享樂對象，激情會轉為暴力，並毀滅我們的人生。」這是《與陌生人共舞》（Dance with a Stranger）。這部英國作品裡的戀人以為他們的問題是階級差異，但有無數戀人都克服了階級問題。深層的衝突是他們為了官能上的滿足而渴望擁有對方，讓戀情種下惡果，最後，其中一人以終極方式擁有了對方——取走情人的性命。

「邪惡獲勝，因為那是人性的一部分。」這是《唐人街》。從表面看來，《唐人街》暗示了有錢人殺人可以逍遙法外。他們確實可以。不過這部片子

傳達出來的更深層問題是邪惡的無所不在。在真實世界，善與惡同樣都是人性的一部分，惡擊垮善與善征服惡的頻率相當。我們既是天使也是惡魔。如果我們的本質能傾向其中一端多一些，所有社會兩難困境早在幾百年前就已解決。然而我們內心如此分歧，每天都不清楚自己會是善還是惡。這天，我們建造巴黎聖母院大教堂，隔天，我們蓋起奧許威茨（Auschwitz）集中營。

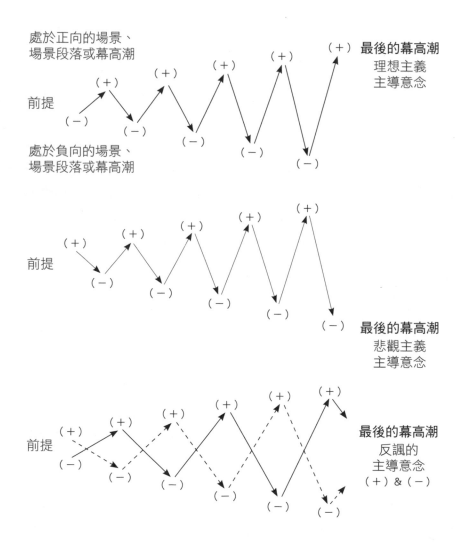

「在大自然的力量之前，人類的努力只是徒勞。」求生電影的反意念變成主導意念時，就會產生罕見的苦澀結局電影。人類同樣對抗大自然某種力量的展現，但此時是自然獲勝，如《南極的史考特》（Scott of the Antarctic）、《象人》（The Elephant Man）、《大地震》（Earthquake），以及大自然事先預警放了人類一馬的《鳥》（The Birds）。這些電影相當罕見，因為片中的悲觀觀點是難以承受的真相，有些人不希望面對。

反諷的主導意念

　　「愉快／苦澀結局」故事，表現我們對人類存在的複雜雙重本質的感受，同時也呈現正負兩極的看法；這樣的故事呈現最完整、最寫實的人生。

　　此時樂觀主義／理想主義與悲觀主義／犬儒主義合而為一。故事不再只談論某一個極端，而是兩者並陳。《克拉瑪對克拉瑪》中理想主義的「當我們為他人犧牲自己的需求，愛就會獲勝」，會與《玫瑰戰爭》中悲觀主義的「自私自利會讓愛具有摧毀力量」相互融合，導致反諷的主導意念：「愛既會帶來歡愉也會帶來痛苦，愛是動人的折磨、溫柔的殘酷，我們追求愛，是因為人生有愛才有意義。」《安妮霍爾》（Annie Hall）、《曼哈頓》（Manhattan）、《為你瘋狂》（Addicted to Love）等片即是如此。

　　以下兩種主導意念，顯現反諷協助定義了當代美國社會的倫理與態度。

　　第一種是正面的反諷：

　　不由自主追逐成功、財富、名聲、性、權力等現代價值觀，將會毀滅自己，若能即時看清這個事實，拋開執迷，就能自我救贖。

　　一九七〇年代之前，「愉快結局」可概略定義為「主角得到他想要的事物」。在故事高潮，主角渴望的事物變成某種戰利品。這些渴望的事物包括夢中情人（愛情）、惡棍的屍體（正義）、成就的象徵（財富、成功）、大眾的肯

定（權力、名聲），是否能夠得到，則由故事中面臨重要考驗的價值取向來決定。最後，主角如願以償。

到了一九七〇年代，好萊塢發展出這種成功故事的高度反諷版本。救贖劇情裡，主角追求金錢、知名度、職涯、愛、勝利、成功等曾受人們尊崇的價值觀，但他們不由自主的盲目態度卻幾乎造成自我毀滅。他們即將失去人性，甚或失去生命，但想辦法看穿了執迷的毀滅性本質，在粉身碎骨之前踩下煞車，拋棄他們曾經珍惜的東西。這樣的模式導致一種充滿反諷式結局興起：在高潮時，主角為了獲得誠實、健全、平衡的人生（正面），犧牲了自己的夢想（正面），因為這個價值追求已變成腐蝕靈魂的執迷（負面）。

以下這些電影都以這樣的反諷為核心，各自以獨特、強烈的方式來表現。從這些影片也看得出來，此概念已成為奧斯卡常勝軍：《力爭上游》（The Paper Chase）、《越戰獵鹿人》（The Deer Hunter）、《克拉瑪對克拉瑪》、《不結婚的女人》（An Unmarried Woman）、《十全十美》（10）、《義勇急先鋒》（And Justice for All）、《親密關係》（Terms of Endearment）、《突圍者》（The Electric Horseman）、《走路的風度》（Going in Style）、《益智遊戲》（Quiz Show）、《百老匯上空子彈》（Bullets Over Broadway）、《奇幻城市》、《大峽谷》（Grand Canyon）、《雨人》（Rain Man）、《漢娜姊妹》、《軍官和紳士》（An Officer and a Gentleman）、《窈窕淑男》（Tootsie）、《意外的人生》（Regarding Henry）、《凡夫俗子》、《義勇先鋒》（Clean and Sober）、《達拉斯猛龍》、《遠離非洲》（Out of Africa）、《嬰兒炸彈》（Baby Boom）、《再生之旅》（The Doctor）、《辛德勒的名單》以及《征服情海》（Jerry Maguire）。

就技巧來說，這些電影的高潮戲劇行動寫得引人入勝。就影史來說，正面結局是主角採取行動，以得到自己想要的東西。不過在上述這些作品中，主角若不是拒絕遵循執迷行事，就是拋開自己曾經渴望的東西。他們是藉由「失去」來獲勝的。就像解答一手怎能鼓掌的禪宗問題，在這些例子裡，編劇要解決的問題，是如何讓非行動或負面行動帶來正面的感覺。

在《達拉斯猛龍》的高潮，美式足球明星「外接員」菲力普・艾略特〔Phillip Elliot, 尼克・諾特（Nick Nolte）飾〕張開雙臂，讓球滾落胸膛，用這個姿態宣告他不再玩這個幼稚的遊戲。

在《突圍者》的尾聲，牛仔競技退役明星索尼‧史提勒〔Sonny Steele, 勞勃‧瑞福（Robert Redford）飾〕變成早餐麥片的代言人。他將贊助商的名貴種馬野放，象徵自己從追求知名度的欲望中解脫。

《遠離非洲》故事中的主角凱倫〔梅莉‧史翠普（Meryl Streep）飾〕，可說是一九八〇年代「我擁有的一切就是我」價值觀的具體代表。她的第一句台詞是：「我在非洲有個農場。」她從丹麥運來家具，想在肯亞打造家園與農場。她以擁有的物質來定義自我，甚至將工人稱為「她的人」，直到情人告訴她這些人並不屬於她。當丈夫把梅毒傳染給她，她並沒有和他離婚，因為她的身分是擁有丈夫的妻子。然而，她及時醒悟，明白人不是由擁有的事物來定義的；能定義自己的，是自己的價值觀、才華，以及可以做的事。她聳聳肩，放下丈夫、家庭和一切，放棄自己所有的一切，卻得到了自我。

《親密關係》講述的是迥然不同的執迷。奧蘿拉〔莎莉‧麥克琳（Shirley MacLaine）飾〕奉行伊比鳩魯派哲學，相信快樂就是絕不受苦，人生的祕密就是避免所有負面情緒。她拒絕兩個眾所皆知的痛苦源頭：事業與情人，但面對老化的痛苦讓她非常害怕，因而將自己打扮得比實際年齡小二十歲。她的家看起來像無人居住的娃娃屋，她唯一的生活，只有透過和女兒通電話才能虛擬地感受到。然而，五十二歲生日那天，她開始明白，願意承受多少痛苦，才能體驗到程度相當的快樂。在最後一幕，她拋開無痛人生的空虛，擁抱孩子、情人、年齡，以及所有隨之而來的歡愉和悲痛。

第二種是負面的反諷。

如果執迷不悟，不擇手段的追求會滿足你的欲望，然後毀滅你。

以下幾部電影都是與上述救贖劇情相反的懲罰劇情：《華爾街》、《賭國風雲》（Casino）、《玫瑰戰爭》、《兔女郎》（STAR '80）、《納許維爾》、《螢光幕後》、《孤注一擲》（They Shoot Horses, Don't They?）。片中主角不斷受追求名聲或成功的需求所驅使，從未想過放棄，直到苦澀結局的反意念變成主導意

念為止。在故事高潮，主角滿足了欲望（正面），卻遭欲望摧毀（負面）。

在《白宮風暴》，總統〔安東尼‧霍普金斯（Anthony Hopkins）飾〕盲目腐敗地信任自己的政治權力，最後不但毀了自己，也毀了全國對政府的信任。《歌聲淚痕》（The Rose）裡，貝蒂‧蜜勒（Bette Midler）飾演的蘿絲沉迷於毒品、性愛與搖滾樂，最後毀了自己。《爵士春秋》中，喬伊‧吉德安（Joe Gideon, 洛‧薛德爾（Roy Scheider）飾〕對毒品、性愛與歌舞劇喜劇的瘋狂需求，引他步向死亡。

關於反諷

反諷引發觀眾產生美好的回應：「啊，人生正是如此。」我們清楚知道，理想主義與悲觀主義處於人生經歷的極端，人生很少如陽光般明亮或如草莓般甜美，但也不盡然都是毀滅與汙穢；人生兩者兼具。從最糟糕的經驗裡可以得到某種正面的東西；為了得到最豐厚的體驗，必須付出巨大的代價。無論我們多麼努力想平順度過人生，始終在反諷的浪潮上航行。真相是無情的反諷，這正是為什麼以反諷結局的故事往往廣為流傳且歷久彌新，引發觀眾最多的喜愛與敬意。

這也正是為什麼在故事高潮的三種可能情感走向中，反諷的難度最高。它之所以需要最大的智慧與最高的技巧，主要有三個理由。

首先，要想出光明的理想主義結局或清醒的悲觀主義結局，並且要有足夠的說服力，同時又要令觀眾滿意，光要做到這些就已夠困難的了，但反諷高潮卻必須在單一行動中同時表現出正負狀態。怎樣才能一舉兩得？

其次，如何才能將正負狀態交代清楚？反諷不是模稜兩可。模稜兩可是某種含糊不清的狀態，讓人無法分辨差異，但反諷不是曖昧不清，它是明確的雙重表述，清楚交代了主角得到了什麼，又失去了什麼。反諷也不是巧合。真正的反諷忠於故事的因果關係，而以隨機巧合結束的故事，無論是否同時具有正負極性，都沒有意義，也非反諷。

第三，如果在故事高潮時，主角人生處境同時處於正負兩極狀態，要如何表達，才能讓兩種極性在觀影經驗中有所區隔，並且不會互相抵消，導致好像什麼都沒說？

意義與社會

　　如果你找到了自己的主導意念，務必遵從它。永遠不要讓自己有這樣的念頭：「電影只是娛樂。」說到底，什麼是「娛樂」？娛樂是一種儀式，觀眾坐在黑暗中，凝視著銀幕，期待電影帶來令人滿足且有意義的情感體驗，因而投入了許多注意力和精力。能吸引觀眾專注欣賞、讓他們從故事儀式中得到回饋的電影，就是娛樂。無論是《綠野仙蹤》（美國／1939）或《四百擊》（The 400 Blows, 法國／1959），《生活的甜蜜》（義大利／1960）或《白雪公主和三個臭皮匠》（Snow White and the Three Stooges, 美國／1961），沒有故事是如白紙般單純的。連貫且條理分明的故事試圖傳達的意念，都隱藏在情感的魔法當中。

　　西元前三八八年，柏拉圖力促雅典各城邦領導人放逐所有詩人與說故事的人，因為他認為他們會為社會帶來威脅。編劇處理意念，但方法與哲學家的公開、理性不同，而是將自己的意念隱藏在藝術引人入勝的情感中。不過正如柏拉圖所指出的，能讓人感受到的意念終究還是意念。每個具影響力的故事都把具正負極性的意念傳達給我們，將意念植入我們的內心，讓我們不得不相信。事實上，故事的說服力如此強大，甚至當我們察覺故事意義在道德層面令人反感時，我們可能還是會相信。柏拉圖堅稱說故事的人是危險分子，他的看法正確。

　　且讓我們思索一下《猛龍怪客》（Death Wish）這部電影。它的主導意念是「讓公民自行執法，殺死該殺的人，正義就得以伸張」。人類歷史當中出現過無數卑劣想法，這個意念是其中最卑劣的。納粹正是憑藉這個概念踐踏歐洲的；希特勒相信，只要殺光所有他認為該殺的人，就能讓歐洲變成天堂。

　　《猛龍怪客》中，查爾斯·布朗遜（Charles Bronson）飾演的主角隱身曼哈頓，槍殺任何看似搶匪的人。這樣的故事上映後，美國各地報紙的影評人義憤填膺：「好萊塢認為這算是正義？」他們大罵：「正當法律程序到哪裡去了？」但在我閱讀的每篇影評中，評論者也都提到：「……然而觀眾似乎喜愛本片。」言外之意是：「……影評人也喜歡。」影評人若非有同感，絕不會寫出觀眾的喜好。儘管他們的感受如此憤慨，電影依然打動了他們。

另一方面，我不想住在一個不允許拍攝《猛龍怪客》的國家。我反對所有審查機制。為了追求真相，我們必須願意忍受最醜陋的謊言。正如大法官荷姆斯[2]所主張的，我們必須信任思想的市場機制。如果每個人都可以發聲，無論是不理性的激進分子或殘酷的反動分子，人類會在所有可能性中作出正確的抉擇。包括柏拉圖的希臘文明在內，沒有任何文明是因為公民知道太多真相而遭毀滅的。

像柏拉圖這樣具有權威的人士，他們恐懼的威脅不是來自想法，而是來自情感。掌權者永遠不希望我們有感覺，因為思想可以控制並操弄，但情感是隨興且無法預期的。藝術家暴露謊言並引燃追求改變的熱情，因而對掌權者帶來威脅。這就是為什麼暴君一旦掌握權力，他的執刑者就會將槍口瞄準作家的心臟。

由於故事具有影響力，最後我們必須審視藝術家的社會責任這個議題。我相信我們沒有義務要解決社會問題、恢復對人性的信心、提振社會精神，甚或表達我們的內在。我們的責任只有一個：說出真相。因此，研究你的故事高潮，從中萃取出你的主導意念。不過在你更進一步之前，問問自己：這是真相嗎？我是否相信自己故事裡的意義？如果答案為否，捨棄它，重新開始。如果答案為是，盡一切努力將作品推向世界。因為藝術家在私生活中或許會對他人甚至自己說謊，但在創作時只會說出真相；在充滿謊言與騙子的世界，誠實的藝術品永遠都是善盡社會責任的表現。

---

2 奧利佛‧溫德爾‧荷姆斯（Oliver Wendell Holmes, 1841~1935），曾任美國最高法院法官，主張「司法自制」（judicial restraint），對言論自由的看法為：言論自由並非完全毫無限制，檢驗標準在於是否引發「明顯且立即的危險」。

第三部
故事設計的原則

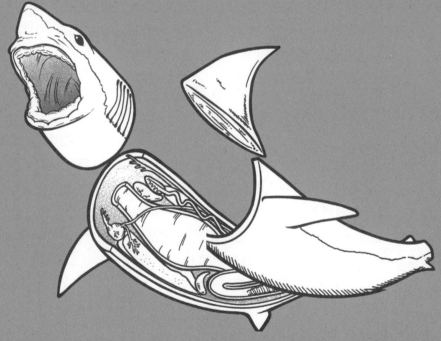

不得不局限在某個嚴格的框架內進行創作時，
想像力將因壓力而發揮極致，最豐富的創意也隨之誕生。
面對完全自由的發揮空間，作品反而可能凌亂漫漶。
——T・S・艾略特

07

故事的本質

　　我們藉由什麼樣的素材，創造出一幕幕充滿生命力的場景？我們用來增增減減、揉捏塑形的是什麼樣的黏土？故事的「本質」又是什麼？

　　在其他藝術創作領域裡，這些問題的答案顯而易見。作曲家擁有的是樂器，以及透過樂器產生的樂音；舞蹈家認為他的樂器就是身體；雕塑家鑿刻的是石頭；畫家揮灑的是顏料。所有藝術家都依賴雙手來掌控進行藝術創作的原料，只有寫作者例外。因為故事的核心是「本質」，那就像在原子當中旋轉的能量，無法真正看見或觸碰，也聽不到。儘管如此，我們知道它的存在，也能感覺它的存在。故事的內容是有生命的，卻是無形的。

　　「無形的？」我知道你想說什麼：「我使用的是我的文字。對白啦，敘述啦。我的手碰觸得到文稿。寫作者使用的原料是語言。」

　　不過事實並非如此。在這一行，許多才華洋溢的寫作者，由於對這個原則嚴重誤解而辛苦掙扎，其中受過嚴謹文學教育後從事編劇的創作者更是如此。就像玻璃是光的一種媒介，空氣是聲音的媒介之一，語言也只是故事敘述的媒介，更只是多種媒介之一。在故事的心臟當中跳動的東西，遠比單純文字更為深奧。

　　此外，與故事遙遙相望的是另一個同樣深奧的現象──觀眾對故事本質

的反應。一旦開始思索這個問題，看電影就變成一種奇特的行為。數百名陌生人並肩坐在一個黑暗的房間裡，一待至少兩個小時。他們不會離開座位去上廁所或抽菸，只是瞪大雙眼，心無旁騖盯著銀幕，比工作時更專注，不但要承受現實生活裡避之唯恐不及的種種情緒，而且還是自願付錢進場的。

從這個角度來看，第二個問題隨之出現了：故事的能量源自何處？為何能如此強而有力地操控觀眾內心和感知的注意力？故事是如何發揮作用的？

當藝術家主觀對創作過程加以探索時，答案就呼之欲出了。想了解故事的本質及它如何發揮功能，必須由內而外審視自己的作品，進入劇中角色的內心世界，透過他的雙眼觀看外在的世界，想像自己就是劇中角色，親自真真切切地體驗整個故事。為了順利切換進入這個主觀且具高度想像的敘事觀點，你必須仔細觀察這個自己創造並準備棲身其中的人物——這個角色，或更具體來說是主角。主角雖然也是角色之一，但在故事裡處於必要的中心地位，無疑也涵蓋了角色的各種面向。

主角

通常主角是一個單一的角色。不過，主導故事的可以是兩個搭檔，如《末路狂花》；也可以是三個人，如《紫屋魔戀》；或者更多人，如《七武士》或《決死突擊隊》（The Dirty Dozen）。在《波坦金戰艦》中，則是由無產階級共同形成龐大的複數主角來主導。

由兩個或兩個以上的角色組合而成的複數主角，必須符合兩個條件。首先，主角群的每個個體都懷抱著相同的希望。其次，為了實現願望而奮鬥的過程中，他們相互扶持，同甘共苦，一人成，眾人成，一人輸，全盤皆輸。對複數主角來說，動機、行動和結果都是共同承擔的。

另一方面，一個故事裡也能有多重主角。多重主角與複數主角的不同之處，在於他們追尋的願望各不相同，也各自承受苦難或成就，例如：《黑色追緝令》、《漢娜姊妹》、《溫馨家族》、《餐館》（Diner）、《為所應為》、《早餐俱樂部》（The Breakfast Club）、《飲食男女》、《比利小英雄》、《希望和榮耀》

（*Hope and Glory*）、《厚望》（*High Hopes*）。羅伯・奧特曼是此類型設計的大師，作品包括：《婚禮》（*A Wedding*）、《納許維爾》、《銀色・性・男女》。

多重主角的故事出現在銀幕上的歷史，最早可追溯至《大飯店》，出現在小說裡的歷史再早一點——《戰爭與和平》，在戲劇中則更為古老——《仲夏夜之夢》。[1] 多重主角的故事成為多線劇情的故事。這類作品的敘述方式不是聚焦在單一或複數主角的願望，而是將幾個各有獨立主角的小故事交織在一起，描繪出某個特定群體的生動樣貌。

故事的主角未必都是人。它可以是動物，如《我不笨，我有話要說》（*Babe*），也可以是卡通人物，如《兔寶寶》，甚至是無生命的物體，如兒童故事《小火車做到了》（*The Little Engine That Could*）中的英雄。無論是人或非人，只要賦予自由意志，讓他／牠／它擁有足以懷抱渴望、付諸行動及承受後果的能力，都能成為主角。

在極少數例子裡，故事發展過程中甚至會變換主角。《驚魂記》（*Psycho*）就是其中一例，它讓浴室謀殺在情緒和形式上帶來了雙重震撼。主角的死，讓觀眾一時摸不著頭緒。這部片的主角究竟是誰？答案是複數主角，因為受害者的妹妹、男朋友和私人偵探接手引導故事往下發展。

不過，無論故事的主角是單一、多重或複數，無論角色是如何塑造的，所有的主角都擁有某些極具特色的特質，其中第一個特質就是意志力。

「主角」是個性執拗的角色。

其他角色也許頑固，甚或打死不退，但主角更是個特別執拗的傢伙。然而，這樣的意志需要達到什麼樣的程度，很難精確度量。好的故事裡，未必都有以強大意志對抗某個無法避免的絕對力量的艱苦過程。意志的品質與程度同樣重要。一個主角的意志力或許不如《聖經》中歷經苦難的約伯，但仍必須讓他在奮戰中始終懷抱希望，致力創造出深具意義且無可逆轉的改變。

1　《大飯店》於一九三二年上映，《戰爭與和平》於一八六九年出版，《仲夏夜之夢》完成於一五九〇年代。

此外，主角意志的真正強度，有時也可能隱藏在消極的角色性格之下，《慾望街車》（*A Streetcar Named Desire*）中的主角白蘭琪‧杜波依（Blanche DuBois）就是一例。

乍看之下，白蘭琪似乎軟弱、沒有目標、缺乏意志力，正如她自己說的，她只是想面對現實，好好過日子。然而，深藏在這個角色脆弱個性之下的，是她人格特質裡的堅強意志，這股力量，引導著她並未察覺的欲望——她真正渴望的其實是逃避現實。於是，白蘭琪用盡力氣，努力不讓這個醜陋的世界吞噬自己：她模仿名門仕女的言行，為磨損的家具鋪上漂亮的布，為裸露的燈泡加上燈罩，試圖將傻瓜變成白馬王子。當這一切都成空，她踏出了逃避現實的最後一步——她瘋了。

從另一個角度來說，白蘭琪只是看似消極。真正消極的主角是令人遺憾的錯誤，而且屢見不鮮。如果一個故事當中的主角毫無所求、無法作出任何決定，他的行為也無法帶來任何改變，這個故事就無法成為故事。

「主角」有自覺的欲望，知道自己渴求什麼。

更確切地說，主角的意志是某個明確欲望的動力。主角懷抱著某種需求或目標，某個渴望的事物，而且他知道那是什麼。如果能把你的主角拉到一旁，在他耳邊輕問：「你想要的是什麼？」他應該會回答：「我今天想要 X，下星期想要 Y，不過我最後想要的是 Z。」

主角渴望的事物可以是外在的，如《大白鯊》中的消滅鯊魚；它也可以是內在的，如《飛進未來》中的成長。無論內在或外在，主角都知道自己想要什麼，而對許多角色來說，一個簡單、明確且自覺的欲望就足夠了。

「主角」或許還有自我矛盾的欲望，而且毫不自覺。

不過，最迷人、最令人難忘的角色，往往除了自覺的欲望外，還有自己不曾察覺的欲望。儘管這些複雜的主角不知道自己潛意識裡的需求，但觀眾

能夠感覺它的存在，並看出他們內心的矛盾。一個多面向的主角，他自覺與不自覺的欲望是相互矛盾的；所有人都看得出來，他認為自己需要的，與他真正需要但未曾意識到的正好相互對立。如果讓某個角色擁有潛意識的欲望，但它卻是他清楚知道且正在追尋的，這麼做又有什麼意義？

「主角」必須讓別人相信他有能力追求「渴望的事物」。

主角的角色塑造必須合情合理。他擁有的特質與他追求的欲望，兩者之間的關係必須恰到好處，這樣才具有說服力。這並不表示他會得到他想要的事物；他也可能會失敗。不過，角色的欲望必須是他有足夠的意志或能力去實現的，如此一來，觀眾才會相信，他們看到他所做的一切都是他能做到的，而且他有機會完成心願。

「主角」必須至少有機會滿足渴望。

觀眾無法接受完全不可能實現願望的主角。原因很簡單：沒有人相信自己生活中有這樣的事。沒有人相信，人連一絲實現願望的機會都沒有。然而，如果我們將鏡頭轉向生活，綜觀的視野或許會讓我們得出這樣的結論：大多數人都在浪費寶貴的時間，臨終時才發現仍有心願尚未完成。正如梭羅說的：「許多人都過著沉默而絕望的生活。」這令人痛苦的真知灼見或許真誠，但我們卻不願說服自己相信，反而始終懷抱著希望，直到最後一刻。

希望畢竟是非理性的，它純屬假設：「如果這樣……如果那樣……如果我多學一點……如果我多愛一點……如果我自我要求更多一點……如果我中了樂透……如果情況有所不同，我就有機會得到生命中想要的事物。」無論面對多少困難，我們始終懷抱著希望。因此，一個毫無希望、完全無力實現願望的主角，無法引起我們的興趣。

當故事來到終點，來到背景與類型設定的人類極限之前，「主角」依

然擁有意志與能力繼續追求他自覺與（或）不自覺的欲望。

故事這門藝術談論的不是不上不下的妥協，而是擺盪於種種限制之間的起伏跌宕，是處於極度緊繃狀態的人生。我們會探索其中的中間地帶，但那只是通往故事終點的一段路程。觀眾感覺得到限制，並希望能突破限制；無論故事背景屬於小我個人或如史詩般宏大，觀眾都會本能地為角色及角色所置身的世界定義出一個範圍，範圍的大小則由虛構的事實本身具有的特性來決定。故事的脈絡或許觸及內在的靈魂，或許向外延伸至廣袤的宇宙，也或許內外同時並進，因此，觀眾期待說故事的人是個具有想像力的藝術家，足以為故事創造出更大的格局。

「故事」最後的劇情，在觀眾心中必須是不可替代的。

換句話說，一部電影不該在結束後讓觀眾一邊走一邊想改變結尾：「皆大歡喜的結局……不過如果她和父親和解呢？如果她和麥克同居前先和艾德分手呢？如果她……」或者：「結局真令人沮喪……那傢伙死了，他為什麼不報警？他車子儀表板下面不是藏了一把槍？如果他……」

如果人們看過我們提供的結局之後，仍在想他們原以為會看到的想像中的場景，那麼他們的觀影感受一定不好。我們應該比觀眾寫出更好的故事才對。觀眾希望故事能引領他們朝極限前進，前往那所有問題都能獲得解答、所有情感都能得到滿足的故事終點。

主角帶領我們朝這個極限前進。由於內在的召喚，他為追求自己的渴望而前往人類所能抵達最深遠、最浩瀚或最無窮盡的天涯海角，帶來絕對且無法逆轉的改變。不過，這不代表電影不能有續集，畢竟主角可能有更多故事想說。我想說的重點在於：每一個故事都必須有屬於自己的結尾方式。

「主角」必須引發同理心，但未必要引人好感。

引人好感是指有人緣。例如，湯姆・漢克斯和梅格・萊恩，或是史賓塞・屈賽（Spencer Tracy）和凱薩琳・赫本（Katharine Hepburn），當他們演出屬於他們的典型角色時，只要一出現在銀幕上，我們就會喜歡上他們。我們會希望他們成為我們的朋友、家人或情人。他們擁有與生俱來的好人緣，贏得眾人好感。

同理心則是一種更深沉的反應。引發同理心的意思就是引發「我也是」的感受；觀眾在主角內心深處看見了某種共通的人性。當然，角色與觀眾之間不可能各方面都很像。或許，他們只擁有某種相同的特質，只是角色本身正好有什麼能引發共鳴。觀眾一旦產生了認同，當下的直覺反應就是希望主角能得到他渴求的事物。

觀眾這種不自覺的思維邏輯大致是這樣形成的：「這個角色和我很像，因此我希望他得到他想要的一切。如果我是他，在那樣的處境裡，我也會想要同樣的東西。」好萊塢有許多用來形容這種連結感的同義詞：「一個應給予支持的人」、「一個應全力支持的人」，它們都用來描述觀眾在內心與主角產生的同理連結。觀眾一旦受到打動，他們對影片中的每一個角色都可能會產生同理心。儘管如此，他們的同理心還是必須針對主角，否則就無法維繫觀眾與故事之間的緊密連結。

與觀眾的緊密連結

觀眾的情感投入是透過同理心來凝聚的。如果作者無法在看電影的人和主角之間創造出緊密連結，我們就會像局外人一樣毫無感覺。情感投入，指的不是產生無私付出之心或同情；我們之所以產生同理心，即使不是因為自我中心，也是因為某些非常個人的理由。

當我們認同主角與他生命中的欲望時，我們全力支持的其實是自己生命中的欲望。由於同理心，由於藉由與某個虛構人物之間的連結而得到間接體驗，我們考驗並延展了自我的人性，在形形色色的不同時空裡，在生命的不同維度中，體驗了有別於自己生活的生活，勇於渴望並勇敢追求，這樣的機會正是故事餽贈的禮物。

因此，同理心絕對必要，好感卻未必。我們都遇過有人緣但無法引發我們同情的人。同樣的，主角可以是討人喜歡的，也可以不是。有些作者沒有發覺「引起好感」和「引發同理心」之間的差異，不自覺塑造出好好先生，深怕明星角色若不是好人，無法與觀眾產生關連。然而，由魅力明星擔綱但票房慘澹的影片早已多不勝數。有人緣未必能讓觀眾投入；那只是角色塑造的一個面向。觀眾認同的是刻畫入微的角色，是面對壓力時經由篩選而顯露的與生俱來的特質。

創造同理心乍看似乎不難。主角是人，觀眾也是人。當看電影的人仰起頭來注視著銀幕，他看得出角色的特質，感覺自己參與其中，對主角產生認同感，深深陷入故事當中。事實上，在最偉大的作家筆下，即使是最不討人喜歡的角色，依然能引發同理心。

例如，從客觀角度來看，馬克白實在令人毛骨悚然。慈愛的老國王不但不曾傷害他，甚至才剛為他晉陞了皇室爵位，沒想到當天他就冷血殘殺了熟睡中的國王。接著他又謀害了國王的兩位僕人，並嫁禍於他們。他也殺死了最好的朋友，最後更下令暗殺敵人的妻子和幼子。這樣一個冷酷無情的劊子手，在莎士比亞筆下，卻成為能引發同理心的悲劇英雄。

詩聖莎士比亞了不起之處，就在於他讓馬克白擁有良知。馬克白充滿徬徨、疑懼、痛苦的獨白：「我為什麼要這樣做？我究竟是一個什麼樣的人？」讓觀眾聽了心想：「什麼樣的人？和我一樣充滿罪惡感的人啊……。每次有壞念頭出現時，那種感覺實在不好。如果我真的那麼做了，不但感覺糟透了，事後更有永無止境的罪惡感。馬克白也是人，他和我一樣也有良知。」

事實上，馬克白的痛苦掙扎深深牽引著我們，當劇情來到高潮，麥德夫（Macduff）砍下他的頭顱的那個當下，我們感受到了不幸與失落。《馬克白》展現了作者令人驚歎的神奇才能，他從一個本應受人鄙夷的角色當中找出了足以喚起同理心的面向。

從另一個角度來看，近年來許多影片雖有值得讚許的特色，卻因無法與觀眾建立緊密連結而功虧一簣。《夜訪吸血鬼》（Interview With a Vampire）就是一例。觀眾對布萊德‧彼特（Brad Pitt）扮演的路易斯反應大致如此：「如果我是

路易斯，像他一樣被囚禁在這個死亡地獄裡，應該會想儘快結束一切。變成吸血鬼十分不幸，應該不希望這樣的事再發生在其他人身上。如果無辜者遭吸血喪命讓他反感，如果他痛恨將孩子變成惡魔，如果他受夠了老鼠的血，只要這麼做就能解決一切──等待日出，天亮之後一切就結束了。」儘管安・萊斯（Anne Rice）的小說引導我們進入路易斯的思想和情感，讓我們對他產生同理心，但透過鏡頭缺乏感情的角度，看到的卻只是他的表相──一個自怨自艾的騙子，而觀眾對虛偽的人總是敬而遠之。

第一步

　　當你坐下來開始動筆，一連串的思考也隨之展開：「如何開始？我的主角該做些什麼？」

　　你的角色──所有的角色──無論在追求什麼、何時出現在故事當中，往往都會採取從他的觀點看起來省事且保守的行動。所有的人都是這樣。人性基本上都是保守的，這是很自然的。沒有生物會為了不必要的狀況多消耗能量、冒不必要的風險，或採取不必要的行動。何必呢？如果能用容易的方法來完成某個目標，不必承擔可能的損失或痛苦，也不需耗費能量，為什麼生物要選擇較困難、較危險或較耗費氣力的方式？那是違背自然天性的……人性只是反映了萬物共通本性當中的一個面向。

　　在生活當中，我們經常看到有些人或動物做出某些極端的行為，這些行動即使算不上愚蠢，似乎也不是那麼必要。然而，這是我們對他們的處境所抱持的客觀看法。當我們轉換成他或牠們所處的立場，改由主觀的角度來觀看，這些原本顯然荒唐的行動其實是省力而保守的，而且也是必要的。所謂的「保守」，向來決定於觀點。

　　例如，一般人如果準備進入一間屋子，他會以省事且保守的方式來進行。他會敲門，心裡的想法是：「如果我敲門，門會打開，我會受邀進入。這是我實現欲望的一個積極步驟。」不過，功夫片英雄保守的第一步可能就是直接破門而入，對他來說，這是審慎且省事的行動方式。

怎麼樣才算是必要但又保守省事？這與每個角色在每個不同時間點所產生的觀點有關。例如，在日常生活中，我會告訴自己：「過馬路時，如果車子的距離夠遠，司機能及時看見我，並且在必要時及時減速，那麼我就可以走過去了。」或者：「我找不到朵樂芮絲的電話號碼，但我知道我的朋友傑克有她的名片。因為他是我的朋友，就算我在他最忙的時候打給他，他也會暫停手上的工作，告訴我她的電話號碼。」

　　換言之，我們在生活中自覺或不自覺採取了行動，而且大多數時候，生活就在我們開口或採取行動之際自然而然運作著；我們內心想的或感覺的約莫都是諸如此類的事：「在這些情況下，如果我採取了這種省事而保守的行動，周遭一切也會以差不多的方式回應，我也因而朝滿足自己的渴望積極跨出一步。」況且，這樣的邏輯在生活中有百分之九十九的時刻都運作順暢。司機確實及時看見你了，也輕輕踩了一下煞車，因此你安全抵達了對街。你打電話給傑克，為了打擾他而致歉，他說：「沒問題！」並給了你電話號碼。生活幾乎都是由這樣的經驗累積而成的，一個接著一個。不過，在故事當中完全不是這麼一回事。

　　故事和生活之間極大的差別在於：在日常生活中，人們採取行動，期待從周遭一切得到某種可能實現的回應，並或多或少得到他們期待得到的，但在故事裡，我們跳脫了這些日常生活裡的瑣屑之事。

在故事當中，我們聚焦在某個時刻，而且僅止於那個時刻。在那個當下，某個角色採取了行動，也期望能從周遭一切得到有所助益的回應，但他的行動反而引發了各種對立的力量。角色所處世界的反應與他期待的不同，或比他期待的更強而有力，甚或兩種情況都有。

　　例如，我拿起電話打給傑克說：「對不起打擾你了，不過我找不到朵樂芮絲的電話號碼。你能不能……」他大聲說道：「朵樂芮絲？朵樂芮絲！你竟敢找我要她的電話？」接著猛然掛斷電話。就這樣，生活突然讓人感覺有意思了起來。

角色的世界

本章試圖從作者的角度來探討故事的本質，前提是作者已在想像當中潛入了自己創造的角色的「內在之心」。

一個人的「內在之心」，就是深藏於自我內在最根本的個性，是時時刻刻與你共存的意識。它觀看著你的一舉一動，一犯錯就斥責，偶爾做對時加以稱讚。它是心底的守望者，當你遭遇人生最痛苦的經驗、癱倒在地傷心痛哭時，它會走過來伴著你……；它也會在你的睫毛膏暈開時低聲提醒你。這個內在之眼正是你自己：你的特質，你的自我，你之所以為你的意識中心。超出這個主觀核心之外的外在一切，則是這個角色的客觀世界。

我們可以將角色置身的世界想像為許多個同心圓，它們圍繞著他原有的特質或意識核心，標示出角色生命中各種不同層面的衝突。其中最內圈的圓和層面，分別是他的自我，以及來自於身體、心智、情感等天性的衝突。

例如，當一個角色採取行動時，他的心智或許不會以他原本預期的方式來回應；他的思想或許不如他期望的那般機敏、聰穎或深刻；他的身體或許不如他想像的那般作出反應；它或許不夠強壯或靈巧純熟，無法完成某個目標。此外，我們也都知道情感是如何背叛我們的。因此，在一個角色的世界裡，那個離他最近、具有對立力量的同心圓，其實就是他自己：無論在這個當下或其他時刻，無論是感覺或情緒、心智或身體，它們個別或全部都可能會也可能不會以角色期望的方式作出回應。我們最難纏的敵人往往就是我們自己。

第二層的圓標示的是個人關係，是比社會角色更緊密的交集。社會習俗為我們分配了需扮演的外在身分。例如，此時我們的身分是老師和學生，但或許有一天我們的人生方向會交錯，或許我們會決定將彼此因職業而建立的關係轉換成朋友關係。同樣的，社會角色當中的親子關係，說不定會發展出更深層的關係。我們當中有許多人的親子關係始終不曾跨出權威和反叛這種來自社會的定義，進一步建立更深層的關係。只有當我們放下習以為常的社會角色，才能找出家人、朋友和情人之間真正的緊密關係；而當他們未以我們預期的方式作出回應，這時就轉變為第二個層面的個人衝突。

衝突的三個層面

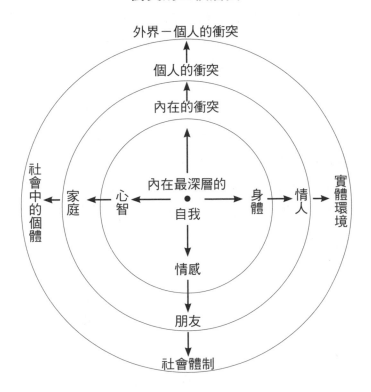

外界－個人的衝突

個人的衝突

內在的衝突

社會中的個體

家庭 ← 心智 ← 內在最深層的 · 自我 → 身體 → 情人 → 實體環境

情感

朋友

社會體制

第三層的圓屬於外界－個人層面的衝突，亦即超越個人以外所有對立力量的來源：與社會體制和社會中的個體之間的衝突，如政府／公民、教會／教徒、公司／客戶；與個體之間的衝突，如員警／罪犯／被害人、老闆／員工、顧客／服務人員、醫生／患者；以及與人為環境和自然環境之間的衝突，如時間、空間及當中的一切。

落差

「故事」誕生於主觀範圍和客觀範圍交會之處。

主角渴望的事物是超乎其能力的。無論出於自覺或不自覺，他之所以選擇採取某個特定的行動，主要動機來自於這樣的想法或感覺：周遭世界因為這個行動有所反應，這也成為他實現欲望的積極步驟。從他的主觀觀點來看，他選擇的行動似乎是最省事而保守的，但足以引發他需要的反應。不過，就在他採取這個行動的當下，由其內在世界、個人關係、外界－個人關係或這一切所組合而成的客觀範圍，會帶來比他預期更強而有力或差異更大的反應。

周遭世界的反應妨礙了他的欲望，阻撓了他，讓他偏離方向，與欲望的距離反而比採取行動之前更遠。他的行動不但沒有讓他的世界成為助力，反而激起許多對立的力量，在他的主觀期待與客觀結果之間、在他採取行動時以為會發生與實際發生的事之間、在他感覺可能與實際必然發生的事之間製造出落差。

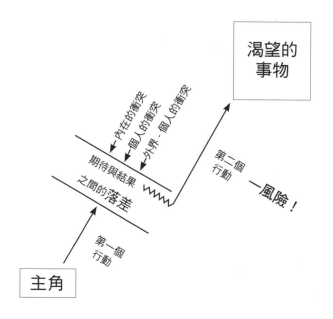

無論何時採取行動、自覺或不自覺，每個人之所以採取行動，都因為認為有可能性，或在採取行動時懷抱著極可能成功的期待。生活在這個世界的我們也都認為（或至少希望）我們了解自己、親友、社會和這個世界。我們的行

為舉止，來自我們相信能適用於自己、身邊的人及周遭環境的真實感受。儘管如此，我們不可能完全了解那些真實感受；我們只是信以為真。

我們同時也相信，我們可以自由作出任何決定、採取任何行動。然而，我們每一次的抉擇或行動，無論是水到渠成或三思而後行，全都源自於過去累積的經驗，或曾在現實、想像或夢中發生在我們身上的一切。這樣的生活累積，讓我們了解周遭世界可能會有什麼樣的反應，因而選擇採取行動。我們也只有在採取行動的那個時刻才會發現無可避免的必然性。

必然性是絕對的真理。必然性是我們採取行動時的確會發生的情況。唯有我們採取行動，並盡可能深入周遭的世界，勇敢面對它的回應——而且只有在這個時候——我們才能明白這個真理。無論我們在那之前相信的是什麼，在那個當下，這個回應就是我們的真理。必然性是必須且確實會發生的，與它相對的是可能性，可能性則是我們希望或期待發生的。

這適用於生活，也適用於小說。當客觀的必然性與主角感覺的可能性之間產生了矛盾，虛構的事實當中就會突然出現落差。這個落差正是主觀與客觀範圍發生衝擊之處；這樣的差異發生在預期與結果之間，也發生在主角採取行動前所體會的世界與行動時發現的事實之間。

現實中的落差一旦形成，執拗且能力足夠的角色會感覺或意識到自己不可能以最省事的保守方式獲得想要的東西。他必須重振精神，克服這個落差，接著採取第二個行動。角色在第一次行動時之所以沒有選擇這麼做，是因為如此一來不僅需要較多意志力，更不得不進一步深入開發自己的潛能；最重要的是，第二個行動讓他面對風險。此時，他置身有得必有失的處境之中。

關於風險

所有人都希望魚與熊掌都能兼得。從另一個角度來看，在危急時刻，為了得到想要的或保住已經擁有的，我們必須甘冒風險，犧牲其他想要或已擁有的東西。這種兩難的窘境，我們避之唯恐不及。

以下幾個簡單的問題適用於所有故事：風險是什麼？如果主角得不到他

想要的，他會失去什麼？更明確來說，如果主角不能實現欲望，他會遭遇的最糟狀況是什麼？

如果回答這些問題時缺乏說服力，那就表示對故事核心的思考仍不夠周詳。例如，如果答案是「萬一主角失敗，生活會回復原狀」，這個故事就不值一提。如果主角渴求的事物毫無價值，故事內容是關於某人追求幾無價值或毫無價值的事物，這個故事就符合「無趣乏味」的定義。

我們從生活中得知，人類為欲望付出的代價，與追求過程中所承擔的風險成正比；價值愈高，風險愈大。為了那些必須承擔最高風險的事物，我們付出的是最高的代價──我們的自由，我們的生命，我們的靈魂。儘管如此，風險之必要，不只是為了符合美學原則，更根植於我們這門藝術最初的源頭。我們創作故事不只是為了當作生活的隱喻，更將它們視為有意義的生活隱喻，如果希望活得有意義，就必須不斷面對風險。

檢視一下你的欲望，適用於你的，也會適用於你寫的每個角色。你想為目前世上展現創意的一流媒介──電影──寫作；你希望自己的作品兼具美感與意義，同時有助於形塑人們對現實世界的看法，而你希望得到的回報是眾人的口碑。這是個偉大的抱負，一旦實現，將是輝煌的成就。也正因為你是認真的藝術家，你甘冒風險，願意犧牲生命中某些重要的事物來圓夢。

你願意承擔風險犧牲時間。你心裡明白，即使是最具天分的作者──奧利佛‧史東、勞倫斯‧卡斯丹、露絲‧普勞爾‧賈布瓦拉──也是直到三、四十歲才成功。一位好醫生或好老師的養成需要十年或更長的時間；找到數千萬人想聽的故事並且說出來，同樣也必須在成年之後耗費十年以上的時間，並且必須經過十多年的磨練，寫出十個以上不受青睞的劇本，才能掌握這項門檻極高的大師技藝。

你願意承擔風險犧牲金錢。你心裡明白，為寫出不受青睞的劇本而辛苦付出創造力的十年光陰，如果用來從事一般行業，毋需耗費苦等第一個劇本搬上銀幕的歲月就能退休。

你願意承擔風險犧牲家人朋友。每天早上，你在書桌前坐下，進入你的角色的想像世界。你一邊沉浸在夢想之中，一邊寫作。直到太陽下山，頭部

隱隱作痛，你關上文字處理軟體，和自己所愛的人一起共度時光。儘管你關掉了機器，卻無法關掉想像力。當你坐在晚餐桌旁，你的角色還在你腦海中繼續活動，這時你希望餐盤旁邊能有一本筆記本。總有那麼一刻，你愛的人會說：「你知道嗎？你的人在這裡，但你的心不在。」這是事實。有大半時間你總是神遊他方，而沒有人願意和魂不守舍的人一起生活。

寫作者之所以甘冒風險，犧牲時間、金錢和親人，是因為他的企圖心具有非同小可的力量。適用於作者的，也會適用於他所創造的每個角色：

角色為欲望付出的代價，與他在追求過程中願意承擔的風險成正比；
價值愈高，風險愈大。

進展過程的落差

主角的第一個行動引發了對立力量，阻礙他對欲望的追求，在預期與結果之間製造了落差，印證了他的想法與現實有所牴觸，讓他面對世界時產生了更大的衝突，並承擔了更大的風險。儘管如此，充滿韌性的人類心智很快就會重新面對現實，放大格局，包容這些衝突與牴觸，接受意料之外的反應。

這時，他必須採取難度更高、風險更大的第二個行動。這個行動與他重新看待現實的角度一致，以他對周遭世界的新的期待作為基礎。儘管如此，他的行動再次激發了對立的力量，在他的現實世界裡拉開了另一個落差。於是他透過自我調整來適應這個超乎預期的結果，再次提高賭注，決定採取他認為符合自己修正後的世界觀的行動。他更深入開發自己的潛力和意志力，讓自己面對更高的風險，採取了第三個行動。

或許這個行動會得到正面的結果，他得以朝自己的欲望前進一步，但隨著他的下一個行動，落差會再度出現。這時，他必須再次採取行動，這次行動的難度更高，而且需要更強大的意志力與能力，也必須冒更大的風險。他在行動過程中不僅得不到助力，反而一再激起對立的力量，在他的現實世界裡拉開一次又一次的落差。這個模式在不同層面反覆循環發生，直到故事終

點，直到最後一次的行動超越了觀眾的想像。

　　這些現實瞬間的一再斷裂，標示了具戲劇張力與平淡無奇之間的差異，也標示了行動與活動之間的不同。真正的行動是透過身體、聲音或精神層面來表達或運作的運動，它會在期望中製造落差，創造出具特殊意義的變化。可有可無的活動只是一種行為，其中所期待的事都會發生，但不會帶來任何變化，即使有也微不足道。

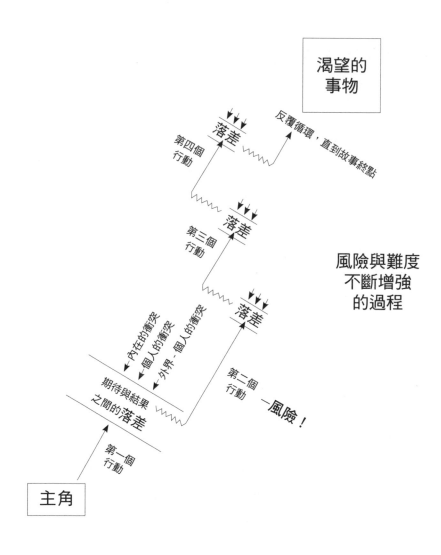

然而，期待和結果之間的落差絕非只是因果關係。以最深層的感受而言，外表看來的原因和最終的結果之間相隔的距離，標示了人類精神與周遭世界的交界，其中一邊是我們相信的世界，另一邊則是真實存在的現實世界。這樣的落差串聯出故事，就像一口烹煮情節的大鍋子，寫作者從中發掘出力道最強、足以扭轉生命的瞬間。想抵達這個重要交界處的唯一方法，就是由內而外的創作。

由內而外的創作

為什麼我們必須這麼做？創造場景的過程中，我們為什麼必須想辦法進入每個角色的內心，並從他的觀點來體驗或感受？這麼做會有什麼收穫？如果不這麼做，又會犧牲什麼？

例如，我們可以像人類學家一樣，藉由細心觀察來找出社會和周遭環境當中的真實感。我們也可以像心理學家一樣，藉由一邊聆聽一邊寫筆記來找出行為的真實感。透過由內而外的創作，我們可以將角色的外在一切描繪得栩栩如生，甚至十分迷人。儘管如此，有個關鍵的面向是我們無法創造的，那就是情緒上的真實感。

情緒上的真實感唯一可靠的泉源就是你自己。如果一直停留在角色的外在，寫出來的情感勢必會淪為千篇一律的老套。想創造真情流露的人類反應，不但必須進入角色的內心世界，也要進入自己的內心世界。如何才能做到？坐在書桌前時，如何慢慢進入角色的腦海，感覺那怦然跳動的心、汩汩出汗的掌心、糾結的五臟六腑、盈眶的熱淚、內心開懷的暢笑、高漲的性欲，以及憤怒、憎恨、同情、悲傷、喜樂或任何人類情緒光譜上無數的反應？

你已決定在故事中必須發生某個特定事件，也決定了某個情境即將展開和轉變，那麼，該如何深刻敏銳地描寫情感？你大可這麼問：某人應該如何採取這個行動？不過這樣一來會導致陳腔濫調和說教。或者你可以問：一個人可能會如何採取這個行動？但這樣一來會導致「裝可愛」——下筆聰明伶俐但不夠直率。

或者你會問：「如果我的角色處於這種情況，他會怎麼做？」但這樣會拉開距離，讓你從旁描繪角色走上他人生舞台的情形，揣想他的情感，而猜測總是會落入千篇一律的老套。或者你可以這麼問：「如果我在這種情況下會怎麼做？」當這個問題在你的想像當中發酵，也許會使你心跳變快，但顯然你已不是那個角色。即使對你來說是誠實的情感，對角色來說卻可能會帶來相反的感受或反作用。究竟該怎麼做才對？

　　你該這麼問：「如果我是這個角色，在這種情況下，我會怎麼做？」你運用史坦尼斯拉夫斯基的「魔力假使」來扮演這個角色。從歐里庇得斯[2]、莎士比亞到品特[3]，以及從 D・W・葛里菲斯[4]、露絲・戈登[5]到約翰・塞爾斯[6]，許多偉大劇作家或電影編劇都當過演員，這不是偶然的特例。寫作者是即興演出者，他坐在文字處理軟體前，或在房裡來回踱步時，往往化身為筆下所有的角色——男人、女人、孩子、怪獸——並且投入其中。我們在自己的想像當中演出，直到角色獨有的真誠情感在血液中流動。一旦某個場景對我們具有情感上的意義，我們就能相信它對觀眾也具有意義。我們創造出能打動自己的作品，才能打動觀眾。

　　接下來，我打算透過電影史上最傑出、最著名的場景之一，進一步說明由內而外的創作。這是電影劇作家羅勃・湯恩的作品《唐人街》裡第二個幕高潮，我分析的是電影中的這個場景，它也出現在湯恩一九七三年十月九日的劇本第三稿。

2　歐里庇得斯（Euripides, 西元前 484~406），與艾斯奇勒斯（Aeschylus）、沙弗克里斯（Sophocles）並列希臘三大悲劇作家。
3　哈洛・品特（Harold Pinter, 1930~2008），英國作家，被譽為是世界二次大戰後最重要劇作家之一，著作豐富，包括文學作品與劇本，二〇〇五獲得諾貝爾文學獎。
4　D. W. 葛里菲斯（Davie Wark Griffith, 1875~1948），美國演員、劇作家、導演，對早期電影發展極具影響，甚至有人稱他為「好萊塢的開山祖師」，作品包括《一個國家的誕生》（The Birth of a Nation）、《忍無可忍》等。
5　露絲・戈登（Ruth Gordon, 1896~1985），美國演員、劇作家。多次入圍奧斯卡、金球獎等獎項，並分別以《失嬰記》（Rosemary's Baby）獲奧斯卡及金球獎最佳女配角、《計程車》（Taxi）獲金球獎最佳女配角，以及《春花秋月奈何天》（Inside Daisy Clover）獲金球獎最佳女配角。
6　約翰・塞爾斯（John Sayles, 1950~），美國小説家、演員、劇作家、導演，曾以《致命警徽》及《激情魚》入圍奧斯卡最佳原創劇本，《致命警徽》與其他劇作亦獲得或入圍世界多項電影獎項。

《唐人街》

故事簡介

　　私家偵探 J‧J‧吉特斯（J. J. Gittes）在調查洛杉磯水電部門主管荷利斯‧墨爾瑞（Hollis Mulwray）的命案。墨爾瑞顯然是在蓄水池裡溺水身亡的，這個案子也令吉特斯的對手——艾斯寇巴（Escobar）警官——百思不解。第二幕即將結束時，吉特斯已將嫌疑犯和犯罪動機縮為兩個：一些百萬富翁為了政治權力和財富殺害了墨爾瑞，這個共犯集團以殘酷無情的諾亞‧克羅斯（Noah Cross）為首；另一個可能是伊芙琳‧墨爾瑞（Evelyn Mulwray）發現丈夫外遇後，因嫉妒和憤怒而殺害他。

　　吉特斯跟蹤伊芙琳來到聖塔莫尼卡某間屋子。他從窗戶窺看時，看見了「另一個女人」，她看起來似乎服了藥，且遭到囚禁。伊芙琳走出房子來到汽車旁時，他要求伊芙琳說明，但她說那女人是她的姊妹。吉特斯知道她沒有姊妹，但當下沒有說什麼。

　　第二天早上，他在墨爾瑞位於洛杉磯山間別墅的海水池中發現一副眼鏡，看起來像是墨爾瑞的。這時，他明白了死者如何遇害，也知道了遇害地點。他帶著這個證據回到聖塔莫尼卡，打算與伊芙琳當面對質，並把她交給艾斯寇巴，因為艾斯寇巴威脅吉特斯，打算吊銷他的私家偵探執照。

角色

　　吉特斯：過去為地方檢察官工作時，愛上了唐人街一名女子。他試著對她伸出援手，不料卻導致她死亡。之後他選擇離職，改當私家偵探，希望遠離腐敗的政治及不幸的過去。儘管如此，此時的他卻不得不再度面對他原本想遠離的一切。更糟的是，他發現自己陷入了困境。

　　就在這起謀殺案發生的前幾天，他受騙前往調查墨爾瑞的外遇。有人擺了自尊心極強的吉特斯一道。吉特斯儘管言行冷靜，其實是個衝動且愛冒險的人，性喜嘲諷、憤世嫉俗的外表下，隱藏著一位渴望公平正義的理想主義

者。後來，他愛上了伊芙琳，讓原本已夠複雜的狀況雪上加霜。吉特斯的場景目標：找出真相。

伊芙琳：被害人之妻，也是克羅斯的女兒。有人向她詢問丈夫的事時，她變得神經質，而且防禦心強，提到父親更是結結巴巴。我們感覺得出來，這個女人隱瞞了什麼。她聘雇吉特斯調查丈夫的謀殺案，或許是為了隱藏自己的罪惡感。儘管如此，調查期間，她似乎受到他的吸引。有一回，在千鈞一髮逃離歹徒的追殺後，他們發生了關係。伊芙琳的場景目標：隱藏她的祕密，和凱薩琳一起逃走。

可漢（Khan）：伊芙琳的僕人。由於她失去了丈夫，他覺得自己應進一步扛起保鑣的責任來保護她。他以自己的莊重態度及掌控困境的能力而自豪。可漢的場景目標：保護伊芙琳。

凱薩琳：害羞單純的女孩，向來備受呵護。凱薩琳的場景目標：服從伊芙琳。

場景

內景／外景　聖塔莫尼卡－別克汽車－移動－白天
吉特斯開車行駛於洛杉磯。

為了由內而外創作，趁吉特斯開車前往伊芙琳藏身處時，潛入他的意識，想像自己進入了吉特斯的敘事觀點。窗外，街景快速飛掠而過，你問：

「如果我是吉特斯，此時此刻，我會怎麼做？」

放任自己的想像力漫遊，答案自然會浮現。

「反覆練習。面對生命中的重大挑戰，我總是反覆練習。」

接著，更進一步深入吉特斯的情緒與內心：

緊繃的雙手抓著方向盤，思緒接二連三飆出：「她殺了他，然後又利用我。她說謊，還勾引我。天啊，我上了她的當。我現在一團亂，但我得冷靜。我要慢慢走到門口，走進去譴責她。她會說謊。我會送她去警察局。她會裝無辜，可能會哭。但我會保持冷酷，讓她看墨爾瑞的眼鏡，然後拆穿她是怎麼犯案的，一步一步說清楚，就像我當時也在現場一樣。她會認罪。我會把她交給艾斯寇巴，然後我就能擺脫這一切。」

外景　聖塔莫尼卡－有露台的木屋
吉特斯將車開上屋旁的車道。

繼續處於吉特斯的觀點，由內往外思索：

「我會保持冷靜，我會保持冷靜……」就在她的屋子進入視線的那一瞬間，伊芙琳的影像閃過你想像的腦海。憤怒浮現。你打算冷靜自持的決心與你的憤怒之間產生了落差。

別克嘎吱一聲猛然停了下來。吉特斯跳下車。

「去死吧！」

吉特斯狠狠甩上車門，朝台階急奔而去。

「立刻抓住她，以免她逃走。」

他旋轉門把，發現上了鎖，猛力拍門。

「該死！」

內景　木屋

伊芙琳的華裔僕人可漢聽見砰然巨響，朝門口走去。

當角色在你的想像當中來回進出，先以其中一個人當作敘事觀點，然後再轉換成其他人的。現在，進入可漢的觀點，問自己：

「如果我是可漢，此時此刻，我會怎麼想？有什麼樣的感覺？又會怎麼做？」

一旦棲身於這個角色的內心，你的念頭自然會引導你這麼想：

「哪個該死的傢伙？」臉上浮出管家的制式笑容：「八成又是那個大嗓門的偵探。我來打發他。」

可漢打開門，看見吉特斯站在台階上。

可漢：「你等等。」

轉換觀點，回到吉特斯的意識當中：

「又是那個無禮的管家。」

吉特斯：「你等等……走開，契弟⁷！」

7　契兄契弟原指結拜兄弟，但「契弟」一詞後來在某些地區卻帶有貶義。例如，在粵語中，「契弟」具輕蔑和鄙視意味，用來歧視指稱男同性戀者，或相當於罵人「雜種」、「混蛋」……等。

吉特斯一把推開可漢，想闖進屋子裡。

接著再度轉換成可漢，原本的預期和結果突然出現了落差，讓你失去
笑容：

既困惑又生氣：「他不但這樣大搖大擺闖進來，還用廣東話羞辱我！
把他攆出去！」

吉特斯抬頭，看見伊芙琳出現在可漢身後，一面走下階梯，一面緊張地調整
項鍊。

此時轉換為可漢：

「墨爾瑞太太來了。我得保護她！」

伊芙琳整個早上不斷打電話給吉特斯，希望請他幫忙。她花了好幾個
小時打包，急著想趕上五點半的火車前往墨西哥。此時，轉換成她的
觀點：

「如果我是伊芙琳，在這種情境下應該怎麼做？」

現在，試著進入這個異常複雜的女人的內心：

「是傑克。感謝老天。我就知道他在意。他會幫我。我看起來怎麼
樣？」雙手下意識地撥撥頭髮，摸摸臉頰。「可漢看起來很擔心。」

伊芙琳對可漢微笑，要他放心，示意他離開。

伊芙琳：「沒事，可漢。」

伊芙琳回頭面對吉特斯：

感覺更放心了。「現在我有伴了。」

　　　伊芙琳：「你好嗎？我一直打電話給你。」

內景　客廳－同前
吉特斯繞過她，走進客廳。

　　　此時你是吉特斯：

「她是如此美麗。不要看她。拜託，爭氣點。要有心理準備，她又會
為了圓謊而說謊。」

　　　　吉特斯：「……哦？」

伊芙琳跟在他身後，看著他的臉。

　　　此時你是伊芙琳：

「他一直不肯正眼看我。他心裡有事。他看起來累壞了……」

　　　　伊芙琳：「你有稍微睡一下嗎？」

　　　　吉特斯：「當然。」

「⋯⋯而且餓壞了，可憐的男人。」

　　　　伊芙琳：「吃過午飯了嗎？可漢可以幫你準備一
　　　　點東西。」

此時你是吉特斯：

「不要被去他的午餐耽誤了。現在就開始吧。」

　　　　吉特斯：「那個女孩在哪裡？」

回到伊芙琳的思緒。由於震驚，原本的期待出現了落差：

「他為什麼這麼問？發生了什麼事？保持平靜。假裝什麼事都沒有。」

　　　　伊芙琳：「在樓上。怎麼了？」

轉換成吉特斯：

「多麼輕柔的聲音，多麼無辜的『怎麼了？』。保持冷靜。」

　　　　吉特斯：「我想見她。」

轉換成伊芙琳：

「他為什麼想見凱薩琳？不。現在不能讓他見到她。別說實話。先弄
清楚他到底想做什麼。」

伊芙琳：「⋯⋯她現在在洗澡。為什麼想見她？」

轉換成吉特斯：

對她的謊話感到極度厭煩。「別讓她耍了你。」

吉特斯環顧四周，看見打包到一半的行李。

「她打算逃走。這趟來對了。機靈一點。她還會再說謊。」

吉特斯：「要出門？」

轉換成伊芙琳：

「應該告訴他的，但之前沒有機會。現在沒辦法隱瞞了，說實話吧，他會理解的。」

伊芙琳：「對，我們要趕五點半的火車。」

轉換成吉特斯；小小落差出現了：

「你知道什麼？聽起來像真的。不要緊。讓她所有鬼話都結束了吧。讓她知道你不是在開玩笑。電話在哪裡？喔，看到了。」

吉特斯拿起電話。

轉換成伊芙琳：

充滿疑惑，因害怕而幾乎無法呼吸。「他要打給誰？」

　　　　伊芙琳：「傑克……？」

「他在撥電話了。天啊，救救我……。」

轉換成吉特斯，耳朵緊貼著話筒：

「接電話啊，他媽的！」接著聽見值班警佐接起了電話。

　　　　吉特斯：「我是 J・J・吉特斯，找艾斯寇巴警官。」

轉換成伊芙琳：

「警察！」腎上腺素激升。驚慌。「不，不。保持平靜。保持平靜。
一定是和荷利斯有關的事。可是我沒辦法再等了。我們現在非離開不
可。」

　　　　伊芙琳：「到底怎麼回事？發生了什麼事？我剛
　　　　　　　　說了，我們要搭五點半的火車……」

轉換成吉特斯：

「夠了！叫她閉嘴！」

　　　　吉特斯：「你搭不上火車的。」
　　　　接著對著電話說話：「盧，我在峽谷街一九七二

號等你……對，愈快愈好。」

轉換成伊芙琳：

怒氣湧現。「那個笨蛋……」又懷抱一絲希望。「不過，也許他是找警察來幫我。」

　　伊芙琳：「你為什麼這麼做？」

轉換成吉特斯：

沾沾自喜。「她還想硬撐，但一切早就在我掌控中了。感覺真好。鬆了一口氣。」

　　吉特斯（把帽子扔在桌上）：「你認識優秀律師嗎？」

轉換成伊芙琳，試著將落差變小：

「律師？見鬼了，他到底是什麼意思？」彷彿有什麼可怕的事即將發生，不寒而慄。

　　伊芙琳：「不認識。」

轉換成吉特斯：

「看看她，冷靜，鎮定，打算裝無辜到底。」

　　吉特斯，拿出一個銀製菸盒：「別擔心，我可以

推薦幾個。他們收費很高，但你負擔得起。」

吉特斯冷靜地從口袋裡拿出打火機，坐下來點菸。

轉換成伊芙琳：

「天啊，他在威脅我。我卻和他上了床。看看他那自大的模樣。他以為他是誰？」憤怒得說不出話。「別慌。不要亂了陣腳。他這麼做一定有什麼原因。」

伊芙琳：「你能告訴我到底是怎麼一回事嗎？」

轉換成吉特斯：

「生氣了，是嗎？很好。看看這個！」

吉特斯俐落地將打火機放回口袋，同樣俐落的拿出一條包著東西的手帕。他把它放在桌上，小心翼翼拉開手帕的四個角，讓眼鏡露出來。

吉特斯：「我在你家後院池塘裡發現了這個。這是你先生的，對不對？……是吧？」

轉換成伊芙琳：

落差繼續變大。茫然。莫名其妙。恐懼逐漸增強。「眼鏡？在荷利斯的魚池裡？他在說什麼？」

伊芙琳：「我不知道。對，可能是。」

轉換成吉特斯：

「開始了。現在就出手，讓她承認。」

　　　吉特斯（一躍而起）：「沒錯，肯定是他的。他就
　　　是在那裡溺死的。」

轉換成伊芙琳：

大吃一驚。「在家裡？」

　　　伊芙琳：「什麼 ?!」

轉換成吉特斯：

暴怒。「讓她說出來。就是現在！」

　　　吉特斯：「沒時間為事實感到震驚了。驗屍報告
　　　證明，他遇害時肺裡有海水。相信我，好嗎？現
　　　在我想知道事情的經過，我想知道原因，還有，
　　　我希望能在艾斯寇巴抵達前先知道這一切，因為
　　　我不想失去我的執照。」

轉換成伊芙琳：

他輕蔑、憤怒的臉逼到眼前。混沌、恐懼、因害怕而無法動彈，努力
克制自己。

伊芙琳：「我不知道你到底在說什麼。這些都夠
瘋狂、夠荒謬了……」

吉特斯：「住口！」

轉換成吉特斯：

失控，突然伸出雙手用力抓著她，手指掐得她痛得縮起身子。然而，
她震驚和痛苦的眼神令人頓感同情。落差出現了。對她的感覺與憤怒
相互拉鋸。鬆開雙手。「她看起來這麼痛苦。拜託，她不會這麼冷血
做出這樣的事。也可能是其他人。給她一個機會，實話實說，一件一
件來，讓她坦白說出來吧。」

吉特斯：「我來幫你說吧。你當時心生妒意，和
他起了爭執，他跌倒，撞到了頭……一切都是意
外……不過他女兒是證人，你必須確保她不會說
出來。你沒有膽量傷害她，但有足夠的錢讓她閉
嘴。是不是這樣？」

轉換成伊芙琳：

落差消失了，但背後代表的含義令人恐懼：「我的天，他認為是我殺
了他！」

伊芙琳：「不是這樣！」

轉換成聽見她果斷回答的吉特斯：

「很好。聽起來終於像實話了。」冷靜下來。「那他媽的一切到底是怎麼一回事？」

　　　　吉特斯：「那她是誰？別告訴我她是你妹妹這種
　　　　鬼話，因為你根本沒有妹妹！」

轉換成伊芙琳：

極度的震驚讓你肝膽俱裂。「他想知道她是誰……天啊，救救我。」戒慎恐懼死守這個祕密多年，沒有退路了。「如果不告訴他，他會叫警察來，但如果告訴他……」走投無路了……只能告訴吉特斯了。

　　　　伊芙琳：「我會告訴你……我會告訴你實話。」

轉換成吉特斯：

自信而專注。「她終於要說出來了。」

　　　　吉特斯：「很好。她叫什麼名字？」

轉換成伊芙琳：

「她的名字……親愛的上帝，她的名字……」

　　　　伊芙琳：「……凱薩琳。」

　　　　吉特斯：「凱薩琳，那姓什麼？」

轉換成伊芙琳：

最糟的來了，面對吧。「全說出來吧。看看他是不是能夠接受……看看我是不是能夠承受……」

　　　　伊芙琳：「她是我的女兒。」

轉換成吉特斯的觀點，好不容易等到她坦白認罪的期待落空了：

「他媽的，又說謊！」

吉特斯狠狠打了她，摑得她整張臉都紅了。

　　轉換成伊芙琳：

一陣灼痛。感覺麻木。承擔半生的罪惡感讓人麻木不仁。

　　　　吉特斯：「我要的是事實。」

她無動於衷地站著，準備承受另一次毆打。

　　　　伊芙琳：「她是我妹妹……」

　　轉換成吉特斯：

再次掌摑她……

伊芙琳：「她是我的女兒……」

轉換成伊芙琳：

腦中一片空白，只有一個念頭：該來的就來吧。

轉換成吉特斯：

……再次打了她，看見她的眼淚……

「……我妹妹……」

……更用力掌摑她……

「……我女兒，我妹妹……」

……反手用手背打她，鬆開拳頭，抓住她，用力把她推進沙發裡。

吉特斯：「我說了，我要你說實話。」

轉換成伊芙琳：

起初，他的毆打似乎不是發生在自己身上，但猛然跌坐在沙發上讓你
重回現實。你嘶吼著說出從來不曾告訴別人的話：

伊芙琳：「她是我妹妹，也是我的女兒。」

轉換成吉特斯：

巨大的落差。當落差慢慢消失，怒火也隨之減退，你慢慢理解了她的話背後隱藏的可怕含義。

突然間，可漢猛然衝下樓梯。

轉換成可漢：

準備為保護她而動手。

轉換成伊芙琳，忽然意識到：

「凱薩琳！天啊，她會不會聽見我說的話了？」

伊芙琳很快轉過頭對可漢說：「可漢，拜託快回去。看在上帝分上，別讓她下樓。快回去。」

可漢狠狠看了吉特斯一眼，接著轉身上樓。

轉換成伊芙琳，轉過身，看見吉特斯僵硬的表情：

對他產生了一絲奇特的同情。「可憐的人……他還沒聽懂。」

伊芙琳：「……我父親和我……明白了嗎？或者，對你來說太難接受了？」

伊芙琳低下頭，將臉埋進兩膝之間，低聲啜泣。

轉換成吉特斯：

強烈的同情襲上心頭。「克羅斯……變態的混蛋……」

　　吉特斯平靜地說：「他強暴你？」

轉換成伊芙琳：

你和你父親多年前的影像浮現眼前。難以承受的罪惡感。但不想再說謊了：

伊芙琳搖搖頭。「不是。」

　　這裡的改寫相當關鍵。在第三稿中，伊芙琳全盤托出：母親在她十五歲時過世，父親因悲傷過度崩潰，變成「小男孩」，無法自己進食或更衣。這情況導致後來兩人亂倫，但她父親無法面對自己的行為，背棄了她。這段背景說明不只讓場景步調變慢，更重要的是大幅削弱了反派角色的力道，讓他顯得脆弱，引發同情。後來這個部分刪除了，改成吉特斯的話：「他強暴你？」以及伊芙琳的否認。這個高明的改寫，保留了克羅斯的殘酷本質，也嚴格考驗了吉特斯對伊芙琳的愛。

　　伊芙琳之所以否認遭父親強暴，這樣的安排也提供了兩種可能的解釋：孩子為了保護父母，往往會選擇自我毀滅。她遭遇的可能是強暴，只是她直到此時此刻仍無法讓自己控訴父親。也或許她是共犯。她的母親過世，讓她成為「女主人」，在這種處境下，父親和女兒之間的亂倫不是不可能發生。儘管如此，克羅斯仍無法卸責。無論是哪一種解釋，他都該負責，而伊芙琳卻因罪惡感而自我懲罰多年。她的否認，讓吉特斯不得不面對抉擇，而這個抉擇，正足以為這個角色下了定義：

是否仍會不顧一切愛這個女人？是否會將她以謀殺罪嫌交給警方？她的否認與他原本的期待相互牴觸，形成了一個灰色地帶。

轉換成吉特斯：

「如果她不是遭到強暴……？」不解。「一定還有隱情。」

　　　吉特斯：「發生了什麼事？」

轉換成伊芙琳：

種種記憶在腦中閃現：因懷孕而驚懼、父親輕蔑的神情、遁逃至墨西哥、分娩的痛苦、國外的診所、孤獨寂寞……

　　　伊芙琳：「我逃離了，去了……」

　　　吉特斯：「……去了墨西哥。」

轉換成伊芙琳：

想起荷利斯在墨西哥找到你、你驕傲地讓他看凱薩琳、因孩子被帶走而悲傷、修女的面容、凱薩琳的哭聲……

　　　伊芙琳點點頭：「對。荷利斯來了。他照顧我。
　　　我沒辦法去看她……我才十五歲。我想去看她，
　　　但沒辦法。後來……」

腦海中浮現的，是你將凱薩琳帶回洛杉磯團聚時的喜悅，以及讓她遠

離父親時突然意識到的恐懼：「絕不能讓他找到她。他瘋了。我知道他會怎麼想。如果他發現我的孩子，一定會做出同樣的事。」

　　　　伊芙琳看著吉特斯，臉上充滿懇求：「現在我只想和她在一起。我想好好照顧她。」

轉換成吉特斯：

「終於找到真相了。」感覺落差消失了，伴隨而來的是對她更深的愛。對她受的苦感到不捨，對她的勇氣及保護孩子的決心感到敬佩。「讓她走。不，最好是親自送她離開這個城市。她自己單打獨鬥一定走不成。況且這是你欠她的。」

　　　　吉特斯：「現在你打算帶她去哪裡？」

轉換成伊芙琳：

彷彿湧現了無限希望。「他的話是什麼意思？他會幫我嗎？」

　　　　伊芙琳：「回到墨西哥。」

轉換成吉特斯：

飛快思考。「怎樣才能幫她躲過艾斯寇巴？」

　　　　吉特斯：「嗯，你不能搭火車走。艾斯寇巴會四處找你。」

轉換成伊芙琳：

喜出望外。「他想幫我！」

　　伊芙琳：「那……搭飛機呢？」

　　吉特斯：「不行，那更糟。最好就這樣離開，把
東西全都留在這裡。」
　　　　（停頓片刻）
　　「可漢住在哪裡？問他正確的地址。」

　　伊芙琳：「好……」

桌上那副眼鏡的反光吸引了伊芙琳的視線。

　　轉換成伊芙琳：

「那副眼鏡……」荷利斯閱讀的影像浮現……他沒有戴眼鏡。

　　伊芙琳：「那不是荷利斯的眼鏡。」

　　吉特斯：「你怎麼知道？」

　　伊芙琳：「他的眼鏡不是雙焦的。」

吉特斯盯著眼鏡看，她走上樓去。

　　轉換成吉特斯：

「如果這不是墨爾瑞的眼鏡……？」落差出現。距離真相還有最後一步。記憶回溯到……那回和克羅斯共進午餐，克羅斯盯著燒烤魚頭時，戴的是雙焦眼鏡。落差瞬間消失。「克羅斯殺了墨爾瑞，因為他的女婿不肯說出他女兒為他生的女兒藏在哪裡。克羅斯想找到那孩子。不過他不會找到她的，因為我已經找到能讓他坐牢的證據了……就在我的口袋裡。」

吉特斯小心翼翼將眼鏡收進背心裡，抬頭看見伊芙琳出現在樓梯上，擁著一名害羞的少女。

「可愛。就像她的媽媽一樣。有些害怕。應該聽到了我們的對話。」

伊芙琳：「凱薩琳，向吉特斯先生問好。」

試著轉換進入凱薩琳的觀點：

此時此刻，如果我是凱薩琳，我會有什麼樣的感覺？

轉換成凱薩琳：

不安。恐慌。「媽媽哭了。這個男人傷害她嗎？但是她對他微笑，我想應該沒事。」

凱薩琳：「你好。」

吉特斯：「你好。」

伊芙琳看了女兒一眼，示意她放心，接著送她回到樓上。

> 伊芙琳對吉特斯說：「可漢住在阿拉美達街
> 一七一二號。你知道在哪裡嗎？」

> 吉特斯：「當然……」

轉換成吉特斯：

最後的落差出現了，腦海中充滿影像──你愛過的女子，她慘死於唐
人街區的阿拉美達街。心中充滿恐懼，以及生命又回到原點的感覺。
「這一次我不會再搞砸了。」隨著這個想法的出現，落差慢慢消失。

從落差中發揮創造力

　　為了寫出演員所謂的「內心戲」，前面已將這個步調安排巧妙的場景分
解成一個接一個的超慢動作，並透過文字來傳達這些原本奔放不拘的感覺或
靈光乍現的體悟。不過，這也正是寫作故事的實際狀況。銀幕上出現幾分鐘
甚或幾秒鐘的畫面，可能就需要耗費幾天甚至幾個星期來創作。故事角色經
歷的分分秒秒，就像一個由無聲的思想、影像、感覺和情緒交織而成的迷宮，
我們穿梭其中，彷彿將每個瞬間都放在顯微鏡下一般，思索再思索，創造再
創造。

　　儘管如此，由內而外的創作，並不是在想像某個場景時始終局限於某個
角色，而是像前面的練習那樣不斷轉換不同的角色觀點。作者棲身某個角色
的意識中心，問自己：「如果我是這個角色，在這樣的處境下，我會怎麼做？」
他從自己的內在情感來體察一個具體人物的反應，並想像角色的下一步。

　　這個時候，寫作者面臨的是這樣的問題：如何讓場景往下進行？為了建
立角色的下一個戲劇節拍，作者必須擺脫角色的主觀觀點，並以客觀的角度

來觀看自己剛才創作的行動。這個行動預告了來自角色所處世界的某個特定反應。只不過,這個預期的反應不該發生,而且作者還必須打開落差。想要這麼做,他必須回答一個自古以來寫作者反覆自問的問題:「與那個反應相對的是什麼?」

寫作者天生就是辯證式的思考者。正如尚・科克托[8]所說的:「創作的靈魂是矛盾的靈魂——突破表相,朝未知的現實前進。」你必須對表相抱持質疑,尋找與顯而易見的事物相對的另一面。不要草草掠過表面,只從表相來判斷,而是掀開生活的皮相,發掘隱藏的、超乎預期的、看似不合適的事物,也就是找出真實感。你會在落差當中發現你尋找的真實感。

別忘了,你就是你自己的宇宙的神。你了解你的角色,了解他們的心智、身體、情感、關係、世界。一旦從某個角色觀點創造出某個誠摯的瞬間,你就在你的宇宙裡四處尋找,甚至進入無生命的世界,找到另一個觀點,深入其中,創造出超乎預期的反應,並在期望和結果之間鑿開一道裂縫。

完成這個步驟後,你回到第一個角色的心中,再次問自己:「如果我是這個角色,面對這個新的處境,我會怎麼做?」並且找出途徑,通往新出現的情緒的真實感。在找到自己尋找的反應和行動後,你接著又跨出下一步,再次問自己:「那麼,相對的那一面是什麼?」

好的寫作強調「反應」。

在所有故事裡,許多行動大致都在預期之中。每一種類型都有各自慣用的手法,在愛情故事中,情人總會相遇;在驚悚故事裡,偵探總會找出犯罪事件;在教育劇情裡,主角的生活總會跌入谷底。這些和其他常見的行動或事件都是人們習以為常的,也在觀眾的預期之中。因此,好的寫作較少強調發生了什麼,而是發生在誰身上、為什麼發生,以及如何發生。事實上,故

8　尚・科克托(Jean Cocteau, 1889~1963),法國詩人、作家、藝術家及電影導演,作品包括:電影《詩人之血》(*Blood of a Poet*);戲劇《地獄機器》(*La Machine Infernal*)與《奧菲斯》(*Orphee*);小說《可怕的孩子》(*Les Enfants Terribles*)……等。

事若能讓人從中發現最有趣且最滿足的樂趣，幾乎都著重於事件引發的反應，以及因而得到的體悟。

回頭來看《唐人街》那個場景：吉特斯敲門，期望能受邀進門。他得到的回應是什麼？可漢擋住他的路，期望他等一等。吉特斯的反應呢？他以粵語辱罵可漢，並強行闖入，讓可漢大為震驚。伊芙琳走下樓，期望得到吉特斯的協助。她得到的反應是什麼？吉特斯打電話報警，期待藉此逼她坦承謀殺，並說出關於「另一個女人」的真相。他得到的回應？她說出祕密——另一個女人是她亂倫生下的女兒，也暗示謀殺罪嫌是精神失常的父親。

就這樣，一個節拍接著一個節拍輪番出現，即使在最安靜、最內心戲的場景中，一連串充滿變數的行動／反應／落差，以及更新之後的行動／意外的反應／落差，以令觀眾驚歎神往的反應引導場景直抵轉捩點，或至少圍繞著轉捩點發展。

如果你創造出來的戲劇節拍是讓角色走到門口，敲門，等待，而他得到的回應是門打開，有人禮貌地邀他進門，而且居然還有導演笨得將這些拍出來，那麼這個戲劇節拍可能永遠無法出現在銀幕上。任何足堪擔任剪接工作的人都會毫不猶豫地剪掉它，並向導演解釋：「傑克，這八秒鐘悶死了。他敲了門，門還真的為他打開？不行，我們要直接剪到沙發那段，這才是第一個真正的戲劇節拍。很抱歉，讓你為了你的明星走進門浪費了五萬美元，不過這個節拍是步調殺手，沒有意義。」所謂「沒有意義的步調殺手」，意思就是場景中的反應缺乏體悟與想像，讓期待與結果勉強相符。

每當想像出某個場景，應該一個節拍接著一個節拍、一個落差接著一個落差地寫出來。在你筆下出現的，應該是對發生了什麼、得到了什麼樣的回應、看見了什麼、說了什麼、做了什麼……等的生動描述。在你筆下出現的，應該讓其他人在閱讀時和你在書桌前感受到的一樣，跟著一個又一個節拍、一個又一個落差，體驗那宛如雲霄飛車般起伏的人生。書寫在紙上的文字，應該要能讓讀者深陷於每一個落差當中，看見你的夢想，感受你的感受，理解你所理解的，直到讀者和你一樣脈搏怦然跳動、情感流動，故事的意義於焉存在。

故事的本質與能量

本章開頭提出的問題，現在答案應已昭然若揭。故事的素材不是文字。沒錯，文本必須流暢，才能呈現你在書桌上透過想像和感覺建構的人生。然而文字不是最後的目標，只是一種工具，一種媒介。故事的本質是落差，是一個人採取行動時期望發生和實際發生之間的落差，是期望與結果之間、可能發生與必然發生之間的分歧。若想打造某個場景，我們必須不斷打開這些現實當中的裂縫。

至於故事的能量來源，答案也一樣——落差。觀眾對角色產生同理心，入戲地與他一起追尋他的欲望。他們對世界的期望大致反映了角色的期望。一旦角色面對落差，觀眾也同樣感受到落差。這就是所謂的「天啊！」時刻，也就是你在匠心獨具的故事裡不斷經歷「糟了！」或「太好了！」的體驗。

下回看電影時，選擇前排靠牆的位置，如此一來，就能觀察電影院的觀眾，並且獲益良多：他們或挑眉或瞠目結舌，身體或蜷縮或搖晃，有時哄堂大笑，有時涕泗縱橫。只要落差出現在角色面前，也就出現在觀眾面前。角色每次遭逢轉折，都會準備付出更多能量和心力來面對下一個行動。由於對角色懷抱著同理心，觀眾在觀影過程中也會感受到隨著一個又一個節拍而不斷累積、增強的能量。

就像正負電荷在磁力兩極之間跳動一般，生命的火花也是在自我與現實的落差之間發光發熱；我們正是透過這種轉瞬即逝的能量來引爆故事的力道，打動觀眾的心。

08
觸發事件

　　故事設計由五個部分組成，觸發事件（Inciting Incident）是故事敘述過程的第一個重大事件，也是所有後續發展的主要誘因，啟動了另外四個組成要素——漸進式困境、危機、高潮、衝突解除。為了理解觸發事件如何進入作品並發揮作用，且讓我們回過頭來更廣泛地觀察故事設定，也就是觸發事件發生時的實體世界與社會環境。

故事的世界

　　我們已先從時代、持續期間、地點以及衝突層面為故事設定下了定義。這四個面向構築了故事世界的框架，但若希望發想出大量具創造性的選擇，故事必須是原創且不落俗套的，同時必須在框架中填滿夠深、夠廣的細節。以下是我們對所有故事會提出的常見問題。除了這些問題外，由於作者渴望能洞悉一切，因此每個作品還有各自獨有的問題清單。

　　我的角色從事什麼工作？我們耗費了生命三分之一以上的時間在工作上，卻很少在銀幕上看到人們工作的場景。原因很簡單：大多數工作都是單調無趣的；或許置身工作的人未必有這種感覺，但看別人工作卻是無聊的。

對律師、警察或醫生來說，他們絕大部分時間都耗在例行性的職務、報告和會議上，沒有太大變化，甚至毫無變化——簡單來說就是期望與結果相符。這就是為什麼在法庭、犯罪、醫療等職業類型的故事當中，我們只會聚焦在工作困擾難以解決的某些時刻。儘管如此，為了進入角色內心，我們必須對他每天二十四小時的各個面向提出疑問——除了工作，還包括他如何玩樂、如何禱告、如何做愛？

我的世界裡有什麼樣的政治關係？這裡的「政治」未必是指右派／左派、共和黨／民主黨等政治性名詞，而是指這個詞的真正意涵——權力。所謂政治，指的是所有社會當中的權力分配。只要人們聚集在一起做某件事，永遠都會面對權力分配不均的問題。在公司、醫院、宗教團體、政府機關等群體裡，位居高層者擁有極大的權力，底層的人只有微小甚或沒有任何權力，處於兩者之間的人則擁有部分權力。一名工人如何取得或失去權力？無論我們如何運用各式平等主義理論致力敉平不公，仍難以撼動人類社會，始終無法打破固有的金字塔式權力分配。從另一個角度來看，這就是政治。

即使描述的是家庭，也要探討當中的政治關係，因為家庭就像任何社會組織一樣也是政治性的。它是父權家庭？擁有影響力的父親離家時，權力是否移轉到母親？母親缺席時，是否移轉給長子？或者這是一個母權家庭，母親掌控一切？又或者這是一個當代家庭，孩子吃定了父母？

愛情關係也是政治的。吉卜賽俗諺說：「先表白的人占下風。」先說出「我愛你」的人之所以占下風，是因為對方聽到這句表白後會立刻露出會意的微笑，知道自己是被愛的那一方，這段關係掌控在自己手裡。如果你夠幸運，那簡短的三個字會在燭光下出現。如果你非常非常幸運，那三個字並不是透過言語來表達，而是透過行動。

我的世界裡有哪些習慣或儀式？世界上每個角落的生活都緊緊依附於各種習慣或儀式。這也是一種習慣，不是嗎？我寫了一本書，你們正在閱讀這本書。若換成另一個時空，我們也許會像蘇格拉底和他的學生一樣，在一棵大樹下坐下或散步。我們為每一種活動建立習慣或儀式，它存在於公共的傳統儀禮中，也存在於個人的隱私習慣裡。（願上天保佑為我整理浴室澡盆的人。）

你的角色如何用餐？吃飯這件事，世界各地都有不同的習慣或儀式。例如，根據最近一項調查，如今有百分之七十五的美國人在餐廳裡用餐。如果你的角色是在家吃飯，那麼，他們是在固定時間穿上正式服裝一起用餐的老派家庭？還是從冰箱裡拿出食物的當代家庭？

我的世界裡有什麼樣的價值取向？對我的角色來說，什麼是美好的？什麼是邪惡的？什麼是對或錯？社會依循的是什麼樣的律法？你必須了解，善與惡、是與非、合法與非法之間未必有必然的關係。我的角色認為什麼樣的生活是值得的？什麼樣的追求是愚蠢的？他們會為了什麼而不惜犧牲自己？

它屬於哪一種類型或類型組合？有哪些慣用的手法？設定故事時，類型提供作者許多創作限制，作者必須嚴格遵守，或用智慧來轉化限制。

我的角色有什麼樣的生平？從出生那天開始，直到故事正式開場，他們的生活經驗如何形塑出這個角色？

背景故事是什麼？這是一個人們經常誤解的用詞。背景故事指的不是生命史或生平，而是角色過去曾遭遇且作者可用來讓故事往下發展的重大事件。我們如何利用背景故事來述說故事，後面會有更詳細的說明，但此時要提醒的是──角色不是憑空出現的。我們為角色的生平形塑景觀，植入事件，藉此打造出一個可以從中反覆收成的花園。

我的人物設定是什麼？任何藝術作品都不是偶然形成的。構想也許不請自來，但我們必須有意識且具創意地加以編織在一起。我們不能任由腦海出現的角色隨意闖入故事並軋上一角；每個角色都必須符合某種目的。人物設定的首要原則就是先將人物兩極化（polarization）。我們透過各種不同的角色，發想出一面由顯著不同或對立矛盾交織而成的網。

假設有一組想像中的人物坐下來吃飯，這期間發生了某個事件，無論是酒灑出來這樣的小事，或是宣布離婚這樣的大事，每一個角色分別出現明顯不同的反應。他們的反應不會完全相同，因為不會有人對所有事都抱持一樣的態度。每一個角色都是獨立個體，擁有各自的人生觀，每一個角色各自的反應與其他人有顯著的不同。

如果人物設定中有兩個角色抱持相同的態度，無論發生什麼事都作出同

樣的反應，那麼你必須將兩者合二為一，或從故事中刪除其中之一。因為一旦角色的反應相同，就等於將衝突的機會縮到最小，但作者的策略應是努力增加衝突。

　　想像一下這組人物設定：父親、母親、女兒，還有名叫傑夫的兒子，這家人住在愛荷華。有一天，他們坐下來吃晚飯，傑夫對家人說：「媽、爸、姊，我作了一個重大決定，我想到好萊塢發展，成為藝術指導。我買好機票了，明天就出發。」其他三人回答：「噢，這個想法真是太棒了！很棒，對不對？傑夫要去好萊塢了！」他們拿起裝滿牛奶的杯子向他表示祝福。

　　畫面切換：傑夫的房間。他們一面欣賞牆上的照片，一面幫他收拾行李，依依不捨地回憶他就讀藝術學校的時光，讚美他的天分，預祝他成功。

　　畫面切換：機場。全家人送機，熱淚盈眶擁抱傑夫：「傑夫，找到工作後記得寫信回來。」

　　接著，把一切假設改成這樣：傑夫坐下來吃晚餐時宣布他的決定，父親突然握緊拳頭，「砰」的一聲猛敲在桌面上：「你在說什麼鬼話，傑夫？你不能到什麼『好怪塢』去當什麼藝術指導……管他藝術指導是什麼鬼東西。不行！你給我好好留在戴文波特。傑夫，你知道的，我這輩子所做的一切都不是為了我自己，不是為了我，而是為了你，傑夫，是為了你！如果我現在稱得上愛荷華的水電器材供應大王……兒子，有一天你會成為整個中西部的水電器材供應皇帝。我不想再聽到你說這些鬼話了。我不想再討論這件事。」

　　畫面切換：傑夫在自己房間生悶氣，媽媽悄悄溜進來輕聲說：「別管他說什麼，去好萊塢吧，去當藝術指導……雖然我不知道那是什麼。奧斯卡有藝術指導獎項嗎？傑夫？」

　　「有，媽，有這個獎項。」傑夫說。

　　「好！去好萊塢吧，為我拿一座奧斯卡回來，證明你爸那混蛋是錯的。你做得到，傑夫，因為你有天分。我知道你有天分，你的天分來自我娘家的遺傳。我以前也有天分，可是嫁給你爸後全放棄了，而且我從那時就一直很後悔。看在老天的分上，傑夫，不要一直待在戴文波特。真是個鬼地方，這個小鎮竟然是用沙發來命名的！別待在這裡，去好萊塢吧，闖出成績來，讓

我以你為榮。」

畫面切換：傑夫正在打包行李，姊姊走進來後震驚地說：「傑夫！你在做什麼？打包行李？就這樣丟下我一個人陪他們兩個？你知道他們是什麼樣子，他們絕不會讓我好過的！如果你去了好萊塢，水電供應商的事業最後就會落在我頭上！」她把他的東西從行李箱裡拉出來：「如果你想成為藝術家，在什麼地方都能成為藝術家。外地的月亮不會比較圓。去那裡會有什麼鬼差別？有一天你一定會成功的。我知道你會成功，我在……希爾滋百貨公司看過一些和你畫的一樣的作品。別走，傑夫！不然我就死定了！」

無論傑夫最後是否離家去了好萊塢，兩極對立的人物為作者提供了我們都迫切需要的東西——場景。

足堪大任的作者

對故事設定的研究夠充分、夠透徹，接下來就會發生不可思議的事。你的故事會呈現某種獨特的氛圍，擁有某種特質，即使人們在時間長河中訴說過無數故事，它仍能有別於其他故事。人類早在圍坐山洞內火堆旁的時代就開始講述一個又一個故事，而且每一個說故事的人都會將這門藝術發揮極致，說出來的故事就像繪畫大師的畫像般獨一無二。這個現象確實令人訝異。

就像你努力打造的故事一樣，你也希望自己是獨一無二的，希望能受到肯定和尊重，同時也具有創新的能力。在追求目標的同時，仔細思考一下這三個詞：「作者」（author）、「說服力」（authority）、「可信度」（authenticity）。

首先是「作者」。「作者」這個頭銜很容易讓人聯想到小說家和劇作家，很少人會想到電影編劇。不過，「作者」一詞還有另一個含義——「原創者」，從這個角度嚴格來說，電影編劇創造了故事設定、角色和整個故事，確實應稱為作者。認知是作者是否足堪大任的指標。有真材實料的作者，無論使用什麼樣的媒介進行創作，身為藝術家的他，對自己的主題應當像神一樣無所不知；他的作品具有說服力，證明他是足堪大任的作者。打開某個劇本，很快就放任情感和心神耽溺其中，實在是難得的愉悅體驗。那是因為在作品的

字裡行間蘊涵著某種難以言說的事物，它讓你了解：「這個作者什麼都知道。我沉浸在一個具說服力的故事裡。」寫作時展現說服力，就能帶來具可信度的效果。

操控觀眾情感投入的程度有兩個主要原則。首先是同理心。對主角的認同讓我們深陷故事當中，入戲地為自己在生活裡追求的欲望打氣。第二個原則是可信度。我們必須相信，或像柯立芝說的，我們必須自願暫時中止我們的不信任。一旦我們投入其中，寫作者必須讓我們的投入狀態持續至淡出為止。因此，他必須說服我們，故事裡的世界是真實可信的。我們都知道，說故事是一種以生活隱喻為中心的儀式。為了在黑暗中享受這種儀式的樂趣，我們將故事視為真實存在，並且加以回應。我們暫時中止我們的憤世嫉俗，只要發現它們具可信度就選擇相信。如果故事缺乏可信度，同理心就會瓦解，我們不會有任何感覺。

儘管如此，可信度不等於實際情形。為故事提供當代背景無法保證就有可信度；所謂的可信度，是指一個內在一致且連貫的世界，其範圍、深度和細節都能相互呼應。就像亞里斯多德告訴我們的：「為了故事，寧可選取令人相信不可能發生的，但放棄可能發生卻不具說服力的。」我們輕易就能列出一長串令我們碎碎唸的影片清單：「少來了，誰會那樣做？根本就不合理。事情不可能那樣發展。」

可信度與所謂的現實無關。故事的背景即使設定在絕不可能存在的世界，也能具有高度可信度。對說故事這門藝術來說，背景是否符合現實，或來自各種幻想、夢想、理想等非現實並不重要。作者的創作才華能將這一切加以融合，成為一個獨特且令人信服的虛構的事實。

例如在《異形》（*Alien*）開場的場景段落中，一艘商業太空船的船員從冬眠狀態醒來，聚集在餐桌旁。他們身穿工作服和吊帶褲，一邊喝咖啡一邊抽菸。餐桌上一個玻璃杯裡，有一隻蹦蹦跳跳的玩具鳥。這個活動空間裡到處都是小玩意兒。天花板吊著一些塑膠昆蟲；艙壁上用透明膠帶貼著美女海報和家庭合照。船員這時談論的是錢，而不是工作或回家：「這次停泊不在預定行程，是不是符合合約規定？公司會不會為了這個額外任務提供獎金？」

看過十八輪大卡車的駕駛室嗎？知道他們用什麼東西裝飾空間嗎？全都是生活中的小玩意兒：掛在儀表板上方的塑膠製聖徒像、縣裡市集贏來的藍色綵帶、家人照片、雜誌剪貼等。卡車司機在車上度過的時間比在家裡多，因此把一些家的感覺帶上了路。休息時，他們的首要話題是什麼？錢——黃金時段、加班、合約上有沒有寫清楚？

電影劇本作者丹・歐班農（Dan O'Bannon）掌握了這種心理，透過微妙的細節重新加以創造，因此，這個場景一出現在銀幕上就立刻說服了觀眾：「太厲害了！他們不是像巴克・羅傑斯[1]或飛俠歌頓[2]那樣的太空人，他們就像卡車司機。」

在下一個場景段落，當肯恩〔約翰・赫特（John Hurt）飾〕調查異形的生長情形時，某個東西突然跳了出來，撞碎他的面罩。那個如巨大螃蟹般的生物罩住凱恩的臉，幾隻腳緊緊纏住他的頭部。更可怕的是牠用一根管子插入他的喉嚨，伸進他的肚子裡。肯恩昏了過去。科學部門主管艾胥〔伊安・霍爾姆（Ian Holm）飾〕意識到，如果硬生生拉下怪物，勢必會傷害肯恩的臉，因此決定切斷怪物的腳，解救肯恩。

艾胥手中的雷射鋸子一碰到怪物的腳，那隻腳的肌肉裂開，噴出一種帶黏性的物質。那足以讓鐵像糖一般融化的發泡狀「酸血」，很快就在艙板上腐蝕出一個像西瓜一樣大的洞。太空船船員火速衝到下一層空間，眼睜睜看著強酸蝕透天花板，又在地板灼蝕出一個同樣大小的洞。他們再衝到下一層，看見強酸繼續穿透天花板和地板，直到來到第三層才終於消耗殆盡。這時候，一個念頭出現在觀眾心裡：「這下事情大條了！」

從另一個角度來看，歐班農深入研究過他創造的異形。他問自己：「我的這個怪物是什麼樣的生物？它如何進化？如何進食？如何生長？如何繁衍？它有沒有弱點？它的優勢是什麼？」

1　巴克・羅傑斯（Buck Rogers），美國連環漫畫、電影、電視劇中的虛構角色。以他為主角的系列冒險故事對美國的大眾文化有相當大的影響，也是美國太空冒險電影的先驅之一。

2　飛俠歌頓（Flash Gordon），美國科幻漫畫中拯救地球的主角。此系列漫畫後來也改編為電視影集和電影。

想像一下，歐班農在確實掌握「酸血」之前想必曾構思過各種特性；想像一下，他想必曾探索過許多資料來源。或許他對地球的寄生性昆蟲進行過嚴謹的研究；或許他想到，在西元八世紀的盎格魯－撒克遜史詩《貝奧武夫》（Beowulf）裡，水怪格蘭德爾（Grendel）的血灼穿了英雄的盾牌；也或許他是從某個噩夢中得到了靈感。無論歐班農的異形源自於研究調查、想像或記憶，他的確創造出令人震撼的生物。

包括編劇、導演、設計、演員等所有參與打造《異形》的藝術家，克服了種種局限，創造出一個真實可信的世界。他們知道，可信度是恐怖的關鍵。確實如此。觀眾必須先相信才會有感覺。假使一部電影帶來的感受過於悲傷、過於恐怖甚至過於滑稽可笑，根本不可能逃得出那個情境，這時我們就會告訴自己：「這只不過是電影。」進而否定它的可信度。不過，如果電影夠好，只要我們重新看著銀幕，隨即就會被拉回種種感受之中，無法脫身，直到影片結束走出戲院後才得以擺脫，而這也是我們買票進入戲院的本意。

可信度的建立來自於「細節的描述」。我們提供一些經過篩選的細節，觀眾的想像力自然會將其他部分填補起來，完成一個足以令人相信的完整故事。另一方面，如果編劇和導演過分強調「逼真」，尤其是關於性愛與暴力場面的逼真，觀眾的反應會是：「這不是真的實際狀況」、「哇，這看起來很逼真」、「他們不是來真的」，或「天啊，他們真槍實彈做了」。無論是哪一種，只要觀眾被拉出故事，開始注意電影創作者的技術問題，可信度就蕩然無存了。想辦法讓觀眾不對任何細節抱持懷疑，他們就會相信。

除了實體世界和社會環境等種種細節，我們也必須創造情感面的可信度。寫作者必須用心讓角色的行為看起來具有可信度；而除了行為的可信度外，故事本身也必須具有說服力。事件與事件之間、每一個原因和結果，都必須具有說服力且符合邏輯。故事設計的藝術，建立於將尋常與不尋常的事物調整為普世皆同的原型事物。如果作者從自己對主題的相關認知中掌握了哪些該加以強調和深入描述、哪些該巧妙地一筆帶過，就能在無數千篇一律的作者中脫穎而出。

原創創意的出現，有賴於致力追求可信度而非追求特立獨行。換言之，

具個人特色的風格不可能是在高度自覺下完成的。進一步來說，身為作者的你，如果對角色和故事設定的認知掌握符合自己的個性，你所作的選擇，以及你從大量素材中創造出來的種種巧妙安排，就會成為專屬於你的獨特作品。你的作品反映出你這個人，它是具原創創意的作品。

試著比較一下渥爾多・索爾特[3]的故事（《午夜牛郎》、《衝突》），以及奧文・薩金特[4]的故事（《吾兄吾弟》、《凡夫俗子》）：一個犀利有力，一個溫和敏感；一個隱晦含蓄，一個敘事明確；一個充滿嘲諷，一個充滿同情。他們在與陳腔濫調的永恆對抗中精確掌握了自己的主題，自然而然展現了各自的獨特敘事風格。

觸發事件

進行研究的起點可以是任何前提，也可以是故事時序中任何一個時間點。這些研究為事件發想提供了材料，而事件又為研究重新指出方向。換句話說，我們在進行故事設計時，不一定要以第一個重大事件當作起點。不過，創造自己的世界時，在過程中的某一個時刻，你終究必須面對這些問題：怎樣才能將我的故事轉化為行動？應該在什麼地方安排這個關鍵性的事件？

觸發事件的發生必須是動態且發展成熟的，而非靜止或模糊不清的。例如，以下這個事件不算是觸發事件：一個輟學的大學生住在紐約大學校園附近。一天早上，她醒來後告訴自己：「我厭倦了我的生活。我想我應該搬到洛杉磯。」她把行李放進她的福斯汽車裡，朝西出發。儘管她改變了住處，卻完全沒有改變生活的價值取向。她只不過是從紐約搬到加州，生活依然麻木不仁。

換個方式思考，如果我們看見的是她把數百張違規停車罰單當成壁紙，

3　渥爾多・索爾特（Waldo Salt, 1914~1987），美國知名編劇，作品包括：《午夜牛郎》（*Midnight Cowboy*）、《衝突》（*Serpico*）、《歸返家園》（*Coming Home*）……等。

4　奧文・薩金特（Alvin Sargent, 1927~），美國知名編劇，作品包括：《吾兄吾弟》（*Dominick and Eugene*）、《凡夫俗子》、《蜘蛛人：驚奇再起》（*The Amazing Spider-man*）……等。

充滿巧思地貼在廚房牆上。接著有人用力敲門，警察在門口出示一張一萬元未繳款的判決拘票，她卻從消防逃生梯逃走，朝西出發。這樣一來就可算是一個觸發事件，因為它完成了觸發事件必須完成的任務。

「觸發事件」必須徹底顛覆主角生活中維持平衡的力量。

故事開始時，主角的生活保持著某種平衡。他有成功也有失敗，有得意也有失落。誰不是這樣呢？儘管如此，至少生活相對而言是可以掌控的。後來某個事件發生了，它或許來得突然，卻帶來決定性的改變，完全顛覆原有的平衡，造成主角現實生活中的價值取向朝負極或正極擺盪。

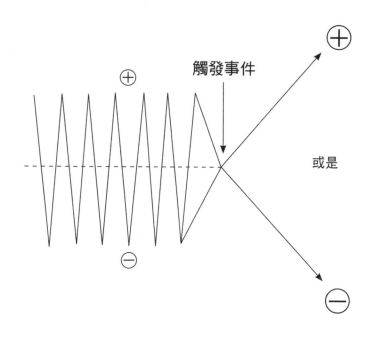

負極：我們的輟學生來到洛杉磯，一直無法找到正式工作，因為她不敢提供社會安全卡號碼，擔心在電腦化的世界裡，曼哈頓的警察會透過國稅局找到她。那麼她能做什麼？地下打工？販毒？賣淫？

正極：或許敲門的人是受雇前來尋找繼承者的。他通知她，某個未透露姓名的親戚留下一百萬美元財產給她。突如其來的財富讓她感受到無比的壓力。她不再有任何失敗的藉口，心中充滿恐懼，深怕搞砸這個已經實現的夢。

觸發事件通常是一個單一事件，它直接發生在主角身上，或因為主角而發生，帶來的結果是主角立即感受到原本生活的平衡產生了改變，無論變好或變壞。例如，情人的首次相遇，這個直接交流的事件暫時讓生活轉向正極。當傑夫放下戴文波特的家帶給他的安全感，遠赴好萊塢，他清楚知道自己面對什麼樣的風險。

有時觸發事件需要兩個事件：一個用來鋪陳，一個是回饋結果。以《大白鯊》為例，鋪陳是：一隻鯊魚咬了一名遊客，她的屍體沖上沙灘。回饋結果是：警長（洛・薛德爾飾）發現屍體。如果某個觸發事件由於邏輯需要而必須鋪陳，作者絕不能延後回饋結果的時間點（至少不能延後太久），也不能讓主角對自己的生活即將失去平衡這件事一無所知。

試著想像一下，如果《大白鯊》是這樣設計的：鯊魚咬了女孩，接下來是警長打保齡球、開停車罰單、與妻子做愛、出席家長會、探望生病的母親……等，任由女孩曝屍沙灘。故事不能像三明治那樣，把某個觸發事件分成兩半，中間夾上生活片段。

接著仔細思索《怒河春醒》（The River）中令人遺憾的設計。這部電影的開場是某個觸發事件的前半：商人喬・韋德〔Joe Wade, 史考特・葛連（Scott Glenn）飾〕決定在河上修建一座水壩。他知道建築水壩會導致五座農場淹沒水中，其中一個農場的主人是湯姆和梅・加維夫婦〔Tom and Mae Garvey, 梅爾・吉伯遜與西西・史派塞克（Sissy Spacek）飾〕，不過，沒有人告知湯姆和梅這件事。

接下來的一百多分鐘，我們看著湯姆打棒球、湯姆和梅努力讓農場轉虧為盈、湯姆到工廠工作並捲入勞資糾紛、梅因拖拉機意外造成手臂骨折、喬對梅放電、湯姆被認為拒絕加入工會而困在廠裡、梅到工廠探望丈夫、備受壓力的湯姆欲振乏力、梅輕聲說了溫柔體貼的話為他打氣……等。

觸發事件的後半部直到電影結束前十分鐘才出現。湯姆無意中來到喬的辦公室，看見水壩模型。他說：「喬，如果你要蓋那座水壩，會淹掉我的農場。」

喬只是聳聳肩。接著出現了「天神解圍法」[5]，突如其來的暴雨導致河水上漲，湯姆和夥伴用推土機加強堤防，喬也找來打手和推土機打算破壞堤防。湯姆和喬雙方的推土機陣容相互對峙。這時，喬讓步了，聲稱他一開始就不是真的要建造這個水壩。淡出。

主角對觸發事件必須有所反應。

話雖如此，主角的個性各不相同，任何反應都可能發生。例如，有多少西部片都是這樣開始的：壞人在小鎮濫殺無辜，還殺害了老警長。鎮民聚集在麥特經營的馬房和馬車行。

麥特過去是殺手，但發過重誓不再殺人。鎮長求他：「麥特，你必須戴上警徽，助我們一臂之力。只有你有能力這麼做。」麥特回答：「不，不行，我很久以前就不再拿槍了。」一名女老師懇求說：「可是麥特……他們殺了你母親。」麥特用腳尖踢了踢地上的塵土說：「嗯……她年紀大了，我想她離開的時候也到了。」他拒絕採取行動，但這也是一種反應。

無論主角對生活平衡突然出現負向或正向的變化有什麼樣的反應，都要呼應角色本身及角色置身的世界。不過，拒絕行動不能持續太久時間，即使極簡風格的非劇情電影裡最消極的主角也不能這麼做。我們都希望自己能對生存狀況有合理的掌控能力，萬一某個事件徹底破壞我們的平衡感與支配感，我們會需要什麼？任何人──包括我們的主角──會需要什麼？答案是重新找回平衡。

因此，觸發事件首先造成主角的生活嚴重失衡，隨後喚起他心中重新回復平衡的欲望。由於這個需求，主角接著會想到一項渴望的事物──某種實際的事物，或某種情境、人生觀。通常他很快就會找到，有時甚至會經過審慎思索；這個事物是他認為自己缺乏的，或是加上這樣事物，生活之舟才能平順航行。最後觸發事件促使主角積極追求這項事物或目標。對許多故事或

---

5 deus ex machina, 此處指編劇安排引發結局的突發事件。關於 deus ex machinaer 詳細說明，請見第 352～353 頁。

類型電影來說，這麼做已經足夠：一個事件導致主角生活一團糟，引發他留意自己的某個欲望，並致力追尋他認為能讓一切恢復井然有序的事物。

對於那些輕易就能引發我們欽慕之心的主角來說，觸發事件喚起的不只是某個自覺的欲望，還有不自覺的渴望。這兩種欲望形成直接的衝突，讓這些複雜的角色承受著內在的強烈煎熬。無論角色認為自己需要什麼，觀眾都能感受或意識到，在他內心深處，他自己未曾察覺的渴望其實正好相反。

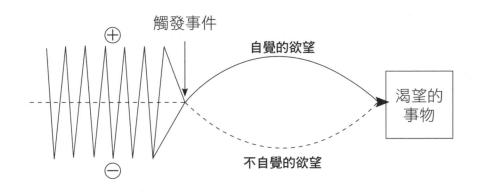

以《獵愛的人》（*Carnal Knowledge*）為例，如果我們能將主角強納森〔傑克·尼克遜（Jack Nicholson）飾〕拉到一旁，問他：「你想要什麼？」他的自覺答案會是：「我的英俊外表為生活增添許多樂趣，會計師執照讓我生活優渥。如果能找到完美的女人一起分享，那麼我就像生活在天堂了。」

在電影裡，強納森從大學時代一路來到中年，三十年當中不斷追尋夢想中的女人。他一次又一次邂逅美麗且有智慧的女人，但不久燭光浪漫轉變成晦澀的情感及暴力的舉動，最後以分手收場。他一再反覆扮演浪漫情聖，每當遇見毫無保留愛上他的女人，又會開始攻擊、羞辱對方，最後甩開對方，將她狠狠逐出自己的生活。

劇情的高潮是他邀請大學老同學桑迪（亞特·葛芬柯飾）共進晚餐。當天晚上，他放映生命中所有女人的幻燈片當作餘興節目，稱為「難搞的女人大展」。每個女人的身影出現時，他總會唾棄地對桑迪說：「她有毛病。」在衝突解

除場景裡，他和一名妓女〔麗塔・莫雷諾（Rita Moreno）飾〕在一起，還要求她朗讀他讚頌自己陽具的詩，因為只有這樣他才能勃起。

他一直以為自己在尋覓的是完美女人，但我們知道，他下意識真正想要的是貶抑、摧殘女人，而且終其一生都這麼做。朱爾・菲佛（Jules Feiffer）的劇本清楚而冷酷地描繪出一個傷害無數女人的男人。

另一個例子是《鐵窗外的春天》。一九〇一年，一名小偷〔梅爾・吉伯遜飾〕因謀殺罪等待死刑執行。典獄長之妻索菲爾太太〔黛安・基頓飾〕決心幫助上帝拯救他的靈魂，為他選讀《聖經》章節，希望他受刑後能上天堂而不是下地獄。他們兩人相互吸引。她為他策畫越獄，之後再與他會合。兩人在逃亡途中做了愛，但僅此一次。相關單位的緝捕逐漸逼近時，她知道他死期將近，決定和他一起結束生命。「對我開槍吧，」她求他：「我不想在你走後多活一天。」他扣了扳機，但只讓她受傷。在衝突解除場景，她獲判終身監禁，走進自己牢房時卻抬頭挺胸，並對獄卒表示蔑視。

索菲爾太太似乎非常善變，但我們卻能感覺到，在她不斷改變的想法下蘊藏著一股不自覺的強烈欲望；她對某種超然、絕對、浪漫的經驗的渴望如此強烈，讓她放下一切，彷彿其他都不重要了⋯⋯因為她曾經擁有過如此超凡的一刻。索菲爾太太是極端的浪漫主義者。

在《亂世浮生》中，愛爾蘭共和軍成員佛格斯〔史蒂芬・雷（Stephen Rea）飾〕奉命看管共和軍俘虜的英軍下士〔佛瑞斯特・惠特克（Forest Whitaker）飾〕，卻發現自己對下士的不幸深感同情。下士遇害後，他不告而別來到英格蘭，躲躲藏藏地逃避英軍與共和軍的追捕。他找到下士的情人笛兒〔傑伊・戴維森（Jaye Davidson）飾〕，愛上了對方，卻發現笛兒是易裝癖者。

後來，愛爾蘭共和軍找到了佛格斯。佛格斯當初自願加入共和軍時，十分清楚自己加入的並不是大學兄弟會之類的組織，當他們要求他去刺殺英國法官時，他終究必須向自己的政治信念妥協。這樣的他，究竟算不算愛爾蘭愛國者？

撇開佛格斯面對政治時自覺的掙扎，從他一開始面對俘虜，到最後與笛兒相處的溫馨場景，觀眾都能感受到，這部電影描寫的並不是他對理想的義

無反顧。深藏在他反覆猶疑的政治態度之下的，其實是人性最大的需求——愛與被愛。

故事的骨幹

　　主角欲望的能量形塑出故事設計的關鍵元素，這個元素稱為故事的骨幹（Spine of the story），又稱為首尾連貫的脈絡，或終極目標。「骨幹」指的是主角為了重建生活平衡而展現的深層欲望，以及付出的努力。它是將故事其他元素整合在一起的首要力量。無論故事表面上看起來發生了什麼，當中的每一處場景、每一個影像和每一句對白，終究都是故事骨幹的面向之一，在主題或因果關係都與最核心的欲望和行動相互呼應。

　　如果主角沒有不自覺的欲望，那麼他的自覺目標就是故事的骨幹。例如，我們可以這樣描述每一部○○七電影的骨幹：擊垮頭號惡徒。龐德沒有不自覺的欲望；他想要拯救世界，而且只有這麼一個念頭。龐德對自覺目標的追求就是故事的整合力量，這是無法改變的。如果他說出這樣的話：「去他的諾博士（Dr. No）。我受夠間諜生活了。我要到南方去找一份單純的工作，不再拿生命開玩笑。」那麼電影就毀了。

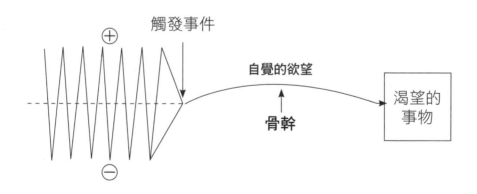

　　從另一個角度來看，如果主角有不自覺的渴望，它就會成為故事的骨幹。不自覺的欲望根植於主角最深層的內在，往往更為強烈，且更能堅持到底。

當不自覺的欲望帶動故事時，作者就能創造出更加複雜的角色，而且角色還能不斷改變自覺的欲望。

在《白鯨記》中，如果梅爾維爾讓亞哈（Ahab）成為唯一的主角，他的小說就會成為簡單但又令人亢奮的偉大冒險作品，而帶動故事發展的會是船長一心想毀滅白鯨的偏執。不過，梅爾維爾加入了第二個主角——以實馬利（Ishmael），讓故事變得更豐富，成為情節複雜的教育劇情經典之作，因為真正帶動故事敘述的力量來自以實馬利與內在惡魔抗爭的不自覺欲望；他渴望在內心尋找自己在亞哈身上看到的那股具毀滅力量的執迷。他的自覺欲望是希望在亞哈的瘋狂航行後能夠生還，但不自覺欲望的出現不但帶來衝突，更可能讓他步上亞哈後塵，毀了自己。

在《亂世浮生》中，佛格斯因政治問題而痛苦，但引導故事發展的卻是他對於愛與被愛的不自覺需求。在《獵愛的人》裡，強納森不斷尋找「完美的女人」，不斷展開與結束一段又一段的關係，但他羞辱和傷害女人的不自覺欲望始終存在。索菲爾太太內心的渴望不但不斷改變，而且力量驚人——從救贖到接受最後審判，但她不自覺追求的其實是體驗超脫一切的浪漫。觀眾能感受得到，複雜的主角內心不斷轉變的衝動，反映的只是始終不變的不自覺欲望。

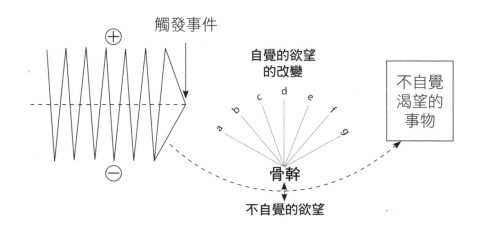

追尋

我們已從原型劇情到反劇情討論過類型及各種形式，不過，當作者從觸發事件「跟著故事骨幹一路檢視」到最後一幕的高潮，對他來說，故事其實只有一種。從本質上來看，無論人類採用什麼樣的敘述方式，從古早時期到現在講述的都是相同的故事，這個故事大可稱為追尋（Quest）。所有故事的表現方式都是「追尋」。

某個事件徹底顛覆了某個角色生活中的平衡，無論改變是好是壞，都會喚醒他內心自覺和（或）不自覺的欲望。他渴望重新找到平衡，於是這個事件讓他對抗各種內在、個人、外界－個人衝突的對立力量，展開「對渴望事物的追尋」。最後，他或許會也或許不會達成心願。簡單來說，故事就是這麼一回事。

追尋

故事的基本形式是簡單的。這樣的說法，就像說音樂的基本形式是簡單的一樣。確實如此。音樂由十二個音構成，不過這十二個音卻能結合成我們稱為音樂的一切。「追尋」的基本元素就像音樂的十二個音，就像我們聆聽的生命旋律。儘管如此，寫作者也和坐在鋼琴前的作曲家一樣，一旦想將這

個看似簡單的形式加以運用，就會發現它的複雜程度令人驚訝，難度也非比尋常。

想了解故事的「追尋」形式，只要清楚掌握主角「渴望的事物」即可。「他想要的是什麼？」深入他的心理狀態，找出這個問題真誠的答案。他想要的，或許是能夠擁在懷中的事物，例如《發暈》（*Moonstruck*）中某個讓人愛戀的人；他想要的，或許是內在成長的需求，例如《飛進未來》裡的成熟蛻變。無論是如《大白鯊》中擺脫四處為害的鯊魚這樣的現實世界當中的徹底改變，或是如《溫柔的慈悲》中有意義的人生這種精神層面的深沉改變，只要深入主角內心，找出他的欲望，就會開始看見故事的原型，也就是觸發事件引領他展開的「追尋」。

觸發事件的設計

觸發事件的發生只有以下兩種可能性：隨機或有因果關係的，巧合或經過取捨的。如果是經過取捨後才決定的，那麼作決定的人可以是主角，例如在《遠離賭城》中，班決定酗酒至死；又或者像《克拉瑪對克拉瑪》中，由有能力擾亂主角生活的人來作決定，例如克拉瑪太太決定離開克拉瑪先生和孩子。如果它來自巧合，那麼可以是悲劇式的，例如在《再見愛麗絲》（*Alice Doesn't Live Here Anymore*）中奪去愛麗絲丈夫生命的車禍；它也可以是意外的僥倖，例如《派特與邁克》（*Pat and Mike*）中，體育業務員和美麗又有天分的女運動員的邂逅。只有抉擇或意外，二選一；沒有其他方式。

「中心劇情」（Central Plot）的觸發事件必須在銀幕上發生；它不能發生在背景故事裡，也不能發生在銀幕未出現的場景中。每一個劇情副線都有各自的觸發事件，它們可以出現在銀幕上，也可以不出現，但中心劇情的觸發事件必須呈現在觀眾面前，這對故事設計非常重要，原因有兩個。

首先，當觀眾體驗到觸發事件時，腦海中會浮現「最後的結果是什麼？」之類的劇情重要疑問。例如，《大白鯊》裡的警長會殺死鯊魚嗎？還是鯊魚會吃掉警長？在《夜》（*La Notte*）中，莉迪雅〔珍妮・摩露（Jeanne Moreau）飾〕告

訴丈夫〔馬塞羅‧馬斯楚安尼（Marcello Mastroianni）飾〕，既然他討厭她，她會離開，之後，究竟她會離開還是留下？而在《音樂房》裡，貴族畢斯華斯〔烏祖‧洛伊（Huzur Roy）飾〕畢生熱愛音樂，決定賣掉妻子的珠寶，再賣掉宮殿，以滿足自己對美的追求。如此毫無節制的熱情，會為這位藝術愛好者帶來毀滅，還是救贖？

以好萊塢的術語來說，中心劇情的觸發事件是一個「大鉤子」，一定要出現在銀幕上，因為這是用來誘發和攫取觀眾好奇心的事件。觀眾迫不及待想知道劇情重要疑問的答案，因此直到最後一幕的高潮出現時都不會分心。

其次，親眼看見觸發事件發生，能讓觀眾預先想像「必要場景」（Obligatory scene）的影像。必要場景又稱「危機」（Crisis），觀眾知道，如果這個事件還沒出現，故事就不會結束。這個場景引領主角走上追尋之路，對抗最強勁的對立力量；這些力量因為觸發事件而引發，並且在故事發展過程中不斷累積、變強。這個場景之所以冠上「必要」兩個字，正因為它已激起觀眾對這個時刻的預期心理，因此作者必須信守承諾，讓它出現在觀眾面前。

在《大白鯊》中，鯊魚攻擊遊客，警長發現屍體，一個生動的影像隨之進入我們的腦海：鯊魚和警長正面決鬥。我們不知道那個場景會如何出現，也不知道最後結果會是什麼，但我們確實知道，在鯊魚確實將警長吞下肚之前，影片不會結束。編劇彼得‧班奇利不能站在鎮民的敘事觀點，讓他們透過望遠鏡盯著大海，心想：「那是警長嗎？那是鯊魚嗎？」接著「砰」的一聲，警長和海洋生物學家〔理查‧德瑞福斯（Richard Dreyfuss）飾〕一起游上岸，大喊：「喔，真是一場硬仗！讓我們告訴你們怎麼回事。」既然我們腦海裡已經有了影像，班奇利有必要讓我們和警長一起置身現場。

動作片會把必要場景直接生動地帶進我們的腦海，其他較重視精神層面的類型則有所不同。它們透過觸發事件來暗示這個場景，然後像浸泡在酸性溶劑中的底片一樣，慢慢讓場景顯影。在《溫柔的慈悲》裡，史雷基沉溺於酒精，生活完全失去意義。後來他遇見了一名孤獨的女子，她還有個兒子，而這個孩子需要父親。史雷基遇見女子後漸漸走出谷底；他有了新的靈感，寫了一些新歌，後來還受洗，努力與早已生疏的女兒重新建立關係。就這樣，

他一步步將支離破碎的生活拼湊成一個有意義的人生。

　　儘管如此，觀眾感覺得到，曾將史雷基拉至谷底、讓生活失去意義的惡龍，必定會再次昂起牠那令人悚然的頭；他們知道，在生命殘酷的荒謬再次重重打擊他之前，故事不可能結束。這一次的打擊匯集了所有的力量，足以毀滅靈魂。必要場景以可怕的意外形式出現，奪走他唯一的女兒。如果一個酒鬼會再度拿起酒瓶，這正是最好的藉口。確實如此，他的前妻就因為女兒慘死而藉由沉溺毒品來麻痺自己。不過，史雷基卻找到了往下走的力量。

　　史雷基女兒之死從以下這個角度來看是「必要」的。如果荷頓‧傅特寫出這樣的劇本：一天早上，孤獨的酒鬼史雷基醒來後感覺自己不知為何而活。他遇見一個女人，愛上她，疼愛她的孩子且願意撫養他。他找到信仰，寫了新的曲子。淡出。這不是故事；這是白日夢。如果對意義的追尋為史雷基的內在帶來深刻的變化，傅特該如何呈現？內心的轉變不是透過大聲嚷嚷就能完成的。自白式的對白不具說服力。它必須通過某個終極事件的考驗，必須通過備感壓力的角色的選擇與行動的考驗，也就是必要場景（危機）和最後一幕的高潮的考驗。

　　我說觀眾「知道」某個必要場景等著出現，但他們對必要場景並沒有清楚而客觀的認識。如果這個事件處理不妥，觀眾走出戲院時心裡不會這麼想：「大爛片！竟然沒有必要場景。」而是直覺認為影片就是少了點什麼。長年的觀影經驗讓觀眾不自覺產生了預期心理，他們期待觸發事件激發的對立力量會將人類經驗逼至極限，除非主角以某種方式在這些對立力量最強大時正面迎擊，故事的敘述不會輕易結束。

　　將故事的觸發事件和故事的危機場景加以連結，這就是一種預示（foreshadowing），也就是藉由較早發生的事件的安排，為後來的事件預作準備。事實上，不管是類型、場景設定、角色、氛圍，你作的每一個選擇都會成為預示。透過每一句對白或每一個行動的影像，你讓觀眾產生預期，期待某種特定的可能性，因此事件出現時，就能以某種方式滿足你所創造的期待。不過，預示的首要組成元素，是藉由觸發事件來讓觀眾對必要場景（危機）預先有所想像。

觸發事件的安排

在故事的整體設計中，什麼時候最適合安排觸發事件出現？根據經驗法則，如果將故事分成四等分，中心劇情的第一個主要事件通常發生在第一個四分之一之內。無論說故事的媒介是什麼，這都是很有用的參考值。觀眾在黑暗的戲院裡坐多長的時間，你才會讓他們真正進入影片裡的故事？在長達四百頁的小說中，你是不是讓讀者費力讀了一百頁才發現中心劇情？什麼時候觀眾就會開始感覺無聊，再也提不起勁？若以兩小時的劇情片為準，中心劇情的觸發事件應該安排在開演半個小時之內。

觸發事件可以是影片中第一個發生的事件。《蘇利文遊記》開場的前三十秒裡，作品無聊卻賣座的導演蘇利文〔喬爾‧麥克雷（Joel McCrea）飾〕不顧製片廠老闆反對，準備拍攝一部具社會意義的電影。《岸上風雲》（*On The Waterfront*）開場兩分鐘內，泰瑞〔馬龍‧白蘭度（Marlin Brando）飾〕無意間幫歹徒殺害了一個朋友。

觸發事件也可以在很後面才出現。例如，《計程車司機》（*Taxi Driver*）開演二十七分鐘後，雛妓艾瑞絲〔茱蒂‧佛斯特（Jodie Foster）飾〕跳上崔維斯‧畢可〔Travis Bickle, 勞勃‧狄尼洛（Robert De Niro）飾〕的計程車，有暴力傾向的皮條客馬修〔哈維‧凱托（Harvey Keitel）飾〕用力把她拽到車下，引發崔維斯拯救她的欲望。還有，《洛基》（*Rocky*）開場半小時後，不起眼的俱樂部拳擊手洛基〔席維斯‧史特龍（Sylvester Stallone）飾〕願意挑戰阿波羅‧克利德〔Apollo Creed, 卡爾‧威瑟斯（Carl Weathers）飾〕，爭奪世界重量級拳王。《北非諜影》開場三十二分鐘時，山姆彈奏《時移事往》（*As Time Goes by*）一曲，伊爾莎突然再度出現在瑞克的生活，銀幕史最偉大的愛情故事之一於焉展開。

觸發事件也可以安排在以上兩種時間點之間。不過，如果中心劇情的觸發事件直到開演十五分鐘後尚未出現，可能就有讓觀眾感覺無聊的風險。因此，在觀眾等候中心劇情出現時，或許需要安排一個劇情副線來吸引觀眾。

例如在《計程車司機》裡，崔維斯打算進行政治暗殺的瘋狂企圖是劇情副線，但牢牢抓住了我們的注意力。在《洛基》中，害羞痛苦的亞德莉安〔塔

莉亞‧薛爾（Talia Shire）飾）和同樣艱苦的洛基相愛，這段貧民區的愛情故事深深吸引我們。《唐人街》裡，吉特斯受騙調查墨爾瑞的外遇，當他努力擺脫這個詭計時，這個劇情副線讓我們看得入迷。《北非諜影》的第一幕，透過至少五個步調安排巧妙的劇情副線，將我們與觸發事件緊緊勾連在一起。

不過，為什麼要讓觀眾看過劇情副線、等上半小時才開始進入主要情節？《洛基》屬於運動類型，開場為什麼不用兩個快節奏的場景，在片頭字幕出現時，重量級拳王就給俱樂部無名小卒一記重拳（鋪陳），隨後是洛基選擇接受挑戰（回饋結果）。為什麼不在電影開場直接進入中心劇情？

如果《洛基》片中的觸發事件是我們看到的第一個事件，我們的反應可能是聳聳肩，說：「那又怎麼樣？」因此，史特龍在前半個小時裡勾勒出洛基的世界，以及角色的技能和經濟狀況。這樣一來，當洛基同意出賽時，觀眾的反應會變得強烈而完整：「他？那個阿斗？」坐在電影院裡的他們大感震驚，擔心眼前會出現血肉模糊甚至粉身碎骨的潰敗場面。

中心劇情的觸發事件固然愈快出現愈好……但一定要等到時機成熟。

觸發事件必須「勾出」觀眾深刻而完整的反應。他們的反應不能只限於情感層面，也必須包含理性層面。這個事件不能只是拉扯觀眾的情緒，更要引導他們提出劇情重要疑問，並想像必要場景。因此，如何安排中心劇情的觸發事件出現，可以參考這個問題的答案：要讓觀眾知道多少與主角及主角世界有關的事物，才能徹底激發他們的反應？

在某些故事中，什麼都不需要。如果一個觸發事件本來就具有原型樣貌，那麼就不需要鋪陳，而且必須立即發生。卡夫卡《變形記》書中的第一句話就是：「一天早晨，葛雷戈‧桑姆薩從不安的夢中醒來，發現自己在床上變成一隻大蟲子。」在《克拉瑪對克拉瑪》，影片開場兩分鐘，妻子離開了家，把家和孩子留給丈夫。這不需要任何事前準備，因為我們當下就知道這樣的事件會對所有人的生活帶來可怕的衝擊。再看看《大白鯊》：鯊魚吃掉游泳的人，警長發現了屍體。電影開始才幾秒，這兩個場景就帶來無比衝擊，讓

我們立即充滿恐怖感。

　　想像一下，如果班奇利將《大白鯊》開場的場景設定成這個樣子：警長辭去紐約市警局的工作，搬到親善島（Amity Island），一心期待著以司法官員身分在這個度假小鎮過著平靜的生活。我們見到他的家人；我們見到鎮議會和鎮長。夏天剛到，許多遊客來到這裡，度過愉快的時光。隨後一隻鯊魚吃了一個人。

　　再想像一下，如果史匹柏真的笨到依照這樣的劇本拍出這種背景說明式的場景，我們會看到它們嗎？不會。負責剪輯的薇娜·菲爾茲（Verna Fields）鐵定會把它們丟在剪接室地上說，觀眾需要知道的關於警長及其家人、鎮長、鎮議會及遊客的所有細節，會透過鎮民得知鯊魚攻擊人的反應以戲劇方式來交代……但這部《大白鯊》電影的開場就只能從大白鯊開始！

　　愈快出現愈好，但一定要等到時機成熟……。每一個故事設定的世界和人物都不同，因此，每一個觸發事件也各不相同，安排出現的時機也不同。太早出現，可能會讓觀眾迷惑；出現得太晚，或許會讓觀眾感到無聊。當觀眾對角色和角色所處世界的了解夠多、夠深，足以作出完整的回應，這時觸發事件就必須出現。提早一個場景不行，延後一個場景也不行。至於最恰當的時機，必須兼顧感覺和分析來拿捏。

　　身為作者的我們，在設計和安排觸發事件時如果有所謂的通病，那就是我們經常會延遲中心劇情出現的時機，在開場的場景段落塞進太多背景說明。我們老是低估觀眾的認知和生活經驗，用冗長無趣的細節來呈現角色和角色的世界，偏偏這些細節對觀眾來說早已是常識的一部分。

　　我認為柏格曼之所以名列最傑出電影導演之一，是因為他是最優秀的電影編劇。他的極致簡約，讓他的劇作凌駕其他人之上。他幾乎什麼都不說。在他的《穿過黑暗的玻璃》中，我們對他四個角色的了解，僅止於父親是喪妻的暢銷小說家，女婿是醫生，兒子是學生，女兒是精神病患。女兒和因精神疾病過世的母親一樣飽受疾病折磨，此時剛離開醫院，和家人一起在海邊待了幾天。光是這個行動就打亂了他們所有人的生活平衡，一開場就強力放送戲劇張力。

沒有簽書會場景讓我們了解父親的作品叫座但不叫好；沒有手術室場景來說明醫生一職；沒有寄宿學校的場景來詮釋兒子多麼需要父親；沒有電擊療程來說明女兒承受的苦。柏格曼知道，他溫文有禮的觀眾很快就會知道暢銷書作者、醫生、寄宿學校和精神病院的言外之意⋯⋯這就是所謂的「少即是多」。

觸發事件的性質

電影發行業界最受歡迎的笑話內容是這樣的：典型歐洲片的開場是陽光燦爛的金色雲海，接著畫面切換至更金碧輝煌、層次更多的雲海，然後再切換畫面，出現更壯觀的紅色雲海。好萊塢片則是以巨浪般的金色雲海開場，第二個鏡頭是波音七四七穿過雲層，第三個鏡頭是飛機爆炸。

一個事件必須具備什麼樣的特質才能成為觸發事件？

《凡夫俗子》片中有一個中心劇情和一個劇情副線，不過因為設計方式與一般不同，這兩個情節經常混淆。康拉德〔提摩西・赫頓（Timothy Hutton）飾〕是片中劇情副線的主角，觸發事件則是他的哥哥在一次風暴中喪生於大海。逃過一劫的康拉德，內心飽受罪惡感折磨，甚至有輕生念頭。哥哥的死原本只是背景故事，當劇情副線發展到危機場景與高潮階段，康拉德再次經歷船難意外並選擇生存，它才戲劇化的以倒敘方式來呈現。

牽動中心劇情發展的是康拉德的父親卡文〔唐納・蘇德蘭（Donald Sutherland）飾〕。他看似消極，卻是理所當然的主角；這個能引發同理心的角色，始終以意志力與能力追求自己渴望的事物，直到故事來到終點。在全片當中，卡文不斷追尋一個殘酷的祕密；這個祕密讓他的家庭一直籠罩在陰影裡，更讓他的兒子和妻子無法修補兩人的關係。經過一番痛苦的掙扎，他終於揭開祕密：他的妻子之所以憎恨康拉德，原因不是長子的死，而是康拉德的出生。

危機場景出現時，妻子貝絲〔瑪麗・摩爾（Mary Tyler Moore）飾〕對卡文說出真相。她是極端堅執原則的女人，只想要一個孩子，但第二個兒子出生後對母愛的渴望讓她極度反感，因為她只能愛第一個孩子。她始終嫌惡康拉德，

康拉德也一直感覺到這一點，這也是為什麼他在哥哥死後想自殺。接下來卡文想盡辦法讓劇情來到高潮——她必須試著愛康拉德，否則就得離開。貝絲走到櫥櫃前打包行李，走出家門。她無法面對不能愛親生兒子的自己。

這個高潮回答了劇情重要疑問：這個家是否能透過家人來解決問題，或者終究會支離破碎？我們就從這裡回頭尋找觸發事件，尋找那個顛覆了卡文生活平衡、引導他走上追尋之旅的事件。

影片的開場是康拉德從精神病院返家，看起來具自殺傾向的精神官能症似乎痊癒了。卡文感覺這個家走過了失落，重新建立了平衡。第二天早餐時，心情抑鬱的康拉德坐在父親對面，貝絲將一盤法式吐司放在兒子面前。他不想吃，她猛地端走盤子，快步走到水槽旁，將他的早餐倒進垃圾桶，一邊喃喃抱怨：「別想留下法式吐司。」

導演勞勃‧瑞福隨即讓鏡頭切換到父親——這個生活即將崩潰的男人。卡文當下察覺到，恨意再次出現，並且帶著報復之心，而隱藏在它之後的一切更讓人恐懼。這個令人毛骨悚然的事件緊緊攫住觀眾的心，讓他們不禁心想：「她竟然對自己的孩子這麼做！他才剛從醫院回家，她就這樣對待他。」

小說家茱蒂絲‧葛斯特[6]和編劇奧文‧薩金特將卡文這個角色塑造成沉靜的人，他不會從桌旁跳起身來，用暴力要求妻兒和解。他的第一個念頭是多給他們一點時間和愛的鼓勵，就像家人合照那個場景所呈現的。當他知道康拉德在學校裡遇到麻煩時，他幫他找了一位心理醫生。他對妻子說話時總是語調溫和，希望能進一步了解她。

由於卡文是個考慮較多且富同情心的人，薩金特不得不以劇情副線為中心來營造電影的動態感。和卡文細水長流式的追尋相較之下，康拉德在自殺邊緣的掙扎顯得更有力道，於是薩金特凸顯這個孩子的劇情副線，讓這個情節的重要性和出現時間遠比應有的多，但同時也在背景裡謹慎地加強中心劇情的力度。當發生在心理醫生辦公室的劇情副線來到尾聲，卡文也已準備將中心劇情引向可怕的終點。無論如何，重點是：在《凡夫俗子》裡，觸發事

6　茱蒂絲‧葛斯特（Judith Guest, 1936~），美國小說家，作品包括：《凡夫俗子》、《第二天堂》（*Second Heaven*）等。

件其實是由一個女人將法式吐司倒進垃圾桶引發的。

關於說故事的藝術，亨利・詹姆斯曾在小說序言裡進行過相當出色的探討；他也曾提出這樣的問題：「究竟什麼是事件？」他說，事件可以是微不足道的小事，例如一個女人把手放在桌子上，帶著「某種神情」看著你。如果時機適合，即使只是一個動作或眼神，依然能傳達出「我再也不想見到你」或「我永遠愛你」──這同時也意味著舊生活的崩塌或新生活的開始。

觸發事件的特性與周遭世界、角色及類型關係密切。（事實上，任何事件皆是如此。）作者一旦構思出觸發事件，接下來就必須專注思考它的功能。觸發事件是否能徹底顛覆主角生活裡所有的平衡力量？是否能喚起主角期盼重新建立平衡的欲望？是否能激發他內心裡自覺的欲望，引導他去尋找他認為能重新建立平衡的事物──無論是物質或非物質的？面對複雜的主角，它是不是能在他的內心引發與自覺需要相互矛盾的不自覺欲望？是否能啟發主角展開對欲望的追尋？是否能在觀眾腦海中提出劇情重要疑問？是否能反映他們對必要場景的想像？如果能做到以上這一切，那麼，即使是一個女人把手放在桌子上，帶著「某種神情」看著你，也可以是一個觸發事件。

創造觸發事件

最後一幕的高潮無疑是創作場景時難度最高的；它是故事敘述過程的靈魂，如果失敗，整個故事也跟著失敗。不過，寫作難度第二高的場景就是中心劇情的觸發事件，這個場景的改寫次數也是所有場景中最多的。因此，以下提出的一些問題，對於發想觸發事件應該有所幫助。

我的主角可能遇到的最糟的事是什麼？如何才能讓它最後轉化為主角遇到的最好的事？

以《克拉瑪對克拉瑪》為例，最糟的事：不幸的事降臨在工作狂克拉瑪的生活中，因為他的妻子離開他和孩子了。最好的事：這件事讓他震驚地發現，原來自己還有不自覺的欲望必須實現──成為一個充滿愛的人。

《不結婚的女人》中最糟的事：當艾瑞卡〔吉兒・克雷伯格（Jill Clayburgh）飾

的丈夫告訴她，他要為其他女人離開她時，她感到反胃。最好的事：丈夫離開讓她感受到自由，這個依賴男人的女人得以實現她渴求獨立與怡然自得的不自覺欲望。

或者把問題換成：我的主角可能遇到的最好的事是什麼？如何才能讓它最後轉化為主角遇到的最糟的事？

在《魂斷威尼斯》（*Death in Venice*），馮‧艾森巴赫〔Von Achenbach，狄‧鮑嘉（Dirk Bogarde）飾〕的妻兒因瘟疫喪生，此後他鎮日埋頭工作，終至身心崩潰，醫生送他到威尼斯水療和休養，讓他恢復健康。最好的事：他在那裡瘋狂愛上某人，無法自拔⋯⋯但對方是個男孩。他對這個超凡脫俗的俊美少年的濃烈情感，以及明知不可而為之的心情，將他導向絕望。最糟的事：當瘟疫再度襲擊威尼斯，男孩的母親匆匆帶走兒子，馮‧艾森巴赫渾渾噩噩地等待死亡來臨，以便脫離痛苦。

在《教父第二集》，最好的事：麥可（艾爾‧帕西諾飾）成為柯里昂（Corleone）黑道家族的老大後，決定將家族帶進合法的世界。最糟的事：他殘酷地強制執行黑手黨忠誠法則，導致左右手遭暗殺、妻兒疏遠、兄弟遭謀殺，最後他成為空虛、孤獨的可憐人。

故事可以依照這個模式不斷反覆循環。最好的事是什麼？如何變成最糟的？如何再度逆轉，成為主角的救贖？或者，最糟的事是什麼？如何變成最好的？如何再次引導主角面對最後的審判？我們在「最好」與「最壞」的兩端拉鋸，是因為如果將說故事視為一門藝術，那麼，它講述的就不該是人類經驗的中間地帶。

觸發事件帶來的衝擊創造了機會，引導我們來到生活的極限。它是一種爆發。在動作片類型當中，或許它是真正的爆炸，而在其他電影裡，則可能像微笑那樣沉默無聲。它必須顛覆主角的現狀，無論多麼迂迴或多麼直接，都要讓他的生活脫離原有的模式，讓角色所處的宇宙陷入混沌。由於這場劇變，你必須在故事高潮找到一個讓衝突解除的方式，無論如何都要讓這個宇宙重新建立新的秩序。

09
幕的設計

漸進式困境

　　故事設計五個組成部分的第二個要素是漸進式困境，它涵蓋故事整體，範圍包括觸發事件到最後一幕的危機與高潮。所謂「困境」，是為角色的生活製造波折。製造漸進式困境，則是指在角色面對逐漸增強的對立力量時製造愈來愈多衝突，創造接二連三的事件，讓這些事件引導角色通過一個個無法回頭、只能繼續前進的臨界點。

無法回頭的臨界點

　　觸發事件引領主角啟程追尋自覺或不自覺渴望的事物，以重新打造生活的平衡。他開始追尋欲望時會採取規模最小的保守行動，希望引發來自現實環境的正面回應。不過，他的行動結果卻喚起了內在、個人或社會與環境等衝突層面的對立力量，阻礙了他的欲望，在期望與結果之間製造了落差。

　　當落差產生，觀眾心裡明白，眼前面對的是一個無法回頭、只能繼續前進的臨界點。微不足道的付出無法發揮作用。角色不可能只採取一點點行動就想回復生活的平衡。接下來，所有類似角色第一次付諸實行的行動、所有

質量輕微的行動，都不會在故事裡再度出現了。

　　主角體認到自己面對的風險，展現更多意志力和能力，想盡辦法克服這個落差，採取第二個難度更高的行動。儘管如此，結果卻再次激發對立的力量，在期望和結果之間形成第二個落差。

　　這時觀眾感覺得到，這又是個無法回頭的臨界點，像第二個行動這樣的中等影響也不會成功。於是所有質量相當的行動也不會在故事裡再出現。

　　角色面對更大的風險，勢必要針對周遭環境的改變來重新調整自己，並且採取更需意志力與個人能力的行動，期待或至少希望能從他置身的世界得到回應，而且是得到有所助益或自己能夠掌控的回應。然而，更強而有力的對立力量回應了他的第三個行動，更巨大的落差也隨之出現。

　　觀眾再一次體會到，這是另一個無法回頭的臨界點。更極端的行動仍無法讓角色如願，這樣的行動同樣也不會出現在考慮之中。

　　藉由發掘角色一次比一次更強大的能力，誘發他們一次比一次更堅韌的意志力，讓他們陷身一次比一次更高的風險，越過一個又一個依行動質量程度不同而設定的無法回頭的臨界點，作者讓故事不斷往前進展。

　　故事不但不該退回質量變弱的行動，反而應循序漸進朝著最後的行動前進，而在觀眾心中，這個行動必須是沒有其他行動可以替代的。

　　你有過幾次這樣的經驗？一部電影有很棒的開場，吸引你進入角色生活。故事的前半個小時為某個主要轉捩點營造了許多興味，但到了四十或五十分鐘時卻開始變得拖泥帶水。這時，你的視線移開了銀幕；你看了看錶，後悔進場前沒多買些爆米花；你開始剖析和你一起看電影的人。也許後來電影重新找回了步調，而且結局也很不錯，但中間卻有鬆散的二、三十分鐘讓你感到無趣。

　　如果仔細觀察許多電影那滿溢出腰帶上下的鬆軟小腹，你會發現，那也正是作者的洞察力與想像力出現疲軟的地方。他無法延續情節的進展，導致故事倒退。例如，在第二幕中間左右，他讓角色採取他們在第一幕已嘗試過

的較小型行動——未必是完全相同的行動，但力度或類型相似，而這些微不足道且保守的行動，此時更顯得瑣碎且無關緊要。當我們看著電影時，直覺會告訴自己，這些行動在第一幕無法讓角色得到他想要的，在第二幕也不可能讓他如願。作者在重複同樣的故事，我們隨之在原地踏步。

想讓電影如行雲流水且高潮迭起，唯一的方法就是研究——從想像、記憶和事實來進行研究。一般而言，一部劇情片的原型劇情大約有四十至六十個場景，這些場景組成十二至十八個場景段落，進而構成三幕或三個以上的幕，而且每一幕都會比上一幕更強而有力，直到故事來到終點。

想創造出四十至六十個場景，而且不自我重複，就必須先發想出數百個場景。之後，以手中素材勾勒出一座寶山，在山間開挖隧道，找出為數不多的寶石，讓這些寶石將場景段落和幕轉化為一個個令人感動、記憶深刻的無法回頭的臨界點。如果你只發想出填滿一百二十頁劇本所需的四十到六十個場景，你的作品勢必會走回頭路，而且不斷重複。

衝突定律

主角離開觸發事件後，就進入了由衝突定律統治的世界。請留意：沒有衝突，故事就無法往下進展。

換個角度來說，衝突之於故事敘述，就像聲音之於音樂。故事和音樂都是時間的藝術，時間藝術家最艱難的唯一任務，就是「勾」住我們的興趣，讓我們集中注意力，引領我們在未意識到時間流逝的情況下穿越時間。

在音樂當中，這樣的效果透過聲音來完成。樂器或歌聲緊緊擭住我們，推著我們前進，同時讓時間消逝。想像一下，當我們聆聽一首交響曲時，如果樂團突然停止演奏，會帶來什麼樣的結果？首先，我們揣想他們停下來的原因，並感到迷惑。不久，我們就會聽到想像中的時鐘滴答聲。我們對時間的流逝變得極端敏感；加上對時間的感受是相當主觀的，即使樂團只暫停了三分種，感覺上卻好像有三十分鐘那麼久。

對故事來說，衝突就像這個音樂。衝突盤據著我們的思想和情感，讓我們在不知不覺中度過一個小時又一個小時。隨後影片驟然停止，我們看了看

錶，大感驚訝。然而，如果當中的衝突消失，我們也會同樣驚訝。悅目的攝影帶來的圖像式趣味，或是動人的音樂帶來的聽覺享受，也許能短暫留住我們的注意力，但如果衝突停頓太久，我們的目光就會離開銀幕，如此一來，思想與情感也會隨之離開。

衝突定律不只是一種美學原則，更是故事的靈魂。故事是生活的隱喻，活著彷彿置身於似乎永恆存在的衝突之中。就像沙特曾說的，現實的本質就是匱乏，是人類共有且互久存在的不足。這個世界上的一切是如此貧乏，食物不夠，愛情不夠，正義不夠，時間也永遠不夠。而時間又如海德格爾所說，是存在的基本範疇。我們活在時間不斷減少的陰影裡，如果希望在自己短暫的一生能有所成就，在臨終前沒有虛度光陰的遺憾，就必須直面那些令人不快的衝突——它們因匱乏而來，並總是局限我們的欲望。

那些無法掌握人生無常真相的寫作者、受摩登世界的安適假象誤導的寫作者，或誤以為只要知道遊戲規則就能讓生命變得輕鬆的寫作者，往往會讓衝突扭曲變調。他們的劇本之所以失敗，有兩種可能的原因：充滿毫無意義、荒謬的暴力衝突，或缺乏真摯且含有深意的衝突。

第一種就像以極速特效呈現的練習作品，作者照著教科書依樣畫葫蘆創造出衝突，但由於對人生真正的掙扎毫無興趣或感覺，因此只能替刻意而為的亂象幻想出虛偽做作的理由。

第二種則是為回應衝突而寫的沉悶描繪。這些作者過於天真，認為生活的確美好……只要沒有衝突。因此，他們的電影以低調描述的方式來迴避衝突，希望我們能了解，只要我們試著加強溝通，多一點善意，對環境更尊重，人類就能重返樂園。不過，如果我們確實從歷史學到了什麼樣的智慧，那想必就是：即使最後恐怖的夢魘不再，無家可歸的人都找到遮風蔽雨之處，全世界都採用太陽能，我們每一個人依然要面對無數的煩惱。

這兩種極端的作者無法了解，衝突的質雖有不同層面的變化，但生活中衝突的量卻是固定不變的。有些事物永遠匱乏。衝突就像擠壓氣球一樣，體積永遠不會改變，只是會在另一頭鼓脹起來而已。當我們移除生活某個層面的衝突時，它會在另一個層面擴大十倍。

例如，即使我們設法滿足自己的外在欲望，找到與周遭世界和諧相處之道，但這樣的平靜很快就會轉化為乏味無趣。這時，沙特所說的「匱乏」，指的就是衝突本身的不足。當我們失去欲望、缺乏某種匱乏感時，就會產生內在衝突，而這個衝突就是乏味無趣。更糟的是，如果我們將這種沒有衝突的角色搬上銀幕，這個角色日復一日過著平靜而滿足的生活，會讓觀眾因沉悶乏味而感覺痛苦。

一般而言，工業化國家的知識階層已不再需要為物質生存條件而掙扎。這種外在世界提供的安全感，讓我們有時間回頭檢視內在的世界。一旦食、衣、住與醫療不再成為問題，我們得以鬆一口氣，同時卻也意識到，身為人類的自己是多麼不完整；我們想要的不只是溫飽，我們還想要各式各樣的事物，如幸福就是其中之一。就這樣，我們內在的戰火開始燃燒了。

身為寫作者，如果你發現心智、身體、情感和靈魂中的衝突無法引發你的興趣，那麼看看第三世界吧，看看其他世界的人是如何生活的。他們大多處於物質匱乏狀態，生活辛苦，貧病交加，因專制和非法暴力而惶惶不安，對下一代是否會有更好的生活完全不抱希望。

如果內在與大環境中的衝突從深度和廣度都無法打動你，那麼試著想想這個——死亡。死亡就像一輛貨運火車，它迎面而來，隨著分分秒秒流失而逐漸靠近，不停縮短當下與未來之間的距離。如果我們希望生活能有滿足感，就必須在火車抵達前掌控生活中的對立力量。

藝術家若致力於創造具永恆價值的作品，他終究會了解，生命不是面對壓力時的調適，也不是罪犯偷走核子裝置、威脅城市以換取贖金而引發的超級衝突。生命和以下這些終極問題有關：如何找到愛與自我價值？如何為混沌的內心帶來平靜？周遭處處可見的難以撼動的社會不公，以及光陰一去不復返等。生命就是衝突。衝突是生命的本質。作者必須決定在何時何地妥善安排這樣的掙扎。

混亂糾結與複雜難解

為了增加故事的混亂糾結，作者必須循序漸進製造衝突，直到故事來到

終點。這麼做的難度相當高。不過，如果想把混亂糾結變成全然的複雜難解，這個任務的難度就會像幾何級數般倍增。

　　前文說過，衝突可能來自於對立力量當中的一種、兩種或所有層面。如果只想單純讓故事情節變得混亂糾結，可以將所有衝突安置在這三個層面的其中之一。

混亂糾結：
只在一個層面發生的衝突

內在的衝突──意識流
個人的衝突──肥皂劇
外界－個人的衝突──動作／冒險電影、鬧劇

　　從恐怖片、動作／冒險電影到鬧劇，動作英雄面對的只有外界－個人層面的衝突。例如，龐德沒有內在衝突，我們也不會把他和女人的邂逅誤認為個人層面的衝突，那純屬娛樂。

　　混亂糾結的電影同樣都有兩個特徵。首先是人物陣容浩大。如果作者將主角局限於社會層面的衝突，那麼就像廣告說的，他會需要「數千個人物」。龐德面對的是各式各樣的頭號惡徒，以及他們的手下、殺手、蛇蠍美女和武裝部隊，另外再加上幫襯的角色與等待救援的平民。愈來愈多的角色，建構出龐德與社會之間愈來愈大的衝突。

　　其次，混亂糾結的影片需要多元的場景和拍攝地點。如果作者是透過實體的衝突來讓故事進展，就必須不斷變換環境。一部〇〇七電影或許開場在維也納的一家歌劇院，接著轉往喜馬拉雅山，橫越撒哈拉沙漠，來到極地冰冠下方，或者上至月球，下至百老匯，一切都只是為了讓龐德有愈來愈多的機會展示他神乎其技的大膽本事。

　　如果混亂糾結只出現在個人的衝突層面，這樣的故事稱為肥皂劇，由家庭戲劇與愛情故事結合而成，結局有多種可能性，每個角色都與其他角色關係密切。故事裡有多種類型的家庭、朋友和情人，全都需要安排場景：起居室、

臥室、辦公室、夜店、醫院。

　　肥皂劇的角色沒有內在的衝突或外界－個人的衝突。他們因無法如願得到自己想要的而痛苦，不過，由於他們不是好人就是壞人，因此很少面對真正的內心當中的兩難。社會層面的衝突不曾介入他們那個有空調的世界。例如，如果一件謀殺案發生，將象徵社會層面衝突的警探引入故事當中，那麼你很快就猜得到，在這齣肥皂劇裡，這名警探不到一星期就會和劇中每個角色建立親密的個人關係。

　　如果混亂糾結只局限於內在衝突層面，這樣的故事無法成為電影、戲劇或常見的小說，而是意識流類型的文字作品，透過語言來呈現思想和情感的內在特質。它們同樣也需要陣容浩大的人物。即使我們在其中安排單一角色，這個角色的腦海裡也充滿了記憶和想像，全都是他遇過或希望遇見的每一個人。況且，像《裸體午餐》這一類的意識流作品，重重意象密集出現，拍攝地點不斷變換，感覺上在一個句子裡就像有多達三、四個拍攝地點。密集出現的地方和面孔源源不絕進入讀者的想像，但這些作品其實都只停留在一個層面，無論其中的想像多麼豐富，它們也只是混亂糾結的故事。

複雑難解：
發生在三個層面的衝突

內在的衝突
個人的衝突
外界－個人的衝突

　　為了讓故事變得複雜難解，作者將角色帶入每一個層面的衝突，而且往往必須同時面對三個層面。例如，有一段讓人誤以為簡單的複雜描寫，應可說是過去二十年來所有電影中最令人難忘的事件之一，那就是《克拉瑪對克拉瑪》片中的法式吐司場景。這個著名場景讓三個不同的價值取向各自產生複雜難解的情況：自信、孩子對父親的信任與敬重，以及家庭的存在。這個

場景剛開始時，這三個價值取向都處於正極狀態。

電影開場不久，克拉瑪就發現妻子離開了自己和兒子。他陷入困境，充滿疑慮，但男性的驕傲又讓他告訴自己，女人能做的事難不倒他。這樣的內在衝突讓他痛苦不堪。儘管如此，那個場景開始時，他仍是充滿自信的。

克拉瑪也有個人層面的衝突。他的兒子變得歇斯底里，擔心沒有媽媽幫他做飯，他必須忍受饑餓。克拉瑪試圖安撫兒子，告訴他不要擔心，媽媽會回來，而在媽媽回來之前，我們會像在外面露營一樣過得很愉快。孩子擦乾眼淚，相信了父親的承諾。

最後，克拉瑪還有外界－個人層面的衝突，因為廚房對他來說就像另一個世界，但他還是努力像法國大廚般從容走了進去。

他讓兒子坐在凳子上，問他早餐想吃什麼。孩子說：「法式吐司。」克拉瑪深吸了一口氣，拿出平底鍋，倒入一些油，把鍋子放在爐子上，把火開到最大，一邊準備食材。他知道做法式吐司要用蛋，於是打開冰箱找到幾顆蛋，但不知道怎麼打蛋。他在櫥櫃內東翻西找，最後拿出一個馬克杯，杯身上還寫著「泰迪」。

孩子察覺情況不對，提醒克拉瑪，他看過媽媽打蛋而且她用的不是杯子。克拉瑪告訴兒子用杯子也行。他敲開蛋，有一部分確實落進杯子裡，但其他的弄得到處又黏又髒……孩子哭了起來。

鍋裡的油開始四處噴濺，克拉瑪慌了手腳。他完全沒想到關掉瓦斯，反而更急著出手。他又打了一些蛋在杯子裡，衝過去從冰箱裡拿出一大罐牛奶，用力倒進杯裡，結果溢了出來。他接著用奶油刀來打散蛋黃，弄得到處一團亂。兒子知道這天早上沒東西吃了，哭得更傷心。這時鍋裡的油開始冒煙。

克拉瑪既絕望又憤怒，完全無法克制自己的恐懼。他抓起一片「神奇牌」麵包，愣住了，因為它沒辦法放進杯子裡。他將麵包對折，硬塞進去，拿出來時，滿手濕麵包，蛋黃和牛奶滴得到處都是。他把手裡的東西扔進鍋裡，熱油四濺，燙傷了自己和兒子。他急著從爐上拿開鍋子，結果又把手燙傷了。接著他抓住孩子的手臂，推著他朝外走，一面說：「我們到餐廳吃吧。」

克拉瑪的恐懼擊潰了他男性的驕傲，他的自信從正極狀態轉為負極。他

在飽受驚嚇的孩子面前丟了臉，兒子對他的信任和敬重也從正極狀態轉為負極。他被一個宛如有生命的廚房打敗了，彷彿雞蛋、油、麵包、牛奶和平底鍋狠狠揮出一拳，讓他跟蹌走出門外，讓家庭的存在也從正極狀態轉為負極。這個場景沒有太多對白，只是一個男人試著為兒子做早餐的簡單行動，卻成為電影史上最令人難忘的場景之一——在三分鐘的戲裡，一個男人同時面對生命中那些複雜難解的衝突。

對大多數不只想創作動作類型、肥皂劇或意識流式文字的編劇，我的建議是：設計相對簡單卻複雜難解的故事。相對簡單並不是指過分簡化，而是依循以下原則，但依然能將故事說得精采、轉折高明：不要讓角色和拍攝地點倍增。與其在時間、空間和人之間來回奔忙，不如自我克制，把力氣用來發想具說服力的人物與世界，將心思專注於創造豐富且複雜難解的故事。

幕的設計

一首交響樂曲藉由三、四個或更多樂章陸續展開演奏，故事也一樣，它的敘述也是透過一個又一個樂章來進行，只不過這些樂章稱為幕，也就是故事的宏觀結構。

場景由節拍建構而成，節拍也就是人類行為的改變模式。在理想狀態下，每一個場景都能成為一個轉捩點，這個轉捩點讓面臨考驗的價值取向從正極擺盪至負極，或從負極擺盪至正極，在他們的生活裡製造出具有深意但影響較小的改變。一系列的場景打造出一個場景段落，角色遭逢的中等影響會出現在其中一個場景；無論他們的價值扭轉或改變是好轉或變壞，程度都比同一段落的其他場景大很多。一連串的場景段落組合成一幕，高潮出現於其中一個場景，並在角色的生活中製造重大逆轉，影響程度遠超過所有已出現過的場景段落。

亞里斯多德在《詩學》曾提過這樣的論點：故事的長短——需要多久時間閱讀或演出——還有故事敘述過程所需的轉捩點數量，兩者之間的關係在於作品愈長，重大逆轉愈多。亞里斯多德還用另一種方式客氣地提出請求：「請不要讓我們感覺無趣。請不要讓我們在堅硬的大理石座位坐上幾個小時，

卻只聽一些聖歌或輓歌，其他什麼都沒有。」

依照亞里斯多德所說的原則來看，一個故事可以用一幕來敘述——一系列場景組成幾個場景段落，最後打造出一個重大逆轉，讓故事在此結束。如果真的這麼做，故事一定要精簡，也就是短篇小說、獨幕劇（one-act play），或是長度也許只有五至二十分鐘的學生電影習作或實驗電影。

一個故事也可以用兩幕來敘述：兩個重大逆轉之後，故事結束。不過，這麼做同樣也必須相當精簡，如情境喜劇、中篇小說，或是長度一小時左右的戲劇，安東尼・謝弗（Anthony Shaffer）的《黑色喜劇》[1]，以及奧古斯特・史特林堡的《茱莉小姐》，就是其中的二個例子。

不過，故事若有一定長度，至少就會需要三幕，例如劇情片、每集一小時的電視劇、長篇小說。這不是刻意的規定，但有深層的用意。

因為我們若身為觀眾，會簇擁著創作故事的藝術家說：「我希望體驗到的感受，是無論在廣度或深度都能抵達生活的極限，而且要有詩意。不過我是講理的人，如果只花幾分鐘時間來閱讀或觀看你的作品，還希望你讓我體驗那樣的極限，這樣的要求實在不公平。因此我退而求其次，希望能有瞬間的享受，增加些許智慧，如此而已。然而，如果我把生命中重要的幾個小時交給你，自然會期待你是個具有力量的藝術家，能抵達人類經驗的極限。」

我們努力滿足觀眾需求時，若希望述說的故事能同時觸及生活最內在與最外在的源頭，兩個重大逆轉絕對不夠。無論故事敘述的場景或範圍是什麼，無論內容是超越國界的史詩或是關於個人的內在，對一般長度的敘事藝術作品來說，至少都需要三個重大逆轉才能抵達故事終點。

試著思索一下這樣的節奏：情況很糟，後來好轉了，故事結束。或是：情況很好，後來變糟了，故事結束。或是情況很糟，之後變得非常糟，故事結束。或是情況很好，之後變得非常好，故事結束。以上四種情況，總讓我們覺得缺少了些什麼。

我們知道，第二個事件無論是朝向正極或負極擺盪，都不是終點，也還

1　《黑色喜劇》（*Black Comedy*）的作者應為彼得・謝弗（Peter Shaffer, 1926~），亦即安東尼・謝弗的孿生弟弟。英國舞台劇與電影編劇，知名作品尚有《戀馬狂》。

沒抵達極限。即使第二個事件殺害了故事裡人物：情況很好（或很糟），然後所有人都死了，故事結束──這樣還是不夠。「好吧，他們都死了。接下來呢？」我們揣想著。第三個轉折不見了，而且我們知道我們還沒抵達極限，除非至少再發生一個重大逆轉。因此，故事的三幕節奏早已成為這門藝術的基礎，而亞里斯多德指出這一點則是在那幾百年之後的事了。

不過它終究只是一個基礎，不是公式，因此我會把它當成起點，接著仔細敘述它無窮的變化。我所說的占比，指的是劇情片的節奏，但原則上同樣適用於戲劇和小說。容我再次提醒：這只是粗估的數字，並不是公式。

第一幕就像開場的樂章，大約占敘述過程百分之二十五的時間，而以一部一百二十分鐘的電影來說，第一幕高潮出現在第二十到三十分鐘之間。最後一幕通常是最短的；最後一幕的理想目標，是提供觀眾一種瞬間加速感或一次快速上升的行動，直抵高潮。如果作者試圖延展最後一幕，我們幾乎可以確定，瞬間加速感的步調會在情節發展過程中變慢。因此，最後一幕往往比較精簡，會控制在二十分鐘以內。

我們可以這麼說，一部一百二十分鐘的電影，中心劇情的觸發事件安排在第一分鐘出現，第一幕高潮的時間點在第三十分鐘，第三幕長十八分鐘，另外還有兩分鐘的衝突解除時間，直到淡出。這樣的節奏創造出長達七十分鐘的第二幕，如果一個故事在其他方面都進行順利，卻依然陷入泥沼，問題一定出在這裡──因為作者必須涉水走過漫長的第二幕泥沼。這時，有兩個可能的解決方法：增加劇情副線，或者增加幕的數量。

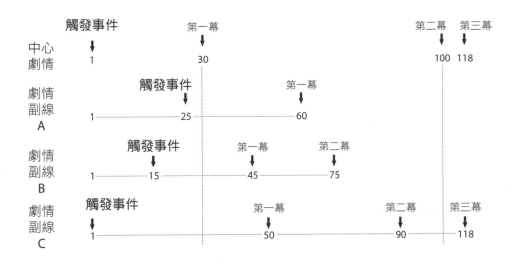

　　劇情副線也有各自的幕的結構，但通常較精簡。依照上圖中心劇情的三幕式設計，讓我們試著在其中編織三個劇情副線：獨幕劇式的劇情副線 A，觸發事件發生在影片第二十五分鐘，第六十分鐘引發劇情高潮並結束。兩幕式的劇情副線 B，觸發事件出現在第十五分鐘，第一幕高潮出現在第四十五分鐘，在第七十五分鐘時第二幕高潮結束。三幕式劇情副線 C 的觸發事件，發生在中心劇情的觸發事件當中，例如，情人相遇，展開一個劇情副線，但在同一個場景裡，警察發現了引出中心劇情的犯罪事件；第一幕高潮出現在第五十分鐘，第二幕高潮出現在第九十分鐘，第三個幕高潮則發生在中心劇情最後一個高潮當中（情侶決定結婚，在同一個場景裡，罪犯束手就擒）。

　　雖然中心劇情和三個劇情副線最多可以有四個不同的主角，但觀眾對他們都能產生同理心，而且每一個劇情副線都引出各自的劇情重要疑問，因此，四個故事依然都能「勾」住並加強觀眾的興趣和情緒。此外，三個劇情副線共有五個重大逆轉發生在中心劇情的第一幕高潮與第二幕高潮之間，這麼做就足以讓全片的故事敘述過程持續進展，讓觀眾更加投入，並且讓中心劇情第二幕這個一不小心就變得鬆軟的小腹轉為緊實。

　　儘管如此，不是每部電影都需要或缺乏劇情副線，《絕命追殺令》就是其中一例。在這種情況下，作者如何解決冗長的第二幕可能會遇到的問題？

那就是增加幕的數量。三幕是最低限度的設計。如果作者藉由一系列劇情進展在電影中間點帶出某個重大逆轉，那麼他可以將故事分為四個情節變化篇章，每一幕的長度都在三十或四十分鐘之內。《鋼琴師》裡，大衛演奏拉赫曼尼諾夫《第三號鋼琴協奏曲》後精神崩潰，就是很好的例子。在好萊塢，這個技巧稱為幕中點高潮（Mid-Act Climax），這個專有名詞聽起來有點像性功能障礙，其實指的是第二幕中間發生的一個重大逆轉，將原本的三幕設計加以延展，成為一種類似易卜生式的四幕節奏，讓影片中段的步調加速。

一部電影也能有莎士比亞式的五幕節奏，如《你是我今生的新娘》。還有更多幕的，如《法櫃奇兵》是七幕；《廚師、大盜、他的太太和她的情人》（The Cook, The Thief, His Wife & Her Lover）是八幕。這幾部電影每隔十五或二十分鐘就安排一個重大逆轉，無疑解決了第二幕可能過於冗長的問題。不過五至八幕的設計可說是例外情形，因為解決一個問題可能會引發其他問題。

《鋼琴師》

		觸發事件		幕中點高潮			
中心劇情		↓ 第一幕		↓ 第二幕		第三幕 第四幕	
	1	30		60		100 118 120	

劇情副線 →

《你是我今生的新娘》

	觸發事件						
中心劇情	↓	第一幕	第二幕	第三幕		第四幕 第五幕	
	1	25	50	75		100 118 120	

《廚師、大盜、他的太太和她的情人》

	觸發事件								
中心劇情	↓	第一幕	第二幕	第三幕	第四幕	第五幕	第六幕	第七幕	第八幕
	1	15	30	45	60	75	90	105	120

第一個問題：幕高潮數量增加，容易流於陳腔濫調。

一般而言，一個三幕設計的故事需要四個令人難忘的場景：故事開場的觸發事件，以及第一幕、第二幕和第三幕高潮。在《克拉瑪對克拉瑪》的觸發事件中，克拉瑪太太離家，拋下丈夫和兒子。第一幕高潮是她返家要求兒子的監護權。第二幕高潮是法庭將兒子的監護權判給母親。第三幕高潮是她像前夫一樣意識到必須放下自我，以什麼對自己所愛的兒子最好來考量，於是將孩子還給克拉瑪。這四個有力的轉捩點因為傑出的場景和場景段落而串聯在一起。

如果作者想增加幕的數量，就不得不發想出五或六、七、八、九個甚或更多出色的場景，但這項考驗創造力的艱難任務往往超過作者的能力，讓他不得不採用在許多動作片中充斥的陳腔濫調。

第二個問題：幕的數量增加會弱化高潮的衝擊力道，並帶來重複感。

即使作者認為他能夠每隔十五分鐘創造出一個重大逆轉，能夠利用生與死的場景當作每一個幕高潮的轉折點，但就這樣生與死、生與死、生與死、生與死地重複個七或八次，無趣乏味就隨之而來。觀眾很快就會打起呵欠：「這不是重大轉折。今天算他倒楣。每隔十五分鐘就有人要殺這個傢伙。」

所謂的「重大」，是相對於「中等」和「較小」而言的。如果每一個場景都充滿叫囂，會讓人震耳欲聾；而太多場景想盡辦法營造強而有力的高潮，原本重要的事物會變小、重複，並且每況愈下，直到停下來為止。這就是為什麼一個有劇情副線的三幕式中心劇情會成為一種標準；它符合大多數作者的創造能力，既能提供複雜難解的情節，又可避免重複。

設計的變化

首先，故事的不同變化取決於敘述過程中重大逆轉的數量，從極簡劇情的獨幕式或兩幕式設計（如《遠離賭城》），到大多數原型劇情的三或四幕式外

加劇情副線的設計（如《大審判》）、許多動作類型片的七或八幕設計（如《捍衛戰警》）、反劇情的紛雜（如《中產階級拘謹的魅力》），以及無中心劇情卻可能會在不同故事線中安排十多個重大轉捩點的多線劇情〔如《喜福會》（*The Joy Luck Club*）〕。

其次，故事型態的變化取決於觸發事件的安排時機。依照一般慣用手法，在故事講述過程中，觸發事件很早就會發生，故事的持續進展，也會在開場二十或三十分鐘後的第一幕高潮製造一個重大逆轉。想依循這個模式，作者必須在影片的前四分之一安排兩個重大場景。不過，在敘述過程中，觸發事件還是可以延至第二十、三十分鐘甚至更晚才出現。例如，《洛基》片中就有一個延後出現的中心劇情觸發事件。這樣安排的影響，是觸發事件確實成為第一個幕高潮，並且達到兩個目的。

儘管如此，作者不能只因為貪圖方便而這麼做。選擇讓中心劇情延遲登場只有一個考量，那就是讓觀眾有足夠時間了解主角，讓他們對觸發事件能有更全面的反應。如果確實有必要這麼做，就必須用一個具鋪陳功能的劇情副線來啟動故事。《洛基》片中就有一個這樣的安排，即亞德莉安和洛基的愛情故事；《北非諜影》中則有五個：拉茲洛（Laszlo）、烏加特（Ugarte）、伊芳娜（Yvonne）和保加利亞妻子分別是單一主角，難民群則是複數主角。在觀眾等待延遲的中心劇情發展成熟期間，必須持續讓觀眾感覺仍有故事在進行，讓他們能保持專注。

不過，如果成熟時機設定在一至三十分鐘之間，電影是否需要一個具鋪

陳功能的劇情副線來帶動故事開場？或許需要……也或許不需要。

《綠野仙蹤》的觸發事件發生在第十五分鐘，一陣旋風將桃樂蒂〔茱蒂·嘉蘭（Judy Garland）飾〕颳到小人國。這個事件之前沒有任何劇情副線加以鋪陳，卻以充滿戲劇張力的背景說明，讓我們緊緊跟隨著她想前往「彩虹彼端」的渴望，不曾分心。

在《金屋藏嬌》（Adam's Rib）中，觸發事件同樣也在電影開場第十五分鐘才出現：地方檢察官亞當·博納〔Adam Bonner, 史賓塞·屈賽飾〕發現，自己和擔任辯護律師的妻子亞曼達（凱薩琳·赫本飾）在某次審判中處於對立。在這種情況下，電影以一個劇情副線鋪陳開場：被告〔茱蒂·荷莉黛（Judy Holliday）飾〕發現丈夫玩弄感情，開槍打死他。這個事件「勾」住了我們，帶我們來到中心劇情的觸發事件。

如果在第十五分鐘已經安排一個觸發事件，作者是否需要在第三十分鐘安排一個重大逆轉？或許需要……也或許不需要。在《綠野仙蹤》，觸發事件發生十五分鐘後，西方邪惡女巫威脅桃樂蒂，給她一雙紅拖鞋，讓她沿著黃磚路出發去尋找她追尋的事物。在《金屋藏嬌》，觸發事件發生四十分鐘後，中心劇情的下一個重大逆轉出現，亞曼達在法庭上獲得關鍵性的勝利。然而，就在這期間，一段男女關係構成的劇情副線讓情況變得混亂糾結——一位作曲家〔大衛·韋恩（David Wayne）飾〕公開對亞曼達調情，讓亞當又惱又怒。

幕的情節發展節奏，由中心劇情觸發事件的安排時機來確立。因此，幕的結構變化相當大。為主要情節和劇情副線安排重大逆轉的數量和時機，則取決於藝術家與素材之間具創造力的互動，更有賴於主角的特質和數量、對立力量的來源、類型，以及最重要的——作者的人格特質與世界觀。

假結局

偶爾在倒數第二個幕高潮或最後一幕的情節發展裡，作者會發想出一個假結局，亦即一個近乎完成以至於我們誤以為故事已經結束的場景，這較常出現在動作片類型。ET 死了，我們心想，電影結束了。在《異形》裡，蕾普利（Ripley）炸掉她的太空船逃脫時，我們也這麼想。在《異形 2》（Aliens）裡，

我們希望她炸掉整個星球後逃走。在《巴西》（*Brazil*）中，強納生〔山姆‧勞瑞（Sam Lowry）飾〕從獨裁政權中救出金〔吉兒‧萊頓（Jill Layton）飾〕，這對戀人彼此相擁，有個幸福的結局⋯⋯真的是這樣嗎？

《魔鬼終結者》則發想出雙重假結局：瑞斯〔麥可‧比恩（Michael Biehn）飾〕和莎拉〔琳達‧漢米爾頓（Linda Hamilton）飾〕用汽油彈攻擊終結者〔阿諾‧史瓦辛格（Arnold Schwarzenegger）飾〕，炸得它血肉模糊。這對情侶為勝利歡呼後不久，這個半人類半機器人的鉻製內裝身體從火焰中爬了起來。瑞斯冒著生命危險將管狀炸藥塞進終結者肚子裡，把它炸成兩半。不過，這個怪物的軀幹很快又復活，用殘肢一步步爬向身受重傷的女主角，直到莎拉徹底將它毀滅。

假結局甚至在藝術電影中也看得到。在《蒙特婁的耶穌》（*Jesus of Montreal*）即將出現高潮時，演員丹尼爾〔羅泰爾‧布魯特（Lothaire Bluteau）飾〕在受難記中扮演耶穌，遭倒下的十字架擊中。其他演員急忙把失去意識的他送到急診室，但他醒了，復活了，我們祈禱。

希區考克熱愛假結局，甚至為了驚恐效果而不按牌理出牌，早早就讓假結局出現。瑪德蓮〔金‧諾瓦克（Kim Novak）飾〕的「自殺」，成為《迷魂記》的幕中點高潮，但後來她又以茱蒂的身分重新出現。瑪莉詠〔珍妮‧李（Janet Leigh）飾〕在淋浴時遭到謀殺，點出《驚魂記》的第一幕高潮，電影類型從偷搶犯罪電影急轉為心理驚悚片，主角也從瑪莉詠轉換成由她妹妹、情人和私人偵探組合而成的複數主角。

儘管如此，大多數影片都不適合安排假結局。相對的，倒數第二個幕高潮應更加強劇情重要疑問：「這時候會發生什麼？」

幕的節奏

一再重複是節奏的敵人。故事的動態感由價值取向的正負極性變化來決定。例如，一個故事中最強而有力的兩個場景是最後兩個幕高潮，它們在銀幕上出現的時間差經常只有十到十五分鐘，因此不能同為正極或負極。如果主角得到他渴望的事物，將最後一幕的故事高潮帶往正極，那麼倒數第二個幕高潮就必須處於負極。你不能用愉快的結局來鋪陳愉快結局：「一切非常

美好……後來又變得更美好！」相反的，如果主角未能完成對於渴望的追求，倒數第二個幕高潮就不能處於負極。你不能用苦澀的結局來鋪陳苦澀的結局：「一切糟透了……後來又變得更糟。」一旦情感體驗重複，第二個事件的力道就會減半，而故事高潮的力道如果只剩一半，電影的力道也會只剩一半。

從另一個角度來看，故事可以透過反諷來打造高潮，讓結局兼具正負極性。如此一來，倒數第二個幕高潮的情感又該落在哪一極？只要對故事高潮更進一步研究就能找到答案，因為反諷雖然時而正極時而負極，但絕對無法達到平衡，原因是如果達到平衡，正負極性價值會相互抵銷，故事的結局雖然中立，卻平淡乏味。

例如，奧賽羅最終如願得到自己渴望的事物：一個始終不渝、未曾為其他男人背叛他的妻子——這是正極。然而，當他發現這一點時為時已晚，因為他才剛殺死她——整體而言，這是一個處於負極狀態的反諷。索菲爾太太獲判終身監禁——負極。不過她昂首走進牢房，因為她已如願得到超脫一切的浪漫體驗——整體而言，這是一個處於正極狀態的反諷。作者藉由審慎的思考和感覺來研究他設計的反諷，以便確定它會偏向哪一邊發展，之後再設計倒數第二個幕高潮，讓它與整體情緒的正負極性相反。

從倒數第二個幕高潮回頭來看開場的場景，我們會發現，前面幾個幕高潮的間隔較長，彼此之間通常會安排劇情副線和場景段落高潮，用來引發情感層面的行動，創造由正負極性彼此交錯組成的獨一無二的節奏。如此一來，儘管我們知道最後一個和倒數第二個幕高潮必須相互矛盾，但無論哪一個故事，我們都無法預測故事的其他幕高潮屬於正向或負向。每一部電影都會找到自己的節奏，也可能有各種不同的變化。

劇情副線與多線劇情

和中心劇情相較之下，劇情副線較少強調，出現時間也較短。儘管如此，發想出劇情副線，讓一部原本陷入膠著的劇本因而蛻變成值得拍攝的電影，這樣的例子屢見不鮮，《證人》就是其中一例。如果少了大城市警員和阿米胥寡婦的愛情故事這個劇情副線，這部驚悚片不會如此引人入勝。至於多線

劇情的電影，則是不發展中心劇情，但將許多規模相當於劇情副線的故事交織在一起。在中心劇情與劇情副線之間，或者在多線劇情的各個情節敘事線之間，可能會產生以下四種關係：

劇情副線可製造與中心劇情主導意念之間的矛盾，藉由反諷讓電影更顯豐富。

想像你正在寫作一部結局皆大歡喜的愛情故事，故事的主導意念是：「愛情終會戰勝一切，因為情人會為對方犧牲自己的需求。」你相信你的角色，相信他們的熱情和自我犧牲的精神，不過，你同時也察覺到故事似乎太過美好，太恰到好處。為了在敘述過程中取得平衡，或許你接下來會創造一個劇情副線，安排另外兩個角色，他們由於情感不滿足而背叛對方，導致戀情以悲劇收尾。這個具有苦澀結局的劇情副線，與有愉快結局的中心劇情形成矛盾，讓電影的整體意義更複雜難解，更具嘲諷意味：「愛情就像兩面刀，願意放手就能擁有，想要占有就會將它摧毀。」

劇情副線可與中心劇情的主導意念相互共鳴，藉由主題的不同變化讓電影更顯豐富。

如果劇情副線傳達的主導意念與主要情節相同，卻以截然不同或罕見的方式來表現，它所創造的變化能增強主題的力道。例如，《仲夏夜之夢》（*A Midsummer Night's Dream*）當中許多愛情故事都是快樂結局，但有的甜蜜，有的像鬧劇，有的高貴。

多線劇情的本質就是主題的矛盾與變化。就結構而言，多線劇情沒有中心劇情骨幹來統整敘述過程，而是將許多情節的敘事線交叉剪接，如《銀色‧性‧男女》；或者，透過某個母題來加以串聯，例如《貳拾蚊》（*Twenty Bucks*）那張穿梭故事之間的二十美元紙鈔，或是《浮生錄》（*The Swimmer*）中連結敘事的幾個游泳池。這些故事由一排「肋骨」組合而成，但每一個情節敘事線的

個別強度都不足以從頭到尾撐起所有場景。那麼，讓電影結合成一體的是什麼？答案是某個意念。

《溫馨家族》就是「在親子關係競賽中你不會是贏家」想法的各種變奏。史提夫‧馬丁（Steve Martin）飾演全世界最親切貼心的父親，但他的孩子後來還是必須接受心理治療。傑森‧羅巴茲（Jason Robards）飾演全世界最不負責任的父親，他的孩子因需要他而重回他身邊，後來卻又背叛了他。戴安‧薇斯特（Dianne Wiest）刻畫了一名努力為孩子選擇安全人生道路的母親，但孩子卻比她更清楚自己該怎麼做。為人父母者能做的其實就是愛自己的孩子，支持他們，當他們跌倒時扶他們一把，但不可能在這場競賽中成為贏家。

《餐館》呼應的則是這個想法：男人和女人無法溝通。芬威克〔凱文‧貝肯（Kevin Bacon）飾〕無法和女人正常交談。布基〔米基‧洛克（Mickey Rourke）飾〕面對女人時口若懸河，但只想騙她們上床。艾迪〔史提夫‧賈騰柏格（Steve Guttenberg）飾〕要等未婚妻通過橄欖球知識小測驗才願意結婚。比利〔提摩西‧戴利（Timothy Daly）飾〕在與自己愛的女人面臨感情問題時放下心防，坦白說出心中感受。不過，當他能夠與女人溝通後卻選擇離開了朋友；換句話說，他的狀況的改善，和故事中其他問題解決的方式形成了矛盾，因而增添了一層嘲諷的意味。

多線劇情勾勒出某個特定社會群體的形象，但與變化小的非劇情電影有所不同；它以某個意念為中心，交織出許多小故事，因此人物群像充滿足以打動人心的力量。《為所應為》描述的是大城市常見的種族主義；《銀色‧性‧男女》美化了美國中產階級靈魂失落的景象；《飲食男女》描繪出三幅以父女關係為主題的相連的畫。多線劇情為作者提供兩種不同層面的最好結果，既捕捉了某個文化或群體的本質樣貌，又具有豐沛的敘事動力，足以引起觀眾興趣。

中心劇情的觸發事件必須延遲出現時，就必須安排一個具鋪陳功能的劇情副線，當作故事的開場。

中心劇情若像《洛基》、《唐人街》、《北非諜影》那樣延後出現，在前三十分鐘形成故事真空，那麼，就必須藉由劇情副線來填補這個真空狀態，以爭取觀眾的興趣，讓觀眾能更深入了解主角及主角的世界，對觸發事件也才會有全面而完整的回應。鋪陳式的劇情副線為中心劇情提供具戲劇效果的背景說明，讓觀眾不知不覺間接吸收了這些資訊。

劇情副線可用來增加中心劇情的混亂糾結程度。

利用劇情副線帶來額外的對立力量，是第四種也是最重要的關係。以犯罪故事裡常見的典型愛情故事為例，在《激情劊子手》片中，凱勒〔艾爾‧帕西諾飾〕愛上了海倫〔艾倫‧芭爾金飾〕，在追捕她精神異常的前夫時，更冒著生命危險保護他愛的女人。在《黑寡婦》（Black Widow）裡，一名聯邦政府專員〔黛博拉‧溫姬飾〕因女殺手〔泰瑞莎‧羅素飾〕而感到迷惑。在法庭戲《大審判》裡，法蘭克〔保羅‧紐曼飾〕愛上了對手律師事務所的間諜蘿拉〔夏綠蒂‧蘭普琳（Charlotte Rampling）飾〕。

這些劇情副線增加了角色的深度與廣度，也創造了喜劇或浪漫成分，緩衝了中心劇情的緊張或暴力。儘管如此，它們的首要目的還是為了讓主角的生活面對更多磨難。

在中心劇情和劇情副線之間強調的重點，必須小心維持平衡，否則作者就會面臨主要故事失焦的風險。其中又以用來鋪陳的劇情副線最為危險，因為它可能會讓觀眾不清楚電影的類型，如《洛基》開場的愛情故事事先經過了謹慎的安排，觀眾因而知道接下來會看到的是運動類型片。

此外，如果中心劇情和劇情副線的主角不是同一個角色，也必須格外留意，勿讓劇情副線的主角引發過多同理心。例如，《北非諜影》片中有一段政治戲劇的劇情副線，內容與維多‧拉茲洛〔Victor Lazlo, 保羅‧韓瑞德（Paul Heinreid）飾〕的命運有關；另外還有一個驚悚片的劇情副線，以烏加特〔彼得‧洛爾（Peter Lorre）飾〕為中心。不過這兩個劇情副線相當節制，確保情感的聚光燈始終打在中心劇情瑞克〔亨佛萊‧鮑嘉（Humphrey Bogart）飾〕和伊爾莎〔英格麗‧

褒曼（Ingrid Bergman）飾〕的愛情故事上。為了避免過於凸顯劇情副線，它們的部分元素──如觸發事件、幕高潮、危機、故事高潮或衝突解除──可保留在銀幕之外。

從另一個角度來看，創作時如果感覺劇情副線可能必須更聚焦、引發更多同理心，這時就必須重新考慮整體設計，將劇情副線調整為中心劇情。

如果一個劇情副線在主題方面沒有與主要情節的主導意念相互矛盾或呼應，如果沒有為主要情節的觸發事件鋪陳，或為主要情節的行動製造混亂糾結，只是兀自發展，那麼它會將故事分成兩半，破壞效果。觀眾了解美學整體性的原則；他們知道，故事中每一個元素的安排，都是為了能與其他元素建立連結關係。無論這種關係是結構性或主題性的，都會讓作品結合成一個整體。如果觀眾找不到這種連結關係，他們會與故事脫節，並有意識地試著拼湊出某種整體性，一旦拼湊不成，坐在電影院裡的他們就會充滿疑惑。

根據暢銷小說改編的心理驚悚片《無頭血案》，中心劇情是一名警官〔法蘭克·辛納屈（Frank Sinatra）飾〕追捕一個連環殺手。在一個劇情副線裡，警官之妻〔費·唐娜薇（Faye Dunaway）飾〕躺在加護病房，生命只剩最後幾個星期。警探一面追捕殺手，一面對即將離世的妻子心生不忍；他追捕殺手，然後回到醫院為妻子朗讀；他繼續追捕殺手，又回到醫院探望妻子。這種交錯出現的故事設計，很快就點燃觀眾熾熱的好奇心：殺手何時會來到醫院？不過他始終沒在醫院裡出現。最後，妻子生命來到終點，警察也抓到了殺手，主要情節與劇情副線之間沒有任何連結，留下因一頭霧水而心生不滿的觀眾。

然而，在勞倫斯·桑德斯（Lawrence Sanders）的小說中，這樣的設計非常成功，效果十足，因為在閱讀過程中，主要情節與劇情副線在主角腦中相互混亂糾結：警察一心一意想追捕精神異常殺手，卻又極度渴望為妻子提供她需要的慰藉，這二個念頭產生了衝突；另一方面，他深怕失去自己深愛的女人，也因見她受苦而痛苦，然而，為了追捕冷酷、聰明但精神失常的嫌犯，他必須保持清醒和理智才能思考，這又構成了另一個衝突。小說家可以進入角色的心智，透過文字的描述，以第一人稱或第三人稱直接描寫內在的衝突，電影編劇卻沒辦法這麼做。

劇本寫作是一門將精神層面轉化為有形的藝術。我們為內在的衝突創造相對應的視覺，但我們不是藉由對白或敘述來描繪念頭與情感，而是透過角色的選擇與行動等種種影像，以間接而難以言喻的表達方式來呈現內在的思想和情感。因此，想將小說當中的內在生活搬上銀幕，必須重新創造。

編劇李歐納德・施拉德改編馬努葉・普易（Manuel Puig）的小說《蜘蛛女之吻》時，也面臨了類似的結構問題。無獨有偶的，主要情節和劇情副線都是只出現在主角腦中的混亂糾結。事實上，劇情副線根本只是路易士（威廉・赫特飾）對蜘蛛女〔索妮亞・布蕾嘉（Sonia Braga）飾〕的幻想；她是他視為偶像的角色，是他從記憶模糊但經過大幅改寫的電影印象中描繪拼湊而成的。施拉德將路易士的幻想轉化為戲中戲，將他的夢想和欲望視覺化。

不過，這兩個情節還是沒有互動，也沒有因果關係，因為它們發生在現實中的不同層面。儘管如此，透過劇情副線的故事來對照中心劇情，依然能讓兩者產生連結。這為路易士提供了將幻想化為實際的機會；如此一來，這兩個情節在路易士的心理層面產生了撞擊，觀眾可以想像他內在猛烈的情感掙扎：路易士在生活中會不會做出蜘蛛女在他夢境裡所做的事？他是不是也會背叛他愛的那個男人？此外，這兩條情節線嘲諷了「自我犧牲成就的愛情」這個主導意念，同時也為影片主題額外賦予了整體性。

在《蜘蛛女之吻》的設計中，還可看出另一項例外。原則上，中心劇情的觸發事件必須在銀幕上出現，但在這部電影裡，觸發事件直到幕中點高潮才出現。在背景故事中，路易士是遭法西斯獨裁者囚禁的同性戀罪犯，有一天，典獄長叫他到辦公室，並提出一項交易：一名左翼革命分子瓦倫汀〔勞爾・胡利亞（Raul Julia）飾〕接下來會和他關在同一個牢房。如果路易士願意配合從對方身上打聽有用的情報，典獄長就會讓路易士自由。觀眾並不知道有這項交易，直到開演一個小時後，路易士為了生病的瓦倫汀去找典獄長要求提供藥物和甘菊茶時，才知道這個中心劇情的存在。

對許多人來說，這部影片的開場非常沉悶，幾乎看不下去。為什麼不像小說那樣，沿用慣用手法以觸發事件開場，一開始就亮出強而有力的「鉤子」？原因是如果施拉德將路易士同意打探自由鬥士消息的場景安排在開場，

立刻就會引起觀眾對主角的厭惡。迅速開場，或引發對主角的同理心？如果編劇只能二選一，那麼他選擇了後者，安排了迥異於小說的設計。小說作者藉由內在敘事來喚起同理心，身為編劇的施拉德則十分清楚，在揭露路易士和法西斯的約定之前，必須先讓觀眾相信路易士是愛瓦倫汀的。這是正確的選擇。如果沒有同理心，這部電影就會變成空洞、徒具異國情調的攝影練習。

面對無法妥協的選擇時，例如步調與同理心的難以兼顧，明智的作者會重新設計故事，以保留最舉足輕重的部分。只有面對以下這個條件，你才能任意打破或改變慣用手法：以某件更重要的事物來加以取代。

10
場景設計

本章主題是場景設計的組成要素：轉捩點、鋪陳／回饋結果、情緒動態，以及選擇。第十一章則會針對兩個場景加以分析，以說明「節拍」——角色不斷改變的行為——如何形塑場景的內在生命。

轉捩點

一個場景就是一個微型故事，亦即一個在統一或連續時空裡藉由衝突而展現的行動，這個行動會造成角色生命中價值取向的極性變化。理論上，場景的長度或拍攝地點並無限制。它可以極小；在合適的脈絡裡，一個場景可以只含一個單鏡頭，如一隻手翻過一張撲克牌就能傳達出重大的變化。相反的，十分鐘的劇情儘管涵蓋了戰場上十多個地點，但呈現出來的或許有限。無論拍攝地點或長度如何，場景必須將欲望、行動、衝突和變化加以統合。

在每一個場景裡，角色對欲望的追求與他所處的時空有關。不過，這個場景目標必須是他的終極目標的面向之一。終極目標亦即故事骨幹，也就是一場貫穿故事的追尋，橫跨了觸發事件與故事高潮。在場景中，角色因壓力而作出選擇，採取這個或那個行動，以追求自己的場景目標。然而，在某個

或所有衝突層面裡出現了一個超乎他預期的反應，帶來的影響是在期望和結果之間出現落差，讓他的外在機運、內在生活分別或同時從正極轉為負極，或從負極轉為正極；換句話說，觀眾知道他的價值取向面臨風險。

場景帶來變化的方式雖然力道微小，但意義重大。所謂的場景段落高潮，是指一個場景帶來中等影響的逆轉，而這個變化造成的衝擊比場景本身來得大。幕高潮則是一個帶來重大逆轉的場景，這個變化的衝擊比場景段落高潮來得大。沒有人想寫出平淡、幾乎沒有變化的背景說明式場景；我們都為了理想努力不懈，希望自己發想出來的故事設計中，每一個場景都是一個轉捩點，無論它的影響微小、中等或重大。

在《你整我，我整你》（Trading Places）中，面臨重要考驗的價值取向是財富。比利·瓦倫泰〔Billy Ray Valentine, 艾迪·墨菲（Eddie Murphy）飾〕從《乞丐與蕩婦》（Porgy and Bess）得到啟發，佯裝成半身不遂的人，藉由滑板行動，在街頭行乞。當警察打算拘捕他時，落差出現了。接著，兩位年長的商人——杜克兄弟〔雷夫·貝拉米（Ralph Bellamy）和唐·阿米契（Don Ameche）飾〕——突然出面干預警察，救了比利，落差變得更為巨大。

比利的乞討行動引發周遭世界的反應，但這個反應不但與他期望的不同，而且更加強烈。面對這個反應，他沒有反抗，而是聰明地放棄了。**畫面切換：**在胡桃木板裝飾的辦公室裡，杜克兄弟幫他換上三件式高級西裝，讓他成為期貨經紀人。由於這個令人開心的轉捩點出現，比利的經濟狀況從乞丐變成了經紀人。

至於《華爾街》，面臨重要考驗的價值取向是財富和真誠。巴德·福克斯〔Bud Fox, 查理·辛（Charlie Sheen）飾〕是年輕的股票經紀人，難得有機會與億萬富翁戈登·蓋可〔Gordon Gekko, 麥克·道格拉斯（Michael Douglas）飾〕見面。他的生活捉襟見肘，但為人正直單純。當他提出合法的商業構想時，他的推銷詞卻引發了超乎他預期的對立力量，因為蓋可回道：「說說我不知道的東西。」巴德頓時明白，蓋可要的不是老老實實做生意。他沉默了一會兒，接著說出父親曾告訴他的公司祕密。巴德選擇加入蓋可的非法勾當，也就從這個具反諷意義且力道非比尋常的轉捩點開始，我們看見他的內在本質從誠實轉為罪

惡，他的生活從貧窮變成富有。

轉捩點帶來的影響有四個面向：驚訝、逐漸增加的好奇、體悟，以及新的方向。

當期望和結果之間出現落差，它會帶給觀眾震驚。周遭世界的反應超乎角色或觀眾的想像。這個震驚當下引發了好奇，觀眾心想：「為什麼？」例如在《你整我，我整你》中，那兩個老人為什麼要從警察手中解救乞丐？《華爾街》裡，蓋可為什麼要說「說說我不知道的東西」？觀眾為了滿足好奇心，飛快地回想剛才看過的故事，努力尋找答案。如果故事的設計夠巧妙，答案早已費心悄悄安排妥當。

以《你整我，我整你》為例，我們的思緒飛快回到杜克兄弟前面出現過的幾個場景，忽然明白這兩個老人的生活乏味，想利用財富來進行殘忍的把戲。還有，他們想必也發現了這個乞丐似乎擁有某些天分，否則不會挑選他當作自己的爪牙。

在《華爾街》裡，隨著蓋可「說說我不知道的東西」而來的「為什麼？」，答案很快就出現了：蓋可是個不正直的人，難怪會是億萬富翁。沒有多少人能靠著誠實變成富豪。當然，他也喜歡玩遊戲——犯罪遊戲。巴德加入他時，我們的記憶很快回到前面在他辦公室的場景，霎時明白，巴德野心太大，也太貪婪——他邁向墮落的時機已然成熟。

思緒靈活且具有敏銳洞察力的觀眾，在理解的瞬間得到了答案。提出「為什麼？」這個問題，促使他們重新回溯故事，他們看過的內容當下也有了新的輪廓。他們感覺自己對角色及其世界突然有了更進一步的體悟，對隱藏的事實也有了更充分的認識。

這樣的體悟增加了好奇心。這全新的理解衍生出其他問題：「接下來會發生什麼？」、「最後的結果又是什麼？」。這種效果適用於所有類型電影，但在犯罪故事中格外明顯。某人打開衣櫥想找件乾淨的襯衫，一具屍體滾了出來。這個巨大的落差引爆了接二連三的疑問：「誰殺的？殺人手法是什麼？什麼時候發生的？為什麼要殺人？凶手是否會束手就擒？」這個時候，作者必須滿足他引發的好奇。無論故事裡的價值取向會有什麼樣的改變，他必須

引導自己的故事朝新的方向發展，以打造接下來的新的轉捩點。

在《克拉瑪對克拉瑪》中，當我們看到一個三十二歲的男人無法做出早餐的這個場景，轉折也隨之出現了。「為什麼？」這個問題引領我們回到幾分鐘之前，重回這個落差發生之前的片段，在生活經驗和常識的協助下開始尋找答案。

首先，克拉瑪是工作狂。不過，也有許多工作狂會比其他人早起，在清晨五點就做出美味的早餐。其次，他不曾對家庭事務盡過心力。許多男人也和他一樣，不過他們的妻子沒有變心，始終尊重先生工作養家的辛苦。我們更進一步的體悟是這樣的：克拉瑪就像個小孩。他是個被寵壞的小鬼，他母親總會幫他做早餐，後來是女朋友和女服務生遞補了母親的角色。因此，他把妻子也當成女服務生或母親。他生命中的女人慣壞了他，他也總是享受她們的縱容。喬安娜・克拉瑪其實就像在帶兩個孩子，並且因為無法建立成熟的夫妻關係而心灰意冷，於是決定放棄婚姻。甚至連我們都認為她這樣做是對的。新的方向：克拉瑪長大成熟，變成真正的男人。

由於《星際大戰（五）：帝國大反擊》的高潮驅動而獲得的體悟，是我觀影經驗中回溯歷程最長的。當維德〔Darth Vader, 大衛・普勞斯（David Prowse）、詹姆斯・瓊斯（James Earl Jones）飾〕和天行者路克〔Luke Skywalker, 馬克・漢密爾（Mark Hamill）飾〕用光劍一決生死時，維德一邊往後退一邊說：「你不能殺我，路克，我是你父親。」

「父親」這個詞引爆了電影史上最著名的落差之一，迫使觀眾回溯了兩部相隔長達三年的電影。此時我們立刻就明白了，為什麼肯諾比〔Ben Obi-wan Kenobi, 亞列克・金尼斯（Alec Guinness）飾〕如此擔心維德和路克碰面會發生什麼事。我們也明白了尤達〔Yoda, 法蘭克・奧茲（Frank Oz）配音〕為什麼如此急切教導路克如何掌握原力。我們更明白了路克為什麼能多次在千鈞一髮之際逃脫，因為他父親一直暗中保護著他。這個當下，兩部電影都有了最合理的意義，並賦予影片更深沉的新意義。新的方向：《星際大戰（六）：絕地大反攻》（Star Wars: Episode VI- Return of The Jedi Return of The Jedi）。

在《唐人街》第二幕高潮之前，我們相信墨爾瑞遇害是因為金錢或感情

因素。不過當伊芙琳說出:「她是我妹妹,也是我的女兒⋯⋯」時,猛然出現的落差令人震驚。為了明白她的意思,我們飛快回想影片前面的內容,有了接二連三極具震撼力的體悟:父女亂倫、謀殺的真正動機,以及凶手的身分。新的方向:第三幕迂迴的轉折。

自我展現的問題

說故事的人伸出友善的雙手,摟著觀眾說:「讓你看看某樣東西。」然後帶我們來到某個場景——假設是《唐人街》中的某場景——接著說:「看,吉特斯開車去聖塔莫尼卡打算逮捕伊芙琳。他在她的門口敲門,你想,會不會有人請他進去?仔細看。這時候,美麗的伊芙琳走下樓來,她看到他非常高興。想想看,他會不會態度軟化,對她網開一面?留意一下。接下來,這裡,她竭盡所能守住祕密。你想,她做得到嗎?還有這裡,聽到她坦承以告後,他會幫她還是逮捕她?注意看喔。」

說故事的人引領我們走入期望之中,讓我們自以為了解情況。接著他打破現實,製造震驚與好奇,迫使我們一次又一次回溯故事。每一次的回溯,我們對他創造的角色本質與他們置身的世界都會有更深刻的體會,對電影影像背後難以言喻的真相也會有所頓悟。接著,他又將故事引入新的方向,讓我們走向類似的、不斷擴展的體悟時刻。

述說故事就是給予承諾——只要專注聆聽,我會帶給你驚訝,因為你會在未曾想像的面向發現生命,以及生命的痛苦與歡樂,並且充滿喜悅。最重要的是,這一切必須淡定自然,要不著痕跡地帶領觀眾走上發現之旅。轉折時刻若處理得漂亮,就會讓觀眾在快速體驗這些認知的過程中,以為是自己突然明白了一切。從某種意義來說,確實如此。體悟與察覺一切,是觀眾專注於故事所獲得的回報;設計完美的故事,能夠一個場景接著一個場景傳遞這樣的樂趣。

不過,如果我們非要問問作者如何展現自我,他們大部分會這樣回答:「透過我的文字。透過我對世界的描述,以及我為角色發想的對白。我是寫作的人,我藉由語言來展現自我。」儘管如此,語言只是我們的文本。首先,

也是最重要的，自我展現來自於從轉捩點當中源源不絕湧出的體悟。正是在這樣的時刻，作者張開雙臂，迎向世界說：「這就是我對生命的看法，也是我對居住在我的世界的人類本性的看法。這就是我認為人們由於這些原因或情況而會遭遇的事。這就是我的想法，我的情感。這就是我。」展現自我最強而有力的工具，就是我們在創造故事轉折時所採用的獨特方式。

其次才是文字。我們對我們的文學天分運用自如，靈活且技巧高明，因此，當精心創作的場景上演後，觀眾會不自覺滿懷欣喜地走過我們安排的每一個轉捩點。語言固然重要，卻也只是表相，只是我們藉以吸引讀者注意、帶領他們走入故事內在生命的表相。語言是展現自我的工具，絕不能淪為徒具裝飾用途。

現在試著想像一下，為了設計一個故事，讓其中的場景都有微小、中等或重大的轉折，而且每一個轉折都足以展現我們某個面向的看法，於是重複嘗試了三十、四十、五十甚至更多次，這是多麼困難的過程。

這就是為什麼拙劣的故事會提供觀眾資訊而不是體悟，也是為什麼許多作者選擇透過他的角色來說明自己的意思，更糟的是利用旁白來敘述故事。這樣的寫作方式永遠有所不足。它勉強賦予角色的理解其實是虛假的，忸怩造作，在現實當中幾乎不存在。更重要的是，一旦我們將自己的生活體驗與藝術家巧妙的鋪陳兩相對照，即使是敏銳且具洞察力的文字創作，也無法取代我們心中奔湧的所有體悟。

鋪陳與回饋結果

為了透過一個又一個場景傳達自己的看法，我們剝開自己創造的虛構事實的表相，讓觀眾回溯故事，並獲得體悟。因此，我們必須將這些體悟形塑出兩種型態：鋪陳，以及回饋結果。鋪陳是指事先計畫及安排認知的層次；回饋結果則是將鋪陳的認知傳達給觀眾，以填補落差。作者必須在作品當中預先準備或悄悄安排這些體悟，如此一來，當預期與結果之間產生落差，促使觀眾回溯故事並尋找答案時，他們才能有所發現。

例如在《唐人街》中，當伊芙琳說「她是我妹妹，也是我的女兒」時，我們會立刻想起她父親和吉特斯同時出現的場景。當時吉特斯問克羅斯，墨爾瑞遇害前一天他和女婿為什麼發生爭執，克羅斯回答：「為了我女兒。」我們第一次聽到這個答覆時，都認為他指的是伊芙琳。這時，我們在電光火石的剎那間意識到，他指的其實是凱薩琳──他和自己女兒生下的女兒。克羅斯這樣回答時知道吉特斯會受到誤導，並且會因為這個錯誤的暗示，將他的謀殺罪嫌轉移到伊芙琳。

在《星際大戰（五）：帝國大反擊》，當維德揭開他就是路克父親的祕密時，我們迅速回溯幾個過去的場景。肯諾比和尤達因為路克對原力的掌握而煩惱不已時，我們以為他們擔心的是這名年輕人的安危，但這時我們明白了，路克的導師關心的其實是他的靈魂，深怕他父親會引他走向「黑暗面」。

在《蘇利文遊記》中，蘇利文是電影導演，拍過一系列賣座影片，如《再見，紗籠》（So Long, Sarong）和《一九三九年之坐立難安》（Ants in Your Pants of 1939）。然而，他對世間種種駭人聽聞的事深感不安，決定下一部影片必須具有「社會意義」。製片廠老闆非常生氣，明白告訴他，他來自好萊塢，不知道什麼叫做「社會意義」。

於是蘇利文決定進行研究。他在美國展開長途跋涉，身後卻跟著一輛有空調的旅行車，車上載著他的管家、廚師、祕書、女朋友，以及一名打算將蘇利文的瘋狂冒險變成宣傳利器的廣宣人員。後來一個意外狀況讓蘇利文遭誤認為罪犯，和其他囚犯一起關在路易斯安納的沼澤地區。突然間，他覺得受夠了「社會意義」，但連打電話給經紀人的銅板都沒有。

一天晚上，蘇利文聽到監獄某幢建築傳來笑聲，走過去一看，發現在一個臨時布置的電影院裡坐滿了獄友，他們一邊看米老鼠卡通，一邊樂不可支地哈哈大笑。他意識到，這些人根本不需要他所謂的「社會意義」，隨即臉色一沉。他們的生活已經有夠多社會意義了。他們需要的，是他的專長──輕鬆好看的娛樂。

這個漂亮的逆轉，帶著我們迅速回溯影片，讓我們明白了蘇利文的體悟……不僅如此，當我們回溯愈多嘲諷好萊塢上流社會的場景，我們益發了

解，如果認為商業電影能引導社會解決其問題，這樣的想法根本行不通。除了極少數特例之外，大多數電影創作者就像蘇利文一樣，只對電影中描述的窮人感興趣，對真實生活裡受苦的窮人無感。

進行鋪陳時必須小心謹慎。預先安排鋪陳時要留意：觀眾第一次看到它們時，看見的是它們代表的一種意義；隨著觀眾有了接二連三不同的體悟，鋪陳也有了第二層更重要的意義。事實上，一個單一的鋪陳，也可能具有隱藏於第三或第四個層面的意義。

我們在《唐人街》初次見到克羅斯時，他是謀殺嫌疑犯，但也是為女兒擔心的父親。當伊芙琳說出他們的亂倫祕密後，我們意識到，克羅斯真正關心的是凱薩琳。到了第三幕，克羅斯利用財富阻撓吉特斯，抓走凱薩琳，這時我們才明白，克羅斯前面出現的場景埋藏著第三種層面的意義——他幾乎無所不能，即使殺人仍能躲過司法制裁，這樣的權勢造成了他的瘋狂。最後的場景是克羅斯將凱薩琳帶進唐人街的陰暗角落，這時我們明白，隱藏在這一切光怪陸離的敗德墮落之下真正病入膏肓的，其實是克羅斯想對他亂倫產下的後裔再逞亂倫獸欲。

鋪陳的安排必須明確，當觀眾在心中飛快回溯故事時，才會記得能在哪裡找到它們。如果鋪陳手法過於迂迴，觀眾會錯過其用意；但若手法過於拙劣，觀眾可能在一英里之外就能看到轉捩點即將出現。假如我們對顯而易見的事物過度安排，對較少見的例外安排不足，轉捩點就會失去作用。

此外，鋪陳的明確程度也必須配合電影的目標觀眾來加以調整。若目標觀眾年紀較輕，我們的鋪陳會較為直接，因為他們的經驗不如中年觀眾豐富。例如，年輕人較難看懂柏格曼的電影，原因不是他們無法理解柏格曼的想法，只要說明清楚，他們就能夠理解。然而，柏格曼從不多作解釋。他鋪陳的對象是知識淵博、社會經驗豐富、心思細膩的觀眾，然後透過劇情迂迴地展現自己的想法。

鋪陳一旦填補落差，此時的回饋結果極可能會成為另一個回饋結果的鋪陳。例如在《唐人街》中，當伊芙琳揭開凱薩琳是她亂倫之女的祕密後，她一再提醒吉特斯，她父親非常危險，也不斷警告他，他不知道自己面對的是

什麼樣的人。這時我們意識到，克羅斯是為了得到那個孩子而殺死墨爾瑞的。這是第二幕的回饋結果，同時也為第三幕的高潮預作鋪陳——吉特斯逮捕克羅斯失敗，伊芙琳遇害，這個父親暨祖父將驚恐的凱薩琳帶進黑暗之中。

在《星際大戰（五）：帝國大反擊》中，維德向路克說出祕密時，這個多重鋪陳的回饋結果與兩部影片產生了連結。在這個當下，這個回饋結果同時也為路克的下一個行動預作鋪陳。這個年輕的英雄會怎麼做？他作出了選擇，試圖殺死生父，但維德卻砍掉兒子的手，而這個回饋結果也為下一個行動預作了鋪陳。失敗的路克會怎麼做？他跳出空中之城，打算光榮殉身，這同樣也是為下一個行動預作鋪陳的回饋結果。他會死嗎？不，他的朋友在空中救了他。這個意外的幸運是自殺行動的回饋結果，也為解決父子衝突的第三部電影預作鋪陳。

在《蘇利文遊記》裡，蘇利文明白了自己過去是多麼自大的笨蛋，這是前面幾幕的傲慢蠢行隱而未宣的回饋結果，同時也為他的下一個行動預作鋪陳。他要如何逃出監獄？當他發現自己是什麼樣的人，他的大腦就重新到回好萊塢模式。就像所有好萊塢專業工作者一樣，他知道無論想離開監獄或擺脫任何麻煩，靠宣傳就對了。蘇利文招認了一件子虛烏有的謀殺案，以便回到法庭，並成為公眾注目的焦點，這樣一來，那些製片廠老闆和他們的王牌律師就能救他。這個回饋結果為衝突解除場景預作了鋪陳，於是我們看到蘇利文重新回到好萊塢世界，繼續向來拍攝的輕鬆娛樂片，差別在於這時他知道自己為什麼拍攝這些片子。

鋪陳、回饋結果、再度鋪陳、回饋結果再度出現，這種像變戲法般同時進行兩種安排的過程，經常激發出最具創意的靈感火花。

想像你正在構思一對孤兒兄弟的故事。馬克和麥可在孤兒院長大，那是一個收容機構，環境非常惡劣。兄弟倆多年來不曾分開，彼此相依為命。後來他們逃出孤兒院，流落街頭，但即使求生不易，仍總是為對方付出。馬克和麥可深愛對方，你也深愛他們。不過你卻面臨一個問題：沒有故事性。這只是一幅名為「兩兄弟與世界抗衡」的畫。除了重複呈現他們的手足之情外，唯一有的變化就是拍攝地點。從本質上來說，根本沒有任何變化。

儘管如此，當你仔細看著那開放式結局的一連串片段，心中忽然湧現一個瘋狂的念頭：「如果馬克背叛麥可，結果會是什麼？他拿走他的一切，他的錢、他的女朋友……」這時你走來走去，和自己爭辯：「這太蠢了！他們深愛彼此，而且一起和世界對抗，這完全不合理！不過，這個想法應該不錯。算了。可是這應該會是不得了的場景。不行。這不合邏輯！」

　　接著靈光乍現：「我可以讓它合乎邏輯。我可以往前回溯，一切重來。兩兄弟與世界的抗衡？如果像該隱和亞伯那樣呢？手足相殘？我可以從開場重新改寫，在每個場景中不經意的為馬克加入一點嫉妒之苦，為麥可增添些許優越感與傲氣。只要悄悄進行，表面上看起來仍是美好的手足之情。如果安排巧妙，當馬克背叛麥可時，觀眾會隱約察覺馬克心中壓抑的嫉妒，一切就合情合理了。」

　　此時，你的角色不再重複，而且開始成長。或許你察覺到，最後傳達出來的其實是你對親生兄弟的真實感覺，只是向來不願面對。不過，一切還沒結束。你突然天外飛來一筆地有了第二個想法：「如果馬克背叛了麥可，這可以當作倒數第二個幕高潮。這個高潮可以用來鋪陳最後一幕的故事高潮，那是麥可復仇的時刻，而且……」你放任自己想像難以置信的事，找到了自己的故事。在故事講述過程中，邏輯可以回頭影響過去。

　　故事和人生不同，你可以隨時回頭修改。你可以安排看似荒謬的鋪陳，再讓它變得合情合理。推論是次要的，排在創作力之後。想像力是首要的優先條件，而所謂的想像力，是願意思考任何瘋狂的念頭，讓合理或不合理的影像都出現在腦海裡。這當中或許有九成會派不上用場，不過，或許某個不合邏輯的想法會讓你既緊張又恐懼，怦然跳動的心讓你明白，這個瘋狂想法下隱藏著了不起的概念。在靈光乍現的瞬間，你看見某種連結，知道可以回頭改寫，讓一切合情合理。毋需太在意邏輯，引領你走上銀幕的是想像力。

情緒轉變

　　觸動觀眾情緒的方式，不是讓角色眼中淚光閃閃，不是演員以華麗對白

吟誦喜悅，不是對情欲擁抱的描寫，也不是訴諸憤懣的音樂，而是精準描繪足以引發情緒的必要經驗，從而帶領觀眾徹底體會那樣的經驗。轉捩點不僅傳達體悟，也能創造情緒動態。

想理解如何創造觀眾的情緒體驗，首先必須了解，世上只有兩種基本情緒模式——快樂和痛苦。這兩種情緒各有變化，如喜悅、愛、愉快、欣喜、開心、狂喜、陶醉、極樂⋯⋯等，或是傷心、害怕、不安、恐懼、哀傷、屈辱、抑鬱、悲慘、緊張、悔恨⋯⋯等。不過，生活提供我們的其實只有快樂或痛苦兩者之一。

身為觀眾，我們隨著故事敘述而經歷某種價值取向轉變，也經歷了某種情緒體驗。首先，我們對角色產生同理心。其次，我們必須知道角色想要什麼，也希望他得到他想要的。第三，我們必須了解角色生命中面臨重要考驗的價值取向。在這種情況下，價值取向的改變觸動了我們的情緒。

試著想像，某個喜劇的開場出現一個非常窮困的主角。從財富價值的角度來看，他處於負極狀態。隨後，經過一個又一個的場景、場景段落或幕，他的生活發生了變化，轉向正極，由貧窮轉換成富有。當觀眾眼看著這個角色朝著他的欲望前進，這由少變多的轉變，讓他們感受了漸入佳境的正面情緒經驗。

然而，一旦狀況穩定，原有的情緒很快消失無蹤。情緒是一種活躍但相對短暫的體驗，它猛然發展極致，又很快燃燒殆盡。

這時，觀眾會這樣想：「太好了。他變富有了。接下來呢？」

接下來，故事必須朝新的方向轉折發展，打造一個從正極到負極的變化，而且比原來情況刻畫得更深刻。或許是主角從富有變得落魄，欠了黑手黨債務，這比單純的貧窮還要慘。在這個由富有落入比一無所有更一無所有的轉變過程中，觀眾會出現一種負面的情緒反應。然而，當主角向高利貸者借了一大筆錢，觀眾的負面情緒又會慢慢消失，心想：「這麼做真是糟透了！他把錢揮霍殆盡，還敢欠黑社會錢。接下來還會發生什麼？」

這時，故事必須再朝另一個新方向轉折發展。也許，他冒充黑社會老大逃避債務，甚至掌管了黑幫。當故事的敘述讓情節發展從雙重負極轉向具反

諷意味的正極，觀眾也會出現更強烈的正面情緒。故事必須創造出這種在正負面情緒之間的動態變化，以符合報酬遞減法則。

報酬遞減法則的意思是：我們對某事的體驗愈多，它的影響也會愈小。換句話說，連續重複的情緒體驗，其效果不會相對增加。這個法則在生活或故事當中都適用。例如，第一支霜淇淋很好吃，第二支也不錯，但第三支就會讓人覺得噁心了。我們第一次體驗某種情緒或感覺時，受到的影響很大。如果想立刻重複這樣的體驗，它帶來的影響就會減半甚或不到一半。如果我們接著嘗試第三次，它的影響力不僅不會像原來那麼強，甚至會帶來反效果。

想像一下，如果一個故事接連出現三個悲劇場景，效果會如何？在第一個場景，我們會流淚；第二個場景，我們會吸鼻子；第三個場景，我們會笑……而且是大笑，原因不是第三個場景不夠悲傷──或許它是三個場景中最悲傷的──而是我們在前面兩個場景耗盡了悲慟，而且發現說故事的人竟然還想讓我們再哭一次，他不但對別人無感，更荒謬得可笑。一再重複「認真嚴肅」的情緒，其實正是最常用的喜劇手法。

我們似乎常常持續大笑，因此喜劇可能不適用這個法則？不。笑聲不是情緒，喜悅才是。笑聲其實是我們對荒謬或離譜的事大聲表達的批評，可能出現在從恐懼到愛之間的任何情緒當中。笑聲也總是讓我們感覺安心。笑話由兩個部分組成：鋪陳，以及拋出笑點。例如藉由危險、性、糞便等主要禁忌來加以鋪陳，為觀眾帶來緊張或懸疑，即使只有片刻時間也無妨。隨後，拋出笑點，引爆笑聲。如何掌握令人發笑的時機，祕密在於：何時鋪陳成熟，足以引出最精采的關鍵或喜劇效果？喜劇演員跟著直覺走，不過有一件事他是藉由客觀學習而掌握的：如果他一而再、再而三地不斷拋出笑點，受歡迎的程度會隨之銳減。

儘管如此，凡事總有例外：如果事件彼此之間的反差夠大，回溯時發覺第一個事件隱約帶有另一個極性的色彩，那麼故事還是可以從正極轉變為正極，或從負極轉變為負極。思索一下以下兩個事件：情侶爭吵，分手。負極。接著，其中一人殺死對方。第二個轉折朝負極發展的力道如此之強，相形之下，他們的爭吵似乎顯得較像正極。由於謀殺發生，觀眾回顧他們的分手，

心想：「至少那個時候他們還願意交談。」

如果情緒的正負反差夠大，事件從正極轉變到另一個正極時，毋需擔心濫情；從負極轉變到另一個負極時，也不至於道貌岸然。然而，如果轉變過程像常見情況一樣只有程度上的不同，那麼情緒的重複只能帶來預期的一半效果，若要再次重複，很不幸的，情緒極性就會出現逆轉。

報酬遞減法則適用於生活中的一切面向，只有性例外，它似乎可以無限制重複，且帶來的效應不會打折。

價值取向的轉變一旦引發某種情緒，隨之就會引發感覺。情緒和感覺是不一樣的，不過這兩個概念經常混為一談。情緒是一種短暫的體驗，很快發展到極致，又很快燃燒殆盡。感覺卻是一種長期瀰漫的感受經歷，為我們生命中的每一天、每一個月或每一年增添色彩。的確，具體的感覺往往對人格形成有所影響。快樂和痛苦是生活中的核心情緒，兩者各有多種變化，而我們體驗到的，究竟會是哪一種具體的情緒？是負面或是正面？答案可從以它為中心的感覺裡找到，因為感覺能讓情緒更為具體，就像為一幅鉛筆素描添上色彩，或為一首樂曲增加樂器。

試著想像：某人對生活的感覺良好，人際關係和諧，工作順利。有一天，他收到一個訊息告訴他，他的情人過世了。他會悲傷痛苦，但也會隨著時間的流逝而恢復，繼續生活。從另一方面來看，如果他的生活慘憺、充滿壓力和沮喪。有一天，他收到一個訊息告訴他，他的情人過世了。那麼……他可能會隨她而去。

在電影中，感覺也就是所謂的氛圍。氛圍是從影片的文本當中創造出來的。光和顏色的質感、演出與剪輯的速度、選角、對白風格、製作設計、音樂，這一切的文本特性結合在一起，創造出獨特的氛圍。一般而言，氛圍就像鋪陳一樣，是預示的形式之一，也是用來製造或形塑觀眾預期的方式。隨著影片每一個瞬間的接連發展，當場景動能確定引發的是正面或負面的情緒時，氛圍會更加凸顯情緒。

例如，以下這個故事概要打算營造正面情緒：一對早已疏遠的情侶已經一年多沒有聯絡了。男方身邊沒有她，生活又遭逢危險的轉折。面對破產而

絕望的他前來找她，希望向她借錢。這個場景一開始就有兩個處於負極的價值狀態：他的掙扎求生，以及他們的愛情。

　　他敲了她的門。她看見站在台階上的他，拒絕讓他進門。他刻意提高音量干擾鄰居，希望她會因困窘而讓他進門。她拿起電話告訴他，如果再繼續下去就會報警。他認為她只是虛張聲勢，對著門大聲說，他已經走到這步田地，監獄說不定還是個安全的去處。她大聲回答，這和她沒有關係。

　　他既恐慌又憤怒，撞開了門，看到她的表情，知道這個方式不可能向任何人借得到錢。他發狂般急著向她解釋，放高利貸的人恐嚇要打斷他的手腳。她不但毫不同情，還笑著告訴他，他們最好也打爛他的頭。他痛哭失聲，跪在地上，爬著向她求情。他臉上的瘋狂神情嚇壞了她，她從抽屜裡拿出一把槍，要他離開。他大笑說，他記得那把槍是他一年前給她的，槍內的撞針故障了。她笑著回答早就修好了，還扣扳機射擊他身旁的燈，讓他相信她的話。

　　他抓住她的手，兩人跌倒在地，為奪槍而翻滾拉扯。這時，某種過去一年來未曾感覺過的情緒忽然熊熊燃燒。他們開始在地上做愛，身旁是破碎的燈和砸爛的門。他的腦中浮現一個微小的聲音：「或許這次會成功。」但隨即一個落差又出現在他和……他的身體之間。那才是他真正的問題，她一面想，一面微笑。由於憐憫和感情用事，她決定接受他重回自己的生活。這個場景在正極狀態結束：他因為她的協助而逃過一劫，他們也重新找回了愛情。

　　如果觀眾對這兩個角色產生了同理心，這個從負極轉為正極的情節發展，將會引發正面情緒。不過，哪一種正面情緒？有很多種可能。

　　試著想像這個情景：作者希望一切發生在夏日，窗台上有美麗的花朵，一旁的樹也開滿了花。製片選擇由金・凱瑞（Jim Carrey）和蜜拉・索維諾（Mira Sorvino）擔綱演出，導演取鏡方式是讓兩人全身入鏡。他們一起營造出喜劇氛圍。喜劇就像明亮的光線和色彩；喜劇演員需要全身入鏡，因為他們全身都是戲。金・凱瑞和索維諾是出色的諧星。當金・凱瑞破門而入，當索維諾拿出槍，當他們兩人試著做愛，觀眾儘管發笑，卻也感受到強烈的恐懼感。接著，她決定讓他回到身邊，總算引發全然的喜悅。

　　再試著想像，如果場景設在死寂的夜晚，樹因風搖曳，樹影籠罩房屋四

周，月光灑落，路燈亮起。導演的取鏡是緊湊的傾斜鏡頭，而且他不要色調太過強烈。製片挑選的演員是麥可・麥德森（Michael Madsen）和琳達・佛倫提諾（Linda Fiorentino）。儘管沒有改變任何戲劇節拍，這個場景卻完全沉浸在驚悚片的氛圍裡。我們提心吊膽，深怕兩人當中有人沒辦法活著走出房子。想像麥德森勢不可擋地衝入屋裡，佛倫提諾緊握著槍，兩人為奪槍而搏鬥。當他們終於相互擁抱，我們才鬆了一口氣。

場景、場景段落或幕的轉變弧線，為基本情緒定了調，氛圍則讓它更為具體。儘管如此，氛圍無法取代情緒。如果想體驗氛圍，我們會去音樂會或博物館；如果想體驗耐人尋味的情緒，我們會聽故事。如果作者寫出來的場景淨是背景說明，沒有什麼變化，但將場景設定在夕陽西下的花園裡，以為金黃色的氛圍能讓影片成功。不過，這麼做對這個作者完全沒有幫助；他只是將劇本不夠出色的重擔推卸給導演和演員。無論用什麼樣的光線，沒有戲劇張力的背景說明就是無趣乏味。電影不是經過裝飾的攝影作品。

選擇的性質

角色在追求欲望時會因壓力而選擇採取某個或另一個行動，轉捩點就出現在這樣的選擇當中。只要我們能察覺到什麼是「善」或「對的」，人類天性總是會讓我們每個人都選擇「善」或「對的」，沒有例外。因此，如果一個角色置身某個情境，必須在絕對的善與絕對的惡之間、在是與非之間作出選擇，這時，觀眾因為知道角色的觀點，很清楚角色會如何選擇。

善與惡或是與非之間的選擇不是真正的選擇。

想像一下，十五世紀的歐洲邊界，匈奴王阿提拉視察他的游牧部族，同時問自己：「我該入侵、燒殺擄掠、大肆破壞……還是該回家？」對阿提拉而言，這完全不需選擇。他必須入侵、大開殺戒，將一切夷為平地。他率領數萬勇士橫越兩個大陸，眼見勝利在望，當然不可能回頭。在受害者眼中，

他的選擇卻是邪惡的決定。不過那是他們的觀點。站在阿提拉的立場，他的選擇不僅是為所當為，或許也是道義上理當如此的選擇。就像歷史上許多偉大的專制君王一樣，他認為自己執行的是神聖的使命。

或者再舉一個我們身邊的例子：一名小偷為了錢包裡的五美元打死受害者。或許他知道這是不道德的，然而，道德與非道德、是與非、合法與非法之間往往沒有太大的距離。他可能當下就為自己的行為後悔，但是在謀殺發生的那一瞬間，從小偷的觀點來看，如果他沒有說服自己這是正確的選擇，他是不會動手的。

人類只根據自己相信或認可的善惡是非來採取行動，如果我們對人類天性沒有這樣的了解，那麼我們可說什麼都不了解。以戲劇性而論，善與惡、是與非的選擇實在過於簡單且微不足道。

真正的選擇是兩難的困境。它出現在兩種狀況之下。第一種是在兩種無法兼得的善當中作選擇：從角色的觀點來看，這兩樣都是他渴望的，他希望兩者都能兼得，但環境讓他不得不只選擇其中之一。第二種是兩害相權取其輕的選擇：從角色的觀點來看，這兩樣都不是他渴求的，他兩樣都不想要，但環境讓他不得不選擇其中之一。角色如何在這種真正的兩難下作出選擇，強而有力地展現了他的人性及他所處的世界。

從荷馬以降，許多作家早已明白左右為難的法則，同時也了解，雙邊式架構的關係無法讓故事往下發展，只有角色 A 和角色 B 之間的單純衝突，故事也不可能令人滿意。

正極／中性／負極

（A）⟶　　　⟵（B）

＋／－

雙邊式矛盾稱不上兩難困境，只是正極和負極之間的猶豫躊躇。例如：「她愛我／她不愛我，她愛我／她不愛我」，這種好與壞之間的擺盪，只是呈現故事當中難以解決的問題，不僅冗長煩悶，也不會帶來結局。

如果藉由主角相信「她愛我」而讓這個模式朝正極發展並創造高潮，觀眾離開時心裡會想：「明天她又會不愛你了。」如果藉由「她不愛我」朝負極發展並製造高潮，觀眾出場時也會想：「她還會回來，她過去一直是這樣。」即使我們讓被愛的那一方死亡，這也不會是真正的結局，因為留下來的主角仍在疑惑：「她愛過我？沒愛過我？」觀眾離去時，對這個未曾解開的謎依然心存懸念。

　　這裡有兩個例子：一個是內在擺盪於快樂和痛苦之間，一個是內心處於左右為難的困境。以下我們試著以《巴黎野玫瑰》（Betty Blue）和《紅色沙漠》來做個比較。

　　在《巴黎野玫瑰》裡，貝蒂〔碧翠絲‧妲兒（Beatrice Dalle）飾〕從執迷轉為瘋狂，進而出現僵直型精神症狀。她的內心有許多衝動，但從來不曾真正下定決心。在《紅色沙漠》中，吉麗安娜〔莫妮卡‧維蒂（Monica Vitty）飾〕面臨沉重的兩難困境：逃回安適的幻想世界，或是在嚴峻的現實中創造生命意義；面對瘋狂，或是面對痛苦。《巴黎野玫瑰》的「仿極簡主義」誤將苦難當成戲劇，讓全片成為一張絕望無助的精神分裂患者的快照，但需要兩個多小時才看得完。《紅色沙漠》則是極簡主義的大師之作，生動勾勒出人類如何與天性當中的可怕矛盾相互搏鬥。

　　為了建構並創造真正的選擇，我們必須設計出一種三邊式架構；就像生活中會遇到的一樣，有意義的決定往往是三邊式的。

　　只要加上 C，就能創造出豐富的素材，避免重複。首先，A 與 B 之間原就有三種可能的關係——正極／負極／中性，如愛／恨／冷漠，現在還可再加上 A 與 C、B 與 C 之間同樣的三種關係，我們就有了九種可能性。

　　接著，我們可以結合 A 和 B，與 C 對立；結合 A 和 C，與 B 對立；結合 B 和 C，與 A 對立。或者，我們可以把三者一起全都放進愛中，或者一起全部放進恨或冷漠之中。加上這第三個角，這個三邊關係衍生出二十多種變化，為我們提供充分的材料，足以避免故事進展中出現重複。如果再加入第四個元素，則會製造出彼此環環相扣的複合式三邊關係，幾乎有可能創造出無數的關係變化。

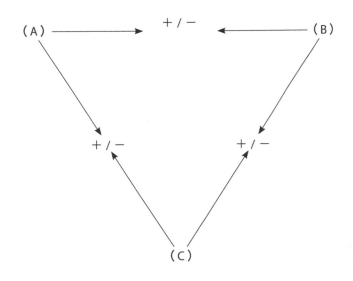

此外，三角形設計帶來結尾。如果一個故事描述的只是雙邊關係，A 只能在 B 和非 B 之間猶豫，故事的結局是開放的，但如果是三邊式的選擇，A 就必須在 B 和 C 之間作出取捨。無論 A 選擇哪一個，都會帶來令人滿意的封閉式結局；不管 B 和 C 代表兩害相權取其輕的兩種惡，或是無法兼得的兩種善，主角都不可能同時兼得。他必須付出代價，為了得到其中一個，必須承擔風險或失去另一個。例如，如果 A 放棄 C 而選擇 B，觀眾會感覺他作出真正的選擇。C 被犧牲了，這個無法逆轉的變化也結束了故事。

如果將「在無法兼得的兩種善之間作選擇」，以及「在兩害相權取其輕的兩種惡之間作選擇」加以結合，通常就會成為最引人注目的兩難困境。如超自然愛情片《多娜和她的兩個丈夫》中，多娜（索妮亞‧布蕾嘉飾）就因為新舊兩個丈夫而舉棋不定：現在的先生溫暖、牢靠、忠誠，但較呆板；前夫性感、刺激，儘管已經過世，鬼魂卻仍會暗地出現，而且保有血肉之軀和永不厭足的性欲。她究竟是不是出現幻覺？這個寡婦該怎麼辦？她陷入了兩難，一邊是無趣但舒適的正常生活，一邊是匪夷所思甚至瘋狂的生活，卻帶來情緒上的充實感。最後她作出明智的決定：兩者兼得。

一部具獨創性的作品會提出獨特的選擇——在無法兼得的欲望之間作出

決定。那或許是在兩個人之間，或許是在一個人與一種生活方式之間，也或許是在兩種生活方式或內在的兩個自我之間的選擇。這些彼此衝突的欲望無論是想像或真實的，無論是屬於哪一種層面的衝突，也可能是作者創造出來的。儘管如此，當中的準則是共通的：選擇不是遲疑而是兩難，也不是是與非、善與惡之間的抉擇，而是在具有同等分量或價值的正面欲望或負面欲望之間作出抉擇。

11
場景分析

文本與潛文本

　　心理分析揭開性格結構的祕密，藉由類似的分析方式，同樣也能發現場景內在的生命樣貌。只要能提出正確的問題，在閱讀過程中一閃而過、看似無懈可擊的場景，就會突然減速變成超慢動作，當中的祕密也隨之暴露無遺。

　　如果感覺某個場景進展順利，不要修改這些行得通的東西。不過，通常初稿大抵都平淡無奇或牽強，因此我們會不由自主地一再改寫對白，希望透過改變當中的說話方式讓它重生……結果才發現此路不通。問題不是場景當中的活動，而在於行動；問題不是角色表面的言談舉止，而在於面具下的他們會做什麼。節拍構成場景；在設計拙劣的場景裡，這些行為的更替自然會出現破綻。為了找出場景失敗的原因，必須將整體場景加以拆解。因此，場景分析的第一步，是將場景的文本與潛文本加以區分。

　　所謂文本，是指藝術作品傳遞感覺的表相。以電影為例，就是出現在銀幕上的影像，以及包含對白、音樂和聲音效果的配音配樂。換句話說，也就是我們看見的、聽見的，以及影片中人物的一切言行。至於潛文本，則是指在表相之下的生命——隱藏在行為之下所有已知與未知的思想和情感。

事物的表相未必與實際相符。電影編劇應時時留意生活當中的表裡不一，深刻體會到所有事物至少都有兩個面向，因此必須寫出生活當中的二元關連。首先，他必須藉由文字的描述來創造生活當中能傳遞感覺的表相：景物與聲音、活動與言談。其次，他必須創造出擁有自覺和不自覺欲望的內心世界：行動與反應、衝動和本我¹、與生俱來或經由經驗累積而來的責任。無論在現實生活或虛構故事裡都一樣，他必須在現實之外覆上一層看似真實的偽裝，將角色的真正思想和情感隱藏在他們的一言一行之下。

好萊塢有句老話說：「如果一個場景只是單純描述了那個場景，麻煩就大了。」因為那是只描寫了「眼前所見」的；所有對白和活動，都只透過角色的言行舉止來傳達他們最深層的想法與情感，換句話說，就是只在文本當中交代潛文本。

例如，如果寫出來的是這樣的場景：相互吸引的兩人相對而坐，在桌上燭光的映照下，水晶杯晶瑩剔透，情侶雙眼迷濛，溫柔的晚風吹拂著窗簾，蕭邦的夜曲在空中迴盪。這對情侶隔著餐桌握著對方的手，深情地看著對方說：「我愛你，我愛你。」……而且真心誠意地這麼說。這是一個無法搬上銀幕的場景，它的下場會和過街老鼠一樣。

演員不只是模仿動作與複誦台詞的傀儡。他們都是藝術家，他們進行創作的素材來自潛文本，而不是文本。演員賦予角色生命的方式，是將未曾說出甚或無意識的思想和情感，以及外在的行為，由內到外完整地呈現。演員會說出和做出場景要求的一切，但會從內在生命當中找到創作的來源。上面提到的場景之所以無法搬上銀幕，是因為缺乏內在生命，沒有潛文本；它無法搬上銀幕，是因為缺乏適合表演的內容。

回顧以往的觀影經驗，我們忽然明白，過去我們不斷見證潛文本的奇蹟。銀幕是不透明的，卻也是透明的。當我們仰頭看著銀幕，不就經常感覺自己

1　id，拉丁文原意為「它」，亦譯為「原我」。佛洛依德的人格發展理論中，將人格分為「本我」（id）、「自我」（ego）與「超我」（superego）三個部分。「本我」是指依循佛洛依德所謂「享樂原則」而運作，滿足性、飲食……等身體直接的需求。隨著成長，由於對現實的知覺，以及受到環境與社會規範限制，將「本我」的欲望壓抑在潛意識之下，依照「現實原則」在自身和環境之間進行調節，發展出「自我」。至於「超我」，指的是依照「理想原則」來運作，追求更高的意義。

好像在讀解劇中人物的心智與情感？我們不斷對自己說：「我知道那個角色真正在想什麼或有什麼感覺。我比她更清楚她內心究竟在想什麼，也比和她說話的那個男人還清楚她的想法，因為那個男人的心裡只顧得了自己。」

在生活裡，我們的眼睛往往只注意到表相。自我的需求、自我的矛盾和白日夢盤據了我們的心，因此我們很少往後退一步，冷靜觀察他人內心的所想所思。偶爾有那麼一、兩次，我們會從咖啡店角落某對情侶的微笑中看出他們內心的百無聊賴，或從他們眼神閃過的痛苦看出他們內心對彼此的期盼，這時，我們會為他們加上景框，創造出類似電影畫面的片刻。這樣的機會少之又少，也只出現於某個瞬間。然而，在故事的例行過程中，我們卻能持續洞悉角色的容顏與活動，直探他們未曾說出或未曾意識的內在深處。

這就是為什麼我們想聽故事。說故事的人會引領我們跨越每個層面的現有樣貌，並且不是偶一為之，而是直達故事終點為止。說故事的人賦予我們生活拒絕提供的樂趣，那樣的樂趣，來自於坐在黑暗的故事儀式中，穿過生活的表層，觸及深藏於言行舉止之下的真情實感。

那麼，我們應如何寫出愛情場景？讓兩個人動手換汽車輪胎。讓場景成為模擬如何處理爆胎的教科書。讓所有對白和行動都與千斤頂、扳手、輪軸蓋與螺帽有關：「把那個遞給我，好嗎？」、「小心！」、「別弄髒了。」、「讓我來……哎喲！」演員會對場景當中的真正動作加以演繹，所以要保留空間，讓他們由內而外全心全意談起戀愛。當他們眼神交會迸出火花，我們就明白，在演員未透過言語說出的思想和情感之中發生了什麼事。當我們洞悉表相，我們會往椅背一靠，露出會心的微笑：「看看這個。他們根本不是在換輪胎。他覺得她很正，她也知道。他們倆相互吸引。」

換句話說，就是依照生活中實際會發生的情況去寫，因為如果我們將那樣的燭光場景交給優秀的演員，他們會立刻發現其中的虛假，拒絕表演並轉身離開，除非這個場景刪除或創造出派得上用場的潛文本。沒有潛文本，優秀演員絕不會在鏡頭前演出。如果演員沒有足夠的影響力要求劇本改寫，那麼他們會這麼做：在場景中加入潛文本，無論它和故事究竟有沒有關係。

例如，某個演員不得不在這個燭光場景中演出，他可能會以這種方式來

解決問題：「這些人為什麼要這樣創造這種電影場景？要這些燭光、柔和的音樂和翻飛的窗簾做什麼？他們為什麼不能就像平常人那樣在電視機前面吃義大利麵？這樣的戀愛有什麼不對？生活不就是這樣？蠟燭什麼時候才會熄滅？等到一切恢復正常的時候嗎？不。等一切恢復正常時，我們會像正常人一樣在電視機前面吃義大利麵。」

　　由於有這樣的真知灼見，這名演員會創造出一個潛文本。這時，我們會看著這個場景想：「他說他愛她，也許他是真心的，不過你看，他其實害怕會失去她。他已經絕望了。」或者，我們會看到另一個潛文本：「他說他愛她，不過你看，他其實是在為壞消息預作鋪陳。他打算離開。」

　　這個場景和它原本預期呈現的有所不同了。它呈現的是另一種樣貌，而這個新的樣貌——他試著重新找回她的愛，或為了分手而讓她軟化——讓這個場景有了結果。潛文本永遠是必要的，那是與文本相互對照或相互矛盾的內在生命。如此一來，演員才能創造出層次豐富的作品，引領我們洞悉文本，看見生活中種種眼神、聲音、姿態之下隱約浮動的真相。

　　這個原則並不是說人是不真誠的。我們在大眾面前都戴著面具，這可說是人人皆認同的。我們說我們認為該說的，做我們認為該做的，但我們想的和感覺的卻完全是另一回事。因為我們不得不。我們知道我們不可能真的說出想說或感覺想說的，也不可能做想做或感覺想做的。如果人人都這麼做，生活會變成杜鵑窩。事實上，你知道自己對精神失常的人就是這樣說話的。精神失常者是失去內在溝通的不幸靈魂，他們因此能如實說出自己想說或感覺想說的，做出自己想做或感覺想做的，也因此他們精神失常。

　　無論是不是精神失常，任何人都不可能完全表達出內在的一切。無論我們多麼希望表現出內在最深層的感受，但總是無法如願。我們永遠不可能完全呈現真實的那一面，因為我們幾乎不知道它是什麼模樣。仔細思索一下這個我們渴望表達自己最真實思想和情感的情境——進行心理分析時，病患仰臥在躺椅上掏出內心話。他渴望能有人能理解自己。他毫無保留，沒有不可告人的私密之事。當他剖開自我，露出驚人的想法和欲望時，精神醫師會怎麼做？安靜地點頭和記錄。他在筆記上寫什麼？那是未曾說出的東西，是祕

密，是隱藏在病患掏心挖肺告白背後那不自知的事實真相。事物的表相未必與實際相符。文本需要潛文本。

我的意思並非不可能將絕望的人試圖說出的事實寫進故事，成為強而有力的對白。只不過在情感最澎湃的時刻裡，必須隱藏某個更為深刻的層面。

例如在《唐人街》裡，伊芙琳大哭說出：「她是我妹妹，也是我的女兒。我父親和我……」但她沒有說出來的是：「請幫助我。」她痛苦的坦誠，其實是在請求協助。她的潛文本是：「我沒有殺我的丈夫；是我父親……為了得到我的孩子殺的。如果你逮捕我，他就會把孩子帶走。請幫助我。」

在下一個戲劇節拍，吉特斯說：「我們必須想辦法讓你離開這個城市。」這是個不合邏輯卻又完全合理的回答。他的潛文本是：「你告訴我的我全都明白了。現在我知道殺人的是你父親。我愛你。我會不惜犧牲生命救你和你的孩子，然後再去抓那個混蛋。」這一切全都隱藏在場景背後，卻足以讓我們相信那是真實的，而不是只寫「眼前所見」的虛假對白。此外，它完全沒有剝奪觀眾洞悉一切的愉悅。

在《星際大戰》中，當維德提供機會讓路克一起統治宇宙，讓「萬物恢復秩序」時，路克的反應是選擇自殺。這同樣是不合乎邏輯的反應，卻是完全合理的反應，因為無論路克或觀眾都解讀出維德的潛文本：在「讓萬物恢復秩序」的文本之下隱藏著沒有明說的暗示──奴役萬民。而當路克企圖自殺，我們解讀出英雄式的潛文本：「我寧死也不會加入你的邪惡計畫。」

儘管角色可以說出和做出你想像得到的一切，但只要是人都不可能完全說出或做出絕對的真實，因為人們內心總是存在著不自覺的那一面。因此作者必須安排潛文本，只有當觀眾覺察到潛文本時，場景才能發揮功能。

這個原則同樣可延伸應用於第一人稱的小說、戲劇獨白，以及面對鏡頭的解說或旁白式的敘述。原因在於如果角色與我們進行私下交談，也未必代表他們當下就知道真相或說得出真相。

例如在《安妮霍爾》中，當奧維・辛格（Alvy Singer, 伍迪・艾倫飾）對著觀眾說話，「坦誠」自己的恐懼和無能時，他同時也在說謊、掩飾、哄騙、誇大、合理化，想透過自欺欺人努力說服我們，也讓自己相信他是真心誠意的人。

即使角色獨處時也會有潛文本，因為即使身旁沒有其他人，我們也會看著自己。我們戴上面具，對自己掩藏真實的自我。

個人會戴面具，各種單位機構也會，而且他們還聘請公關專家來防止穿幫。柴耶夫斯基的諷刺作品《醫生故事》對於這個事實的剖析相當精準。醫院的工作人員身穿白色制服，行為舉止看似專業、貼心且科學。不過，在醫療機構工作過的人就會知道，那裡充滿無形的貪婪、自我，以及近乎瘋狂的基調。如果想尋死，就去醫院吧。

生活當中始終存在的二元性，對無生命物體也適用。羅勃·羅森（Robert Rossen）的《比利·巴德》（Billy Budd）改編自梅爾維爾小說，片中的軍艦停泊在夜間的熱帶海洋。滿天閃爍的星星倒映在幽黑寧靜的海面上，如此壯麗。圓亮的明月低垂在半空，月光灑落，從地平線延伸到船首。

徐行的船隊隨著溫暖的海風晃晃蕩蕩。冷酷的士官長克拉嘉特〔羅伯特·萊恩（Robert Ryan）飾〕負責值夜。睡不著的比利〔泰倫斯·史丹普（Terence Stamp）飾〕來到甲板，和克拉嘉特一起站在甲板邊緣，順口說：「多美好的夜晚。」克拉嘉特回答：「是啊，比利，你說的沒錯。不過記住，在閃閃發亮表面下的那個世界，充滿了逍遙自在的怪物。」即使是母親大地也戴著面具。

場景分析技巧

分析場景時，必須剖析文本和潛文本每個層面的所有行為模式。只要透過適當方式加以研究，破綻自然會出現。以下五個步驟能讓場景不再有祕密。

步驟一：定義衝突

首先要釐清的是：這個場景的原動力來自於誰？帶動並誘發場景的是誰？任何角色或力量都能成為場景的原動力，包括無生命物體或大自然的作用。接下來深入觀察這個角色或力量的文本和潛文本，並問自己：他（它）想要的是什麼？欲望永遠是關鍵，因此，仔細描述這個欲望的目的，也就是演員常說的「場景目標」。例如「為了要做這個……」或是「為了得到那個……」。

接著綜觀整個場景，問自己：阻擋這個欲望的對立力量是什麼？同樣的，這些力量可能來自某個層面，或由不同層面組合而成。確認對立力量的來源後，問自己：這些對立力量想要的是什麼？這同樣也能以其目的來描述：「為了不那麼做……」或是「為了用這個取代……」。場景若寫得好，將雙方的欲望目的加以比較就會發現，它們是正面對立的衝突，而不是間接相關的。

步驟二：留意並記錄開場的價值取向

定義場景中面臨考驗的價值取向，並留意場景開始時價值取向的正負極性。例如：「自由。主角處於負極，是個執著於自己的野心的囚犯。」或者：「信心。主角處於正極，相信上帝能幫他擺脫眼前的處境。」

步驟三：將場景拆解成一個個戲劇節拍

節拍是主角行動／反應之間的行為更替。從兩個不同層面來仔細觀察第一個行動：從外在看起來，角色似乎準備要做什麼，更重要的是，看出他掩藏於表相之下的意圖。用進行式來描述這個潛文本的行動，如「正在哀求」。試著找出能描述動作又能點出角色感情的描述方式。例如，當我們說「正在懇求」，就傳達出角色的行動拘謹有節，至於「正匍匐在她腳下」則傳達孤注一擲的屈從。

對於潛文本當中的行動的描述，不是只透過字面來描寫角色的行動，而是藉由足以表現情感的意涵深入說明角色必要行動的本質。

這時，綜觀整個場景，看看那個動作帶來什麼樣的反應，並以進行式來描述那個反應，例如：「不理會懇求」。

這種行動與反應的更替，就是節拍。只要這樣的更替繼續延續下去，角色 A「正匍匐在她的腳下」，但角色 B 卻「不理會懇求」，這樣就可以構成一個節拍。即使他們重複這樣的行為更替好幾次，那還是同一個節拍。等到行為有了明確的改變時，新的節拍才會出現。

例如，如果角色 A 的匍匐乞求變成「正威脅要離開她」，角色 B 的反應從原本的不予理會轉變為「嘲笑他的威脅」，這個場景的第二個節拍就是「威

脅／嘲笑」，直到 A 和 B 的行為有了第三次明顯變化為止。將場景中一個個節拍加以拆解並剖析，場景分析也就能像這樣繼續進行下去。

步驟四：留意並記錄結尾的價值取向，並與開場進行比較

場景終結時，檢視角色處境的價值極性狀態，以正極／負極的方式來加以描述。將這個紀錄和步驟二的紀錄進行比較。如果這兩個紀錄的極性相同，那麼這期間發生的活動就不是事件，因為沒有任何變化發生，也就沒有任何事情發生。過程中或許為觀眾交代了一些背景說明，但整個場景是平淡無奇的。如果情況相反，價值極性發生了變化，場景也隨之有了轉折。

步驟五：檢查戲劇節拍，安排轉捩點的出現時機

從場景開場的戲劇節拍開始逐一檢查關於角色行動的描述。如果一路跟著行動／反應走，直到場景終結為止，這時某種型態或模式自然就會浮現。在精心設計的場景當中，看似雜亂無章的行為也會有轉變弧線和目的。在那樣的場景裡，節拍看起來似乎是隨機發生的，其實是經過巧思設計的。在轉變弧線裡安排期望與結果發生主要落差的瞬間，引導場景轉折發展，並改變結尾的價值取向，這個關鍵的時刻，就是「轉捩點」。

接下來，我們藉由分析以下兩個場景的設計來說明這項技巧。

《北非諜影》

《北非諜影》的幕中點高潮是在同一個時空下呈現的，它強調了個人衝突，並透過言語來呈現主要的行動。

故事簡介

一九四〇年，反法西斯的自由鬥士瑞克·布里安和流亡海外的挪威人伊爾莎·倫德在巴黎相遇。他們愛上對方，展開一段戀情。他向她求婚，但她

始終不予回應。瑞克是蓋世太保逮捕對象之一。在納粹入侵的前一天晚上，這對情侶相約在火車站見面，一起逃離這個城市。然而，伊爾莎並未依約出現，而是請人送來一張紙條，告訴瑞克她愛他，但不能再與他見面。

　　一年之後，瑞克在卡薩布蘭卡經營咖啡館。他讓自己孤立，無論個人生活或政治事務都刻意保持中立。他說：「我不為任何人冒任何風險。」他有了酒癮，覺得自己已死過一回，不再是從前的他。後來，伊爾莎挽著知名反對領袖拉茲洛走進咖啡館。這對情侶再度重逢。在伴隨著雞尾酒的閒聊中，可以感受到他們的激動。伊爾莎和拉茲洛一起離開後，瑞克在黑暗的咖啡館內喝了整夜的酒，等待著。

　　將近凌晨時分，她再度出現。此時醉醺醺的瑞克傷感不已。伊爾莎有所保留地告訴他，她仰慕拉茲洛，但並不愛他。她還來不及說出她愛的是他，酒醉且痛苦不堪的瑞克對她所說的一切表示輕蔑，認為只有妓女才會說出這樣的話。他帶著勉強的笑容看著她，以侮辱的言語繼續傷害她：「告訴我，你為了誰而離開我？是拉茲洛嗎？或者還有其他人？事實證明，你不就是那樣的人嗎？」這羞辱的話語暗示她就像妓女，讓她隨即走出門外，他則流下眼淚，醉倒在地。

幕中點高潮

　　第二天，伊爾莎和拉茲洛出門尋求黑市簽證。拉茲洛在一家咖啡館與人交涉，她在街上的織品攤前等候。瑞克看到伊爾莎獨自一人，朝她走來。

步驟一：定義衝突

　　瑞克開展並帶動這個場景。他在巴黎遭她背棄後痛苦不堪，看見她與另一個男人在一起又必須強自壓抑憤怒。儘管瑞克內心充滿衝突，但他的欲望十分明確：「奪回伊爾莎。」他的對立力量來源也同樣明確：伊爾莎。她的感覺非常複雜，糅雜著內疚、悔恨和責任感的層層迷霧包圍著她。她深愛瑞克，如果情況允許，她當然願意回到他身邊，卻由於某些只有她自己知道的

原因而無法這麼做。伊爾莎在這兩種無法相容的需求之間左右為難，她的欲望大可這樣描述：「將與瑞克的戀情留在過去，繼續眼前的生活。」他們的內心都充滿糾結的矛盾，他們的欲望卻正好處於對立的兩極。

步驟二：留意並記錄開場的價值取向

駕馭這個場景的是愛情。前一個場景中的價值取向由於瑞克的差辱行為而轉為負極，但仍略朝正極傾斜，因為觀眾和瑞克都看見了一絲希望。在前面幾個場景，人們仍用「伊爾莎・倫德小姐」來稱呼她，這表示她仍單身，只是和拉茲洛結伴而行。於是瑞克想改變情況。

步驟三：將場景拆解成一個個戲劇節拍

節拍（一）

外景　市場－織品攤前

小攤上掛著「亞麻織品」招牌，阿拉伯小販拿出有蕾絲花邊的床單給伊爾莎看。

小販的行動：推銷。

阿拉伯人：「全摩洛哥都找不到像這樣好的東西了，小姐。」

這時，瑞克走到她身後。

瑞克的行動：靠近她。

伊爾莎沒有回頭，但察覺到他來到自己身邊。她佯裝興致勃勃地看著床單。

伊爾莎的行動：忽視他。

小販舉起一塊牌子，上面寫著七百法郎。

> 阿拉伯人：「只有阿拉伯人才有這個優惠。」

節拍（二）

> 瑞克：「別上當。」

瑞克的行動：保護她。

伊爾莎暫停片刻，穩住自己。她看了瑞克一眼，接著溫和有禮地回答小販。

> 伊爾莎：「這樣就夠了，謝謝。」

伊爾莎的反應：不讓瑞克有機會往前跨一步。

瑞克若想從拉茲洛身邊搶回伊爾莎，首要任務就是打破僵局。這個任務相當艱難，因為前一個場景充滿了譴責與憤怒。他提醒伊爾莎不要上當似乎對阿拉伯小販不敬，但小販並不在意；其實小販在潛文本中具有更多暗示作用──象徵她與拉茲洛的關係。

節拍（三）

> 阿拉伯人：「啊……原來這位女士是瑞克的朋友？
> 我們對瑞克的朋友還會有一點小優惠。我剛剛是
> 不是說七百法郎？」
> （拿出新的牌子）

「現在只要付兩百法郎就可以帶走它。」

瑞克：「昨晚你來拜訪時，我的狀況不太好，不適合接待訪客，非常抱歉。」

瑞克的行動：道歉。

伊爾莎：「不要緊。」

伊爾莎的反應：再次不給他機會。

阿拉伯人：「啊！對瑞克特別的朋友，我們還有特別的折扣。」

他把第二個小牌子換成另一個，上面寫著一百法郎。

第一個節拍中，瑞克保護伊爾莎是自然而然的行動；相較之下，第二個節拍裡的道歉更不容易，也更特別。他透過極正式的方式來隱藏並減輕自己的困窘。伊爾莎不為所動。

節拍（四）

瑞克：「你昨天說的話讓我有點迷惑。或許是因為酒的影響。」

瑞克的行動：找藉口。

阿拉伯人：「我還有一些桌布、一些餐巾……。」

　　　　　伊爾莎：「謝謝，真的不需要。」

伊爾莎的反應：第四次拒絕瑞克。

　　　　　阿拉伯人（匆忙離開）：「稍等一下，請稍等……。」

從許多角度來看，阿拉伯小販都為這個場景增色不少。他的喜劇色彩開展了這個場景，並且與結尾的黯淡形成對比；他販售的蕾絲織品，增添了與婚禮和性感貼身衣物的連結。不過，最重要的是他試著將瑞克推銷給伊爾莎。小販的第一句台詞好像就是用來表明瑞克是不可錯過的，而為了展現瑞克的影響力，他還為「瑞克的朋友」降了價；聽到深夜的造訪後，更為「瑞克特別的朋友」提供特別的折扣。

接下來是瑞克第二次提及自己的酒後失態，試圖將羞辱伊爾莎的行為推託給酒精。伊爾莎聽不進去，不過她仍站在那裡等待著，我們因而有理由相信，她等待的並不是購買蕾絲織品。

節拍（五）
她假裝仔細查看那些蕾絲織品。沉默。

　　　　　瑞克：「你為什麼回來？回來告訴我為什麼當時
　　　　　在火車站不告而別嗎？」

瑞克的行動：試著往門內跨一步。

　　　　　伊爾莎（輕聲地）說：「對。」

伊爾莎的反應：門打開了一道縫。

接連碰了四次壁，瑞克希望她能給他一個肯定的答覆，無論回答的是什麼問題都好。因此他問了一個答案不言自明的問題。她輕輕的一聲「對」，打開了門──或許門後仍掛著門鏈，至少表示她願意交談了。

節拍（六）

> 瑞克：「那麼，現在你可以告訴我了。我現在相
> 當清醒。」

瑞克的行動：乞求。

> 伊爾莎：「瑞克，我想我沒辦法告訴你。」

伊爾莎的反應：提出更多要求。

沉默寡言的瑞克第三次為酒醉誤事而譴責自己。像他這樣的硬漢，這麼做無異是在乞求，而且發揮了效果。伊爾莎試圖反抗，用溫和而禮貌的方式與他對抗，不過還是繼續假裝挑選蕾絲織品。她的潛文本大可這麼描述：「這樣的乞求聽起來是不錯的交換條件。能不能讓我再多聽一點？」

節拍（七）

> 瑞克：「為什麼？我到現在還留著那張火車票。
> 畢竟我有資格知道原因。」

瑞克的行動：讓她感到自責。

　　　　伊爾莎：「昨天晚上讓我知道你變成什麼樣的人。
　　　　我願意告訴我在巴黎認識的那個瑞克，因為他能
　　　　理解……但這個瑞克卻以如此憎恨的眼光看待
　　　　我……」

伊爾莎的反應：反擊，讓他也感到自責。

這兩人曾是戀人。他們都覺得自己是受傷的那一方，也十分清楚對方
會有什麼樣的感受，因而輕易就能傷害對方。

節拍（八）

　　　　伊爾莎（轉身看著瑞克）：「我就要離開卡薩布蘭
　　　　卡了。我們不可能再見面。我們在巴黎相愛時，
　　　　對彼此的了解並不多。如果我們保持那樣的感
　　　　覺，也許我們會懷念那段時光……不是卡薩布蘭
　　　　卡……不是昨天晚上……」

伊爾莎的行動：道別。

瑞克只是盯著她看。

瑞克的反應：拒絕回應。

在潛文本當中，伊爾莎這些善意寬容的話語顯然是在道別。無論她的

舉止多麼溫柔，無論她的話語暗示了她對瑞克的愛，終究是分手：「讓我們保持友誼吧。讓我們記住美好的時光，忘掉不愉快。」

瑞克拒絕接受。他以拒絕回應作為回應；漠視某人的行動當然也是一種反應。何況，他因而展開了下一個戲劇節拍。

節拍（九）

　　瑞克（聲音低沉有力）：「你不告而別，是因為無法忍受嗎？因為你知道那代表什麼樣的生活——隨時隨地躲避警察、四處流亡？」

瑞克的行動：指責她懦弱。

　　伊爾莎：「如果你相信，就相信吧。」

伊爾莎的反應：指責他是笨蛋。

瑞克這一年來都在思索她離開他的理由，而他能想到的最好答案就是她是個懦弱的人。然而，她卻有勇氣和拉茲洛在一起，每天面臨死亡的威脅。因此她以冷靜的嘲諷語氣來回敬他，言下之意是：「我不在乎你怎麼想。笨蛋才會相信這些鬼話；如果你想當笨蛋，那麼你大可相信。」

節拍（十）

　　瑞克：「你知道的，我不再四處流亡了。我現在安定下來了，就住在咖啡館樓上，真的，只要爬

一層樓。我會在那裡等你。」

瑞克的行動：誘惑她。

伊爾莎移開視線，轉過身子背對著瑞克，大片的帽沿陰影落在她的臉上。

伊爾莎的反應：隱藏她的反應。

儘管她一再拒絕，但他感受得到，她的感覺朝著另一個方向傾斜。他們在巴黎的歡愛時光，他依然印象深刻，加上見過了冷漠、疏離的拉茲洛，他於是冒險一試，公然在街頭誘惑她。這個方法同樣發揮了效果。伊爾莎當然也有記憶，因此讓帽沿遮住她泛紅的臉。有那麼一瞬間，瑞克以為她即將回到身邊，卻忍不住說出讓自己後悔的話。

節拍（十一）

　　瑞克：「終究會有那麼一天，你同樣也會欺騙拉
　　茲洛，你會來找我的。」

瑞克的行動：指責她像妓女。

　　伊爾莎：「你錯了。你知道嗎，瑞克，維多・拉
　　茲洛是我的丈夫。而且……」
　　　（停頓了一下，冷冷地說）
　　「……甚至在巴黎我認識你的時候就是了。」

伊爾莎的反應：用這個消息讓他徹底死心。

伊爾莎莊重自持地離開，留下瑞克愕然地看著她的背影。

> 瑞克無法承受伊爾莎背棄他帶來的痛苦。在前一個場景高潮，他羞辱她就像蕩婦，暗示她也會背叛拉茲洛，重回他床上。伊爾莎第二次遭受羞辱，不得不以最難以接受的事全力打擊瑞克。不過，這只有一半是真的。她不但沒有告訴他，當時她以為丈夫已經死了，更留下可怕的暗示：她當時已婚，在巴黎利用了瑞克，卻在丈夫回來後離開了他。因此，她的愛根本不是真的。我們從潛文本中知道事實完全相反，瑞克卻徹底垮了。

步驟四：留意並記錄結尾的價值取向，並與開場進行比較

中心劇情驟然出現轉折，從充滿希望的正極，轉為遠比瑞克所能想像的更為沉重的負極。原因是伊爾莎不僅明白說出她不愛他，更暗示從來沒愛過他。她的祕密婚姻讓他們的巴黎戀情成為假象，也讓瑞克成為第三者。

步驟五：檢查戲劇節拍，安排轉捩點的出現時機

1. 走近她／忽視他
2. 保護她／拒絕他（和阿拉伯人）
3. 道歉／拒絕他
4. 找藉口／拒絕他（和阿拉伯人）
5. 他試著往門內跨一步／打開門
6. 乞求／要求更多
7. 讓她感到自責／讓他感到自責
8. 道別／拒絕回應
9. 指責她懦弱／指責他是笨蛋
10. 誘惑她／隱藏她的反應
11. 指責她像妓女／摧毀他的希望

這樣的行動／反應模式打造出一系列進展快速的節拍。每一次的更替都要比上一個節拍更上一層樓，讓他們的愛情面臨一次比一次更大的風險，讓他們不得不展現出愈來愈強的意志力與能力，以採取一次又一次痛苦甚至殘酷的行動，同時還要保持冷靜自制。

在第十一個節拍中間，落差出現，揭露了伊爾莎與瑞克相愛時已和拉茲洛結婚的事實。在這之前，瑞克仍懷抱著搶回她的希望，但這個轉捩點出現後，他的希望破滅了。

《穿過黑暗的玻璃》

《穿過黑暗的玻璃》中的卡琳與上帝這段情節，與《北非諜影》發生於定點的對白二重奏形成對比。這個情節裡有不斷變換的地點、難以覺察的時間變化，還有四個角色。它與內在衝突層面有緊密的關係，呈現的卻是實體環境中的主要行動。

故事簡介

柏格曼將這部影片設計為多線劇情，當中的六個故事互有關連。其中最具力道的是卡琳與她的「上帝」之間的衝突。卡琳深受幻想型精神分裂症折磨。有一段時期，她的神志清楚，因而獲准離開醫院，和家人一起在波羅的海某小島上的別墅共度短暫假期。她努力保持清醒，但圍繞在她身邊的卻都是脆弱、不安的男人，不但幫不了她，反而需要她的支持。

卡琳的父親大衛外表和善，但情感壓抑。他是個受歡迎的小說家，但未受書評肯定，始終耿耿於懷。他喜歡保持安全距離來觀察生活，再將觀察到的事實加以拆解，寫入作品裡。卡琳希望她的父親快樂，也為他能獲得藝術成就而祈禱。

卡琳的先生馬丁是醫生。她渴望得到丈夫的了解與支持，但他對待妻子的方式就像對待自己的患者，性生活的需求也讓她困擾。

卡琳的弟弟米納斯是她唯一真正親近的人。她對他無所不談，會對他說出自己可怕幻覺的祕密。然而，正值青春期的米納斯也因為未成熟的性欲，以及與父親的疏離而煩躁不安，幾乎無法為卡琳帶來慰藉，反而是卡琳感受到他的恐懼，不時提供撫慰。

　　不久，卡琳敏銳的感受（甚至像超自然的覺察力）很快演變為幻覺。她聽見閣樓牆後傳來的聲音告訴她，上帝即將出現。她非常害怕，向馬丁求助，他卻因婚後性生活無法滿足而羞辱她。當她找到父親時，他像對待小孩般溫和地打發了她。有一回，只有她一個人時，她偷看了父親的日記，發現父親對自己的興趣只是把她當成下一部小說的某個角色來加以研究。她試圖告訴弟弟上帝即將降臨的奇蹟，但米納斯因為自己的欲望而困惑痛苦，無法理解卡琳。突然間，卡琳的瘋狂轉變為性衝動。在野性驅動下，她拉著弟弟一起沉淪，兩人發生了亂倫關係。

　　大衛發現了這件事，但觸動他的是自憐，而不是對孩子的關心。令人震驚的是卡琳竟然同情父親，知道他對自己的興趣僅止於把她當成故事素材，於是告訴父親她對自己病情的體悟。馬丁打斷卡琳，聲稱他必須送她回精神病院。他打電話呼叫救護人員，開始收拾行李。

步驟一：定義衝突

　　卡琳帶動了這個場景。她相信自己聽到的聲音，極度渴望能見到上帝，不僅是為了自己的需求，更為了身邊的男人。她希望能與他們分享聖靈顯現，或許是為了得到認同，更重要的是協助他們減少生活中的痛苦。她的對立力量有兩個來源：第一個是她的丈夫。馬丁受她吸引只是因為性與憐憫，但他對她的瘋狂已無能為力，因而希望讓她離開她的「上帝」，讓她安全回到醫院。第二個更強大的對立力量就是她自己。她希望一睹天堂，但她的潛意識卻等著帶她一覽地獄景象。

步驟二：留意並記錄開場的價值取向

　　這個場景的開場雖然以奇特的方式呈現，卻充滿希望。卡琳是電影裡最

能引發同理心的角色。我們希望她想見到上帝的欲望能夠實現，即使只是個瘋狂的幻想，也能為一個心靈飽受折磨的女人帶來喜樂。況且，她在影片前半部的許多靈異經驗早已讓我們懷疑，或許那不是她產生的幻覺。我們深深期盼超自然事件發生；那象徵卡琳擊敗了她身旁那些自我中心的男人。

步驟三：將場景拆解成一個個戲劇節拍

節拍（一）

內景　度假小屋的臥室－白天

卡琳和馬丁收拾行李，等待救護人員抵達。馬丁翻遍櫥櫃抽屜，想找一件襯衫。卡琳用力想關上塞得太滿的箱子，思緒似乎神遊他方。

卡琳：「你的襯衫洗好了，但還沒熨。」

卡琳的行動：打算逃跑。

馬丁：「反正我在城裡還有襯衫。」

馬丁的反應：掩飾內疚。

卡琳：「拜託，幫我關好箱子。」

馬丁用力壓上箱蓋，但有雙鞋讓箱子的鎖無法扣合。他拿出鞋子，盯著它們。

馬丁：「這是我的鞋。我可以把它們留在這裡。」

卡琳：「為什麼不穿上，把腳上那雙留在這裡？」

馬丁（指了指腳上的鞋）：「這雙得送修了。」

他把鞋扔在地上，匆匆穿上夾克。卡琳慢慢關上行李箱。

這個節拍可說帶有喜劇色彩。卡琳已穿好衣服，收拾好行李，馬丁反而像個需要媽媽的孩子似的翻找東西。她是即將返回醫院接受電療的精神病患者，但保持著務實鎮定；他是醫生，卻為了穿哪一雙鞋而猶疑。從文本來看，卡琳似乎在收拾行李，但在潛文本當中，她其實是在計畫下一個行動。他因為內疚而思緒紛亂，沒有看出她外表的平靜下隱藏著企圖在閣樓裡追求她的「奇蹟」的念頭。

節拍（二）

卡琳用手指輕撫著行李箱，若有所思地保持沉默。接著：

卡琳：「有頭痛藥嗎？」

卡琳的行動：打算為尋找她的「上帝」而逃。

馬丁（很快掃視了房間）：「那個棕色的盒子呢？」

馬丁的反應：幫助她。

卡琳：「在廚房裡。」

馬丁（想起來了）：「對了，沒錯，在那裡。」

馬丁很快走出房間⋯⋯

內景 廚房－時間同前

發現他的醫藥盒放在桌上。他從盒裡拿出一點藥，倒了一杯水，慢慢走回去……

內景 大廳－時間同前

經過大廳……

內景 臥室－時間同前

走進臥室，一眼就發現卡琳不見了。馬丁放下水和藥丸，衝出房間……

內景 大廳－時間同前

尋找她的身影。

　　卡琳比馬丁感覺敏銳，不過她能夠逃離他的視線，部分原因是因為他沉迷在自己的思緒裡。他很清楚不能讓精神分裂症患者獨處，卻承受著因送她回醫院而產生的愧疚感，因此只要是能讓她開心的事，他都會答應。他的關心不是因為她的病痛，而是因為自己承受的痛苦。

節拍（三）

他看了看屋外，然後回到屋裡……

內景 大衛房間－時間同前

他打開門，站在窗前的大衛嚇了一跳。

　　　　　　馬丁：「看到卡琳了嗎？」

　　馬丁的行動：尋找卡琳。

大衛：「沒有。」

　　大衛的反應：幫他尋找。

馬丁焦慮地轉身離開，大衛跟著他走了出來……

內景　大廳－時間同前
他們來到大廳，彼此互望一眼，眼神猶疑不定。

節拍（四）
隨後，他們聽見樓上傳來卡琳的「低語」聲。

　　卡琳的行動：祈禱。

大衛上樓，馬丁去準備鎮靜劑。

　　大衛的反應：趕到她身邊。

　　馬丁的反應：準備再次抓住她。

樓上
卡琳的「低語」聲愈來愈清楚。

　　　　卡琳（不斷重複）：「是的，我明白，我明白……」

　　卡琳的幻覺提供這些男人他們想要的東西。對馬丁來說，是扮演醫生

的機會；對大衛而言，是女兒病況進入最戲劇性時刻的觀察機會。

節拍（五）
大衛躡手躡腳走向閒置的……

內景　閣樓房間－時間同前
他將門微微推開，往裡窺看。

大衛的敘事觀點
透過微開的房門看見卡琳站在房間中央，盯著牆上緊閉的櫥櫃門。她的聲音非常嚴肅，彷彿在祈禱，幾乎以吟唱的方式說話。

卡琳（對著牆說話）：「是的，我非常了解……」

卡琳的行動：為聖靈顯現作準備。

大衛的敘事觀點
凝視女兒，因為她創造的場景而呆若木雞。

卡琳（銀幕外的聲音）：「我知道快了。」

大衛的反應：觀察卡琳的瘋狂行為。

馬丁帶著醫藥包來到門口，站在大衛身旁，盯著卡琳對著自己假想的聽眾說話的情景。

卡琳（銀幕外的聲音）：「很高興聽到這件事。不

過我們的等待還是幸福的。」

馬丁的反應：努力控制自己的情緒。

卡琳朝著破壁紙後方傳來的聲音懇求，不過她很清楚，家人一定會找到她，也知道此時父親在觀察她，丈夫在努力壓抑憤怒。

節拍（六）

馬丁匆匆進入房間，走到卡琳身旁。卡琳焦慮地搓捻著脖子上的念珠，虔誠地緊盯著牆壁和櫥櫃的門。

馬丁的行動：打斷她的幻覺。

卡琳（對著馬丁）：「走路輕一點！他們說他馬上就到了。我們必須作好準備。」

卡琳的反應：保護她幻想中的景象。

節拍（七）

馬丁：「卡琳，我們該去城裡了。」

馬丁的行動：拉她離開。

卡琳：「我現在沒辦法離開。」

卡琳的反應：堅持不走。

節拍（八）

　　　　馬丁：「卡琳，你弄錯了。」

　　　　　　（看著緊閉的門）

　　「那裡面什麼都沒有。」

　　　　　　（抓住她的肩膀）

　　「那裡面沒有上帝，上帝不會從門裡出現。」

　馬丁的行動：否定她的上帝的存在。

　　　　卡琳：「他隨時會出現。我得在這裡等候。」

　卡琳的反應：維護自己的信念。

　　　　馬丁：「卡琳，不是這樣的。」

節拍（九）

　　　　卡琳：「別那麼大聲！如果你不能安靜一點，就
　　出去。」

　卡琳的行動：命令馬丁離開。

　　　　馬丁：「跟我一起來吧。」

　　　　卡琳：「你非要把事搞砸嗎？別管我。」

大衛仍在門口觀看。卡琳掙脫馬丁的雙手；他退到一張椅子旁，坐下來擦眼鏡。

　　馬丁的反應：退卻。

　　卡琳就是比馬丁堅強。他無法對抗她堅強的意志力，只好放棄並讓步。

節拍（十）

卡琳面對牆壁跪下，合掌祈禱。

　　　　卡琳：「親愛的馬丁，原諒我這麼不配合。不過
　　　　你不能來跪在我旁邊嗎？你坐在那裡看起來很可
　　　　笑。我知道你不信，至少可以為我這麼做吧。」

　　卡琳的行動：迫使馬丁加入她的儀式。

馬丁眼眶含淚，彷彿因無助而痛苦不堪。他走回她身旁，跪了下來。

　　馬丁的反應：對她屈服。

大衛始終在門口觀看一切。

　　卡琳希望作好萬全準備，以迎接她的上帝降臨，因此把毫不相信的馬
　　丁也拉入她奇特的儀式當中。

節拍（十一）

馬丁扶著卡琳的肩，將頭埋進她的頸窩裡，滿是淚水的臉磨蹭著她的肌膚。

馬丁：「卡琳，我最親愛的，我最親愛的，我最
　　　親愛的。」

馬丁的行動：愛撫她。

卡琳心生反感，扳開他的手，用力甩開。

卡琳的反應：努力擺脫他。

馬丁面對她的瘋狂不知所措，直覺地想藉由誘惑她來讓她擺脫瘋狂，
可悲的是他的愛撫失敗了。

節拍（十二）

卡琳雙手在身前合掌，恢復祈禱。

卡琳的行動：投注所有心力祈禱。

突然間，一聲震耳欲聾的「咆哮」充滿整個房間。卡琳的眼光從牆壁移向壁櫥。

「上帝」的反應：宣告「上帝」的降臨。

節拍（十三）

櫥櫃門突然打開，彷彿事先算準了時間似的。

「上帝」的行動：在卡琳面前出現。

卡琳心生敬畏地站著，對著壁櫥微笑，就像空蕩蕩的櫃子裡出現了什麼東西似的。

　　卡琳的反應：迎接她的「上帝」。

窗外，一架救護直升機從空中下降。

背景裡，大衛專注看著眼前的一切。

　　壁櫥的門為何兀自打開？又是如何打開的？或許是因為直升機帶來的震動，但這個解釋很難令人滿意。就在卡琳祈禱奇蹟發生的那一刻，壁櫥門和直升機由於單純的巧合為她帶來了奇蹟。令人驚訝的是這個行動似乎不是刻意安排的。套用榮格的術語，柏格曼創造的是一個共時性[2]的事件：以劇烈情感為中心，將有意義的巧合加以融合。他讓我們聽見卡琳的心聲，讓我們看見她對自然的靈敏感受；他以充滿戲劇張力的方式呈現她對奇蹟的極度渴求，於是我們漸漸期望超自然事件發生。卡琳的宗教熱情如此狂熱，甚至創造出一個共時性的事件，讓我們一睹某種超越真實的事物。

節拍（十四）

卡琳注視著壁櫥；當她看見某個令人驚異的事物時，臉上的神情凝結了。

　　卡琳的「上帝」的行動：攻擊她。

2　共時性（synchronicity），又譯為「同時性」，榮格心理學重要理論之一，指兩個或兩個以上的事件看起來沒有因果關係，碰巧發生的機率也微乎其微，卻因為有意義的巧合而產生了聯繫。

她忽然驚聲尖叫，就像有人在身後追趕似的，跑到房間另一頭，躲在角落裡，用手腳護著自己。

　　　卡琳的反應：不惜一切擺脫她的「上帝」。

節拍（十五）
馬丁緊緊抓著她。

　　　馬丁的行動：讓她平靜下來。

她推開他，逃到另一個角落。

　　　卡琳的反應：逃離馬丁。

節拍（十六）
彷彿有東西爬上她的身體，她用雙拳緊壓在腹股溝，接著猛烈攻擊某個看不見的攻擊者。

　　　「上帝」的行動：企圖強暴卡琳。

　　　卡琳的反應：拚命反抗「上帝」的強暴。

這時，大衛和馬丁一起努力制止卡琳。

　　　大衛的反應：幫忙制止她。

節拍（十七）

她突然掙脫，很快衝出房門，來到……

內景　樓上的大廳－時間同前

……又跑下樓梯。

卡琳的行動：逃走。

內景　樓梯－時間同前

米納斯突然出現在樓梯下。

米納斯擋住她的路。卡琳停下來，盯著她的弟弟。

米納斯的反應：阻擋她。

節拍（十八）

大衛抓住她，把她拉倒在樓梯上。馬丁帶著針筒也趕來了。卡琳像困獸般用力掙扎。

馬丁和大衛的行動：讓她平靜下來。

馬丁：「壓住她的腿。」

馬丁想辦法幫她注射藥物，她努力想掙脫他們的壓制。

卡琳的反應：狂亂地抗拒藥物注射。

節拍（十九）

她倚在父親身上，靜靜看著弟弟焦慮的臉。

鎮靜劑的行動：讓她平靜下來。

卡琳的反應：向藥物屈服。

馬丁和大衛的反應：讓自己恢復平靜。

米納斯的反應：試著了解發生了什麼事。

節拍（二十）

　　　　卡琳：「我忽然覺得害怕。」

卡琳的行動：提醒米納斯。

三個男人的反應：靜靜聽她說。

　　卡琳（慢慢對她弟弟說明）：「門開了，但出現的上帝卻是一隻蜘蛛。他朝我爬過來，我看見他的臉。那張臉很可怕，很冷血。他爬到我身上，想進入我的身體。可是我一直抗拒。我一直看著他的眼睛。那雙眼睛很平靜，很無情。他沒辦法得逞，就往上爬，爬到我的胸部，爬到我臉上，然後爬到牆上。」

（一直凝視著米納斯的眼睛）

「我看見上帝了。」

蜘蛛上帝的強暴雖然是來自潛意識的幻覺，但她回到現實後，卻以帶嘲諷意味的敬畏方式來看待這個幻覺。她將自己可怕的發現當成具告誡作用的故事告訴這三個男人，其實主要對象是米納斯。她希望提醒弟弟，祈禱是不會有回應的。

步驟四：留意並記錄結尾的價值取向，並與開場進行比較

卡琳遇見蜘蛛上帝，讓這個場景從希望轉為絕望。她祈禱上帝降臨，並把這個「奇蹟」告訴父親，她知道他本身缺乏真正的情感，渴望得知他人的生活經驗來創作小說。她對丈夫分享自己的信念，但他的回應卻只是充滿性意味的互動或採取醫生的立場。她的「奇蹟」隨後突然轉變成噩夢，她對上帝的信仰也隨之崩垮。

在最後一個戲劇節拍，卡琳對弟弟描述她看見的荒誕場面，將它視為警告，不過，相較於這個場景裡令人難以承受的絕望所展現的戲劇張力，最後這個動作顯得微不足道。我們於是有了這樣的感覺：面對我們本性中根植的難以理解的力量時，電影裡的小說家和醫生所擁有的那種理性之愛，是何其脆弱，何其引人同情。

步驟五：檢查戲劇節拍，安排轉捩點的出現時機

1. 打算逃跑／掩飾內疚
2. 打算為尋找她的「上帝」而逃／幫助她
3. 尋找卡琳／幫他尋找
4. 祈禱／趕到她身邊，並準備再次抓住她
5. 為聖靈顯現作準備／觀察卡琳的瘋狂行為，努力控制自己情緒
6. 打斷她的幻覺／保護她幻想中的景象
7. 拉她離開／堅持不走

8. 否定上帝的存在／維護自己的信念

9. 命令馬丁離開／退卻

10. 迫使馬丁加入她的儀式／對她屈服

11. 愛撫她／努力擺脫他

12. 投注所有心力祈禱／宣告「上帝」的降臨

13. 在卡琳面前出現／迎接她的「上帝」

14. 攻擊卡琳／不惜一切擺脫她的「上帝」

15. 讓她平靜下來／逃離馬丁

16. 企圖強暴卡琳／拚命反抗「上帝」

17. 逃走／阻擋她

18. 讓她平靜下來／抗拒注射

19. 讓她平靜下來／讓自己恢復平靜，試著理解她

20. 提醒米納斯／靜靜聽她說

戲劇節拍開始時相當輕快，幾乎帶著喜劇色彩，隨後快速進展。每一回行動／反應的更替都超越了前一回，對所有角色的要求也更多，尤其是卡琳，她的意志力必須愈來愈強，才足以承受她見到的恐怖景象。落差出現在第十三和第十四個節拍，卡琳所期待的上帝，竟變成在幻想中性侵她的蜘蛛。前面提到的《北非諜影》以揭露真相來當作場景的轉捩點，但這裡有所不同。在這個場景當中，高潮轉捩點的發生以行動為軸心，行動則來自於主角的潛意識，而且具有令人震懾的力量。

以上是我們透過這兩個精采的場景來展示分析的技巧。儘管這兩個場景在衝突層面與行動本質的差異很大，卻擁有相同的基本形式。在這兩個場景中完美展現的，若套用在其他電影或場景裡，可能就會變成瑕疵，甚或不值一提。

場景不精采或不理想，或許是因沒有對立的欲望而缺乏衝突，或許是因重複或迂迴造成故事停滯不前，或許是因轉捩點過早或過晚出現而失衡，也

或許是因為只寫「眼前所見」的對白和行動而不具說服力。儘管有這麼多原因，但分析有問題的場景時，對照場景目標來檢驗戲劇節拍，改變角色的行為以符合其欲望，或改變欲望以符合其行為，就能改寫場景，為場景注入生命力。

12
布局分場

　　布局分場是指為場景安排順序並加以串聯。作曲家選擇不同的音符與和弦來作曲，我們則透過取用或排除什麼、何者在前或何者在後的選擇，來形塑故事的進展過程。這可說是一項艱苦的任務，因為當我們漸漸掌握自己的主題後，每一種故事似乎有了無限的可能，而且朝不同方向蠢蠢欲動。如果無法抗拒誘惑，試圖將它們全部納進故事，就會造成災難。幸好這門藝術已經演進出以下這套布局分場的原則，引導我們勇往直前：整體性與多樣性、步調掌握、節奏與速度、社會層面與個人層面的進展、具象徵意味與具反諷意味的昇華，以及轉場原則。

整體性與多樣性

　　即使故事想呈現的是混沌狀態，它本身仍必須具有整體性。無論內容是什麼樣的情節，以下這個句型都應該要合乎邏輯：「因為觸發事件，高潮必須發生。」以《大白鯊》為例：「因為鯊魚造成一名泳客死亡，警長必須消滅鯊魚。」還有《克拉瑪對克拉瑪》：「因為克拉瑪太太離開他和孩子，這

對夫妻不得不處理監護權問題。」

我們應該能察覺到，觸發事件與故事高潮之間有因果關連。觸發事件是故事當中最具影響力的因素，因此它最後的結果——亦即故事高潮——理當也是必然會發生的。至於將這兩者緊密結合在一起的，就是故事的骨幹，也就是主角想重建生活平衡的深層欲望。

整體性儘管是重要關鍵，但只有整體性依然不夠。我們應盡可能從中誘發更豐富的多樣性。如《北非諜影》不僅是史上觀眾最愛影片之一，也躋身最富多樣性的電影清單。它是精采絕倫的愛情故事，片中卻有一大半是政治戲劇。電影出色的動作場景段落與都會喜劇相互輝映，還有，全片策略性安排了十多首樂曲來引導或說明事件、意義和情感，幾乎也可說是歌舞片了。

絕大多數人無法處理這麼豐富的多樣性，我們的故事也未必需要。不過我們也不希望一而再、再而三反覆彈奏相同音符，讓每個場景聽起來都和其他場景雷同。於是我們在喜劇中尋找悲劇，在個人當中尋找政治性或足以衝擊政治的個人，在尋常之下尋找不尋常，在高貴中尋找瑣屑之事。

想讓一再重複相同起伏的老套能夠變化多端，關鍵在於研究。膚淺的認知只會帶來乏味單調的敘述，唯有建立作者的認知，我們才能準備一場愉悅的盛宴，或至少能增添些許幽默。

步調掌握

如果我們慢慢將螺絲調緊，一點點之後再來一點點之後再來一點點，一個場景接著一個場景再接著一個場景，那麼，電影還來不及結束就會讓觀眾變得興致缺缺。他們勉強往下看，不再有力氣投入故事高潮。

故事是生活的隱喻，我們因而期望它和生活一樣具有生活的節奏。這個節奏在兩個相互矛盾的欲望之間搏動：我們一方面渴求安詳、和諧、平靜與放鬆，但這樣的生活日復一日過得太多，我們就會感覺百無聊賴，甚至必須進行心理治療。於是我們也渴求挑戰、緊張、危險，甚或恐懼。只不過這樣的生活日復一日過得太多，我們終究會進入精神病房。於是，生活的節奏就

在這兩極之間擺盪。

　　例如，典型的一天的節奏就像這樣：早上起來精神奕奕，你凝視著鏡子裡的影像對自己說：「今天一定好好完成一件事。對，我真的希望能有所改變。今天絕對要好好完成一件事。」結果，想要「好好完成一件事」的你卻接二連三遇到狀況，錯過約好的會議、等不到回電、做了白費力氣的工作，麻煩似乎永無止境。直到和朋友開心共進午餐，邊聊邊喝，你才恢復了清晰的思緒，讓自己放鬆，並重新醞釀能量，以便出發迎戰下午的魔鬼，期待能完成上午本該完成的所有事──結果，你還是錯過了更多電話、執行了更多沒有效益的任務，永遠覺得時間不夠用。

　　好不容易準備開車回家，卻發現大塞車。路上每輛車裡都只有一個人。要不要和別人共乘？不。辛苦工作一整天，完全不想和三個剛下班的傻瓜擠在同一輛車裡。你躲進自己車中，「啪嗒」一聲打開收音機，依照音樂節奏來決定合適的車道。如果是古典音樂，你會走右車道；如果是流行歌曲，你會進入中間車道；如果是搖滾，你會朝左車道挺進。我們老是抱怨交通壅塞，但也從來沒有真正盡過一己之力。我們甚至暗自享受著尖峰時間，因為開車的時間是我們大多數人僅有的獨處時刻。你在車上放鬆自己，無拘無束，偶爾還隨著音樂鬼吼個幾聲。

　　回家後很快沖個澡，接著進入了夜生活。有什麼好玩的？遊樂園那些設施嚇得人魂不附體，看電影得承受生活中完全不想遭遇的情感，到單身酒吧又必須面對遭人拒絕的窘境。疲憊的你倒在床上，第二天一早，又重新開始這樣的節奏。

　　這種緊張與放鬆之間的更替，是生活的脈動，是日復一日甚或年復一年的節奏。在某些電影裡，這樣的更替十分明顯，在另一些電影裡卻不易察覺。例如，《溫柔的慈悲》慢慢釋出戲劇壓力，隨後再慢慢減少，每一個循環都緩緩增強整體強度，直到高潮為止。《絕命追殺令》則將緊張氣氛雕鑿成嶙峋的山峰，接著稍微衰減，之後再加速攻頂。每一部電影儘管各有腔調，但內容絕非平淡、重複、被動的無趣之事，也不是毫不鬆懈的強制行動。無論原型劇情、極簡劇情或反劇情，好的故事都隨著生活的節奏不斷變動。

我們將緊張當成基礎，利用我們的幕結構揭開序幕，隨後透過場景段落將場景拉至第一幕高潮。一旦進入第二幕，我們安排一些場景來減弱這個緊張氣氛，並轉換成喜劇或浪漫戀情，營造與第一幕相互輝映的氛圍，降低第一幕帶來的緊張感，觀眾因而能喘一口氣，並醞釀更多能量。我們讓觀眾隨劇情起舞，讓他們像長跑選手那樣，不是始終保持同樣步調，而是時而加速，時而減速，接著再次加速，如此創造一次又一次的循環，最後終能達到耐力的極限。

放慢步調後，我們繼續發展下一個幕，最後在強度和意義上超越前一幕的高潮。就這樣一幕接著一幕，我們時而緊繃，時而放鬆，直到最後一個高潮掏空觀眾，讓他們心情既疲憊又充實。隨後，一個簡短的衝突解除場景讓觀眾恢復生氣，開開心心回家。

這就像性愛一樣。房中術大師深諳做愛的步調。他們首先帶領兩人進入愉悅宜人的緊繃狀態，但高潮（正好和我們採用相同的詞）尚未出現。接著他們說說笑笑，改變體位，引領兩人進入更加緊繃的狀態，但仍未出現高潮。接下來，他們吃吃三明治，看看電視，蓄積能量。隨後，緊繃感愈來愈加強烈，如此透過一回回不斷提升緊繃強度的循環來做愛，最後終於同時達到高潮，一時間天旋地轉，目眩神迷。貼心的說故事者就像與我們做愛。他知道，只要他能掌握步調引領我們，我們就能展現出驚人的力量。

節奏與速度

節奏由場景長度決定，亦即我們在同一個時空裡停留多長時間。一部典型兩小時劇情片會出現四十至六十個場景，表示平均每個場景的長度是兩分半鐘。不過不是每個場景都一樣。事實上，每出現一個一分鐘的場景，就會有一個四分鐘的場景；每出現一個三十秒的場景，就會有一個六分鐘的場景。在格式標準的劇本裡，一頁相當於一分鐘的銀幕時間。因此，翻閱劇本時，會看到一個兩頁的場景，接著一個八頁場景、一個七頁場景、三頁場景、四頁場景、六頁場景、五頁場景、一頁場景、九頁場景。換句話說，如果你劇

本裡的場景平均長度是五頁，那麼你的故事步調就像龜速。

　　大多數導演在拍片時，會在兩、三分鐘內大量汲取某地具視覺表現力的所有鏡頭。如果一個場景的時間太長，鏡頭會過多，剪輯師要不斷反覆處理相同的場景建立鏡頭（establishing shot）、相同的雙人鏡頭和特寫鏡頭。只要鏡頭重複，表現力道就會流失，影片視覺也會變得毫無生氣，導致觀看者失去興趣，視線漫遊於銀幕之外。只要稍微過了頭，就會徹底失去觀眾。場景兩到三分鐘的平均長度，反映的是電影的本質，以及觀眾期待持續看到具表現力的片段源源不絕出現。

　　研究這個原則的諸多例外時，我們發現這些例外所證明的也只有這個重點。《十二怒漢》（Twelve Angry Men）發生的地點是陪審團休息室，時間只有兩天。從本質來說，它包含兩個五十分鐘的場景，而且發生在同一個地點，期間只有晚上睡覺時有一個短暫的停頓。電影是由戲劇改編而來的，因此導演薛尼·盧梅（Sidney Lumet）善用了戲劇裡的法式場景（French Scenes）。

　　在新古典主義時期（1750-1850），法國戲劇嚴格遵循三一律（Unities），這套戲劇規矩將表演局限於一個基本劇情或情節裡，而且只發生在一個地點，發生在一段與表演時間相同長度的時間之內。

　　儘管如此，當時的法國人發現，由於是單一時空，主要演員的進場或退場扭轉了關係的動態變化，也就等於創造了新的場景。例如，場景設定為花園，一對年輕戀人共同演出一個場景。接著，女孩的母親發現了他們。她的進場改變了角色關係，結果形成了一個新的場景──這三個人構成另一個場景。隨後年輕男子退場。他的退場等於重新釐清了母女之間的關係。面具卸下，新的場景開始。

　　盧梅了解法式場景原理，將陪審團休息室拆解成幾個景中景，如飲水機、置物櫃、窗戶、桌子相對的兩端。在這些次要地點，他展現了法式場景：首先是一號和二號陪審員，接著二號退場，五號和七號進場，**畫面切換**為六號一人，**畫面切換**為十二人，**畫面切換**為其中五人坐在房間一角……等。《十二怒漢》以超過八十個法式場景打造出充滿刺激的節奏。

　　《與安德烈晚餐》的局限更大。這部片長兩小時的電影，內容是一頓為

時兩小時的晚餐，角色只有兩個，因此法式場景行不通。儘管如此，這部影片就像文學作品那樣，以言語在聆聽故事的人的想像中描繪出畫面，藉此創造場景，打造自己的步調，因而讓影片有節奏地搏動。這些場景包括：在波蘭森林裡的探險、安德烈的朋友在一個怪誕儀式裡將他活埋、他在辦公室遭遇的共時性現象等。這些豐富的描述，在教育劇情裡掩藏了另一個教育劇情。安德烈〔安德烈‧葛瑞格里（Andre Gregory）飾〕述說了自己在精神層面展開的唐吉訶德式探險，結果改變了朋友的人生觀，讓華利〔華萊士‧蕭恩（Wallace Shawn）飾〕離開餐館時轉變為另一個完全不同的人。

場景裡的活動是透過對白、行動或對白與行動的結合而產生的，速度則是活動展現的程度。例如，情人的枕邊細語屬於低速；法庭內的辯論是高速。角色凝視窗外即將作出人生重要抉擇屬於低速；騷動場面是高速。

故事的講述技巧高明，場景和場景段落的進展就能加快步調。當情節朝著幕高潮發展時，我們善用節奏與速度逐漸縮短場景，同時讓當中的活動愈來愈活躍。故事和音樂、舞蹈一樣需要動能。重大逆轉場景往往漫長而緊張，因此我們希望利用電影傳遞感覺的能力，將觀眾推向幕高潮。「最高潮」不是短暫而急遽的；它指的是深刻的改變。這樣的場景不可能草草帶過，於是我們讓它們舒展，讓它們有呼吸空間；我們放慢步調，讓觀眾屏氣凝神，思索接下來會發生什麼。

此時，報酬遞減法則依然成立：我們停滯的次數愈多，效果就愈小。如果在重大高潮的前幾個場景都是漫長而遲緩的，我們希望保持緊張感的重大場景就會變得平淡乏味。由於次要場景的無精打采耗損觀眾過多精力，當重要時刻的事件發生時，他們的反應就會只是聳聳肩膀。為避免這種情況，我們必須縮短節奏，持續提升速度，以「換取停頓的空間」，如此一來，當高潮出現時，我們才能踩下煞車，拉長高潮時間，維持張力。

這樣的設計當然也有問題，因為這也是老把戲。Ｄ‧Ｗ‧葛里菲斯是箇中好手。默片時代的電影創作者都知道，即使是追捕壞蛋這樣微不足道的小事，只要縮短場景、加快速度，打造出令人興奮的步調，也能令人擊掌叫好。手法與技術不會讓影片落入俗套，除非一開始就出現了其他阻礙。因此我們

不能因無知與傲慢而忽略這個原則。如果我們讓某個重大逆轉之前的場景變得漫長遲滯，勢必會癱瘓我們的戲劇高潮。

步調早在劇本寫作時就已建立。無論內容是不是陳腔濫調，我們都必須掌控節奏與速度。這不是指相對擴大活動，或修剪場景長度，而是必須形塑進展的過程。如果我們不這麼做，剪輯師也會這麼做。如果他為了修整我們草率的作品而剪掉某些我們喜愛的片段，該負責的是我們自己，不是別人。我們是電影編劇，不是小說的逃兵。電影是獨特的藝術形式；編劇必須熟稔動態畫面美學，創造出來的劇本必須能為接下來其他電影藝術家鋪路。

進展過程的表現

當故事確實有了進展，它召喚一次比一次更強的能力，要求一次比一次更堅韌的意志，在角色的生活中引發一次比一次更劇烈的變化，並將他們推向一次比一次更艱險的危難。該如何表現這樣的進展過程？又該如何讓觀眾感受到這樣的過程？主要的技巧有以下四種。

社會層面的進展

將角色行動的影響範圍擴展至社會層面。

讓你的故事從個人層面開始，並且只涉及幾個主要角色。隨著故事的敘述進展，讓他們的行動向外延伸至他們周遭的世界，觸及並改變愈來愈多人的生活。不要畢其功於一役，而是透過進展過程慢慢擴散效果。

例如在《致命警徽》中，兩個人在德州某廢棄的練習靶場裡撿拾彈殼，意外發現了數十年前失蹤的警長屍體殘骸。現場的證據讓現任警長懷疑凶手可能是自己的父親。

隨著他的追查，故事也向外擴及社會層面，時間也往回追溯，拼湊出一幅結合了腐敗與司法不公的圖像，牽連並改變了三個世代德州人、墨裔美國

人與非裔美國人的生活——事實上，也就是影響了里奧郡的每一位公民。

在《MIB星際戰警》裡，一位農夫遇見一名尋找罕見珠寶的逃亡外星人，這個巧遇竟慢慢演變成所有生物都面臨了危機。

從個人內在問題開展，再擴及周遭的外在世界，打造出強而有力的進展過程，這個原則說明了為什麼某些特定職業的工作者成為故事主角的機率遠高於其他行業。這也是為什麼我們經常講述律師、醫生、戰士、政治家、科學家的故事；他們因職業而擁有社會地位，如果在私生活中任意而行，寫作者就能將這樣的行動擴展至社會層面。

想像一下，如果某個故事是這樣開始的：美國總統早上起來刮鬍子，當他凝視鏡子時出現了幻覺，看見全世界所有的假想敵。他沒有告訴任何人，但總統夫人很快發現他瘋了，他的貼身隨從也看出來了。他們一起決定，總統任期只剩下六個月，毋需讓事情擴大。他們會助總統一臂之力，不讓事情曝光。不過我們都知道，他是「可以按下核彈按鈕」的那個人，而讓一名瘋子位居這個職位，足以將我們這個原本混亂的世界轉變成地球煉獄。

個人層面的進展

讓行動深深影響角色的個人關係，深入他們的內在生命。

如果由於故事設定邏輯的限制而無法擴展廣度，那麼你必須朝深度發展。從渴求平衡但相對似乎較易解決的個人或內在衝突開始，之後，讓劇情進展引導故事朝情感、心理、生理、道德等層面向下深鑿，直抵面對大眾的假面之下深藏的黑暗祕密或不可告人之事。

《凡夫俗子》的內容局限於一個家庭、一位朋友和一名醫生。電影始於母子之間似乎能藉由溝通與愛加以化解的緊張關係，最後卻陷入引人傷悲的苦痛。當父親逐漸了解，他必須在兒子的健康與家庭和睦之間作出抉擇時，故事已將孩子推至自殺邊緣，使母親暴露她對自己孩子的仇恨，也讓丈夫失去自己深愛的妻子。

《唐人街》的設計則相當簡練巧妙。它兼顧兩種技巧，同時朝廣度與深度擴展。一名私人偵探受雇調查一個男人的婚外情。隨後故事就像漏出的油似的成為不斷外擴的圓，捲入了市政廳、百萬富翁共犯、聖費爾南多谷的農民，最後甚至為洛杉磯所有居民帶來危害。在這過程中，它也往內在猛烈挖掘。吉特斯不斷遭受攻擊，鼠蹊部挨了踢、腦袋挨了拳頭，還弄斷了鼻樑。墨爾瑞遇害、父女亂倫曝光，乃至主角的往日悲劇重演，伊芙琳身亡，一個無辜的孩子落入失去理智的父親暨外祖父手中。

具象徵意味的昇華

打造故事意象的象徵內涵，讓它從個人的轉為普世的，從特殊的轉為原型的。

把一個好故事說好，就能孕育好電影。故事說得好，再加上潛意識的象徵意義助一臂之力，就能將故事述說時的表現力道提升到另一個層次，最後的回饋結果或許就是一部偉大的電影。象徵主義非常難以抗拒。它就像夢中的影像一般，在我們沒有意識到它的存在時入侵我們無意識的大腦，深深觸動我們。如果我們逕自號稱影像「具象徵意義」，就會破壞它們的效果，但若讓它們悄悄、漸漸、低調地潛入故事的講述過程，就能深深打動人們。

具象徵意味的故事進展是這樣發揮效用的：從只表現出原有意義的行動、地點和角色開始，之後，隨著故事進展而選擇意義不斷增加的影像，故事最後來到終點時，角色、場景與事件均足以代表普世皆同的想法。

例如，《越戰獵鹿人》講述的是美國賓州鋼鐵工人的故事。他們喜歡狩獵、啤酒或飲酒狂歡，和他們居住的小鎮一樣平凡。不過，從越南的老虎籠，到許多男人在西貢某賭場賭俄羅斯轉盤的高象徵意義場景，我們可以看出，拍攝場景、角色和行動隨著事件的進展而愈來愈具象徵內涵，最後在山頂一個危機場景引導故事來到顛峰。主角麥可（勞勃‧狄尼洛飾）也從工廠工人轉變為勇士，最後成為從事殺戮的「獵人」。

這部電影的主導意念為：當我們不再殺戮其他生物，就能拯救自己的人性。如果獵人血刃無數，總有那麼一天，他會解決所有目標，不得不將槍口對著自己。他或許會像尼克〔克里斯多夫‧華肯（Christopher Walken）飾〕那樣真的自我了斷，更可能是對一切都麻木不仁，哀莫大於心死，就這樣讓自己死去。

危機場景引領麥可穿上獵服，帶著獵槍，來到山頂。在山上一處懸崖旁，他的獵物——一隻美麗的麋鹿——從霧靄中出現。這是一個原型意象：在山頂，獵人與獵物對峙。為什麼是山頂？因為山頂是「重大事件發生」的地方。摩西接受十誡不是在廚房裡，而是在山頂。

《魔鬼終結者》一片則將具象徵意味的進展引到不同方向——不是在山頂，而是在迷宮。電影的開場意象回到尋常場景裡的平凡人，描述洛杉磯一家速食店服務生莎拉‧科諾爾（Sarah Connor）的故事。不料，魔鬼終結者和瑞斯突然從二○二九年出現於現代，在洛杉磯街道追逐莎拉，一個企圖殺她，另一個想救她。

我們已經知道，在未來世界，機器人擁有自我意識，並試圖消滅創造它們的人類。它們差一點就成功了，但人類倖存者在深具領袖魅力的約翰‧科諾爾（John Connor）領導下展開反抗。最後，他扭轉了局勢，與機器人對抗，幾乎將它們全數殲滅，但此時機器人發明了時光機，派遣一名刺客回到科諾爾出生前的過去，準備在科諾爾出生前就刺殺他的母親，徹底消滅他，讓他無法生存，如此一來，機器人就能在爭戰中占上風。科諾爾奪走時光機，發現它們的計畫，並派遣部屬瑞斯中尉回到過去，在殺人魔奪走科諾爾母親生命前殺死它。

洛杉磯的街道和電影共同打造出迷宮的古老原型。公路、窄街、死巷和建築物的走廊讓角色團團轉，最後總算找到方式抵達這個城市的紛亂之心。在這裡，莎拉就像在邁諾斯的迷宮中與半人半牛怪物邁諾陶搏鬥的特修斯[1]一樣，迎戰半人半機器的終結者。如果她擊敗這個惡魔，就會像聖母馬利亞那

---

1 邁諾陶（Minotaur）上半身是牛，下半身是人，克里特國王邁諾斯（Minos）將牠囚禁在迷宮裡。每年，雅典都必須獻上十四名年輕人給邁諾陶當作食物。希臘英雄特修斯（Theseus）決心消滅邁諾陶，自願進入迷宮，最後在邁諾斯女兒阿麗雅德妮（Ariadne）協助下，以父親的金劍殺死怪物。

樣生下人救世主約翰，並撫養他長大，於是他會在接下來的浩劫中引導人類，讓他們得到救贖。莎拉從女服務生轉變為女神，以及電影具象徵意味的進展過程，提升了影片的高度，其他同類型的影片幾乎無法相提並論。

具反諷意味的昇華

反諷讓進展過程出現轉折。

聽故事的享受之處在於這樣的美好感覺：「啊，這就是人生。」而反諷正是這種感覺最難以言喻的展現。它以二元性來看待人生；它深知表相與事實之間的巨大歧異，嘲弄我們充滿悖論的生活。我們可以在話語和語意間的矛盾發現言語的反諷——這正是笑話的主要源頭。然而，在故事當中，反諷卻周旋於行動與結果之間——這是故事能量的主要源頭；它也周旋於外表和實際之間——這是真理和情感的主要源頭。

對反諷的感受力是一項寶貴資源，是能夠切入真理的利刃，不過我們不能直接運用。讓角色一邊漫遊在故事中一邊說：「多麼具反諷意味啊！」這麼做不會帶來任何好處。就像象徵主義一樣，點破反諷也就毀了反諷。反諷必須在不經意中冷靜流露，從表面來看，彷彿未曾覺察反諷所引發的效果，其實對觀眾能夠意會深具信心。

反諷的本質是難以掌握的，很難為它賦予嚴謹而固定的定義，最好的詮釋方式就是舉例。以下是六種具反諷意味的故事模式，每一種都有相對應的例子：

1. 他終究得到自己一直渴望的事物……可惜為時已晚。

以《奧瑟羅》為例，這個摩爾人終於得到他一直想要的———個始終不渝、未曾為其他男人背叛他的妻子……。然而，當他發現這一點時為時已晚，因為他才剛殺死她。

2. 他距離自己的目標愈來愈遠……卻發現其實正被引導朝目標前進。

《家有惡夫》（*Ruthless People*）中，貪婪的商人山姆〔丹尼·狄維托（Danny Devito）飾〕盜用珊蒂〔海倫·史雷特（Helen Slater）飾〕的概念且因而致富，卻沒有支付珊蒂使用費。珊蒂的先生肯恩〔賈基·萊因霍德（Judge Reinhold）飾〕決定綁架山姆的妻子芭芭拉（貝蒂·蜜勒飾），並且要求兩百萬美元贖金，他認為那是他太太應得的。

肯恩劫持芭芭拉時，不知道山姆正準備回家謀殺刻薄的胖老婆。他打電話給山姆，要求兩百萬贖金，開心的山姆卻只是敷衍了事。肯恩一再調降金額，當他降到一萬美元時，山姆竟說：「噢，你為什麼不乾脆殺了她，讓一切結束？」

這期間，囚禁在肯恩和珊蒂家中地下室的芭芭拉將牢房變成美容健身場所。她跟著電視健身節目運動，加上廚藝高明的珊蒂善用天然食物烹調，去過全美知名減重中心的芭芭拉，竟在這裡創下個人最高減重紀錄。於是她喜歡上這兩個綁架她的人。後來當他們告訴她，因為她丈夫拒絕付贖金，他們不得不讓她離開時，她竟對他們說：「我會幫你們弄到錢。」這就是第一幕。

3. 他拋棄了對自己的幸福不可或缺的事物，但事後才發現。

《紅磨坊》（*Moulin Rouge*[2]）中，肢障畫家圖魯斯－羅特列〔Toulouse-Lautrec, 荷西·佛瑞（Jose Ferrer）飾〕愛上美麗的蘇珊娜〔瑪麗安·艾耶姆（Myriamme Hayem）飾〕，卻不敢表露愛意。蘇珊娜以朋友身分與他在巴黎共度時光，但羅特列告訴自己，她之所以願意陪他，原因是這樣就有機會認識合適的男人。有一回，他因酒醉而怒指她利用他，斷然走出她的生活。

過了一段時間，他收到蘇珊娜的信：「親愛的圖魯斯，我一直希望有一天你會愛上我，如今我才意識到這是不可能的事，因此我已接

2　此處指一九五二年的美國片，又譯《青樓情孽》，導演為約翰·修斯頓（John Huston），全片獲一九五三年奧斯卡最佳藝術指導、最佳服裝，以及五項入圍：最佳影片、最佳男主角、最佳女配角、最佳導演、最佳剪輯。

受另一個男人的求婚。我不愛他，但他對我很好，而且你知道的，此時的我是如此絕望。再見。」羅特列陷入狂亂，四處尋找她，但她確實已經離開，嫁給另一個人。他因此沉溺酒鄉。

4. 他為了某個目標而有所作為，無意中卻帶來反效果。

《窈窕淑男》裡，麥可（達斯汀・霍夫曼飾）是失業的演員，他過分挑剔的個性讓他與紐約每位製片都無法好好相處。後來他男扮女裝參與肥皂劇演出，在拍攝過程中認識了茱莉〔潔西卡・蘭芝（Jessica Lange）飾〕，並且愛上了她。沒想到他的演出太過出色，讓茱莉的父親〔查理斯・德寧（Charles Durning）飾〕想娶他為妻，茱莉則懷疑他是女同志。

5. 他為消滅某件事物而採取行動，不料卻適得其反，引來毀滅。

《雨打梨花》（*Rain*）中，信仰狂熱的戴維森牧師〔華特・休斯頓（Walter Huston）飾〕一心想拯救風塵女子莎荻・湯普森〔Sadie Thompson, 瓊・克勞馥（Joan Crawford）飾〕的靈魂，卻因對她產生難以克制的欲望而強暴她，最後羞慚自殺。

6. 他得到某樣他認定會為自己帶來不幸的事物，想盡辦法擺脫⋯⋯最後才發現，原來那是幸福的恩賜。

《育嬰奇譚》中，莽撞的社交名媛蘇珊（凱薩琳・赫本飾）一時大意，開走古生物學家大衛・赫胥黎博士〔David Huxley, 卡萊・葛倫（Cary Grant）飾〕的車。赫胥黎純真壓抑，她喜歡她看見的他，緊跟在他身邊。他想盡方法擺脫她，她卻讓他愚蠢的藉口無法得逞，方法是偷走他的骨頭——雷龍的「肋間鎖骨」。（如果真的有「肋間鎖骨」這種東西，那個生物的頭應該是長在肩膀下方吧？）

蘇珊的堅持最後得到了回饋，因為她讓赫胥黎從守舊的小孩變成懂得擁抱生活的大人。

具反諷意味進展的關鍵是必然性與精準度。就像《唐人街》、《蘇利文遊記》和許多出色電影一樣，這些故事的主角都認為自己清楚知道該做什麼，也有精確的執行計畫。他們認為生活是 A、B、C、D、E，但生活也因此喜歡耍得你團團轉，踹你一腳，然後咧嘴笑說：「今天沒辦法，朋友，今天是 E、D、C、B、A。抱歉了。」

轉場原則

感覺上沒有進展的故事，總是冒冒失失地從一個場景進入另一個場景。由於事件之間缺乏關連，故事可說幾乎沒有連貫。設計張力不斷提升且輪番登場的行動時，我們同時也必須讓觀眾察覺不到場景的轉換。因此，我們必須在兩個場景之間加入第三個元素，加入能串聯場景 A 的結尾與場景 B 的開頭的連結。一般來說，我們能在兩個地方找到這個第三元素：兩個場景的共同點，或兩個場景的對立面。

第三元素是轉場的關鍵，是兩個場景當中的共同點或對立面。

例如：
1. 角色塑造的特性。共同點：從刁蠻的小孩切換到幼稚的成人。對立：從笨拙的主角切換到優雅的反派人物。
2. 行動。共同點：從做愛的前戲到沉浸於歡愛後的餘韻。對立：從喋喋不休到冷漠的沉默。
3. 目標。共同點：從溫室內景到森林外景。對立：從剛果到南極。
4. 台詞。共同點：從一個場景到另一個場景中重複的句子。對立：從稱許到咒罵。
5. 光的質感。共同點：從黎明的光影變化到夕陽的色調濃淡。對立：從藍色到紅色。
6. 聲音。共同點：從浪花拍岸到睡眠時的呼吸起伏。對立：從輕觸肌膚

的絲綢到嘎吱作響的齒輪。

7. 概念。共同點：從嬰兒的出生到音樂的前奏。對立：從畫家空白的畫布到垂死的老人。

電影製作發展一個世紀之後，千篇一律的轉場經常可見。儘管如此，我們不能不面對這個課題。在任何兩個場景之間進行具想像力的研究，幾乎都能找到可串聯的連結點。

13
危機・高潮・衝突解除

危機

　　危機是故事設計五個組成部分的第三個要素。它指的是決定。每當角色張口說出「這個」而不是「那個」，他們也就在不自覺當中作了決定。他們在每個場景中作出這個決定而不是另一個，採取這個行動而不是另一個。不過，當成專有名詞的「危機」，指的是最重大的決定。在中文這樣的表意文字裡，「危機」有兩層含義：危險／機會。「危險」指的是此時的錯誤決定將導致永遠失去我們想要的東西；「機會」則是正確的選擇能讓我們如願以償。

　　主角的追尋之旅引導他走過漸進式困境，為了實現欲望，他幾乎試過所有行動，唯獨最後一個尚未嘗試。此時，他發現自己已經來到故事終點，下一個行動就是最後的行動，沒有明天，也沒有第二次機會了。這個危機時刻是故事緊張感最高的張力點，因為主角和觀眾都感覺到「結果將會如何？」的答案將會在下一個行動揭曉。

　　「危機」是故事的必要場景。觀眾從觸發事件開始就對它充滿期待，此時主角即將正面迎戰生命中最強、最明確的對立力量，觀眾的期待之心也愈來愈強。「危機」就像守護「渴望的事物」的巨龍，它可能是《大白鯊》中

不折不扣的危險，或是《溫柔的慈悲》中隱喻生命失去意義的人生危機。觀眾準備進入危機場景時，懷抱著既期待又不確定的感受。

「危機」必須是真正的兩難困境——是在無法兼得的兩種善之間的抉擇、兩害相權取其輕的兩種惡之間的抉擇，或是同時面臨這兩種抉擇，主角因而承受了生命當中最大的壓力。

> 主角正面迎戰生命中最強、最明確的對立力量時，他必須作出抉擇，決定在這追求「渴望的事物」的最後一搏中，究竟應採取某一個或另一個行動。此時，他面對的就是一種兩難的困境。

主角在這樣的情況下如何作出抉擇，讓我們得以深入了解他內心深處的性格，亦即他人性的本質。

這個場景也揭露了故事當中最重要的價值取向。如果始終無法確定故事的中心價值究竟是什麼，當主角作出這個「危機場景決定」後，主要價值取向就昭然若揭了。

在「危機」時刻，主角的意志力也受到最嚴苛的考驗。生活讓我們明白，作決定遠比採取行動困難。我們經常刻意擱置某事，直到終於下定決心並付諸行動才驚訝地發現，作決定相對而言竟是如此容易。我們在驚訝之餘也不禁思索，為什麼我們如此害怕作決定？最後才終於明白，生活中大多數行動都是我們能力所及的，但作決定需要意志力。

伴隨高潮而來的危機

主角選擇採取的行動會是故事當中最後的事件，也會引發正面、負面或正負皆備且具反諷意味的故事高潮。不過，當主角採取最激勵人心的行動時，如果我們再次打開期望與結果之間的落差，如果我們能再次釐清可能發生與必然發生之間的分歧，就可能創造出一個鏗鏘有力的結局，令觀眾難以忘懷，因為以轉捩點為中心打造而成的高潮所帶來的滿足感遠超過一切。

我們帶領主角走過進展過程，讓他奮力採取了一個又一個行動，此時他面臨極限，自認總算能理解自己的世界，也明白在最後一搏時必須做些什麼。他勉強鼓起僅存的意志力，選擇他相信終能如願以償的行動。沒想到他的世界仍一如過往地毫不配合。現實悖離了期待，他只能且戰且走。主角或許能也或許不能得到他希望得到的事物，但絕不會是如他所期望的那種方式。

試著比較一下《星際大戰》與《星際大戰（五）：帝國大反擊》。在《星際大戰》的危機場景中，天行者路克攻擊死亡之星。那是一個大小如行星般的人工堡壘，不過還沒完工，在球體結構的其中一面有一個較脆弱的缺口。路克除了必須攻進這個缺口，還必須擊中堡壘的弱點。儘管他是技術高明的戰鬥機飛行員，卻沒有擊中目標。當他透過電腦重新調整進攻策略時，聽見了肯諾比的聲音：「追隨原力，追隨原力。」

無法兼得的兩種善所構成的兩難突然出現：一邊是電腦，另一邊是神祕的原力。他因抉擇而痛苦掙扎，隨後將電腦放在一邊，憑直覺飛入那個缺口並發射一枚魚雷，擊中了要害。死亡之星的毀滅成為此片的高潮，這是由「危機」直接產生的行動。

相較之下，《星際大戰（五）：帝國大反擊》高潮的發生顯得曲折。路克與維德正面交手時，不得不面對勇氣危機。那是無法兼得的兩種善：發動攻擊並殺死維德，或選擇逃命。那也是兩害相權取其輕的兩種惡：對維德發動攻擊並殉身，或選擇逃走，讓自己淪為懦夫，背叛朋友。路克鼓起勇氣選擇戰鬥，不過當維德突然退後一步說出「你不能殺我，路克，我是你父親」時，路克的現實世界為之瓦解。他在電光火石的瞬間明白了真相，不得不作出另一個危機場景決定：是否要殺死自己的父親。

路克勇敢正視這個決定所帶來的痛苦，選擇了戰鬥。沒想到他遭維德砍下一隻手，跌倒在甲板上。一切尚未結束。維德希望路克加入他在宇宙中進行的「讓萬物恢復秩序」行動。路克意識到父親不想殺死他，而是希望他能參與他的行動。這時，第二個落差出現了。他必須作出第三個危機場景決定，這是兩害相權取其輕的兩難：加入「黑暗面」，或結束自己生命。他作出了英雄式的抉擇，而且當這些落差接連引爆時，高潮引發的深刻體悟如波濤般

洶湧，將兩部電影串聯在一起。

危機的安排

「危機」的出現時間，取決於高潮行動的長度。

故事的危機和高潮通常發生在倒數時刻，而且發生在同一個場景。例如，《末路狂花》的兩位女性在危機時刻勇敢面對兩害相權取其輕的兩難：坐牢或死亡。她們看看對方，作出「放手一搏」的危機場景決定，勇敢選擇結束自己生命。那個當下，她們將汽車開進大峽谷——這是一個非常短暫的高潮，透過慢鏡頭與定格鏡頭拍攝崖邊即將墜落的汽車而延長了時間。

在其他故事中，高潮有自己的進展過程，並成為可擴展的行動。如此一來，這個危機場景決定可當成倒數第二個幕高潮的轉折，讓最後一幕充滿高潮行動。

《北非諜影》裡，瑞克對伊爾莎展開追求，直到第二幕高潮，她不再拒絕他，但告訴他必須為所有人作出決定。接下來的場景中，拉茲洛力促瑞克再度為反法西斯大業努力。這個無法兼得的兩種善所構成的兩難，讓這一幕出現了轉折，因為瑞克的危機場景決定是放下私心，讓伊爾莎回到拉茲洛身邊，並送他們夫妻搭上前往美國的飛機。這個選擇與他對伊爾莎的自覺欲望相對立，因而也定義了這個角色的本性。《北非諜影》的第三幕是長達十五分鐘的高潮行動，瑞克為了幫助這對夫妻逃離而擬出什麼樣驚心動魄的計畫，答案就在這個行動中揭曉。

危機場景決定有時也會緊跟著觸發事件發生，讓整部電影變成一個高潮行動，不過這樣的情況相當罕見。

○○七電影中，觸發事件是龐德奉命追蹤頭號惡徒，危機場景決定是龐德接受任務。這是一個是與非的選擇，而不是真正的兩難困境，因為他絕不會作出其他選擇。也就從這一刻開始，所有○○七系列電影都是一個精心設計的單一行動進展過程——追蹤惡徒。龐德從未作出其他具重大意義的決定，他只需選擇採用什麼樣的策略來進行追蹤。

《遠離賭城》也有相同形式。觸發事件是主角遭公司開除，領了可觀的遣散費，隨即作出他的危機場景決定——到拉斯維加斯買醉狂飲而死。也就從這一刻開始，他追隨自己欲望，電影因而成為朝死亡進展的悲傷過程。

再看《感官世界》，片中的觸發事件出現在電影前十分鐘，情人見面後決定拋棄世俗倫常，不顧一切追求沉醉於性的生活。接下來的一百分鐘，完全是描寫終將導致死亡的性愛實驗。

危機場景緊接著觸發事件出現，這種安排最大的風險就是重複。無論是預算高的動作片裡追逐／交手、追逐／交手的重複模式，或是低預算電影裡喝酒／喝酒／喝酒，或做愛／做愛／做愛的重複模式，多樣性與進展過程都是令人擔心的問題。不過只要能掌控這個課題，就能和前面舉出的例證一樣創作出才華洋溢的作品。

危機的設計

危機場景決定和高潮行動雖然經常發生在故事後半段同一個地點的一段連續時間當中，但危機場景決定發生在某個地點，故事高潮發生在另一個場景的情形也不少。

《克拉瑪對克拉瑪》裡，愛的價值取向在第二幕高潮中轉變為負極，因為法官將監護權判給克拉瑪的前妻。到了第三幕開場，克拉瑪的律師分析眼前情況：克拉瑪敗訴，但他還是可能上訴成功。如果這麼做，就必須讓兒子以證人身分出席，選擇他想和誰一起生活。這個孩子可能會選擇父親，那麼克拉瑪就可勝訴。然而，孩子在稚齡就必須在眾目睽睽下作出決定，選擇自己的父親或母親，勢必會對他的心靈造成終生影響。

這是一個雙重的兩難困境：自我需求相對於他人的需求，自我的痛苦相對於他人的痛苦。他抬起頭來看著律師說：「不，我不能這樣做。」畫面切換至高潮場景：父子倆在中央公園散步，父親對兒子解釋他們接下來必須分開生活，往後的生活又會是什麼樣子，不由得淚如雨下。

如果危機發生在一個地點，高潮後來發生在另一個地點，那麼我們必須將它們剪接在一起，使它們在電影的時空當中相互融合。如果不這麼做，或

是從危機切換到劇情副線等其他素材，就會導致觀眾壓抑的能量消耗殆盡，形成反高潮。

危機場景決定必須是從容而慎重的靜態契機。

這是一個必要場景。不要讓它發生在銀幕之外，也不要草草帶過。觀眾會希望與主角一起承受這個進退維谷的兩難之苦。這個時刻決定了情節發展最後樂章的節奏，因此我們在此稍作停留。此時情感動力已然成形，但危機阻擋了它的流動。當主角作出決定，觀眾會坐立不安地問：「他會怎麼做？他打算做什麼？」緊張感不斷提升。隨後，當主角決定選擇哪一種行動時，一再受到抑制的能量就會引爆高潮。

《末路狂花》中，兩名女性不斷反覆提起「走」這個字，高明地延後了危機的出現。例如：「我想還是走吧。」、「走？你說『走』是什麼意思？」、「呃……就是走。」、「你是說……走？」。她們躊躇再躊躇，不斷提升緊張感，觀眾暗自祈禱她們不要走上絕路，同時也因她們的勇氣而震懾。當她們打上汽車排檔準備上路，這個充滿爆發威力的不安引爆了高潮。

在《越戰獵鹿人》裡，麥可為了追蹤獵物來到山頂，但在看見獵物時停下了腳步。這個時刻不斷延伸，緊張感也隨之逐漸提升，觀眾深怕這隻美麗的麋鹿遭到殺害。在這個危機時刻，主角作出某個決定，為自己帶來性格上的深刻改變。他放下原本瞄準獵物的槍，內在靈魂從殺戮者轉變成拯救者。這個令人震撼的逆轉，為倒數第二個幕高潮帶來了轉折。當故事來到最後的篇章，麥可匆匆回到越南拯救友人性命，此時，觀眾壓抑已久的同情心一湧而出，張力不斷提升的行動高潮圓滿了最後一幕。

高潮

故事高潮是故事設計五個組成部分的第四個要素。這個引領故事抵達顛峰的重大逆轉，未必要充滿噪音與暴力，但必須充滿意義。如果我要發一份

電報給世上所有電影製片，上面只會有這幾個字：意義衍生情感，而不是金錢，不是色情、特效、明星，也不是講究的攝影。

「意義」是價值取向產生的劇烈變化，這個變化從正極到負極，或從負極到正極，或許具反諷意味，或許不具反諷意味，也就是價值取向朝著絕對且無法逆轉的最大極性而擺盪。正是這個改變的意義打動了觀眾的心。

引發這個變化的行動必須是「純粹」、明確和顯而易見的，毋需多作解釋。只透過對白和敘述組合而成的故事，會變得既乏味又冗長。

這個行動必須符合故事的需求。它可以是具毀滅性質的，如引領《光榮戰役》抵達高潮的莊嚴戰爭段落場景。它可以是瑣碎且外在的，如一個女人與丈夫平靜交談，突然起身收拾行李，走出家門。這個行動出現在《凡夫俗子》那樣的背景裡，令人完全不知所措。危機出現時，丈夫面對了家庭中的苦澀祕密，家庭裡的愛與和睦的價值取向朝正極傾斜。高潮出現在妻子走出家門的那一刻，此時，價值取向朝著絕對且無法逆轉的負極擺盪。從另一方面來看，如果她打算留下來，她對兒子的憎恨最後可能會將孩子逼上絕路。於是她的離開具有一種正反相對的調性，讓影片結束時帶有痛苦但整體而言處於負面的反諷意味。

最後一幕的高潮是想像力的大幅跳躍。沒有它，就沒有故事。在你掌握它之前，你筆下的角色就像期待遇到良醫的受苦病人。

如果高潮即將出現，故事會大幅往回改寫，而不是往下繼續進行。生命是從因到果流動的，但創造力經常從結果往原因流動。關於高潮的想法會憑空跳進我們想像當中，這時，我們必須反向而行，提供原因與方法，為它在虛構現實中找到支撐。我們從結局回頭，是為了確定，透過意念與反意念，每一個影像、節拍、行動或對白，都是為這個重要的回饋結果預作鋪陳，或讓彼此互有關連。由於高潮的存在，所有場景無論主題或結構都必須有其存在意義。如果少了它們不會影響結尾的衝擊力道，那麼就必須剪掉。

只要合乎邏輯，讓劇情副線在中心劇情的高潮之內達到高潮。這會帶來神奇的效果；主角最後的行動為一切下了結論。《北非諜影》中，瑞克送拉茲洛和伊爾莎上飛機，為主要情節中的愛情故事和劇情副線裡的政治戲劇下了結論，而且也把雷諾上尉（Captain Renault）轉變為愛國志士，還殺死了斯特拉瑟少校（Major Strasser），我們同時還感覺到，既然瑞克重返戰場，他應該會成為二戰勝利的關鍵。

　　這樣的相乘效果如果可行，那麼首先出現高潮的最好是最不重要的劇情副線，其次是次重要情節，如此一來就能全方位打造中心劇情的高潮。

　　威廉・戈德曼主張，所有故事結局的關鍵是提供觀眾想要的，而不是以他們期待的方式來提供。這個原則引發了爭議。首先，觀眾想要什麼？許多製片會毫不遲疑地回答，觀眾想要的是皆大歡喜的結局。

　　他們這麼說，是因為結局愉快的影片要比結局苦澀的影片更賣座。確實有一小部分的觀眾不會去看可能會帶來不愉快感受的電影。他們的藉口往往是生活中的悲劇夠多了。不過，如果仔細觀察就會發現，他們不僅在電影中迴避負面情緒，在生活中也會這麼做。對這樣的人來說，快樂就是永遠沒有痛苦，他們對任何事物也不會有深刻的感受。快樂的程度和我們承受的苦難成正比，例如，大屠殺倖存者不會迴避悲傷的電影。他們去看這樣的電影，是因為這類故事與他們的過去相互共鳴，具有抒發情緒的作用。

　　事實上，結局苦澀的電影在商業上經常有很大的成就，如《危險關係》票房是八千萬美元；《玫瑰戰爭》是一億五千萬美元；《英倫情人》是二億二千五百萬美元。至於《教父第二集》的收入更沒有人算得出來。絕大多數觀眾不在意電影結局讓人愉快或苦澀。觀眾想要的是情感上的滿足——能滿足他們預期的高潮。《教父第二集》該如何結尾？讓麥可原諒弗雷多，離開黑社會，全家搬到波士頓推銷保險？這部了不起的電影的高潮既實在又完美，而且非常令人滿足。

　　誰來決定哪一種特定情感能在電影結局滿足觀眾？作者。當他開始講述故事，就已透過自己的方式悄悄對觀眾說「期待愉快的結局」、「期待苦澀的結局」，或是「期待具反諷意味的結局」。當他承諾提供某種特定的情感，

但最後卻食言，就會帶來具毀滅性的影響。因此，我們應提供觀眾我們承諾提供的體驗，但不是以他們期待的方式來提供。這就是藝術家與業餘愛好者的區別。

套用亞里斯多德的話，結局必須是「必然發生但又出乎意料」的。所謂必然發生，是指觸發事件既然發生，所有的一切似乎都有種種可能，但在高潮出現後，觀眾回溯故事時，對他們來說，故事的發生過程似乎只有眼前這一種可能。以我們認識的人與周遭世界來打造角色及角色所處的世界，高潮就會是必然發生且令人滿足的。只不過，它同時也必須是出人意料的，以觀眾不曾預期的方式發生。

每個人都能寫出皆大歡喜的結局，只要滿足角色所需即可。每個人也都能寫出苦澀的結局，只要殺死所有人即可。藝術家會為我們提供他承諾賦予的情感……但他同時也會提供超乎我們預期的真知灼見；他會把這些體悟隱藏在高潮當中的轉捩點裡。於是，當主角在毫無準備下且戰且走準備最後一搏時，無論他能不能實現自己的欲望，從落差中湧現的種種體悟帶來我們期盼的情感，但過程卻是我們未曾預料到的。

《愛情小夜曲》（*Love Serenade*）高潮中的轉捩點，可說是近來最完美的例子。這個高明的落差引領觀眾飛快回溯整部影片，隱約看見潛藏在每個場景背後的瘋狂真相，因而既震驚又欣喜。

就像楚浮所說，偉大電影結局的關鍵是融合「壯觀與真實」的創作。楚浮說的「壯觀」不是指爆破特效，而是為了視覺而非為了聽覺所創作的高潮。他的「真實」則是指主導意念。換句話說，楚浮要求我們創造出影片的關鍵影像，也就是集結所有意義與情感的單一影像。高潮行動中的關鍵影像就像交響曲的尾聲，對已然講述的一切產生共鳴或加以應和。這個影像與故事的講述過程如此協調，當觀眾想起它時，也就喚起對整部影片的記憶，並且因而感到震撼。

例如，在《貪婪》片中，麥克提格（McTeague）倒在沙漠裡，與他銬在一起的竟是他剛殺死的人。《碧血金沙》中，弗雷德・多布斯（Fred C. Dobbs, 亨佛萊・鮑嘉飾）瀕臨死亡，此時，風將他的金沙吹回山裡。《生活的甜蜜》中，

魯比尼〔馬斯楚安尼飾〕帶著微笑向他理想中的女人道別——他明白，這樣的理想女性並不存在。《對話》裡，疑心病重的哈利・高爾〔Harry Gaul, 金・哈克曼（Gene Hackman）飾〕為了找出隱藏的竊聽器，幾乎把公寓都掀開來了。《第七封印》裡，騎士〔馬克斯・馮・希多（Max von Sydow）飾〕帶著家人就此消失。《孤兒流浪記》[1]中，小卓（卓別林飾）牽著孩子〔傑基・庫根（Jackie Coogan）飾〕的手，帶著他走向幸福的未來。《彈簧刀》（Sling Blade）裡，卡爾・奇爾德斯〔Karl Childers, 比利・鮑伯・桑頓（Billy Bob Thornton）飾〕在精神病院裡凝視著窗外，四下一片死寂，令人不寒而慄。很少關鍵影像能有類似這樣的品質。

衝突解除

衝突解除是故事設計五個組成部分的第五個要素，是高潮之後留下的素材，有三種可能的應用方式。

第一，依照故事邏輯，在中心劇情高潮之前或期間，劇情副線高潮可能沒有機會出現，這時在故事結尾時就需要屬於自己的高潮場景。不過，這麼做可能會弄巧成拙。畢竟故事的情感中心是主要情節，況且，要觀眾再看這個並非最感興趣的場景，他們一定會想離開。

儘管如此，有些影片還是處理得很好。

在《特務辦囍事》（The In-Laws）中，薛爾頓・科恩佩特醫生〔Dr. Sheldon Kornpet, 亞倫・艾肯（Alan Arkin）飾〕的女兒已訂婚，即將嫁給文斯・里卡多（Vince Ricardo, 彼得・福克飾）的兒子。文斯是中情局的工作狂，他從牙醫診所硬生生帶走薛爾頓，要他一起執行任務，阻止某瘋狂獨裁者利用二十美元偽鈔破壞國際貨幣體系。文斯和薛爾頓躲過狙擊手，擊敗獨裁者，隨後各自偷偷帶走五百萬美元，這時，中心劇情來到高潮。

儘管如此，結婚這個劇情副線還沒有結束。於是作者安德魯・伯格曼（Andrew Bergman）從狙擊隊伍切換至婚禮場外的衝突解除場景。就在賓客焦急

1　《孤兒流浪記》（The Kid），又譯為《尋子遇仙記》或《苦兒流浪記》。

等待時，男女雙方的父親身穿燕尾服，跟著降落傘從天而降。他們分別給自己的孩子一百萬美元當新婚禮物。

接著一輛汽車突然「嘎吱」一聲停了下來，一名中情局特務怒氣沖沖走下車。緊張感再度出現，彷彿又回到主要情節，這兩位父親即將因盜走一千萬美元而被捕。那名中情局特務昂首闊步，一臉嚴肅，看起來確實非常生氣。為什麼？因為他沒有受邀參加婚禮。此外，他還帶來同事合送的禮金，以及他送給新人的一張五十美元的美國國庫券。兩位父親接受他的心意，歡迎他一起參加婚禮。淡出。

伯格蔓將主要情節與衝突解除場景交織在一起。試著想像一下，如果主要情節在狙擊手前結束，然後切換至花園裡的婚禮，兩家人歡喜團圓。如此一來場景勢必會拖拖拉拉，觀眾也會坐立不安。作者沒這麼做，而是讓中心劇情復活，彷彿情節出現了轉折。這片刻的假象帶來喜劇效果，讓衝突解除場景與電影主體串聯在一起，同時也讓緊張感持續到結局。

衝突解除場景的第二種應用方式，是展現高潮的影響效果。

如果電影將進展過程擴大到社會層面，但它的高潮可能仍只局限於主要角色。儘管如此，觀眾已明白，許多配角的生活也因高潮行動而有了改變。這時就會引發一個擴及社會層面的事件，讓所有角色能出現在同一個地點，藉由攝影機的跟拍讓我們知道他們的生活有了什麼樣的變化，並滿足我們的好奇心，例如《鋼木蘭》（*Stell Magnolias*）裡的生日聚會、沙灘上的野餐、復活節彩蛋的活動，還有《動物屋》（*Animal House*）中具諷刺意味的滾動字幕。

即使前兩種方式都不適用，所有電影還是需要一個衝突解除場景，表示對觀眾的尊重。原因是如果高潮打動了觀影者，無論他們笑得無法遏抑、因恐懼而愕然、因社會暴行而義憤填膺，或正低泣拭淚，這時如果銀幕突然變黑，片尾字幕開始滾動，實在不禮貌。他們仍處於某種情緒當中，這些暗示離開的訊息可能會讓他們不自覺起身，在黑暗中互相衝撞，或把汽車鑰匙掉在打翻了可樂的黏膩地板上。電影需要戲劇中所謂「布幕緩緩降下」的緩衝。在劇本最後一頁最下方加上那麼一行文字，讓鏡頭慢慢往後拉回，或跟拍某個影像幾秒鐘，觀眾就能喘口氣，回過神，從容離開電影院。

第四部
編劇實戰篇

所有初稿都是狗屎。
——海明威

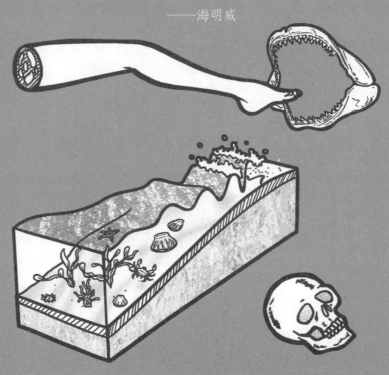

14

對立原則

以我的經驗來看，對立原則（the principle of antagonism）是故事設計最重要的準則，但很少人真正了解。電影劇本及拍成的電影會失敗，主因就是忽略了這個最基本的概念。

> 「對立原則」：主角和主角的故事只有在對立力量迫使下，才能在理智面引人入勝，在感情面扣人心弦。

人性本就保守。我們絕不做不必要的事、花不必要的力氣、冒不必要的風險，能不變就不變。何必呢？如果有簡單的方法就能讓我們如願，何需那麼辛苦？（當然，所謂「簡單的方法」因人而異，也很主觀。）因此，什麼能令主角成為充分展現、面向多元、極富同理心的角色？什麼能讓死板的劇本鮮活起來？這兩個問題的答案，就在於故事的「負面」。

與主角作對的對立力量愈強大、愈複雜，角色和故事的呈現一定會愈完整。對立力量未必指某個特定的反派或惡棍，只要故事類型相符，大反派也可能很討喜，就像魔鬼終結者。不過我們所謂的對立力量，是指「對抗主角意志及欲望的所有力量之總和」。

假如我們在觸發事件發生的當下來研究主角，同時比較當時對立的兩股力量，應可明顯看出主角處於劣勢。其中一股力量，是主角的意志力與他在智識、情感、社會、體能等各方面能力的總和，另一股則是所有對立力量的總和，包括他內在的人性，加上個人層面的衝突、對立的體制及周遭環境等。他有機會排除萬難，如願以償，卻也只有一次機會。儘管他人生中某方面的衝突似有解決之道，但當他啟程展開追尋時，各層面的阻力卻一起排山倒海而來。

我們花心思營造故事的負面，不僅是為了讓主角與其他角色更完整、更真實（對世界一流的演員來說，這種角色是考驗也是誘惑），也是為了把故事導向終點，帶往令人滿足的精采高潮。

從這個原則來看，假如我們要寫一位超級英雄，比方說，怎麼讓超人一敗塗地？設計出「氪星石」[1]？方向是對的，但還是遠遠不足。不妨看看馬里歐・普佐[2]為《超人》第一集設計的巧思。

普佐讓超人〔克里斯多夫・李維（Christopher Reeve）飾〕與雷克斯・路瑟〔Lex Luthor, 金・哈克曼飾〕對決，心狠手辣的路瑟使出毒計，同時朝相反方向發射兩枚核彈，一枚瞄準紐澤西州，一枚飛向加州。分身乏術的超人只得兩害相權取其輕——該救哪裡？紐澤西州還是加州？最後他選擇了紐澤西州。

射往加州的核彈擊中聖安德里斯斷層，引發地震，眼看加州就要陷落大海。超人一頭鑽入斷層，用身體產生的摩擦力把加州接回美洲大陸。只是……地震奪走了露薏絲・連恩〔Lois Lane, 瑪格特・奇德（Margot Kidder）飾〕的性命。

超人跪地痛哭，此時喬艾爾（Jor-El, 馬龍・白蘭度飾）的臉龐忽地浮現，勸他：「汝不得干預人類命運。」超人再度面臨「孝」、「愛」難全的兩難：一邊是父親的聖旨；一邊是他深愛的女人。最後他違背父命，奮力繞著地球飛，讓地球逆轉，時光倒流，露薏絲死而復生——這皆大歡喜的奇想，讓超人從敗將一躍成為神明。

1　氪星石（Kryptonite），超人故鄉克利普頓星的石頭，綠色的氪星石會讓超人失去所有超能力。
2　馬里歐・普佐（Mario Puzo, 1920~1999），美國小說家與編劇，最知名作品為改編為電影的小說《教父》。

把故事與角色導向終點

你故事裡的負面力量夠強嗎？是否足以讓正面力量非得拿出更強的特質不可？以下的技巧可協助你自我評斷，以回答這個關鍵問題。

首先，找出故事中哪個最重要的價值取向瀕臨瓦解，例如「正義」。主角大多代表這個價值取向的正面意義，對立力量則代表負面意義。不過人生本就微妙複雜，很少能把是非、善惡、對錯分得那麼清楚。負面意義也有程度之別。

第一點，矛盾價值取向（Contradictory value）就是正面價值取向的直接對立面。用前述「正義」的例子來說，就是「不義」，有人犯法。

然而，在正面價值與矛盾價值之間，仍有對立價值取向（Contrary value），也就是帶有負面意味，但並非完全處於相反狀態。與正義對立的是不公，這是負面狀態，卻未必違法，諸如裙帶關係、種族主義、官僚拖拉誤事、偏見、各種不平等狀態之類。造成不公的人或許並未違法，卻是不公不義。

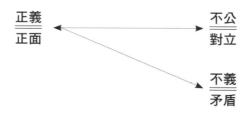

不過矛盾價值取向並非人生體驗的極限。故事的終點還有負面之負面

（Negation of the Negation），也就是具備雙重負面的對立力量。

　　我們的主題是人生，不是算術。人生中負負不會得正。英文的「雙重否定」不合文法，但義大利文不僅有雙重否定，甚至有三重否定，讓你感覺上似乎恰好名副其實。悲痛的義大利人可能會說：「Non ho niente mia!」（我絕不會沒有一無所有。）義大利人深知人生之道。負負只有在數學和形式邏輯裡才會得正，現實人生中，只有從更慘到最慘。

> 故事必須先經歷某個模式，才能將衝突的深度和廣度推展至人生體驗的極限。這個模式包括對立、矛盾，以及「負面之負面」。

　　這種每況愈下的狀態，若換成對照版本，就是從好到更好、最好，最終達成完美。奇怪的是，依照這種順序講故事，不知為何用處不大。

　　「負面之負面」是一種綜合的負面狀況，人生至此，不僅量出問題，連質也走下坡。「負面之負面」已達人性黑暗勢力的極限。若以正義來說，這種狀態就叫暴政。換成個人及社會政治層面都適用的說法，就是「拳頭才是真理」。

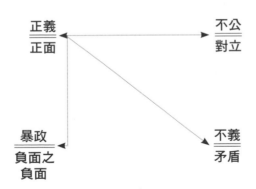

　　以電視的系列偵探劇為例，它們是否都達到黑暗勢力的極限？《鐵膽遊龍》（*Spenser: For Hire*）、《昆西法醫》（*Quincy, M.E.*）、《神探可倫坡》、《推理

女神探》（*Murder, She Wrote*）等影集中的主角都代表正義，也代表為維護此理想所做的奮鬥。首先，他們面臨的都是不公，如官僚不讓昆西解剖屍體；政客動用關係調走可倫坡，不准他繼續查案；史賓塞的委託人沒對他說實話。不公的黑暗勢力，讓目標與現實不斷出現落差，負責的警察竭力克服萬難，終於發現真正的不義——有人犯了罪。他擊敗重重黑暗勢力，回復社會正義。警匪劇中的對立力量，很少超越矛盾價值取向的範疇。

接著把這個模式和《失蹤》相互對照。這是根據事實改編的電影，描述美國人艾德・霍曼〔Ed Horman, 傑克・李蒙（Jack Lemmon）飾〕在智利四處尋找在政變中失蹤的兒子。第一幕他就遇上了不公：美國大使〔理查・文圖爾（Richard Venture）飾〕給他的訊息半真半假，希望打消他尋子的念頭，但霍曼仍堅持到底。到第二幕高潮時，他發現了可悲的不義：軍政府謀殺了他兒子……而且還和美國國務院與中情局串通。接著霍曼試圖力挽狂瀾，但在第三幕，他來到故事的終點——慘遭迫害，連復仇的希望都沒有。

智利當時處於集權統治，軍政府的將軍可以把你星期一的合法行為在星期二變成違法，在星期三為此逮捕你，星期四將你處決，星期五一早再把它變成合法。正義根本不存在，正義只是暴君的隨心所欲。《失蹤》無情揭露不義的極限……同時不忘諷刺：霍曼固然無法控告智利的暴君，卻利用銀幕，在全世界面前讓他們曝光——這或許是一種更美好的正義。

黑色喜劇《義勇急先鋒》則更進一步讓正義繞了一圈，回到正面價值取向。第一幕中，律師亞瑟・柯克蘭〔Arthur Kirkland, 艾爾・帕西諾飾〕面對不公，左右為難，因為巴爾的摩律師協會對他施壓，要他舉發某些律師，另外還有一位冷酷的法官〔約翰・佛賽斯（John Forsythe）飾〕利用官僚程序，擋下柯克蘭某位無辜委託人的複審。到了第二幕，柯克蘭直接對上了不義——這位法官因暴力逼姦一名女子而成為被告。

不過法官自有盤算。他與這個律師的過節無人不知，何況柯克蘭最近還當眾揍了他。法官因此強迫柯克蘭在法庭上代表他。柯克蘭出庭為他辯護時，新聞媒體和陪審團會認為法官無罪，因為除非律師很確定被告無辜，否則沒有律師會僅基於原則而出庭，幫自己厭惡的人辯護。柯克蘭設法擺脫泥沼，

卻一頭撞上「負面之負面」——由高等法院諸法官組成的「合法」強權勢力，要脅他幫他們的朋友辯護。若他不從，他們就會揭發他過去的汙點，撤銷他的律師資格。

柯克蘭卻不惜知法犯法，對抗他面對的不公不義與強權。他走到陪審團面前，宣布他的委託人「確實幹了那檔事」。他說自己知道委託人就是強姦犯，因為委託人親口對他說過。他當眾毀了法官，為被害人贏得正義。此一險招雖結束了他的律師生涯，正義卻得以如鑽石光芒四射，因為這位律師爭取的，不是讓罪犯坐牢的一時正義，而是扳倒強權的崇高正義。

正義的「矛盾價值」與「負面之負面」之間的差別，是權利相對短暫有限的「違法者」與權力無上限且長久的「立法者」之間的差別，也是「依法行事」的世界和「強權即真理」的世界之間的差別。不義的下限並非作奸犯科，而是政府對自己的人民犯下「合法」的罪行。

以下我們再舉些範例，說明這種每況愈下的轉變在其他故事與類型中如何進行。

首先，如果將正義換成「愛」：

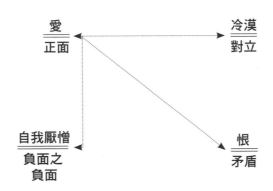

恨別人已經夠糟，但即使是憎惡人類的人至少也會愛自己。當劇中角色對自己的愛消逝，開始厭憎自己時，便到達「負面之負面」，他的存在變成人間地獄——《罪與罰》中的拉斯柯尼科夫即是一例。

它的第二種變化如下：

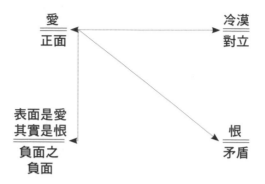

你寧願跟誰建立關係？恨你並大方坦承恨你的人，還是你明知恨你卻假裝愛你的人？這就是《凡夫俗子》和《鋼琴師》提升至家庭戲劇等級的關鍵。很多父母恨子女，也有很多子女恨父母，於是彼此吵鬧不休，直接說出自己的恨。這兩部出色的影片中，父親或母親嫌惡、暗恨自己的骨肉，卻佯裝愛他。對立力量再加上這樣的謊言，故事便進入「負面之負面」。孩子面對這樣的傷害，如何能保護自己？

如果首要價值取向是「真相」時：

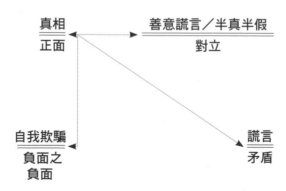

善意謊言之所以屬於對立價值，是因為說謊的目的是為善。例如，一早

醒來,臉上還印著枕頭皺痕的戀人彼此互誇「你好美」。睜眼說瞎話的人很清楚真相,只是為了對自己有利而先按下不表。不過,一旦我們對自己撒謊並深信不疑,真相就會消失,我們也隨之進入「負面之負面」,例如《慾望街車》中的白蘭琪正是如此。

假如正面價值取向是「意識」,也就是人身體健康、頭腦清楚的話:

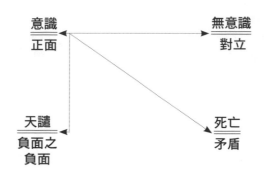

這是恐怖片的負面變化形式,其中的反派皆有超自然力量,如《吸血鬼》(Dracula)、《失嬰記》等。不過我們不必虔誠信教,也能理解天譴的意義。無論地獄是否存在,世間都有自己的煉獄,在這種絕境中,死亡會是求之不得的恩賜。

再看《諜網迷魂》(The Manchurian Candidate)。雷蒙‧蕭〔Raymond Shaw, 勞倫斯‧哈維(Laurence Harvey)飾〕看似身體健康,頭腦清楚。隨後我們發現他遭到洗腦,有人先將他催眠,再暗示他去執行某事,可說是某種形式的無意識。在此力量控制下,他接二連三殺了人,連自己的妻子也難逃毒手,但他不過是一椿毒計裡的小棋子,因此他取人性命的同時也有某種程度的無辜。只是當他恢復意識,發現自己的所作所為,也明白別人對他動過手腳時,已然墜入地獄。

他後來才知道,下令為他洗腦的人,是與他有不正常關係又醉心權力的母親。母親密謀奪取白宮政權,因此利用了他。雷蒙可以奮不顧身揭露母親的叛國陰謀,或乾脆殺了她。最後他選擇一了百了,不僅殺死母親,也殺了繼父和自己,在「負面之負面」驚人高潮中,一次把三人推入地獄。

如果正面價值取向是「財富」：

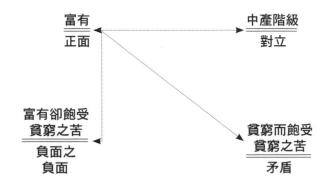

例如，《華爾街》的男主角蓋可總覺得匱乏，因為錢永遠都不夠。他明明是億萬富翁，行為卻如饑渴的強盜，不放過任何非法撈錢的機會。

如果正面價值取向是「人與人之間的開放交流」：

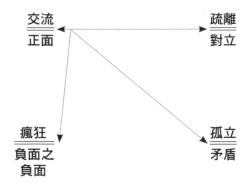

這個對立價值取向有多種變化，如沉默、誤解、感情障礙等。我們用「疏離」這個包山包海的詞代表一種狀態：儘管身處人群，卻覺得受排擠，無法充分交流。至於孤立，卻是除了自己之外，毫無說話對象。當你失去人與人之間的交流，內心深處還得忍受這種痛苦，就進入了「負面之負面」以及瘋狂狀態。《怪房客》中的塔爾科夫斯基就是一個例子。

如果正面價值取向變成「完全實現理想或目標」：

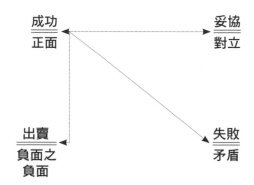

成功 / 正面 ←→ 妥協 / 對立

出賣 / 負面之負面 ← 失敗 / 矛盾

妥協代表「讓步」，願意接受不盡理想的事實，但並非全盤放棄。而「負面之負面」卻是演藝圈人士必須提防的，像是「我不能拍自己想拍的好片子……但拍色情片有錢可賺」這類想法。《成功的滋味》（*The Sweet Smell of Success*）和《千面惡魔》即為二例。

假如正面價值取向換成「智慧」：

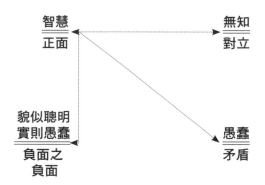

智慧 / 正面 ←→ 無知 / 對立

貌似聰明實則愚蠢 / 負面之負面 ← 愚蠢 / 矛盾

無知是由於資訊不足導致的一時愚蠢；愚蠢卻是無論提供多少資訊，同樣愚不可及。至於「負面之負面」則有雙向效應，就內在來說，愚人自以為聰明，是在諸多喜劇角色身上可見的異想天開；對外界而言，社會認為愚人

很聰明，也就是《無為而治》（*Being There*）[3] 中的情況。

若正面價值取向是「自由」：

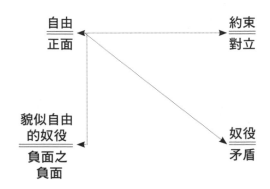

約束有程度不同之別。法律約束我們，但因此成就文明；監禁對社會固然有其用處，卻是完全負面的。「負面之負面」同樣有雙向意義。從內在而言，自我奴役本質上比奴役還糟。奴隸尚有自由意志，會想盡辦法脫逃，但用毒品或酒精腐蝕自己的意志力，把自己變成奴隸，卻更為不堪。從外界來看，貌似自由的奴役，催生了小說《一九八四》及改編而成的多部電影。

若正面價值取向是「勇氣」：

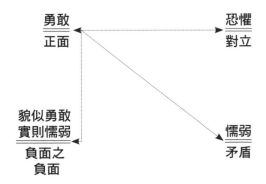

3　《無為而治》又譯為《富貴逼人來》。

勇者可能會因一時恐懼而喘不過氣，但最終仍會採取行動，懦夫不會。假如懦夫做出貌似英勇之舉，故事便來到終點，例如：散兵坑外槍林彈雨，受傷的軍官在坑內對懦夫士兵說：「傑克，你的戰友快沒子彈了，你得趕緊穿過雷區，把這幾箱彈藥送過去，否則他們會頂不住的。」於是懦夫士兵掏出槍來……把軍官斃了。我們乍看之下或許會以為一槍打死軍官需要很大的勇氣，但隨即明白，這只是怯懦到極點的行動。

　　在《歸返家園》中，鮑伯‧海德上尉〔Bob Hyde, 布魯斯‧鄧恩（Bruce Dern）飾〕為了離開越南，不惜朝自己腿上開槍。之後，劇情副線中的危機出現，海德兩害相權必須取其輕，究竟該屈辱而痛苦地活著？或懷著對未知的恐懼而死去？他選擇了較簡單的路，投海自盡。儘管有些自殺是英勇之舉（如政治犯自願絕食而死），但自殺大多即是故事的終點，貌似英勇，實則沒有活下去的勇氣。

　　若正面價值取向是「忠誠」：

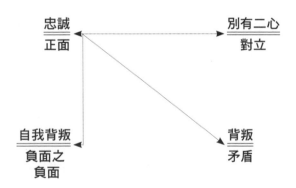

　　這裡所謂的對立，可舉以下狀況當作例子：有夫之婦愛上其他男人，但沒有任何行動，只在內心深處悄悄忠於兩個男人。丈夫知情後，因她別有二心而覺得戴了綠帽。她辯稱並未和另一個男人發生關係，所以從未不忠。感覺和行動之間的差異往往相當主觀。

　　十九世紀中葉，鄂圖曼帝國逐漸失去對賽普勒斯的統治權，這個島嶼即將落入英國之手。在《帕斯卡利之島》（*Pascali's Island*）中，帕斯卡利〔班‧金斯利（Ben

Kingsley）飾〕是土耳其政府的間諜，但膽小怕事，寫的報告乏善可陳，無人理會。

這個寂寞的靈魂認識了一對英國夫婦〔查爾斯·丹斯（Charles Dance）及海倫·米蘭（Helen Mirren）飾〕後，在英國的生活變得快樂許多。他們是唯一認真對待帕斯卡利的人，他也很喜歡他們。夫妻倆雖自稱考古學家，但帕斯卡利與他們相處日久後，開始懷疑兩人是英國間諜（別有二心），終致出賣了他們。夫妻倆遇害後，他才發現他們是打算偷某古老雕像的古玩竊賊。他背叛了友誼，也悲哀地背叛了自己的希望和夢想。

若正面價值取向是「成熟」：

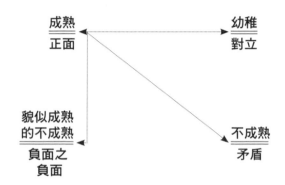

《飛進未來》的觸發事件發生時，少年喬許·巴斯金〔Josh Baskin, 大衛·莫斯科（(David Moscow）飾〕意外變成貌似三十二歲的男人（湯姆·漢克飾）。全片直接跳入「負面之負面」，再回頭探索負面之中程度不同的黑暗面。喬許和公司大老闆〔勞勃·洛吉亞（Robert Loggia）飾〕在玩具店的大鋼琴上跳舞，是幼稚，但正面成分多於負面；喬許和同事〔約翰·赫德（John Heard）飾〕打壁手球[4]時故意玩「抓不到」，則是徹頭徹尾的幼稚。我們其實往下看就會逐漸明白，整個成人世界不過是遊戲場，滿是在玩企業版「抓不到」的孩子。

在危機出現時，喬許面臨無法兼得的兩種善：享受事業成功、擁有愛情

4　片中玩的 handball，是不用球拍、徒手對牆壁打的壁球，應稱為「壁手球」，美國稱為 American Handball。

的成人生活？還是回到少年時代？他作出成熟的選擇，重回童年，以極微妙的反諷方式，說明他終於「長大」了（即原文片名的Big）。因為他與我們都察覺到，成熟的關鍵就是擁有完整的童年，但太多人年少時就已明白人生總不如人意，我們的生活某種程度上都是成熟的「負面之負面」。《飛進未來》是非常高明的電影。

最後，我們來看看這樣的例子：故事的正面價值取向是獲准的自然性行為。獲准是指社會可以容許；自然是指是為了生殖繁衍的性行為，以及隨之而來的快感和愛的表現。

它的對立價值取向是婚外與婚前性行為，儘管同樣自然，卻為社會所不容。社會對娼妓的態度更為嚴苛，但有人主張嫖妓可算自然需求。重婚、一夫多妻、一妻多夫、異族通婚、同居關係等，有的社會可以接受，在其他社會中卻屬非法。守貞可說有違自然，但無人會阻止你守身如玉；若與牧師、修女等發誓終生禁欲的人發生性行為，則為教會所不容。

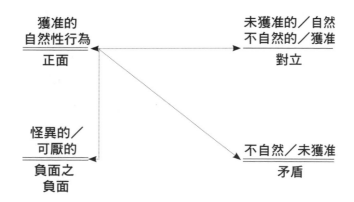

至於矛盾價值取向，人性的創造力似乎無上限：窺淫癖、春宮圖文、男色情狂、女色情狂、戀物癖、暴露狂、摩擦癖、變裝癖、亂倫、強姦、戀童癖、施虐受虐癖等，皆是不受認可、違反自然的行為。這種行為不勝枚舉。

同性戀和雙性戀很難定位。有些社會認為合乎自然，有的社會卻視為違反自然。很多西方國家認可同性戀，第三世界某些國家則把同性戀當死罪。

這種界定有不少或嫌武斷，畢竟性行為與社會及和個人觀感相關。

　　普通的性變態並非故事的終點。這種變態行為單一而固定，甚至涉及暴力與他人。然而，當性對象是其他物種（人獸交）或死人（屍姦），或結合多種性變態的情況愈發嚴重，心理自然會起強烈反感。

　　以《唐人街》為例，「獲准的自然性行為」的結局並非亂倫，只是矛盾價值取向。片中「負面之負面」是與亂倫所生的後代亂倫，這也是女主角伊芙琳寧可喪命也不讓女兒見父親的原因。她知道他精神不正常，不知何時會重施故技。它同樣也是謀殺的動機。克羅斯殺了女婿，因為女婿不願透露克羅斯和親生女兒亂倫所生之女藏在何處。故事的高潮時，克羅斯蒙住那個嚇壞的孩子雙眼，強行把她從慘死的母親身旁拉走，之後會發生什麼事，不難想像。

　　「負面之負面」原理不僅適用於悲劇，也適用於喜劇。喜劇世界混亂狂野，一切行為都必須拉到極限，否則笑點將流於平淡無奇。即便是佛雷·亞斯坦（Fred Astaire）與金潔·羅傑斯（Ginger Rogers）搭檔的影片中，適中的娛樂成分也觸及了故事終點。亞斯坦扮演的角色大多自欺欺人，告訴自己他愛的是某個空有外表的女孩，但我們知道他的心其實屬於金潔。這種安排就是顯現真相的價值。

　　優秀的編劇都知道，對立價值取向並不是人生體驗的極限。如果一個故事寫到矛盾價值取向便打住，或更糟的是寫到對立價值取向就打住，那麼它和我們每年都得忍受的諸多平庸之作也沒什麼不同。只是簡單講述愛／恨、真理／謊言、自由／奴役、勇氣／怯懦等二分法的故事，必定流於瑣碎。假如故事未達到「負面之負面」，或許能讓觀眾看得滿意，卻非高明超凡之作。

　　在才華、技巧、知識等所有其他因素均等的情況下，作品偉大與否，取決於編劇處理負面狀態的方式。

　　假如你的故事似乎不太理想，也有所不足，就需找到適當的工具直搗不明之處，了解瑕疵何在。故事弱，必然是因為對立力量弱。與其挖空心思創造討喜迷人的主角與世界，不如好好營造負面價值，引發連鎖反應，自然而直接地與正面價值對抗。

第一步，先自問有什麼價值岌岌可危？進展到什麼地步？正面價值取向有哪些？其中哪個最突出，足以轉變故事高潮？對立力量是否探索到各種程度不一的負面價值？是否在某一點達到「負面之負面」的強度？

　　一般而言，我們會在第一幕從正面價值取向進展到對立價值取向，在後續幾幕中轉為矛盾價值取向，在最終幕進入「負面之負面」，而結局若非以悲劇收場，就是回到正面價值取向，只是與影片開始時的正面價值狀態已有極大差異。然而《飛進未來》卻是直接跳到「負面之負面」，然後一一闡釋程度各異的不成熟。《北非諜影》更特例，先以「負面之負面」開場，讓我們看到男主角瑞克生活在法西斯專制政權下，深受自厭自欺之苦，再逐漸推進，展現這三種價值取向的正面高潮。這中間什麼事都可能發生，但最後一定會達到故事的終點。

15
鋪敘

只呈現，不明說

　　鋪敘指的是細節資料，亦即關於背景、人物生平、角色塑造的資訊。觀眾需要知道這些資料，才能持續留意並理解故事中各個事件的進展。

　　讀者只要看劇本的開頭幾頁，留意編劇鋪敘的方式，便足以判斷他這方面的功力。鋪敘處理得好，並不保證故事精采，卻能讓我們知道編劇是內行人。鋪敘的技巧在於將其化為無形，讓觀眾隨著故事進展，不費吹灰之力，甚至在不覺之間，自然就能吸收需要知道的一切。

　　當中的關鍵就在於「只呈現，不明說」這個著名的定理。千萬別把文字強塞進角色嘴裡，由他們來告訴觀眾關於世界、歷史、人的種種。編劇要做的是展現真實、自然的場景，場景中的人物言行舉止都真實而自然……但同時也間接把必要的細節傳達給觀眾。換言之，就是用戲劇形式來鋪敘。

　　戲劇化鋪敘有兩個目的：主要目的是加強立即的衝突，次要目的是傳達資訊。求好心切的新手會把這順序弄反，先急著說明一切，必不可少的戲劇轉化反而殿後。

　　打個比方。傑克說：「哈利，咱們都他媽的認識多少年了？啥？好歹有

二十年了吧，唔？打從我們一塊兒上大學就認識啦。這時間也算久了，是吧？哈利？喂，你他媽今天早上怎麼啦？」這些台詞毫無目的可言，只不過是告訴一旁側耳的觀眾，傑克和哈利是朋友，二十年前一起上大學，而且兩人都還沒吃午飯，但實在不自然到了極點。沒人會跟對方說彼此早就知道的事，除非說了能滿足什麼迫切的需求。因此，假如這些資料有存在的必要，編劇就必須創造對白的動機，而且目的不單是陳述背景資料而已。

我們可以用一個原則來記住把鋪敘戲劇化的訣竅：化鋪敘為武器。你筆下的角色熟悉自己的世界、自己的經歷，了解彼此之間的關係，也了解自己。讓他們把所知的一切當武器，為達成自己的目標而奮鬥。例如，前面那段台詞可用以下的方式化為武器。

傑克見哈利強忍呵欠，兩眼滿布血絲，忍不住說：「哈利，瞧你那樣兒，還是過去那種嬉皮髮型，都中午了還嗑藥嗑到茫，怎麼淨幹這種幼稚的事？二十年前你不就是為這個給踢出學校的？你什麼時候才能醒醒，看看外面世界變成什麼樣？」觀眾的視線會移到銀幕另一端，去看哈利的反應，同時也間接聽到了「二十年」和「學校」等字眼。

還有，「只呈現，不明說」不代表必須用橫搖鏡頭拍攝壁爐台上那一整排照片，讓大家看到哈利與傑克從上大學、新兵受訓，到一起舉行婚禮、一起開乾洗店等。這麼做叫「明說」，不是「呈現」。如果把呈現的工作交給攝影機，會把劇情片變成家庭錄影帶。「只呈現，不明說」，指的是角色和攝影機都要如實運作。

處理鋪敘有些難題頗為棘手，有的編劇難免望而生畏，只想快快交差了事，好讓片廠負責分析劇本的人專心看故事。只是這麼一來，看劇本的人不得不勉強讀完塞滿背景細節的第一幕，也因此明白這劇本出於連基本功都蹩腳的外行人之手，於是直接跳到最後幾場戲。

下筆有把握的編劇，會將用來鋪敘的背景資料打散，在故事的各個階段都放上一點，所以往往到最後一幕的高潮還有爆點。這時他們掌握了兩個原則：第一，切勿把觀眾照道理三兩下即可推斷的經過放入故事。第二，切勿略過鋪敘，除非故意隱藏資料可造成一時錯亂的效果；這時劇情之所以能緊

扣觀眾心弦，並不是因為你讓觀眾曉得某些事，而是因為有些事你保留沒說，只透露有助於觀眾理解劇情的資料。

同時也要記得安排鋪敘的步調。鋪敘和其他因素一樣，必須有逐步推進的模式，因此，最不重要的細節應放在最前面，次重要者次之，把最重要的事實放到最後。至於鋪敘當中最關鍵的訊息又是什麼？答案是——祕密，亦即劇中角色最不欲曝光的痛苦真相。

換言之，不要寫「加州場景」。在「加州場景」中，兩個素昧平生之人會一起喝咖啡，隨即開始掏心挖肺，和盤托出自己生活裡不可告人的悲慘祕密：「喔，我小時候好慘。我媽罰我時都會把我的頭按到馬桶裡沖水。」「哈！你那哪叫慘。我爸罰我，是把狗屎放到我鞋裡，讓我穿了去上學。」

兩個剛認識的人如此開誠布公，自揭瘡疤，顯得太刻意而虛偽，但若有人向編劇指出這點，編劇會說，這世上真的有人會與陌生人分享私密之事。這點我也同意，但這種事只會在加州發生，亞利桑納、紐約、倫敦、巴黎，世界上其他地方都不會有這種事。

某種特定類型的西岸人會把想說的黑暗祕密事先準備好，隨身攜帶，在雞尾酒會上適時分享，證明自己是道地加州人——不僅「自信、沉穩」，並「時時探索內在自我」。假如我參加這種酒會，站在餐枱的玉米片沾醬旁，突然有人跟我說他小時候鞋裡有狗屎，我會想：「哇！如果這是他『拿玉米片沾醬時』說的黑暗祕密，那真相不知是什麼？」因為總是會有隱情。能拿出來說的事，背後必定有什麼說不出口。

《唐人街》中，女主角伊芙琳的告白：「她是我妹妹，也是我女兒。」絕非在雞尾酒會上分享的祕密。她之所以對男主角吉特斯明說，是為了不讓孩子落入父親的魔掌。《星際大戰》中，「你不能殺我，路克，我是你父親」是黑武士絕不想告訴兒子的真相，但若他繼續守密，就只有「殺兒子」或「被兒子殺」一途。

這些時刻格外真摯動人，因為生活的壓力迫使這些角色兩害相權取其輕。在精心安排的故事裡，什麼時候壓力最大？答案是——故事的終點。因此明智的編劇都會遵守時間藝術的第一法則：把最好的留到最後。假如我們太早

就透露太多，觀眾會早在高潮出現之前就料到劇情發展。

只透露觀眾絕對需要且想知道的背景資料，僅此而已。

換個角度來看，正因編劇控制說故事的方式，也同樣控制觀眾對知的需求和欲望。假如故事開展來到某一點上，觀眾必須知道某背景資料才跟得上情節進展，那就得撩起觀眾的好奇心，創造出「想知道的欲望」，也就是把「為什麼？」這個問題植入觀眾腦海。「這個角色為什麼做出這種事？這件事為什麼沒發生？那個結果為什麼沒發生？為什麼？」觀眾一旦有了想知道更多的渴望，再複雜的戲劇背景細節也能順利理解。

若是關於個人生平的鋪敘，有個方法是從主角的童年講起，再逐一敘述他人生的各個階段。例如《末代皇帝》（The Last Emperor）便涵蓋溥儀〔尊龍（John Lone）飾〕六十年的人生，用一連串的場景串起故事，從他幼年即位為中國皇帝講起，讓觀眾逐一看見他的青少年時代，十幾歲結婚，之後受西方教育、逐漸墮落、淪為日本人的傀儡，直到在共產黨統治下生活，晚年在北京植物園當工人。又如，《小巨人》（Little Big Man）的時間橫跨一世紀；《獵愛的人》、《霸王別姬》和《鋼琴師》都是從主角年輕時開始，再直接跳到主角邁入中年或之後生活中的重大事件。

然而，這種設計就鋪敘而言或許容易，但大部分主角都無法從出生一路演到死亡，因為這種故事缺乏骨幹。想講述跨越一生的故事，必須先創造出強而有力、歷久不衰的骨幹，但對大多數角色而言，有什麼深藏的欲望，能在童年由觸發事件引發後歷經數十年仍不褪色？因此，幾乎所有的描寫都依循主角的故事骨幹，時間以數月、數週甚至數小時為範圍。

假如能創造出夠靈活，又禁得起時間考驗的骨幹，那麼故事的時間背景就可縱貫數十年，且不致成為鬆散的片段。這裡所說的「鬆散的片段」並不代表「涵蓋幾段很長的時間」，而是指「零星且不規律的間隔」。即使是濃縮在二十四小時之內的故事，若當天發生的一切彼此間毫無關連，同樣可能是鬆散的片段。不過回頭來看，《小巨人》集中在某人畢生追尋的目標——阻止白人對印第安人數代以來的滅種暴行，因此敘事長達一世紀。《獵愛的人》的故事發展繫於一個男人羞辱女人、踐踏女人的莫名需求，但他卻始終

不明白自己何以有如此自暴自棄的欲望。

《末代皇帝》描寫的，是一個男人終其一生試著回答一個問題：「我是誰？」溥儀三歲時奉命繼位為皇帝，當時他完全不知箇中意義，眼裡的皇宮只是遊戲場。他緊抓著童年的自己不放，十幾歲時仍需由人哺乳。大臣堅持他要有皇帝的樣子，但他隨即發現帝國已不復存。他深受皇帝虛名之累，想做個不同的人，試了一次又一次，卻沒有一種適合他──起初是英國學者與紳士，再變成獵艷高手縱情聲色，接著化身為生活奢華的國際老饕，在時尚宴會上模仿辛納屈，後來成了政治家，卻淪為日本人的傀儡。終於，共產黨給了他最後的身分──園丁。

《霸王別姬》講的是蝶衣（張國榮飾）為求活得真實，長達五十年的坎坷人生。他幼時即遭京劇師父毒打、洗腦、逼迫承認自己本性是女人。偏偏這不是他的本性，若他骨子裡真是女人，這些師父大可不必虐待他。他固然有些女子氣，但很多有女性特質的男人內在仍是不折不扣的男子漢，蝶衣也不例外。正因他被迫活在謊言中，無論個人的欺瞞或政治的騙術，所有謊言他一律恨之入骨。從這一點衍生出來的結果，就是這故事中一切的衝突，都源自他想說出真相的欲望，但在中國只有說謊才能存活。他終於明瞭真相永無大白之日，唯有自我了斷一途。

由於把人生從頭講到尾的骨幹並不多，我們不妨接受亞里斯多德的建議，讓故事從中間開始（in medias res）。

首先確定主角生活高潮事件的日期，再選擇盡量接近該日期的時間開始講故事。這種設計壓縮了敘述所需的時間，也拉長主角在觸發事件前的生活經歷。例如，假設高潮設定在主角三十五歲生日那天，我們或可直接從生日前一個月開場，不必從他十幾歲講起。如此一來，主角這三十五年來的人生，便對他的存在產生最大價值。於是當主角生活失衡，處境艱困，故事便充滿衝突。

又如，寫無家可歸的酒鬼的故事，其實有其難度。這種人還有什麼損失可言？他等於一無所有。流落街頭之苦，言語難以形容，對終日飽受此苦的靈魂而言，死亡或許是種恩賜，而且只要天氣稍有變化，死亡並非難事。除

了「人還活著」之外幾無意義可言的日子，固然不忍卒睹，卻也相對少了風險，編劇只畫得出一幅苦難的靜態畫。

因此，我們描寫的是難以承受損失之痛的人，例如失去家庭、事業、理想、機會、名譽、務實的希望與夢想。這樣的角色一旦生活失衡便置身險境，而在努力尋回平衡的掙扎中，也可能全盤皆輸。他們賭上費力掙來的價值，與對立力量決一死戰，衝突即由此而生。故事一旦滿是衝突，劇中角色便會無所不用其極還擊，編劇因此可輕易把鋪敘轉為戲劇，劇情所需的背景細節也會在不覺間自然化為角色的行動。不過若故事缺少衝突，編劇就不得不「撢桌子」了。

何謂「撢桌子」？打個比方，正如十九世紀許多劇作家處理鋪敘的方式：幕啟，場景是客廳，上來兩個女傭，一個已在這戶人家工作了三十年，另一個還年輕，當天早上剛獲錄用。老女傭對新手說：「噢，你還不了解強森醫生和他家裡人，是吧？那，我來跟你說說吧……」於是兩人一邊撢家具上的灰，老女僕一邊把強森家的生活史、生活圈、角色塑造等全部交代完畢。這就叫「撢桌子」，非常死板的鋪敘。

而且這招我們到現在都還看得到。

以《危機總動員》（*Outbreak*）為例。開場戲中，丹尼爾斯上校（達斯汀·霍夫曼飾）飛往西非遏止伊波拉病毒爆發。機上有個年輕的醫務助理，丹尼爾斯問了他一個問題，大意是：「你不了解伊波拉，對吧？」接著詳細解說此病毒的病理知識。倘若這年輕助理要對抗的是威脅地球全人類的疾病，卻完全沒受過相關訓練，請問他出任務幹什麼？只要你發現，自己筆下對話的角色說的是另一個人早就知道或理應知道的事，你就得自問：這算戲劇化鋪敘嗎？這種鋪敘能當成武器嗎？如果答案是否定的，直接刪掉。

如果你能把鋪敘徹底化為劇情，不露痕跡，透露這些背景資料的時機又能控制得當，妥為分散，只在觀眾需要知道、想要知道的時候才出手，還能把最精采的部分留到最後，你就算學會這門技藝的訣竅了。這對初學者來說是個難關，卻是精通此道者的無價資產。老手編劇不會為了省去鋪敘的工夫而給筆下角色面貌模糊的過去，而是花更多心思為各角色製造各類重大事件，

豐富他們的人生。因為，說書人在說故事時必會遇上多達數十次同樣的考驗
——如何轉化場景？如何創造轉捩點？

運用背景故事

想轉化場景，只能兩種方法二選一：透過「行動」，或「揭露真相」。
除此別無他法。例如一對感情融洽的戀人形影不離，我們想把這種關係轉為
負面，讓他們互相憎恨而決裂。我們可以用行動來表示，讓她甩他一巴掌，
說：「我受夠了。一切都結束了。」或者，也可以藉由揭露真相來改變現狀，
讓他望著她說：「這三年來，我和你妹妹一直暗中往來。你打算怎麼辦？」

**揭露真相的強大效果，來自「背景故事」，也就是劇中各個角色過去
生命中的重大事件。編劇可在關鍵時刻揭發，以創造轉捩點。**

以《唐人街》為例，「她是我妹妹，也是我女兒」這個背景說明一直隱
而未顯，正是為了在揭露真相時令人大駭，不但扭轉了第二幕高潮，也為益
發緊張的第三幕預作鋪陳。又如在《星際大戰（五）：帝國大反擊》中，「你
不能殺我，路克，我是你父親」是源自於《星際大戰》背景故事的鋪敘，編
劇刻意遲未揭露，以創造最大的戲劇效果，結果它不但轉化了高潮，也為全
新的片子《星際大戰（六）：絕地大反攻》預作鋪陳。

《唐人街》編劇羅勃‧湯恩大可提前揭發克羅斯家的亂倫，讓別有二心
的傭人對吉特斯露口風。喬治‧盧卡斯（George Lucas）也大可早點讓路克的生
父曝光，由機器人 C3PO 警告 R2D2：「別告訴路克，他聽了一定很難受……
黑武士就是他爸。」不過他們卻運用背景故事的鋪敘創造爆炸性的轉捩點，
也造成期望與結果之間的落差，讓觀眾不期然得知內幕。想轉化場景別無他
法，唯有藉由行動、行動、行動，少有例外；我們非得結合「行動」與「揭
露真相」。真相大白的衝擊力道其實更強，於是我們常把它留給主要轉捩點，
也就是幕高潮。

倒敘

倒敘只是另一種形式的鋪敘。所有形式的鋪敘都一樣,只有「做得好」與「做不好」兩種。換言之,前面我們說過,用冗長、死板、塞了大堆背景資料的對白來發展劇情,只會讓觀眾生厭;多餘、沉悶、塞了一堆細節的倒敘,觀眾同樣受不了。不想落到這種下場,我們就得處理得好。只要遵循慣用的鋪敘優良法則,倒敘能發揮很大的作用。

第一,將倒敘變成戲劇。

與其倒敘過去的乏味場景,不妨在故事中插入一齣迷你劇,同樣具備觸發事件、劇情進展和轉捩點。製片人經常宣稱倒敘會拖慢影片的步道,沒錯,倒敘若沒處理好確會如此,但若處理得當,反而可以加快片子的速度。

在《北非諜影》中,「巴黎倒敘」出現於第二幕開場。瑞克借威士忌澆愁,卻醉得淌下男兒淚。這時全片的節奏刻意放慢,以紓解第一幕高潮的張力。然而,當瑞克回想與伊爾莎的那段情,故事倒敘回到他倆在納粹入侵巴黎時的愛情故事,這讓全片迅速加快步調,而在伊爾莎拋棄瑞克時達到這個場景段落的高潮。

再看《霸道橫行》。一樁謀殺推理的觸發事件,結合了兩個事件:謀殺案發生,以及主角發現謀殺案。推理女王阿嘉莎‧克莉斯蒂卻只用後半部當作故事開場——衣櫃門打開,屍體倒下,摔出衣櫃。她以發現罪行開場,分兩個方向發展,撩起讀者的好奇心:一是過去,這人如何遇害?為何遇害?二是未來,諸多嫌犯中,到底誰是真凶?

昆汀‧塔倫提諾的設計就是重現了阿嘉莎‧克利斯蒂的手法。他在介紹各角色後,開場直接跳過觸發事件前半部——搞得一團糟的搶劫,隨即剪接至後半部——逃跑。一名受傷的劫匪坐在汽車後座逃離現場,我們一見即知這次搶劫出了差錯,同時也對過去和未來開始好奇。到底出了什麼差錯?結局會是如何?塔倫提諾先創造觀眾想知道這兩個答案的需求和欲望,因此,

只要倉庫那幾場戲的步調變慢，他就會倒敘回到高速行動的搶劫戲。構想非常簡單，但從來沒有人如此大膽拍出來過，正因如此，這部原本可能很沉悶的片子，步調卻極為分明。

　　第二，除非先創造出觀眾想知道答案的需求和欲望，否則別用倒敘。

　　再回到《北非諜影》。伊爾莎突然重返瑞克的生活，兩人隔著山姆彈的鋼琴交換了熱切的眼神。這是第一幕高潮，也是中心劇情的觸發事件。接下來的場景是他們喝雞尾酒閒聊，話中有話，潛文本是他們有過一段情，而此時舊情仍存。第二幕開始時，觀眾已按捺不住好奇，猜想這兩人到底在巴黎發生什麼事。這時觀眾對答案產生了需求，而且一心想要知道答案，只有這種時候，才是編劇運用倒敘的時機。

　　我們必須了解，劇本不是小說。小說家可以直接進入角色的思想和感情，我們不能；小說家因此有盡情自由聯想的空間，我們不能。散文作家大可讓筆下角色走過商店櫥窗，望著窗內，回想整個童年：「那天下午他在老家鎮上大街小巷走著，瞄到那間理髮店，想起童年時父親常帶他到那兒去。他坐在店裡，身邊全是老伯伯，抽雪茄，談棒球。在那裡，他生平頭一次聽到『性』這個字。此後他每次跟女人上床，都會想到自己擊出全壘打。」

　　在文章裡鋪敘相對容易，攝影機對一切虛假的事物來說卻像 X 光機。如果我們硬要用小說手法的自由聯想式剪接，或模仿潛意識的快速交叉剪接，企圖以角色的想法為觀眾帶來「驚鴻一瞥」，這種鋪敘就太刻意了。

夢境場景段落

　　夢境場景段落是穿上晚禮服的鋪敘。也就是說，它表面上是佛洛依德式的老掉牙台詞，裡面卻藏著觀眾需要的背景細節，但這種安排通常成效不彰。前面說過的一切法則在夢境段落裡加倍適用。柏格曼的《野草莓》開場，是少數成功運用夢境場景段落的特例。

蒙太奇

美國所謂的蒙太奇（montage）是指一連串快速剪接的影像，可將時間大幅縮短或拉長，並常運用光學效果，如劃接（wipes）、虹膜轉場（irises）、分割畫面（split screens）、溶接（dissolves），或其他多重影像等。這種段落安排極為活潑生動，好掩飾其真正的目的——也就是「傳達資訊」這種乏味的工作。

蒙太奇一如夢境場景段落，同樣是讓觀眾目不暇給，把單調的鋪敘變得有趣。不過，蒙太奇說穿了只是取巧走捷徑，用花稍的攝影與剪輯，代替「把鋪敘化為戲劇」的工夫，而且用得高明的也只有寥寥數例，因此建議各位還是不用為妙。

旁白敘事

旁白敘事是鋪敘的另一種方法。它和倒敘一樣，只有「做得好」與「做不好」兩種。你可以先做個旁白測試，自問：「如果我的劇本少了旁白，也一樣能把故事講清楚嗎？」如果答案是肯定的……就把旁白留著。一般而言，我們會遵循「少即是多」的原則，也就是技巧愈少，效果愈強，因此只要可以刪的都應該刪。不過當然也有特例。如果旁白敘事可以刪除，故事一樣能說得好，那麼你留著旁白只有一個原因——就是用作對比。

對比敘事是伍迪・艾倫的拿手好戲。如果我們剪掉《漢娜姊妹》或《賢伉儷》的旁白，他的故事依然清楚有力，但我們何必剪掉旁白呢？他的敘事有機智，有諷刺，還有只能以這種方式呈現的觀點。用旁白為全片添加非敘事性的對比，可謂錦上添花。

簡短的解釋型敘事偶爾用用倒也無妨，特別是在開場或換幕時，《亂世兒女》（Barry Lyndon）即為一例。但「全片使用解釋型敘事」演變為趨勢，卻使電影這門藝術前途堪虞。從好萊塢到歐洲，愈來愈多的一流導演作品都充斥這種偷懶之舉。這些導演在銀幕上塞滿華麗的攝影、大錢砸出來的布景服裝燈光等，再把一堆影像配上一個單調低沉的聲音，把電影藝術轉為我們曾熟

知的經典漫畫書。

我們很多人頭一次接觸知名作家的作品，都是因為讀經典漫畫，也就是用漫畫圖像搭配圖說來講故事的小說。它是很好的兒童讀物，但並非電影藝術。電影藝術是透過剪接、攝影機或鏡頭的移動，來連接 A 影像與 B 影像，而且只需這麼做，便能傳達 C、D、E 等意義，毋需另作解釋。近來一部接一部的電影都是拿著攝影機穩定架，穿過房間與走道，在街上移動，橫搖拍攝場景與演員，旁白則同時絮絮叨叨告訴觀眾劇中角色如何長大、夢想是什麼、害怕什麼，要不就是解釋故事背景的社會政治情勢——直到整部片變成耗資千萬的有聲書，還配上了圖片。

用解說來填滿聲軌，實在用不著什麼才華與心血。「只呈現，不明說」不僅需要藝術才能與反覆訓練，也提醒我們切勿偷懶取巧，必須為創造力設定上限，在限定的範圍內，把想像力與耐力發揮到極致。要將故事的每個轉折化為戲劇，轉為自然流暢的連續場景，確實相當辛苦，但若我們好逸惡勞，把什麼都變成旁白大剌剌說出來，就等於自毀創作，抹殺觀眾的好奇心，也毀了敘事動力。

更重要的是，「只呈現，不明說」也代表尊重觀眾的智慧和感受力。我們只是邀請他們把最佳狀態帶入觀影儀式，讓他們去看、去思考、去體會，再得出自己的結論。千萬別把觀眾當小孩，抱到你腿上坐，滔滔不絕「解釋」人生，因為誤用與濫用敘事，不僅偷懶，也等於自以為高高在上，把觀眾當成愚民。假如這種趨勢繼續下去，電影將淪為粗製濫造的小說，電影藝術終將凋零。

若想研究設計高明的鋪敘，建議各位仔細分析《誰殺了甘迺迪》。找奧利佛・史東的劇本或錄影帶（兩者皆有更佳）來看，把全片以場景為單位逐一分解，列出片中所有事實——包含無庸置疑的事實，以及號稱的事實。接著特別注意史東如何將這聖母峰般的龐大資訊加以拆解，化為全片的各個重要片段，再把每個片段轉為戲劇形式，以設計好的步調，逐步揭發真相。此片實為匠心獨運的傑作。

16

問題與對策

本章將詳述八個始終令人頭疼的問題,從如何讓觀眾保持興趣,到如何從其他媒介改編為電影,以及如何處理邏輯漏洞。每個問題都有解決之道。

興趣問題

行銷花招或許能引誘觀眾走進電影院,但觀影儀式一旦開始,你需要更有力的理由讓觀眾繼續投入。故事必須抓得住觀眾,讓他目不轉睛看下去,在戲劇高潮時覺得值回票價。要做到這點非常難,除非故事設計能吸引人性的兩種層面——理智與情感。

好奇心是理智上的需求,是為了解答疑惑,為各種開放模式找出最終結論。故事則利用這種人皆有之的欲望,反其道而行,也就是提出問題,開放各種可能。

每個轉捩點都是為了抓住觀眾的好奇心。主角面對的風險愈來愈大時,觀眾會不由猜想:「接下來會怎樣?之後又會怎樣?」更重要的是:「最後結局會怎樣?」答案不到最後一個幕高潮不會出現,觀眾只得受好奇心驅使,留在座位上等待結局。想想你忍著看完多少爛片,只因為那討厭的問題還沒

有答案？我們或許讓觀眾哭哭笑笑，但最重要的是，如查爾斯·瑞德[1]所言，我們讓觀眾耐著性子等。

另一方面，關切是對人生正面價值取向的情感需求。這些正面價值取向，包括正義、力量、生存、愛、真理、勇氣等。人性會本能排斥自己認定為負面的價值取向，並強烈受正面價值吸引。

故事開展時，觀眾無論自覺也好，本能也好，都會檢視劇中描繪的大環境與角色，評估故事想傳達的價值觀，試圖分辨善惡、是非，區分事物有無價值。觀眾找的是善之中心（Center of Good）。一旦找到這核心，自然會把情感投注其上。

我們找尋「善之中心」，是因為我們每個人都相信自己是好的、對的，想認同正面價值。我們心底明知自己有缺陷，或許是很嚴重的缺陷，甚至有罪，即便如此，我們多少還是自覺內心純良。罪大惡極之人常深信自己本性善良，希特勒還以為自己是歐洲的救世主哩。

我曾加入曼哈頓某個健身房，渾然不知那是黑手黨群聚之地，還在那兒認識一個男的，人很風趣，不喜歡他也難。他綽號叫「康尼島先生」，是十幾歲時參加健美競賽贏得的封號，但現在他成了「鈕扣人」。「上鈕扣」，意思是讓人閉嘴，「鈕扣人」做的就是「在人嘴上扣好扣子」，讓人出不了聲……永遠閉嘴。有一天在蒸氣室，他坐了下來，問我：「嘿，鮑伯，你說，你算是『好人』嗎？」換言之，我是不是黑道上的人？

黑手黨的邏輯是這樣的：「人們想嫖，想吸毒，想非法賭博，碰上了麻煩就想賄賂警察和法官。他們想品嘗犯罪的果實，卻想扮偽君子抵死不認帳。我們提供這些服務，但不是偽君子。我們在現實生活中交易。我們才是『好』人。」康尼島先生是喪盡天良的殺手，但他打心眼相信自己是個好人。

無論觀眾是什麼樣的人，人人都在尋找「善之中心」，也就是投注同理心與情感關注的正面焦點。

「善之中心」至少必須放在主角身上。其他人物或許也是「善之中心」

1　查爾斯·瑞德（Charles Reade, 1814~1884），英國小說家與劇作家，代表作有《面具與面孔》（*Masks and Faces*）。

的焦點，畢竟我們對劇中什麼角色都可能起共鳴，但主角一定得是我們感同身受的對象。換個角度，「善之中心」並不代表「和善」。要解釋「善」，與其說「善」是什麼，不如說「善」不是什麼還比較恰當。從觀眾的角度來看，「善」是與負面背景相對的判斷，或說是對照之後的成果。這「負面背景」，也就是眾人公認或感覺「非善」的世界。

以《教父》為例，片中腐敗的不僅是柯里昂家族，還有其他黑手黨家族，連警察和法官也不例外。片中的每個人都是罪犯，或是罪犯的親人，但柯里昂家族卻有一個正面素質——忠誠。其他幫派家族都鬧窩裡反，於是變成「壞」的壞人。教父的家族因為忠誠，而成為好的壞人。我們看出此正面素質時，感情也隨之轉移，對這幫歹徒生出了同理心。

「善之中心」的極限在哪裡？觀眾究竟會對怎樣的猛獸產生共鳴？

再看《白熱》（*White Heat*）。本片的「善之中心」柯迪·賈瑞特〔Cody Jarrett, 詹姆斯·卡格尼（James Cagney）飾〕是變態殺人狂，但編劇巧妙地在正負能量之間取得平衡，首先賦予賈瑞特各種迷人的特質，再把他置身的世界設計得陰鬱邪惡又宿命——他身邊有一票意志軟弱、唯唯諾諾的庸才，他卻有大將之風。追捕他的是一群無能的聯邦調查局探員，而他卻詭計多端，點子奇多。他「最好的朋友」是聯邦調查局的線人，他也真心把對方當朋友。片中各人物之間毫無感情可言，唯有柯迪愛母至深。這種道德觀的安排，讓觀眾產生同理心，自覺：「倘若我非作奸犯科不可，那我當如柯迪·賈瑞特。」

又如《夜間守門人》（*The Night Porter*）裡，我們從戲劇化倒敘的背景故事得知男女主角（狄·鮑嘉和夏綠蒂·蘭普琳飾）這對情侶相遇的經過。他是納粹集中營的虐待狂軍官；她是有被虐狂的少女囚犯。他們倆在集中營內火熱畸戀多年，戰後各奔東西。本片開場的背景是一九五七年，兩人在維也納某飯店的大廳重逢。他成了飯店的行李員，她是隨鋼琴家夫婿巡迴演奏的房客。她與丈夫到了樓上的房間後，她推說不舒服，讓他獨自去演奏會，自己卻留在房內和舊情人愛火復燃。這對男女成了「善之中心」。

編劇兼導演莉莉安娜·卡瓦尼（Liliana Cavani）的設定高明，先讓這對戀人置身道德淪喪的社會，處處藏著心狠手辣的納粹特工，再在這冷酷的黑暗世

界中心點亮一根小小的蠟燭——無論這對戀人如何相識，激情的本質為何，從最深也最真的角度來看，他們的愛是真愛，而且也歷經了極端的考驗。之後納粹特工要男主角非殺這個女人不可，因為她有可能害他們曝光，男主角答道：「不，她是我的寶貝，她是我的寶貝。」他願意為了愛人犧牲性命，她亦然。在戲劇高潮處，他倆選擇共赴黃泉，我們悵然若失。

在《沉默的羔羊》中，小說作者與編劇都讓克萊麗斯（茱蒂·佛斯特飾）置於正面焦點，但同時也以漢尼拔·萊克特〔Hannibal Lecter, 安東尼·霍普金斯飾〕為軸，形成第二個「善之中心」，讓觀眾對這兩人產生同理心。首先，他們賦予萊克特博士可親可敬的特質：博學多聞、思維敏捷、語帶機鋒、風度翩翩，更厲害的是穩如泰山。我們不禁納悶，活在如此不堪的世界的人，如何依然沉著自信、謙謙有禮？

其次，編劇為了對照這些特質，把萊克特周遭的社會設定成冷酷無情、憤世嫉俗。他在獄中的心理醫生是個好出風頭的虐待狂。看守他的人腦袋都不靈光。即便是請萊克特幫忙偵破某案的聯邦調查局，也存心欺騙他，為了叫他配合，故意答應把他遷去卡羅萊納州某島的開放式監獄。於是我們馬上就會幫萊克特找理由：「沒錯，他吃人，但比這更壞的事情還多著呢。我一時想不到還有什麼更壞的事情，不過……」我們對他生出了同理心，想道：「倘若我是變態吃人狂，那我當如萊克特。」

推理‧懸疑‧戲劇反諷

好奇心與關切創造了三種可能的方式來連結觀眾與故事，也就是推理、懸疑和戲劇反諷。這幾個詞不是電影類型，而是指故事與觀眾的關係，而這些關係隨我們對故事感興趣的角度而異。

「推理」：觀眾知道的比角色少。

推理是僅因「好奇心」就生出興趣。我們創造出鋪敘所需的資料，卻必須先壓著不公開，尤其不能公開背景故事中的細節。我們要激起觀眾對過去

事件的好奇心，偶爾暗示一點真相，讓觀眾更有興致，再用「紅鯡魚」（即障眼法）來誤導觀眾，刻意把觀眾蒙在鼓裡，讓他們繼續相信或懷疑虛構的事實，我們則繼續隱瞞真相。

「紅鯡魚」這詞有個好玩的典故。中世紀農民偷獵鹿和松雞後，帶著獵物穿過森林時，會故意沿路拖著燻鯡魚走，讓地主的獵犬分不清氣味。

推理這種激發興趣的技巧，需要設計出有障眼法、有嫌犯，讓觀眾既錯亂又好奇的猜謎遊戲。某一特定類型的觀眾對此特別感興趣，也就是謀殺推理，及其兩種次類型：封閉布局推理（Closed Mystery）和開放布局推理（Open Mystery）。

封閉布局推理就是阿嘉莎‧克莉斯蒂的手法，謀殺發生在背景故事中，觀眾無從得見。這種追查「是誰幹的？」的故事，主要慣用手法就是有多位嫌犯。編劇必須至少安排三個可能的凶手，不斷誤導觀眾懷疑無辜之人（即「紅鯡魚」），並隱藏真凶的身分，到高潮時再揭曉。

開放布局推理就是《神探可倫坡》的手法，觀眾可目睹謀殺過程，也因此知道誰是凶手。故事於是變成「如何抓到凶手？」，編劇在過程中安排的是多項線索，而不是多位嫌犯。這種謀殺必須精心策畫，看似天衣無縫，需有一定的步驟和技術要件才能完成。不過按照慣例，觀眾多半會知道其中某一點有重大的邏輯漏洞。偵探到了現場後，直覺便曉得真凶是誰，但仍需逐一過濾諸多線索，看是否有足以揭穿真相的漏洞，一一找出，再和自認萬無一失的狂妄凶手對質，而凶手亦將坦承不諱。

在推理劇型中，凶手和偵探遠在高潮之前就知道真相，只是沒說出口而已。緊追其後的觀眾則設法釐清劇中關鍵角色到底知道什麼。當然，萬一我們能搶先破解，可能反而還會覺得失落。我們固然為了猜出真凶與犯案手法而傷透腦筋，但還是希望編劇筆下的大偵探才是最高明的人。

這兩種安排可以混搭，也可用諷刺手法惡搞一番。《唐人街》以封閉布局推理開始，卻在第二幕高潮轉為開放布局推理。《刺激驚爆點》則惡搞了封閉布局推理，也就是說，它以「是誰幹的？」開場，最後卻變成「誰也沒幹」……無論「幹」的那件事到底是什麼。

「懸疑」：觀眾和角色知道同樣的事。

懸疑結合了好奇心與關切。無論喜劇片或劇情片，百分之九十的電影都用這種方式引發觀眾興趣。不過，此時觀眾好奇的不是真相，而是結局。可以肯定的是，結局始終會是謀殺推理。我們雖不知凶手是誰、犯案手法，偵探總會抓到凶手，故事也會以「正向結局」收場。不過懸疑故事的結局可以「正向」，可以「反向」，也可以是反諷。

在劇情發展過程中，劇中角色和觀眾一同前進，所知的訊息完全一樣。他們發現相關背景資料時，觀眾也同時發現，但誰也不知道「最後會變得如何」。我們在這種關係中不僅會對主角產生同理心，還會進而認同他。若是純粹的推理，則觀眾投入的程度只有同情而已。編劇筆下的大偵探迷人而討喜，但我們絕不會認同他和我們同一類，因為他們給塑造得太完美，也從不會真正身處險境。謀殺推理就像桌上遊戲，是很酷的益智娛樂。

「戲劇反諷」：觀眾知道的比角色多。

戲劇反諷主要以「關切」引發觀眾興趣，完全排除觀眾對真相與後果的好奇心。這類故事常以結局開場，故意洩漏結果。編劇把觀眾擺在如神般的高位，在事情發生之前便知道結果，觀眾的情緒體驗因此轉變。觀眾在懸疑時為結局心焦，擔心主角的安危；到了戲劇反諷時，則轉為兩個層面，一是因見到劇中角色發現我們已知的真相而不忍，二是眼睜睜看著劇中角色走向災難而深感同情。

以《日落大道》為例，在第一段戲中，喬·吉利斯〔Joe Gillis, 威廉·荷頓（William Holden）飾〕的屍體面朝下，漂在諾瑪·戴斯蒙〔Norma Desmond, 葛蘿莉亞·史萬森（Gloria Swanson）飾〕的泳池裡。攝影機深入池底，由下往上拍攝屍體，這時，吉利斯因想到觀眾或許納悶他怎會葬身泳池，開始以旁白娓娓道來。於是整部影片成為倒敘，以戲劇形式展現一位電影編劇為成功而奮鬥的歷程。我們

深受感動，不僅同情，也不忍見他一步步走向我們早已知道的宿命。我們都明白，即使吉利斯費盡心力想掙脫有錢女暴君的魔掌，寫出發自內心的劇本，終究將徒勞無功，最後化為一具漂浮在她泳池裡的屍體。

再看看《危險女人心》（*Betrayal*）。

把敘事順序顛倒成「由尾至頭」的反劇情手法，是喬治·考夫曼[2]和莫斯·哈特（Moss Hart）於一九三四年為舞台劇《友情歲月》[3]發明的。四十年後，品特則把這構想以戲劇反諷的方式發揮到極致[4]。

《危險女人心》是愛情故事，以傑瑞與艾瑪〔傑瑞米·艾朗（Jeremy Irons）與派翠西雅·哈吉（Patricia Hodge）飾〕分手多年後的首次幽會開場。她情急之下坦承她丈夫其實「早就知情」，而她丈夫還是傑瑞最好的朋友。片子繼續往下發展，倒敘回他倆分手的場景，接著是導致分手的事件，再往前倒敘至兩人最甜蜜的時光，最後以兩人初識收場。我們看見這對年輕戀人眼裡閃著期盼的光芒，心中五味雜陳——因為他們感情那麼好，我們希望他們繼續下去，但也曉得他們將承受的種種辛酸苦痛。

讓觀眾置身戲劇反諷中，並不代表完全排除觀眾的好奇心。先讓觀眾看到後來的事，會讓他們想問：「我已經知道這些角色做了什麼，問題是他們怎麼做的？又為什麼這麼做？」戲劇反諷就是鼓勵觀眾更深入探究角色生活的動力與因果力量，正因如此，一部好片常會在看第二遍時更有趣味，或至少有不同的角度。我們不但展現不常流露的同情與恐懼，也省了對實情和結局的好奇，因而更能專注於劇中人的內心世界、不自覺的力量、社會的微妙運作等。

然而，大多數的電影類型不會僅局限於純粹推理或純粹戲劇反諷，而是在懸疑關係中混合這兩種類型，讓敘事過程更豐富。例如，整體劇情設計若

---

2 應為喬治·考夫曼（George S. Kaufman, 1889~1961），作者誤植的 Phillip Kaufman，應為菲立普·考夫曼（Philip Kaufman, 1936~），亦為美國編劇及導演。

3 《友情歲月》（*Merrily We Roll Along*）此劇譯名未統一，多為原劇劇本改編為音樂劇之後的譯名，包括《友情歲月》、《那些曾經有過的歡樂歲月》（亦譯作「歡欣」）、《快樂向前行》等。本書中指的是原著舞台劇劇本，在此譯為《友情歲月》。

4 此處指的是品特一九七八年的舞台劇作品《背叛》（*Betrayal*）。下文所述的《危險女人心》，是一九八三年依據此作改編的電影。

以懸疑為主，有些段落可採用推理，提高觀眾對某些事實的好奇心，有的段落則可轉為戲劇反諷，觸動觀眾心弦。

再看《北非諜影》。我們在第一幕結尾得知，瑞克和伊爾莎在巴黎有過一段情，卻以分手告終。第二幕開場倒敘回巴黎。我們從戲劇反諷的角度，看著這對年輕戀人走向悲劇，格外同情他們浪漫的天真。我們深入觀察他們相處的時光，猜想這兩人的愛為何以心碎收場，也納悶他們一旦發現我們已知的後續發展後，會有什麼反應？

之後，在第二幕的高潮，伊爾莎回到瑞克懷抱，打算為了他離開丈夫。第三幕轉為推理，因為瑞克已作出危機場景決定，但不透露他作了什麼選擇。由於瑞克知道的比我們多，我們的好奇心油然而生——他會和伊爾莎私奔嗎？答案揭曉時，我們都吃了一驚。

假設你在寫一部驚悚片的劇本，主角分別是專拿斧頭殺人的大變態和女偵探，而你正準備要寫故事高潮。你把場景設定於某古宅的昏暗走廊。她知道凶手就在附近，於是一邊打開手槍的保險，一邊緩緩走過左右兩邊一扇扇暗不見底的門。此時，應該採用三種策略中的哪一種？

推理：隱藏一個事實，只有主角的對手知道，觀眾不知道。

關上所有的門，這樣在她緩緩走過長廊時，觀眾的眼睛會在銀幕上搜索，想著凶手到底在哪兒？在第一扇門後？下一扇門後？還是再下一扇門？接著他出招了……竟是從天花板上掉下來！

懸疑：給觀眾和角色同樣的資訊。

長廊盡頭一扇門虛掩著，門後透出的燈光，在牆上映著一個持斧男人的影子。她看見影子，停下腳步。牆上的影子消失了。**畫面切換**：持斧男人在門後等著，他知道她在那兒，也知道她知道他在這兒，因為聽到她停步。**畫面切換**：長廊上的她遲疑著，她知道他在那兒，也知道他知道她知道他在這兒，因為她看到他身影移動。我們知道她知道他知道，但誰都不知道的是，這要如何收場？她會殺他？還是，他會殺她？

戲劇反諷：採用希區考克最喜歡的手法，隱藏一個事實，觀眾知道，但主角不知道。

她緩緩挪向長廊盡頭一扇關上的門。

畫面切換：持斧男人在門後等著。**畫面切換**：她在長廊上一步步逼近那關上的門。觀眾知道門後有人，但她不知道，於是觀眾的情緒由焦慮轉為恐懼：「不要靠近那扇門！拜託拜託，不要打開那扇門！他就躲在門後面！小心啊！」

她打開了那扇門，然後……兩人開打。

換個角度，萬一她準備打開那扇門，擁抱那男人……

持斧人（揉著痠痛的肌肉）：

「親愛的，我砍了一下午柴吶。晚飯做好沒？」

……這就不是戲劇反諷，而是故布疑陣和它的腦殘兄弟——低俗驚奇。

觀眾的好奇心必須維持在某個程度，否則敘事動力就會停擺。編劇這門技藝賦予你隱藏真相或結局的權力，好讓觀眾往下看，不斷提問。這門技藝也能給你在必要時對觀眾故弄玄虛的權力，但你絕不能濫用這權力。一旦濫用，失望的觀眾馬上會失去興趣。反之，我們應該獎勵專心看片的觀眾，用既誠實又有見地的答案回應他們的問題。不玩卑鄙手段，不安排低俗驚奇，不故布疑陣。

故布疑陣是假裝隱瞞真相而產生的假好奇，也就是為了想讓觀眾保持興趣，耐心看完冗長乏味的片段，故意扣下明明可以給觀眾看、也早該給觀眾看的鋪敘片段。就像下面的例子：

淡入：一架滿載乘客的民航機駕駛，奮力與雷電交加的暴風雨搏鬥。閃電擊中機翼，飛機朝某座山墜落。**畫面切換**至六個月前，一段三十分鐘的倒敘，鉅細靡遺描述乘客與機組人員在搭上那致命班機前各自過著什麼樣的生活。這種故意耍觀眾或吊胃口的做法，只代表編劇差勁透頂，只會對觀眾說：「各位別擔心，只要撐著看完這段又臭又長的戲，最後一定會講回精采刺激的那部分。」

驚奇問題

假如我們對說故事的人祈禱，禱詞或許會是這樣：

「求求你，說個好故事。讓它給我從未有過的體驗，給我觀察新的真相的角度。讓我對以前不覺得好笑的事情開懷大笑；為不曾觸動心靈的事情深受感動。讓我用全新的角度來看世界。阿門。」也就是說，觀眾祈禱故事能有驚奇，讓原先的期望來個大逆轉。

劇本裡的每個角色一躍上銀幕，觀眾就會抱著各種期望圍觀，覺得有某事會發生，有某事會改變。A小姐會拿到那筆錢；B先生會抱得美人歸；C太太會吃盡苦頭。如果事情照著觀眾的期望發生，更糟的是還完全按照觀眾預期的方式發生，那觀眾可就會相當不開心了。我們必須嚇觀眾一跳。

驚奇有兩種：低俗驚奇與真實驚奇。真實驚奇是期望和結果之間突然出現落差。這種驚奇之所以「真實」，是因為隨後會湧現許多體悟，揭露虛構世界表相之下的真相。

低俗驚奇則是利用觀眾的弱點。觀眾對真相一無所知，情緒完全操縱在說故事的人手裡。有兩招總能讓觀眾大吃一驚：將劇情冷不防剪接至觀眾想不到會看見的東西，或者驟然打斷觀眾以為會繼續下去的事情。換句話說，莫名其妙突然打斷敘事流，這招必然大出觀眾意料。但誠如亞里斯多德埋怨過的：「欲動而不動者為下。此乃無悲之驚。」

在某些類型片中，如恐怖片、奇幻片、驚悚片等，低俗驚奇不僅是慣用手法，也是樂趣來源之一。例如，安排主角走在黑巷中，有隻手突然從銀幕邊緣伸出，抓住主角肩膀，主角轉身——來者原來是他死黨。若在這些類型之外用這一招，低俗驚奇就成了拙劣的手法。

例如《鍾愛一生》（*My Favorite Season*）中，女主角〔凱瑟琳‧丹妮芙（Catherine Deneuve）飾〕已婚卻不幸福。她的弟弟占有欲極強，極力破壞姊姊的婚姻，姊姊最後確信與丈夫在一起不可能幸福，便離家與弟弟同住於某頂樓公寓。弟弟有天回家，突然有種不祥之感。進門只見窗子大開，窗簾飄動。他衝到窗前往下看。我們可以透過他的觀點向下遙望，見他姊姊已經摔在鵝卵石地上，

倒臥血泊，一命嗚呼。**切換畫面**：臥室，他姊姊小睡後醒來。

　　導演為何要在嚴肅的家庭戲劇中，利用弟弟神經緊張的想像場景製造駭人的畫面？或許之前的三十分鐘實在沉悶至極，他覺得這時應該要耍從電影系學來的小花招，狠狠踹大家一腳。

巧合問題

　　故事創造意義。因此乍看之下，巧合好像是我們的敵人，因為巧合不過是宇宙萬物荒謬的隨機碰撞，原本就毫無意義。但巧合是生活的一部分，也往往意義重大，忽隱忽現，來得突兀，去得莫名。所以，我們的對策不是去迴避巧合，而是用戲劇呈現巧合如何無謂地進入生活，假以時日累積出意義後，又如何從毫無邏輯可循的隨機事件，變成現實生活的邏輯。

　　首先，盡早讓巧合出現，給它充分的時間產生意義。

　　《大白鯊》的觸發事件是有條鯊魚碰巧吃了泳客，但鯊魚一旦成為故事題材，便不會輕易退場。牠留下來繼續傷害無辜，並不斷產生意義，直到我們開始覺得這畜生存心肆虐，更狠的是還樂在其中。這便是邪惡的定義：傷害他人、樂在其中。我們都會在無意間傷人，但立刻就會懊悔。假如某人蓄意使他人痛苦還樂此不疲，便成了邪惡。鯊魚至此成為大自然黑暗面的強大象徵，帶著獰笑把我們生吞活剝。

　　因此，巧合絕對不可以突然跳進故事，變成某個場景的轉折，接著又突然跳離。打個比方，艾瑞克急著找他已分手的戀人蘿拉，但她搬了家。他遍尋未果後想喝杯啤酒休息休息，結果吧台前坐他旁邊的房屋仲介，正是賣新房子給蘿拉的人。房仲把她的詳細地址給了艾瑞克。艾瑞克道謝離去，之後再也沒見過這個房仲。這種巧合固然有可能發生，放在故事裡卻毫無意義。

　　換個方式，假設房仲已記不得地址，但記得蘿拉同時還買了輛紅色的義大利跑車。兩個男人一起離開酒吧，在街上看見她那輛馬莎拉蒂，遂一同走

到她的車門前。蘿拉對艾瑞克餘怒未消,卻把兩人請進車內,隨即與房仲打情罵俏,存心惹舊情人不痛快。原本毫無意義的好運,此刻卻成了與艾瑞克欲望對立的力量。此一三角關係,在後續的故事中,便能逐漸發展出自己的意義。

不過這裡有條通則——故事講到後半就別用「巧合」了。故事愈到後面,愈該多把重心放在角色身上。

其次,千萬別用「巧合」逆轉結局。這等於使出「天神解圍法」,是編劇的大忌。

天神解圍法(Deus ex machina)來自拉丁文,源自希臘與羅馬的古典劇場,意指「用舞台機關送來的神」[5]。西元前五百年至西元五百年間,戲劇在地中海沿岸諸國一片榮景,出現的舞台劇作家不下數百位,名垂青史者卻只有七人,其他全為世人遺忘,主因正是他們酷愛端出這位「解圍之神」來解決故事的難題。亞里斯多德曾對此風頗有微辭,而且還像好萊塢製片的口吻:「為什麼這些編劇想不出像樣的結尾?」

當年的圓形劇場造型美、音效佳,有些還可容納一萬人。馬蹄形舞台的盡頭是一面高牆,牆底有可進出的門與拱門,但飾演諸神的演員,需站在牆頂的平台,繫上繩索和滑輪,緩緩降落至舞台上。這個「用舞台機關送來的神」的裝置,在觀眾看來就像諸神從奧林帕斯山下凡,再回到奧林帕斯山。

兩千五百年前,營造故事高潮和現在一樣都是難事,但古代劇作家自有解套的辦法。他們會先慢慢醞釀劇情,在轉捩點設計一個轉折,讓大理石座席上的觀眾坐立難安。如果編劇腸枯思竭,想不出真正的高潮,大可按照慣用手法來避開難題,用舞台機關把某個神送到舞台上,阿波羅也好,雅典娜也好,總之這個神可以決定誰生誰死、誰娶誰、誰永世不得超生,一切搞定。這手法劇作家一用再用,樂此不疲。

5　deus ex machina 後來引申為突然出現、逆轉結局的人或事。

這一點兩千五百年來始終未變，現在的編劇照樣寫出收不了尾的故事。不同的是，他們不再請神下凡來收尾，而是用「神的行為」來代勞，例如：《大海嘯》（*Hurricane*）中救了男女主角的颶風、《邏宮大神秘》（*Elephant Walk*）中解決三角戀愛的象群狂奔、《郵差總按兩次鈴》（*The Postman Always Rings Twice*）與《布拉格之春》（*The Unbearable Lightness of Being*）結尾的車禍，和《侏羅紀公園》（*Jurassic Park*）中及時跳出來一口吞下迅猛龍的暴龍。

天神解圍法不僅抹殺所有意義與情緒，更是侮辱觀眾。我們都知道必須拿定主意再行動，為自己的人生創造意義，無論結局是好是壞。沒有什麼人事物會剛剛好出現，無視我們周遭的不義與動盪，幫我們扛下決定命運的責任。你可能會為沒犯的罪終生身陷冤獄，但每天早晨還是會起床，讓人生有點意義。你是要乾脆對著牆一頭撞死，還是想辦法讓數饅頭的日子有點價值？我們的命運最終還是掌握在自己手裡。「天神解圍法」是種侮辱，正因它本來就不存在。

不過有個例外，那就是反結構電影用巧合來取代因果關係，例如《週末》、《燃燒的夜》（*Choose Me*）、《天堂陌影》、《下班後》等片，都是以巧合開始，以巧合進展，以巧合結束。當巧合主導劇情，便創造出全新而重大的意義──人生真荒謬。

喜劇問題

喜劇編劇常覺得，指導劇作家的原則在他們狂放不羈的世界並不管用。不過，無論冷眼嘲諷也好，瘋狂笑鬧也好，喜劇其實就是換種方式講故事，只是仍有一些重要的例外。這些特例的源頭，就是悲劇版人生與喜劇版人生根深柢固的差異。

劇作家推崇人性，也會以作品展現人性在最惡劣情況下依然有光輝。喜劇則提醒大家，人類即使在最好的情況下，也總有辦法捅出婁子。

在喜劇憤世嫉俗、嬉笑怒罵的表相下，其實是心灰意冷的理想主義。喜劇要的是完美的世界，但環顧四下只見貪婪、腐敗、瘋狂。於是原本滿腔熱

血的劇作家，變得憤怒消沉尖酸刻薄。不信的話，大可邀個喜劇編劇來吃飯。好萊塢的人只要開過派對，大多吃過這種虧，原本想：「邀一些喜劇編劇來吧！可以炒熱氣氛。」呃，當然好……最後的下場都是叫救護車。

這些憤怒的理想主義者當然知道，假如他們對世人開講，說世界何等墮落不堪，沒人會願意聽。若能把達官貴人變成無名小卒，讓勢利眼的傢伙出點糗，大剌剌揭露社會的專制愚昧貪婪，又能讓大眾開懷大笑，或許還有轉機，或至少能平衡一下。所以，願上帝保佑喜劇編劇。生活裡要是少了他們可怎麼好？

喜劇很純粹，如果觀眾笑了，它就成功；如果觀眾沒笑，它就失敗。沒有第二句話。因此評論家討厭喜劇，因為沒他們說話的空間。假如我說《大國民》只是華而不實的炫技、有一堆刻板的角色、用強勢的敘事方式製造轉折，不僅充斥佛洛依德與皮蘭德羅 [6] 式的老套，台詞還自相矛盾，而且刻意討好觀眾，但手法又相當粗糙云云，我可能會和人吵個沒完，因為《大國民》的觀眾都沒反應。但假如我說《笨賊一籮筐》不好笑，你肯定會覺得我很可悲，多說無益。在喜劇的世界裡，有笑聲就是老大。

劇作家著迷的是內心世界，人心的激情、罪惡、瘋狂、夢想。喜劇編劇卻不，他專注的是社會生活，如社會的愚行、自大、殘暴。喜劇編劇會從他覺得充斥偽善及愚行的社會機制之中挑出某個特定對象來攻擊。我們往往看片名即知編劇攻擊的是哪種社會機制。

拿有錢人開刀的有：《統治階層》（The Ruling Class）、《你整我，我整你》、《歌劇之夜》（A Night at the Opera）、《妙管家》（My Man Godfrey）。

向軍方開火的有：《外科醫生》、《小迷糊當大兵》（Private Benjamin）和《烏龍大頭兵》（Stripes）。

《小報妙冤家》（His Girl Friday）、《淑女夏娃》（The Lady Eve）、《當哈利碰上莎莉》等這類浪漫喜劇，是譏諷男女交往之道。

《螢光幕後》、《金牌警校軍》（Police Academy）、《動物屋》、《搖滾萬

6　魯奇・皮蘭德羅（Luigi Pirandello, 1867~1936），義大利小說家、戲劇家。作品長於剖析人性心理，尤其是對自我的分析。

萬歲》、《現代教父》、《金牌製作人》（*The Producers*）、《奇愛博士》、《修女真瘋狂》（*Nasty Habits*）和《瘋狂夏令營》（*Camp Nowhere*）攻擊的對象則分別是：電視台、學校、兄弟會、搖滾樂、黑手黨、劇場、冷戰政治、天主教會、夏令營等。

假如某種電影類型太過自以為是，也會成為嘲諷的對象，例如《空前絕後滿天飛》（*Airplane*）、《新科學怪人》（*Young Frankenstein*）、《笑彈龍虎榜》（*Naked Gun*）。

從前所謂的諷世喜劇（Comedy of Manners）現在已經變成情境喜劇，只是諷刺的對象從上流貴族換成中產階級的日常言行。

一旦社會無法嘲諷和批評自己的機制，這個社會就笑不出來了。由此觀之，史上最薄的一本書應該是德國幽默史，因為這個文化一見威權便膽寒，很難逃出恐懼的掌心。喜劇的核心其實是憤怒而反社會的藝術。假如編劇不想寫出軟弱無力的喜劇，就應該先問自己：我到底在氣什麼？再找出社會裡讓自己血脈僨張的那一面，展開攻擊。

喜劇設計

劇情片的觀眾必須不斷攀著編劇設下的繩索前進，每次緊握繩索往前挪一吋，就愈接近結局一步，對結局的好奇也愈多一分。喜劇卻容許編劇暫時中止敘事動力，把向前衝的觀眾往後拉，在過程中穿插與劇情進展無關的場景，純為搞笑而已。

例如《異形奇花》（*Little Shop of Horrors*）中，有受虐傾向的病人〔比爾·莫瑞（Bill Murray）飾〕去看虐待狂牙醫（史提夫·馬丁飾）。病人在躺椅上坐定了，說：「我想慢慢做個根管治療，做得愈久愈好。」這句話實在很妙，但與故事完全無關，要是剪掉也不會有人注意。難道我們應該剪掉？當然剪不得，這台詞超好笑。

不過，喜劇片的劇情究竟可以少到什麼程度？在片中攙入的純喜劇成分，又該多到何種程度？我們不妨看看馬克斯兄弟[7]的作品。犀利的故事，外加觸

7　馬克斯兄弟（Marx Brothers），美國喜劇兄弟組合，代表作品包括《鴨羹》（*Duck Soup, 1933*）、《歌劇之夜》（1935）等。

發事件與第一、二、三幕的個別高潮，總能讓馬克斯兄弟的片子結構完整持續……大約十分鐘，其餘八十分鐘全是他們令人目不暇給的搞笑絕活。

喜劇比劇情片更能接受巧合的出現，甚至還可容忍用天神解圍法來收尾，只是必須先符合兩個條件：第一，讓觀眾覺得喜劇的主角已經吃了太多苦；第二，主角即使再苦也不灰心絕望。觀眾只有在這種情況下才可能覺得：「唉呀，算了，就順他的意吧。」

以《淘金記》（Gold Rush）為例，到了片中的高潮，一陣暴風雪把男主角卓別林的小木屋連根拔起，連人帶屋捲過大半個阿拉斯加，最後把他扔在某處金礦，害他凍得差點沒命。**畫面切換**：他發了財，衣冠楚楚，叼著雪茄，回到美國本土。這種喜劇的機緣巧合，會把觀眾的思路導向：「這傢伙餓到吃鞋子，礦工同事也要吃他，還差點被棕熊吞下肚，舞廳的小姐們又看不上他──他還一路走到阿拉斯加咧。還是讓他過點好日子吧。」

喜劇和戲劇之間最顯著的差別就是：二者都用出乎意料的事件與體悟來製造場景轉折，但喜劇裡，一旦期望與結局之間出現落差，這「出乎意料的事件」會引發哄堂大笑。

再看《笨賊一籮筐》。阿奇帶汪姐到別人的住處幽會。汪姐在挑高的閣樓寢室熱切嬌喘，看著阿奇在房裡邊跳邊轉，脫得一絲不掛，還吟誦俄文詩，讓她心癢難耐，不住扭動。他拿內褲往頭上一套，說自己完全不怕出洋相……這時門突然打開，一大家子人走進來。這就是期望和結局之間的絕妙落差。

簡言之，喜劇就是好笑的故事，精心設計、效果十足的笑話。不過敘事過程中添加機巧雖可生色，仍不算是真正的喜劇。喜劇加機智往往會生出變種結晶，如《安妮‧霍爾》這樣的劇情類喜劇（Dramedy），或《致命武器》這樣的犯罪喜劇（Crimedy）。

若想知道自己寫的是不是真正的喜劇，可以做個實驗：隨便找個不知情的人，把你寫的故事講給他聽，只講主要劇情，不必引用機智對白，不用描述搞笑場景，然後，他笑了。情節每出現轉折他就笑，每轉每笑，屢試不爽，講到最後，他已笑得倒地。這才是喜劇。要是你講了故事，對方卻笑不出來，那你寫的就不是喜劇，而是……別的東西。

然而，破解之道並不在設計機智對白，也不是把派扔到別人臉上。搞笑場景應該是喜劇結構下的自然產物，因此我們應該把重點放在轉捩點。在設計每個行動之前，先自問：「這個行動相對的是什麼？」接著進一步問：「這個行動能變出什麼稀奇古怪的事兒？」從中拉開出人意表的喜劇落差，也就是——寫出一個有趣的故事。

觀點問題

電影編劇所謂的觀點（Point of View, POV）有兩種意義。第一種意義是我們偶爾會用於觀點鏡頭（POV shots）。例如：

內景　飯廳－白天
傑克喝著咖啡，突然聽到緊急煞車聲和撞車聲，連屋子都跟著震動。他急忙跑到窗前。

傑克的觀點
窗外：他兒子湯尼的車一頭撞在車庫門上，湯尼跌跌撞撞走過草坪，一邊吃吃發笑，顯然喝醉了。

鏡頭回到傑克
憤怒地推開窗戶。

第二種意義是指編劇的視野，也就是說，編劇是從哪種觀點來寫每個場景？從哪種觀點來講述整個故事？

場景中的觀點

每個故事都設定在特定的時空下發生，但當我們想像所有事件的進行及場景的轉換時，該把自己放在空間裡的哪個位置來觀察劇情？這，就是「觀

點」，也就是我們為了描述角色的行為及角色與周遭的互動時，實際採取的角度。我們如何選擇觀點，對兩件事情有極大的影響，一是讀劇本的人對這場景的反應；二是導演之後應如何呈現和拍攝。

我們可以想像自己置身某個行動的外圍，從三百六十度的任一點來觀察這個行動；或者想像自己置身這個行動的中心，用三百六十種不同的角度從中心往外看——或俯瞰，或仰望，在這球狀空間中，什麼角度都行。每種不同的觀點，都會對觀眾的同理心和情緒產生不同的效應。

例如，延續前述的父子場景，傑克把湯尼叫到窗前，兩人吵了起來。父親問就讀醫學院的兒子為何醉成這樣，才知校方把兒子踢出校門。湯尼說著說著，心煩意亂，跌跌撞撞往街上走。傑克急忙衝出家門追過去，安慰傷心的兒子。

這個場景有四種互不相同的觀點：

1. 只把傑克當成你想像的中心。鏡頭跟著他從喝咖啡的桌邊來到窗前，看到他所見的場景及他的連續反應。再跟著他穿過屋內，衝出家門，在街上追到湯尼，擁住他。

2. 把湯尼當成你想像的中心。跟著他一起在街頭開車，駛過草坪，一頭撞在車庫門上。呈現他跌跌撞撞爬出撞爛的車、和窗前的父親對話時的連續反應。跟著他蹣跚走回街頭，在父親追上來擁抱他時，讓他突然轉身。

3. 在傑克與湯尼的觀點之間轉換。

4. 採用中立觀點。一如喜劇編劇，隔著一段距離旁觀。

第一種觀點鼓勵我們心理上認同傑克；第二種讓我們認同湯尼；第三種拉近了我們與這對父子的距離；第四種非但沒拉近距離，還讓我們不由得取笑這兩人。

故事中的觀點

如果能在一般片長的兩小時內，讓觀眾與某個角色建立複雜而充實的關係，這整個體會的過程、投入的體驗，足以讓觀眾終生回味，你的成就就遠

遠超越大多數的影片。因此，大體說來，把整個故事設計成從主角的觀點來敘事，可大幅加強敘事的效果，換句話說，就是把自己規範在主角的世界裡，讓主角成為你想像的中心，讓整個故事裡的事件，一一在主角眼前發生。觀眾只有在主角碰上事件時才看得到怎麼回事。這種敘事法的難度顯然很高。

想省事的話，編劇大可穿梭時空，隨處揀選可用的題材以便鋪敘，但這麼做不僅會讓故事漫無章法，也缺乏劇情張力。只從主角觀點來打造故事，一如受限的故事設定、類型慣用手法、主導意念，都是對創造力的試煉。它窮盡你的想像，要你交出最棒的作品。於是你會寫出緊湊、流暢、難忘的角色與故事。

與角色相處愈久，目睹角色作選擇的時機愈多，觀眾因此對角色更有同理心，情緒也更投入。

改編問題

很多人以為，如果不願為原創故事絞盡腦汁，那就買下某文學作品的改編權，再轉換成電影劇本就好。事實絕非如此。了解改編的難處之前，我們先回顧一下故事可以多複雜。

我們在二十世紀有三種說故事的媒介：文字創作（長篇小說、中篇小說、短篇小說）、劇作（舞台劇、音樂劇、歌劇、默劇、芭蕾）、屏幕（電視螢幕及電影銀幕）。每一種媒介描述複雜劇情的方式，都是讓角色在人生的三個層面同時發生衝突，但每一種媒介都在其中某一個層面上具備特有的力量和天生的美感。

小說獨有的強項和奇妙之處，是用戲劇形式描寫內心矛盾。文字創作在這點遠勝劇作和電影。小說家無論用第一人稱或第三人稱，或幽微，或緊湊，或天馬行空，都能潛入人的思想與感情，把內心矛盾的紊亂激烈投射在讀者的想像中。小說以描寫來刻畫個人與外界的衝突，用生動的文字傳達角色在社會或環境中的掙扎，至於個人之間的衝突，則透過對白來形塑。

劇作的獨門絕活和魅力，就是以戲劇形式表現人際衝突。這是劇作的強

項，遠勝小說和電影。偉大的戲劇幾乎純粹是對白，大概百分之八十得用耳朵聽，只有百分之二十要用眼睛看。手勢、表情、做愛、打鬥等這類無法訴諸語文的交流固然重要，但人際衝突全是透過對話逐一和盤托出，無論結局好壞。

此外，劇作家有個電影編劇沒有的特權——寫正常人沒說過的對白。他不僅可以寫詩般的對白，還可以效法莎士比亞、艾略特和弗萊[8]，直接把詩當成對白，把人際衝突的展現方式提升至不可思議的高度。他更可用演員的現場真音，為全劇添加抑揚頓挫與停頓的細微變化，讓呈現衝突的方式再上一層樓。

劇作中的內在衝突透過潛文本轉化為戲劇。演員生動演出角色的內心世界，觀眾則透過其台詞、動作，看見隱而不表的思緒感情。劇作就像用第一人稱寫的小說，可以把角色推到布幕前，用獨白直接對觀眾傾訴。然而，在當眾演說時，這角色講的未必是真話，就算他一片真心，也未必真的了解自己的內心世界並和盤托出實情。只是，劇作利用潛文本把內心衝突轉為戲劇的本事固然高強，但比起小說還是相對有限。舞台固然能以戲劇形式表現個人與外界的衝突，但它空間有限，能表現出社會的多少面向？能裝得下多少代表環境的背景和道具？

電影獨有的力量與炫目聲光，在於用戲劇形式呈現個人與外界的衝突，用巨大生動的影像，展現人類受困於社會與大環境，為生存而奮鬥。這是電影的強項，遠勝戲劇與小說。假如我們任選《銀翼殺手》（*Blade Runner*）中的某個畫面，請世上最優秀的作家寫出那個構圖的文字版本，想必會滿滿寫個好幾頁，卻永遠無法抓到精髓，而我們在觀影過程中一路看過的複雜影像何止千百，那只不過是其中一個而已。

影評人對於追逐場景段落常有微辭，彷彿追逐場面是什麼全新的現象。其實默片時代頭一個偉大的發現就是追逐場面。從卓別林與「奇斯東搞笑笨

8　克里斯多夫・弗萊（Christopher Fry, 1907~2005），英國詩人、劇作家。作品包括：《這位女士燒不得》（*The Lady`s Not for Burning*）、《天使的決鬥》（*Duel of Angels*）等。

警察」[9]的喜劇、不下千部的西部片、D·W·葛里菲斯大部分的作品，到《賓漢》（*Ben Hur*）、《波坦金戰艦》、《亞洲風暴》（*Storm Over Asia*）和美麗的《日出》（*Sunrise: A Song of Two Humans*），都因為有了追逐場面而生色許多。追逐是一個人遭社會追趕、在現實世界中掙扎，只為逃脫求生的過程。追逐全然是個人與外界的衝突，也是純粹的電影藝術，是拿了攝影與剪接器材便自然而然想做的事。

電影編劇必須完全用口語對白來表達人際衝突。電影中如果用的是劇場語言，正常的觀眾應該會覺得：「一般人才不這樣講話啦。」扣掉把莎劇搬上銀幕的特例不算，電影劇本的對白必須講求自然。不過，電影強大的力量在於非言語的交流。特寫鏡頭、燈光，還有拍攝角度、手勢與面部表情的各種細微差別，足以勝過千言萬語。話雖如此，電影編劇把人際衝突轉為戲劇的方式，卻不能仿效劇作，用詩來表現得淋漓盡致。

銀幕上，攝影機直對著演員的臉拍攝，想傳達演員的思緒與情感時，內在衝突就得全靠潛文本表現。即便是《安妮·霍爾》或《阿瑪迪斯》（*Amadeus*）中告解的薩里耶利（Salieri），雖然同為演員直接對鏡頭敘事，一樣有豐富的潛文本意涵。人的內心世界可在電影中充分揮灑，強度與複雜度卻不及小說。

以上是概略的狀況，現在想必你已能想像改編的問題在哪吧？幾十年來，大家為了買文學作品的電影改編權，不知砸了多少銀子，買來之後把書朝編劇一扔，而編劇乖乖讀完書之後完全崩潰，只能對月狂嚎：「哪有什麼劇情？整本書全是主角的腦內劇場！」

由此歸納出改編劇本的第一法則：**愈是純小說與純劇作，改編成的電影就愈糟。**

「文學純度」不等於文學成就。小說的「純」是把敘事僅限於內在衝突層面，運用文字與筆法的複雜多變，為故事起頭，一路推進，帶向高潮，且相對不受個人、社會與環境等力量的控制，喬伊斯的《尤利西斯》即為一例。劇作的「純」則是把敘事僅限於個人之間的衝突層面，運用大量詩化的口語

9　「奇斯東搞笑笨警察」（Keystone Cops）是美國默片中的一群搞笑警察角色，電影由馬克·瑟內特（Mack Sennett）及他的奇斯東電影公司於一九一二至一九一七年間製作。

對白，為故事起頭，一路推進，帶向高潮，且相對不受內在、社會與環境等力量的控制，艾略特的《雞尾酒會》（*The Cocktail Party*）即為一例。

改編「純」文學作品之所以失敗有兩個原因：一、美學上就不可能。影像是語文發展出來之前的事。一流小說家、劇作家在華麗詞藻下暗藏的矛盾衝突，豈能用電影手法複製或仿效？二、假如二流編劇想改編一流之作，我們比較有可能看到二流提升至一流的境界，還是一流作品屈居於二流編劇的水準？

放眼全球影壇，常有自我膨脹的電影導演出來壞事。這些人一心巴望「費里尼再世」或「柏格曼第二」的封號，但他們不是費里尼與柏格曼，沒有原創的本領，所以就去找同樣自我膨脹的贊助機構，拿著普魯斯特或吳爾芙的作品，信誓旦旦要把藝術介紹給大眾。最後的結局是官僚撥了款，政客吹噓自己真的讓藝術走向大眾，導演拿到了酬勞，片子一個週末就下片。

假如你非改編不可，得先從「純」文學等級退而求其次，去找故事中三種層面都出現矛盾與衝突的故事，而且重點要放在個人與外界的衝突上。皮耶・布勒[10] 的小說《桂河大橋》（*The Bridge on the River Kwai*）固然不像托瑪斯曼和卡夫卡能登上研究所課程的殿堂，但確實是部傑作，裡面複雜的人物俯拾皆是，個個都受內在與個人衝突的驅使。全書對個人與外界的衝突更有戲劇效果極高的刻畫。因此在我看來，是卡爾・福爾曼[11] 的改編劇本成就了大衛・連[12] 的顛峰之作。

想改編作品，必須先把原作一再讀過，但不記筆記，讀到自認融會貫通為止。你必須先熟悉書中的社會背景，讀懂人物的表情，摸清他們噴哪種古龍水，然後才能有所取捨或計畫。改編與從零開始發想故事一樣，都得先像神一樣無所不知，千萬別以為原作者把功課都做好了。等你做好該做的功課，

---

10 皮耶・布勒（Pierre Boulle, 1912~1994），法國小說家。最著名的兩本作品，分別改編為電影《桂河大橋》與《浩劫餘生》（*The Planet of the Apes*）。

11 卡爾・福爾曼（Carl Foreman, 1914~1984），美國編劇與製片，知名編劇作品尚有《日正當中》（*High Noon*）、《六壯士》（*The Guns of Novarone*）等片。

12 大衛・連（David Lean, 1908~1991），英國知名導演，代表作品尚有《阿拉伯的勞倫斯》（*Lawrence of Arabia*）、《齊瓦哥醫生》（*Dr. Zhivago*）。

再把每個事件的來龍去脈濃縮為一、兩句，不要多寫。不必深究心理，不必剖析社會。打個比方：「他走進屋，以為要和妻子當面攤牌，卻發現一張字條，說她決定離開他，投向新歡的懷抱。」

把事件都濃縮好以後，全部讀過一遍，問問自己：「這故事講得好不好？」最好先作個心理準備，因為你大概會有九成機率發現故事講得不好。編劇把劇本搬上舞台，小說家把手稿變成鉛字，未必代表他們將這門技藝練得精熟。「說故事」是你我最艱巨的考驗。很多小說家講起故事來都很蹩腳，劇作家講得更差勁。又或者，你碰上了那一成機率，發現故事講得精采絕倫，宛如性能優異的時鐘，順暢、精準、到位……麻煩的是篇幅長達四百頁，超出片子所需整整三倍。更棘手的是，若想拿掉一個小齒輪，這時鐘就會停擺。不管你碰上的難題是前述的哪一種，你要做的都不是「改編」，而是「再造」。

改編劇本的第二法則：**願意「再造」**。

也就是以電影節奏來講故事，同時保有原作的精神。把「再造」講得具體一點，就是：無論小說中的事件以什麼順序出場，都可以仿效傳記的作法，把這些事件從頭到尾重新排序。

接著由此做成分場大綱；可沿用原作可用的設計，也可刪掉場景，必要時甚至可另創新的場景。最大的考驗是把心理戲轉為具體的表演。與其讓劇中角色說一堆不言自明的對白，不如用視覺效果表達他們內在的衝突。這就是成敗的關鍵。找出方法，設計出既能表現原作精神又符合電影的節奏，不必理會影評可能的意見：「可是電影版不像小說。」

為符合電影美學，即使原作的敘事相當完美，長短也符合長片的篇幅，我們往往還是需要再造故事。米洛斯·福爾曼[13]把《阿瑪迪斯》從舞台搬上銀幕時，曾對彼得·謝弗說：「你得把孩子再生一次。」於是這世上有了同一故事的兩種傑出版本，各為各的呈現方式量身打造。

要是你為改編傷透腦筋，記住一個最重要的原則：假如再造的結果與原作相去甚遠（如《比利小英雄》、《危險關係》），電影版卻十分傑出，影評人也會

---

13 米洛斯·福爾曼（Milos Foreman, 1932~1999），捷裔美籍導演、編劇。因《飛越杜鵑窩》（*One Flew Over the Cookoo's Nest*）獲一九七六年奧斯卡最佳導演獎。

沒話說。但若你蹂躪原作〔如《真愛一生》（*The Scarlet Letter*）、《走夜路的男人》（*The Bonfire of the Vanities*）〕，拍出的成果又不及原作水準，甚或超越不了原作，那還是早點避風頭去吧。

要學改編，不妨研究露絲‧普勞爾‧賈布瓦拉的作品。依我之見，她是影史上「將小說改編為電影」的第一把交椅。

賈布瓦拉是波蘭裔，生於德國，用英文寫作，在「再造」自己的國籍後，成為電影的再造大師。她像變色龍又像靈媒，能寫出其他作家的特色與精神，宛如附身。建議你先讀《四重奏》（*Quartet*）、《窗外有藍天》（*A Room with a View*）、《波士頓人》（*The Bostonians*）這幾本小說，寫出各自的分場大綱，再以場景為單位，將你的大綱和賈布瓦拉的作品逐一對照。你會獲益良多。

值得一提的是，她和導演詹姆斯‧艾佛利（James Ivory）只改編社會小說家的作品，如珍‧瑞絲（Jean Rhys）、福斯特（E. M. Forster）、亨利‧詹姆斯等。他們很清楚這類作品最主要的衝突是個人與外界的衝突，用攝影機表現的效果也極好。他們不會改編普魯斯特，不會改編喬伊斯，不會改編卡夫卡。

雖說電影最擅長表現的是個人與外界的衝突，但我們也不應因此自縛手腳。傑出的電影工作者始終都得接受一種挑戰——先以社會或大環境衝突的影像起頭，再帶領觀眾進入個人之間的糾葛；用已知的言行表相開始，引導觀眾走入內心世界，進而體會未說出口、無意識間表達出來的種種。換句話說，就是逆向而行，用電影來達成劇作家和小說家可輕而易舉辦到的事。

同理，劇作家和小說家都清楚，他們的考驗是在舞台與稿紙上呈現電影的強項。福婁拜知名的電影筆法，早在電影誕生之前便已成形。賽吉‧愛森斯坦[14]說自己因為讀狄更斯的作品，學會了電影剪接。莎翁流暢轉換時空的高超本領，極適合用攝影機天馬行空地表現。對傑出的說書人而言，「只呈現，不明說」是創造力的終極任務——也就是，用全然戲劇化、視覺化的筆法寫作，呈現自然人類行為的自然世界，表達人世的複雜，卻什麼也不明說。

---

14 賽吉‧愛森斯坦（Sergei Eisenstein, 1898~1948），俄國知名導演，蒙太奇理論先鋒之一，代表作有《波坦金戰艦》。

通俗劇問題

很多人怕被嫌「這劇本真是誇張的通俗劇」，盡量不寫「大場景」，也就是感情濃烈、衝擊強大的事件，反而寫些精簡至極、幾乎沒事發生的場景，還自以為暗藏巧思。這實在只能用「蠢」字形容。人類所作所為原本就不誇張，因為人什麼事都幹得出來。報紙每天記錄著人類捨己的情操與暴行，勇氣與怯懦，從德蕾莎修女的義舉到海珊的強權，你能想得出人類會做的事，早都有人做過，而且用的方法超乎想像。這絕不是誇張的通俗劇，這只是人之所以為人而已。

通俗劇並非表達過火的結果，而是動機不足的下場；不是因為編劇寫得太過，而是下筆時想成就的太少。某一事件的力量，必須相當於該事件各種起因加起來的結果。倘若我們覺得動機與後來採取的行動不相稱，才會覺得某個場景有誇張之嫌。從荷馬、莎士比亞乃至柏格曼，多少編劇寫過相當激烈的場景，但沒有人會稱之為通俗劇，因為這些編劇深知如何賦予角色相對的動機。如果你想寫精彩動人的戲劇或喜劇，放手去寫吧，但在角色採取極端行動時，記得也要把他們背後的動力提升到相對的強度，甚或更強。觀眾會很高興你順利把大家帶到故事的終點。

漏洞問題

劇情有「漏洞」，觀眾就會給編劇扣分。有漏洞，少的不是動機，而是故事的邏輯，是因果之間少了關連。不過漏洞就像巧合，也是生活的一部分。事出之因往往無法解釋，因此，假如你在描寫人生，故事裡出現一、兩個漏洞在所難免，問題是怎麼處理。

如果你有本事把沒邏輯的事件串起來、補上漏洞，就這麼辦。不過要用這種方式補救，往往得另寫新場景，而且唯一作用只是讓邏輯串得起來，所以難免顯得生硬，和漏洞一樣惹人厭。

碰上這種時候，先自問：觀眾會注意到嗎？你很清楚劇情邏輯有漏洞，

是因為故事還在你桌上，漏洞也仍盯著你不放。若搬上了銀幕，劇情按照節奏逐一登場，等到漏洞出現的那一刻，觀眾所知的背景資料可能還不夠，沒察覺剛剛發生的事不合邏輯；也或許因為事情發生得太快，觀眾沒怎麼注意，漏洞遂一閃而過。

以《唐人街》為例，艾達・賽欣斯〔Ida Sessions, 黛安・拉德（Diane Ladd）飾〕冒充伊芙琳・莫爾瑞，雇用私家偵探吉特斯調查荷利斯・莫爾瑞是否不倫。吉特斯發現狀似外遇的事件後，正牌莫爾瑞夫人與律師現身，準備提告。吉特斯這時明白有人存心陷害莫爾瑞，但還沒來得及幫忙，莫爾瑞便遇害。

第二幕開場不久，吉特斯接到賽欣斯的電話，說她根本不知道這件事怎麼會搞成謀殺，只想表明自己的清白。她同時給了吉特斯一條關於謀殺動機的重要線索，但話講得遮遮掩掩，令他更加摸不著頭腦。不過，他後來還是把她給的線索和自己挖出的證據拼湊起來，自認已破解凶手與殺人動機之謎。

第三幕之初，他發現賽欣斯死了，皮夾裡有張電影演員工會的會員證。換言之，賽欣斯沒道理曉得自己在電話中說的內幕。她的線索是十分重要的細節，顯示富商和政府高官勾結，令全市淪入貪腐魔掌。賽欣斯只是他們雇來冒充莫爾瑞夫人的女演員，他們不可能對她透露這種事。但她跟吉特斯通話時，我們其實對賽欣斯一無所知，也不曉得她可能知道什麼內情。觀眾在一個半小時後發現她身亡，也察覺不到這裡有漏洞，因為一路下來，觀眾早忘了她說過什麼。

所以觀眾或許不會注意到，也或許會。那接下來呢？沒膽的編劇會草草蓋住漏洞，希望觀眾不會注意。有的編劇則挺身面對問題，大大方方把漏洞秀給觀眾看，再說這不是漏洞。

再看《北非諜影》。費拉利〔Ferrari, 席尼・葛林史崔（Sidney Greenstreet）飾〕是個徹頭徹尾的資本家和騙子，凡事只向錢看，但他在片中卻願意幫拉茲洛弄到寶貴的過境許可，而且不求任何回報。這與角色個性完全不符，也不合邏輯。編劇自然也知道，才會給費拉利這種台詞：「我也不知道自己為什麼要這麼做，我根本沒有好處……」編劇非但不隱藏漏洞，反而大方承認，索性扯個大謊，顯示費拉利也可能一時衝動而決定成人之美。觀眾知道我們做事

常很難把理由說得清楚，看了片子發現原來說不出理由也有好處，於是點頭稱是，心想：「連費拉利也說不清楚啊。好極。咱們繼續看下去。」

《魔鬼終結者》裡沒有漏洞，它整個故事的架構就是個無底洞。背景是二〇二九年，機器人把全人類殲滅殆盡，少數倖存的人在約翰·科諾爾的領導下力挽狂瀾。機器人為斬草除根，發明某種時光機，將終結者送回一九八四年，打算在約翰·科諾爾出生之前殺死他母親。科諾爾搶來時光機，把年輕軍官瑞斯也送回去，好先除掉終結者。他知道瑞斯不僅能救母親一命，更能讓她懷孕，於是他的部下就成了他父親。咦？

但詹姆斯·卡麥隆（James Cameron）和蓋兒·安·赫德（Gale Anne Hurd）很了解敘事動力。這兩位編劇時知道，只要把兩名戰士從未來「轟」一下丟到洛杉磯街頭，讓他們瘋狂追殺可憐的女主角，觀眾什麼邏輯問題都不會問。編劇同時可以在不同的段落逐一鋪陳，但他們當然也尊重觀眾的智慧，曉得觀眾看完片子，搞不好會邊喝咖啡邊想：「等一下……假如科諾爾早知道瑞斯會……」諸如此類，那漏洞可就完全毀掉觀影樂趣了。於是，編劇寫出了解套的場景。

有孕在身的莎拉·科諾爾來到墨西哥偏遠山區的藏身處待產，準備在當地把兒子帶大，為未來的使命作好準備。她在某加油站為尚未出世的人類領袖錄下自述的生平。她大概是這麼說的：「嗯，我的兒子，我搞不懂。假如你知道瑞斯會是你爸……那為什麼……？你怎麼……？難道這代表這種事還會發生……一次，又一次……？」她頓了一下，說：「你知道嗎，想到這兒，人都要瘋了。」然後全世界的觀眾也覺得：「管他呢，她說得沒錯。這不重要。」於是，大家便開開心心把邏輯丟進垃圾桶。

17
角色

腦蟲

我回溯自荷馬起算兩千八百年來的故事演化之路，以為扣掉第四世紀到文藝復興時期便可跳過一千年，因為依照我大學歷史教科書所說，黑暗時代一切思想活動停擺，只有僧侶還在苦思「針尖上有多少天使跳舞」。我對這段敘述存疑，所以深入研究了一下，結果發現中世紀的思想活動其實相當活躍，只是以詩詞的符碼呈現而已。研究人員解開了隱喻的符碼後，發現所謂「針尖上有多少天使跳舞」不是玄學，而是物理學。這主題探討的是原子結構，也就是「多小叫做『小』？」

中世紀的學者為探討心理學，又發明了一個頗有巧思的點子：腦蟲（Mind Worm）。假設某種生物有能力鑽進大腦，進而完全了解某個個體，包括夢想、恐懼、長處、弱點等。假設這「腦蟲」也有能力催生世上的事件，便可針對此人的特質創造特別的事件，為他開啟獨一無二的奇妙際遇，一段迫使他發揮極限的追尋之路，讓他的人生過得深刻圓滿。無論這段追尋之路的結局是悲是喜，過程中必然顯露他的人性。

我讀到這些文字總是忍不住笑，因為編劇就是腦蟲。我們同樣鑽進角色

深處，發掘他的各個面向與潛能，再創造出符合其特質的事件——觸發事件。每個主角的觸發事件各異，有人撿到意外之財；有人痛失財富。不過我們設計的事件是為角色量身打造的，也正是足以把他逼到極限的追尋之路。我們一如腦蟲，探索人性的內在特質，用詩般的符碼呈現出來。因為幾世紀來，我們的內在一點沒變。一如福克納所言，人性是唯一不會過時的主題。

角色不是真人

維納斯女神的雕塑不是真的女人，同理，角色也不是真人。角色是藝術品，是人性的隱喻。我們把角色當真人一樣來認同，但角色比現實好得多。劇中角色的各種面向都設計得清楚明確，觀眾可以認識、了解，而現實生活的人類或許稱不上如謎，卻總難以摸透。我們對角色比對自己的朋友還熟悉，因為角色永久不變，人卻變來變去——我們自以為了解人的時候，人又變成我們不解的樣子。我對《北非諜影》的男主角瑞克比對自己還清楚。瑞克始終是瑞克，我自己卻有點捉摸不定。

角色設計的第一步是先設定兩個主要面向，也就是角色塑造與角色本色。前面已提過，「角色塑造」是透過觀察得知的特質總和，結合了長相與習性、講話的風格與動作、性生活、年齡、智商、職業、個性、態度、價值觀、居住地、生活方式等，讓角色因而獨一無二。「角色本色」則是這表相之下的本質。角色雖然設定成這樣，但此人內在是怎樣的人？忠誠還是不忠？誠實還是虛偽？善良還是冷血？勇敢還是怯懦？大方還是自私？堅強還是軟弱？

> 「角色本色」只能從兩難時的抉擇看出來。人在壓力下如何抉擇，代表他是怎樣的人——壓力愈大，抉擇反映出的本性也愈真實而深刻。

角色本色的關鍵是欲望。我們被生活壓得喘不過氣時，最快的解套方法就是自問：「我想要什麼？」聽自己最誠實的答案，再找出追求那欲望的力量。問題雖然還在，但我們正採取行動，為解決問題而努力。這道理適用於生活，也適用於小說。只要清楚角色的欲望，這角色就活了起來；而除了自覺的欲

望外，若碰上複雜的角色，連不自覺的欲望也要一併了解。

你要問的是：這個角色想要什麼？現在要什麼？待會兒要什麼？整體來說呢？自覺的？不自覺的？如果這些問題，你都有清楚、真實的答案，你就掌握了這個角色。

欲望的背後是動機。你筆下的角色為什麼渴望他想要的東西？你對動機固然有自己的想法，但別人若有不同意見也不稀奇。有人或許認為家庭教育塑造了這角色的欲望；有人則可能歸因於拜金文化。有人怪學校制度；有人說基因使然；有人則說是魔鬼附身。現代人喜歡為行為找出單一解釋，不深究背後各種力量交互作用的成果，但這往往才是主因。

不要把角色簡化成個案研究（放進虐待兒童的片段是目前流行的老招），因為任何人的行為都沒有確定的解釋。**一般說來，編劇愈把動機扯上某種特殊原因，觀眾對角色的印象就愈模糊。**我們該做的是先把前因後果想清楚，確實了解動機何在，但同時也為最後的答案保留一點神祕空間，也許加點非理性的因素，讓觀眾能運用各自的生活經驗，讓你筆下的角色在他們想像中更立體。

如《李爾王》中，莎士比亞安排了他筆下最複雜的惡徒艾德蒙登場。某個場景裡，某人的不幸歸咎於星相（又一種對行為的單一解釋），艾德蒙在獨白中大笑道：「即使當我父母苟合時有最貞潔的處女星在天空眨眼，我也還是這副德性。」艾德蒙作惡是為了純粹的快感，還有什麼比這更重要？如亞里斯多德所說，我們只要看到人的行為，對他這麼做的原因便興趣缺缺。角色為行動作出的抉擇，決定了這個角色。行動一旦完成，背後的原因就逐漸變得無關緊要。

觀眾透過許多不同的方式來了解你筆下的人物。外貌和背景足以說明很多，但觀眾知道外貌不是現實，角色塑造不等於角色本色。話雖如此，角色的表相卻是重要的線索，暗示可能大白的真相。

其他角色對某一角色的看法也是一種暗示。我們知道人人各有私心，某人對別人的看法因此未必屬實，但什麼人說了什麼話還是值得一聽。角色對自己的看法同樣未必屬實。我們一樣會聽，但隨即往口袋一放。

有些角色非常了解自己，在戲裡背一堆自述的對白只為了說服觀眾，他

們就是自己形容的那種人，但其實這樣做只流於沉悶做作。觀眾當然明白，人很少真的了解自己，就算能也無法完全開誠布公，背後始終別有含義。假如某個角色的自述正好屬實，我們也要親眼看到他在壓力下作出什麼抉擇，才能真的確定。想證實或推翻角色的自述，一定要透過行動。《北非諜影》中的瑞克說：「我不會為任何人冒險。」我們想的則是：「唔，時候未到，瑞克，時候未到。」我們比瑞克還了解瑞克，因為他真的錯了，他為別人鋌而走險的時候還多著呢。

角色面向

　　關於角色的「面向」這概念，真正了解的人實在不多。我以前當演員時，導演會堅持要我們表現出「完整而全面、有立體感的角色」，我當然想照著做，但一問他們那「立體感」到底是什麼，要怎麼創造面向（遑論造出三度空間），他們卻支吾其詞，隨口說些要靠排練什麼的，隨即不見人影。

　　幾年前有個製片人跟我談到某個故事的提案，說他相信裡面有個「很立體的主角」，他是這麼說的：「傑西剛出獄，但他在蹲苦牢時，很努力研究金融和投資，所以後來成了股票、債券和證券的專家。他不但會跳霹靂舞，也是空手道黑帶，還會吹超猛的爵士薩克斯風。」他這位「傑西」只是把一堆特質推給一個名字而已，就像桌面一樣平板。給主角一堆怪癖，不代表對觀眾敞開這個角色的世界，讓觀眾產生共鳴。反之，特立獨行只會讓這個角色變得封閉，與觀眾保持距離。

　　學界有個眾所推崇的說法──一流角色的特色就是顯著的單一特質，最常引用的例子就是野心勃勃的馬克白。這說法主張，無限膨脹的野心正是馬克白偉大的原因。這理論真是大錯特錯。倘若馬克白僅是有野心，這齣戲也不用演了。他大可直接打敗英國人，統治蘇格蘭。馬克白這個角色之所以栩栩如生，正因他在野心與罪惡感之間拉扯，也正因這極大的內心矛盾，才激出他的熱情、他複雜糾葛的內心、他的詩。

　　面向也就是矛盾，它可以是深層個性裡的矛盾（野心勃勃時卻充滿內疚），也可以是角色塑造和深層個性之間的矛盾（迷人的小偷）。重要的是，矛盾之處

必須一致。你在整部片裡讓某男扮好人，又在某場景讓他踢貓一腳，這不叫幫角色增加面向。

試看哈姆雷特，這個史上以文字寫成的最複雜的角色。哈姆雷特不是三度空間，而是十度、十二度，幾乎數不清的面向。他在褻瀆神靈之前一直頗為虔誠。他在奧菲麗亞眼中，起先慈愛又溫柔，後來變得麻木不仁，甚至有虐待狂。他原本勇敢，後又怯懦；時而冷靜謹慎，時而衝動莽撞，不知隱身布簾後的人是誰便一刀刺死。哈姆雷特無情又有情，孤傲又自憐，機敏又可悲，消沉又活躍，清醒又迷惑，理智又瘋狂。他有純真的世故，世故的純真，是集所有我們想得到的人類特質之大成的矛盾綜合體。

角色的面向引人入勝；個性或行為的矛盾則牢牢抓住觀眾的注意力。因此，主角必須是所有角色中最多面的人物，讓觀眾的同理心集中於主角，否則「善之中心」就會偏離中心，虛構的宇宙會崩潰，觀眾的情緒會失衡。

就像《銀翼殺手》，此片的行銷方式原想讓觀眾認同哈里遜·福特飾演的瑞克·戴克（Rick Deckard），結果觀眾進了戲院，卻深受複製人羅伊·巴提〔Roy Batty, 魯格·豪爾（Rutger Hauer）飾〕展現的多面向吸引。這時「善之中心」轉到主角的對手身上，觀眾的感情認同錯亂，熱度因此消褪，原該大賣座的片子後來卻成了「靠片」（cult film）[1]。

其他角色設計

從本質來看，主角創造了其他角色。故事之所以需要主角以外的其他角色，最重要的原因是他們與主角之間有互動關係，其次是每個角色都能以各自的方式，協助刻畫主角的複雜本性。我們可以把全部角色想成某種太陽系，主角是太陽，配角是環繞太陽的行星，小角色就是環繞行星的衛星。位於中央的主角產生引力，太陽系的一切都受這引力牽引，固定在各自的軌道上。這引力又因各角色的特性而異。

來看看這個假設的主角：風趣開朗，後來消沉尖酸；原本很有愛心，後

1　cult film 目前台灣尚無統一譯名，許多影友多直以原文稱之，亦有人譯為「異派電影」，或沿用香港譯名「邪典電影」。此處從影評人但唐謨之譯法。

來變得冷血；原本天不怕地不怕，後來變得畏首畏尾。這個「四度空間」的角色，需要一組人物以他為中心，刻畫他個性的矛盾，並且在不同時間、地點，以不同方式與他互動。這些配角必須讓主角變得更完整而全面，讓他複雜的個性前後連貫而可信。

比方說，角色 A 引發主角的憂傷與尖刻，角色 B 則激起主角的愛心與勇氣。角色 C 帶出他聰敏樂天的一面，角色 D 則迫使他恐懼退縮，之後憤而反擊。我們創造、設計 A、B、C、D 四個角色，完全是根據主角的需要。之所以把他們設計成這樣，主要是為了透過四人採取的行動或反應，讓主角的複雜面向變得清楚可信。

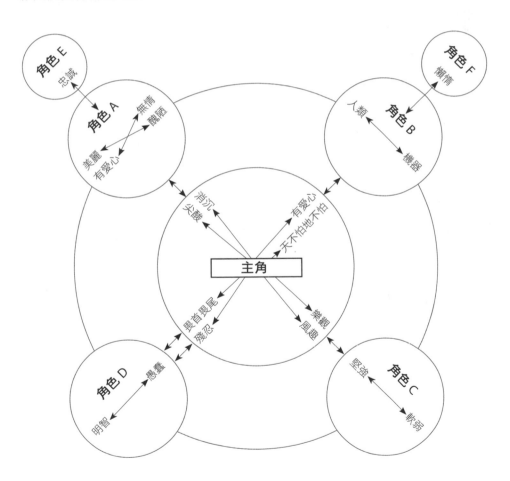

配角的比重雖然必須小於主角，但他們也可以很複雜。角色 A 可以有兩種面向——外在美麗有愛心，內在卻醜陋不堪，在壓力下被迫抉擇時，便顯出冷酷扭曲的欲望。就算只有單一面向，也能創造出傑出的配角。角色 B 可以和魔鬼終結者一樣，只有單一卻迷人的矛盾——也就是機器與人對決的矛盾。假如魔鬼終結者只是一個來自未來的機器人或人類，說不定就沒那麼有意思。但它兩者兼備，這「機器／人」的面向，讓它成為一流的反派。

我們幫角色設定的物質與社會環境，例如職業、住的社區等，是角色塑造的一個面向。因此，「面向」可以用簡單的對照組來創造：讓個性守舊的人置身奇異的背景，或讓怪誕神祕的人置身日常樸實的社會，就能立即引起觀眾的興趣。

小角色必須刻意塑造得扁平，卻又不流於呆板。讓每個小角色各有不同角度呈現出來的特質，讓扮演這角色的演員值得為此在特定的時刻出場，但也僅止於此。

打個比方，假設你的主角頭一次造訪紐約市，她走出甘迺迪機場時，迫不及待想來個紐約計程車初體驗，看看計程車司機是什麼樣。你該怎麼寫司機這個角色？把他寫成特立獨行、大談哲理、喜歡把棒球帽歪著戴？但願不會。這六十年來，我們每次在電影中坐進紐約計程車，看到的司機都是這種怪人。或許你會寫出影史上首位不說話的紐約計程車司機。你的主角試著打開話匣子，講起關於紐約的事，洋基隊啦、尼克隊啦、市長辦公室等，但他只是整了整領帶，繼續開他的車。她頹然倒回椅背，這是紐約第一件讓她失望的事。

也或許，你會寫出比所有計程車司機都厲害的計程車司機：嗓子啞了，人也怪怪的，卻非常熱心，給她清清楚楚上了一課大城市生存法則，包括如何把皮包斜背、防狼噴霧應該放在哪兒等。然後一路把她載到布朗克斯，收她一百五十元，跟她說已經到了曼哈頓。他出場時一片好心，結果卻是個卑鄙小人——這就是角色塑造和深層個性之間的矛盾。於是我們會在整部片中尋找他的身影，因為編劇不會為只出場一次的角色設定面向。假如這計程車司機從此不再出現，我們可就火了。如果沒有必要，別把小角色寫得太生動，

以免讓觀眾產生不該有的期待。

　　全部的角色都繞著明星打轉，也就是以主角為中心。配角由主角產生，旨在刻畫主角複雜的面向。次要角色不僅需要主角，也需要彼此，以互相帶出各自個性的面向。第三層角色（373頁圖中的 E 和 F）與主角和其他重要角色都有戲，同樣有揭露角色面向之效。最理想的情況是，每個場景的每個角色，都能帶出顯露其他角色特質的面向，而所有角色都受中心主角產生的重量牽制，形成星群。

喜劇角色

　　所有角色在對抗對立力量的同時也在追求欲望。不過一般戲劇角色彈性較大，可以退縮不涉險，因為他知道：「真要這麼做，我可能連命都丟了。」喜劇角色則不然，其特色就是盲目固執。如果原本應該逗趣的角色變得不有趣了，怎麼辦？解決問題的第一步，就是找到這執迷不悟的原因究竟為何。

　　在阿里斯陶芬尼斯的政治諷刺劇、米南德的愛情喜鬧劇成為歷史後，喜劇便與悲劇、史詩一同打入冷宮，只是評價更為粗俗不堪。文藝復興時代來臨後，從義大利的卡洛・哥爾多尼[2]，到法國的莫里哀（姑且跳過德國），到莎士比亞、強生[3]、威哲利[4]、康格利夫[5]、謝瑞登[6]，乃至蕭伯納、王爾德、柯沃德[7]、卓別林和伍迪・艾倫等英國、愛爾蘭、美國等地鬼才的如珠妙語，喜劇又躍升為今日耀眼的藝術，為現代生活帶來光明。

　　當這些大師一如工匠將手藝練得爐火純青，講到自己的工作時才發現，

2　卡洛・哥爾多尼（Carlo Osvaldo Goldoni, 1707~1793），義大利劇作家，作品有《一僕二主》（One Man Two Guvnors）等。

3　班・強生（Ben Jonson, 1572~1637），英國劇作家、詩人，作品包括《人各有癖》（Every Man in His Humor）、《煉金術士》（The Alchemist）等。

4　威廉・威哲利（William Wycherley, 1640 或 1641~1716），英國劇作家，作品有《村野之妻》（The Country-Wife）等。

5　威廉・康格利夫（William Congreve, 1670~1729），英國劇作家、詩人，作品有《以愛還愛》（Love for Love）等。

6　理查・謝瑞登（Richard Brinsley Sheridan, 1751~1816），愛爾蘭劇作家、詩人，作品有《造謠學堂》（The School for Scandal）等。

7　諾爾・柯沃德（Noel Coward, 1899~1973），英國編劇、導演、作曲家、演員，作品有《開心鬼》（Blithe Spirit）等。

要創造喜劇角色，就得賦予這角色一種「幽默」，也就是自己看不見的執迷。莫里哀最知名的就是嘲諷主角的執迷，例如《吝嗇鬼》、《無病找病》、《厭世者》等。無論哪種痴迷都可以變成喜劇。鞋子就是個好例子。伊美黛·馬可仕因為看不見自己愛鞋成狂，成了國際笑柄。她收藏的鞋據估計超過三千雙，儘管她在紐約受審時說只有一千二百雙……而且沒一雙合腳。她宣稱這些鞋都是製鞋商送的禮物，但都沒把她的尺寸弄對。

在影集《全家福》（*All in the Family*）中，阿奇·邦克〔Archie Bunker, 凱勒·歐康納（Carroll O'Connor）飾〕的個性盲目而偏執。只要他看不到這一點，他就是個丑角，我們大可笑他。但要是他對別人說：「你知道，我最愛煽動種族主義仇恨啦。」這就不是喜劇了。

又如《黑夜怪鎗》（*A Shot in the Dark*）中，有位司機在班傑明·巴隆〔Benjamin Ballon, 喬治·桑德斯（George Saunders）飾〕的莊園遇害。自認為天下第一偵探的克盧梭探長〔Captain Clouseau, 彼得·謝勒（Peter Sellers）飾〕隨即出場，他一口咬定巴隆就是凶手，在撞球間與這位大富豪當面對質。克盧梭一一說明證據後，一把扯掉撞球桿的毛氈，砸爛球竿，作出結論：「……藍後你一路雞下就殺了他（然後你一怒之下就殺了他）。」克盧梭說完轉身離去，卻搞錯了門的方向。我們只聽見他「咚」一聲撞在牆上。他退了幾步，帶著淡漠的不屑，拋下一句：「笨蛋建築師。」

還有《笨賊一籮筐》裡，犯罪高手汪姐〔潔美·李·寇蒂斯（Jamie Lee Curtis）飾〕迷戀會說外語的男人；職場失意的中情局探員奧托〔凱文·克萊（Kevin Kline）飾〕則堅信自己腦袋好──儘管汪姐吐他槽，說他以為「倫敦地下（鐵）」（London Underground）是某種政治運動。肯（麥可·帕林飾）超愛動物，奧托因此故意吃肯的金魚來折磨肯。阿奇·里區（Archie Leach, 約翰·克里斯飾）的罩門則是很怕出洋相，他說這種恐懼掌控了整個英國。然而全片進行到一半，阿奇才察覺自己的罩門，這恍然大悟讓他從喜劇片主角轉為愛情片主角，從阿奇·里區變成「卡萊·葛倫」（阿奇·里區是卡萊·葛倫的本名）[8]。

---

8 卡萊·葛倫的本名為阿奇波·亞歷山大·里區（Archibald Alexander Leach）。

寫電影角色的三大訣竅

1.為演員保留空間

　　這是好萊塢的老話，主要是勸編劇讓每個演員都有盡量發揮創意的機會；不用寫得過細，不必四處加油添醋，不要一直描述各種行為，以及動作、音調的細微差別。例如：

鮑伯倚著講台，雙腿交叉站著，一手叉腰。他的視線掠過學生的頭頂，望向遠方，若有所思地挑高一邊眉毛：

鮑伯（懶洋洋地）：

「吧啦，吧啦，吧啦，吧啦……」（不知所云）

　　演員見了寫到這麼細的劇本，反應八成是直接扔進垃圾桶，心想：「他們要的不是演員，是傀儡吧。」就算演員同意接演，想必也會拿出紅筆，把所有廢話都劃掉。

　　像前述這種細節其實毫無意義。演員想知道的是：我想要什麼？我為什麼想要它？我要怎樣才能得到它？有什麼會阻止我？後果是什麼？演員讓角色活靈活現，根據的就是潛文本，也就是欲望與對立力量的對決。演員在鏡頭前會依場景所需去說、去演，但演員和編劇一樣都得負責塑造角色，而且演員要做的或許比編劇還多。

　　一定要記得，電影和劇場不同，劇作家希望作品可以演出上百場、上千場，從國內到海外，從現在到以後，但電影只能演出一次，每個角色只能表演一次，從此就在片中固定不變。編劇不再幻想虛構的臉，而是想像理想的演員陣容，那才是編劇和演員攜手合作的起點。 假如編劇覺得某位演員是理想的主角，下筆時也想著對方，想必也會不斷提醒自己，一流的演員毋需借助外力就能創造令人難忘的瞬間。因此，這種編劇絕對不會寫出以下的場景：

芭芭拉（把杯子遞給傑克）：

「你要不要喝這杯咖啡，親愛的？」

觀眾已經看到有杯咖啡，演員的動作明顯表示「你要不要喝？」，女演員也顯露對「親愛的」的親密。女演員當然知道動作比台詞傳達更多，忍不住向導演抱怨：「賴瑞，我非得說『你要不要喝這杯咖啡，親愛的？』嗎？我不是都把那該死的杯子拿給他了嗎？可不可以把這句台詞刪了算了？」於是台詞砍了，女演員默默把咖啡遞給男人，觀眾看得如痴如醉，編劇卻火大了：「他們糟蹋我的對白！」

2. 愛上你筆下所有的角色

我們常看到有些電影所有的角色都很棒，只有一個很糟糕。我們搞不懂為什麼，後來才明白，原來是編劇自己就討厭這角色。他逮到機會便對這角色極盡貶抑侮辱之能事。我想我永遠不會了解這點。編劇怎麼可以恨他筆下的人物？那可是他親骨肉，他怎麼可以恨他創造出來的生命？不管你創造出什麼，都要欣然接受，尤其是壞人。他們和每個人一樣，都值得你去愛。

赫德和卡麥隆這兩位編劇一定很愛他們筆下的魔鬼終結者。看看他們為他寫的戲有多精采：在汽車旅館房間裡，終結者用美工刀修理他那隻受傷的眼睛。他站在洗手台邊，挖出整顆眼球，扔到水中，用毛巾把血擦了，戴上墨鏡蓋住被挖空的洞，然後照著鏡子，順了順亂髮。觀眾一邊看得怵目驚心，一邊想：「他才把自己的眼珠子挖出來咃，居然會在乎外表好不好看。還真自戀啊！」

接著有人敲門。他抬眼望去，鏡頭用的是他的觀點。觀眾看見他的內建電腦螢幕疊印在門上，螢幕列出一排對人敲門的各種反應，有「走開」、「請稍後再來」、「快滾」、「快滾，混蛋」。他的游標上下移動，準備選擇反應，最後停在「快滾，混蛋」上，代表這機器人還有點幽默感。這頭怪獸這下子變得更恐怖了，因為我們看了前述的這些片段，反而不知他會幹出什麼事，只好開始想像最壞的情況。只有深愛筆下角色的編劇，才會為角色設計這些片段。

如果你要寫惡棍，給你一個提示：假如你寫的人物準備幹壞事，先把自己放在那人的狀況裡，自問：「假如我是他，在這種情況下會怎麼做？」答案是你會想盡辦法脫身。因此你的舉止不會像壞蛋；你不會扭自己的小鬍子（壞蛋招牌動作）。反社會的變態其實最有魅力——他們滿懷同情，願意傾聽，那麼關心我們的問題，同時又把我們帶往地獄。

有人曾採訪李‧馬文[9]，問他演了三十年反派，老是演壞人一定很慘吧。李馬文笑道：「我？我沒有演壞人。我演的是好不容易才能混口飯吃的人，老天要怎麼對他們，他們左右不了，只能盡力過一天算一天。別人可能覺得他們很壞，可是，不對，我從來沒演過壞人。」正因如此，我們可說李‧馬文是相當傑出的反派。他對人性了解之深，不愧是這一行的高手。不會有人覺得他演的是壞人。

你不愛的角色就不要寫，但也別因為對某個角色的同理心或反感，寫出濫情的通俗劇或老掉牙的刻板印象。愛你寫的角色，也記得別被沖昏頭。

3. 角色就是自知

我對人性所知的一切，都是從我自己身上學來的。

——契訶夫（Anton Chekhov）

要去哪兒找到我們的角色？一部分是透過觀察。編劇常帶著筆記本或迷你錄音設備，一邊看著生活如戲輪番上演，一邊蒐集其中點滴，把信手拈來的素材放入檔案櫃。碰上腸枯思竭的時候，就在這些素材中找構想，刺激一下想像力。

我們觀察生活，但不該直接把生活搬到紙上。很少人能像劇中人，複雜面可以呈現得那麼清楚，刻畫得那麼入微。我們比較像造出科學怪人的法蘭肯斯坦博士，用找來的各種零件組成一個角色。編劇取材的對象各異，他可

9　李‧馬文（Lee Marvin, 1924~1987），美國知名男演員，常演軍人、反派等「硬漢型」角色，一九六五年因《狼城脂粉俠》（Cat Ballou）獲得奧斯卡最佳男主角獎。

以擷取妹妹很會分析的頭腦，結合某個朋友的風趣機智，加上貓的狡詐殘忍，與李爾王的盲目固執。我們從人性不同的層面抽樣，加上不假修飾的想像，以及平日的觀察所得，組合成充滿矛盾的各種面向，再雕琢成我們稱為角色的生物。

觀察是我們設定角色的源頭，但想了解深層性格，則要從別處尋。寫出一流角色的基礎，在於自知。

人生有個悲哀的事實──在這悲哀的世上，我們真正了解的只有一個人，就是自己。我們生來就是永遠孤獨的。然而，儘管別人和我們有一定的距離，而且到頭來仍變化無常，難以看透，又有年齡、性別、背景和文化等顯著差異，但就算人與人之間如此不同，事實是我們相似之處遠比差異多得多。我們都是人。

我們有同樣重大的人生體驗。我們每個人都有苦有樂，都有希望和夢想，想讓人生過得有意義。對搖筆桿的你來說，大街上向你走來的每個人，都和你有相同的基本人類思想與情感，只是各人有各人的版本。也正因此，當你自問：「假如我是這個角色，在這種情況下，我會怎麼做？」時，誠實的答案總是正確答案。你會做正常人會做的事。因此，你對你自己的人性之謎探得愈深，對自己就愈了解，也就愈能了解別人。

放眼古今的說故事高手，從荷馬到莎士比亞、狄更斯、珍・奧斯汀、海明威、威廉斯 [10]、懷德 [11]、柏格曼、戈德曼，乃至其他的大師──從他們想像的世界中走出來的人物，無一不令人痴迷、特色獨具、高風亮節，這樣的人物不勝枚舉。仔細去看，你會發現他們都是同一種人類的產物……怎不令人瞠目結舌？

---

10 田納西・威廉斯（Tennessee Williams, 1911~1983），美國劇作家，著有《慾望街車》、《玻璃動物園》等。
11 比利・懷德（Billy Wilder, 1906~2002），美國導演、編劇，代表作有《七年之癢》（ The Seven Year Itch ）、《龍鳳配》（ Sabrina ）等。

18
文本

對白

　　為設計故事和角色發揮的所有創意與心力，最後還是必須落實為白紙黑字。本章探討的是文本，也就是對白與劇本描述，並介紹對白與劇本描述的寫作技巧要領。此外也將檢視故事中的詩意，也就是藏在字裡行間的各種「影像溝通體系」（Image Systems），它們最終會化為電影的影像，豐富電影的意義與情感。

對白不是對話。

　　你隨便偷聽咖啡館裡的某段對話，馬上會發現那種廢話絕對上不了銀幕。現實生活裡的對話，滿是尷尬的沉默、不妥的詞句、不合邏輯的推論、毫無意義的重複，不是少有重點，就是沒有結論。其實也無所謂，因為日常對話的目的，本來就不是講出論點或得出結論，而是心理學家所說的「保持管道暢通」。談話是我們發展和改變關係的方式。

　　兩個朋友在大街上相遇，聊起天氣，難道我們不曉得他們談的其實並不

是天氣？那麼他們談的到底是什麼？「我是你的朋友。我們就從百忙中抽點空，面對面站在這兒，再次確定我們真的是朋友。」他們談的也許會是運動、天氣、購物⋯⋯什麼都好。談話的內容不是它背後的意義。兩人講的做的，並非實際的想法和感覺。這個場景並非只是乍看兩人聊天那麼簡單。因此，銀幕上的對白，必須有日常聊天的隨興，內容卻得和一般對話大相逕庭。

首先，電影對白講求精簡。電影對白必須以最少的話表達最多的意思。其次，它必須有方向。每回的對白更替，都必須把該場景的戲劇節拍轉往某個方向，以反映行為的變化，而且不能重複。第三，它應該有目的。每句台詞、每次的對白更替，都在執行整個設計中的某一步驟，以便讓這場景醞釀並趨近轉捩點。這一切都要設計得精準，卻又得像日常談話，用字要隨興自然，帶點縮詞和俗話俚語更佳，必要時還可加上髒話，一如亞里斯多德建議的：「言如常人，但思如智者。」

記得，電影不是小說。對白說了就沒了。如果台詞在演員說出口的那刻無法讓觀眾聽得懂，觀眾惱了，便會突然交頭接耳：「他剛剛說什麼？」電影也不是舞台劇。電影是用看的；舞台劇是用聽的。電影美學百分之八十靠視覺，百分之二十用聽覺。我們看電影的重點是「看」不是「聽」，因為大部分力氣都放在眼睛上，只用少部分去聽聲音。舞台劇則是百分之八十用聽覺，百分之二十靠視覺。我們的注意力集中在耳朵，少部分用來看舞台。劇作家可以精心設計敘事詳盡、詞藻華麗的對白，電影編劇卻不能。電影對白要的是結構簡單的短句，大體說來就是「名詞—動詞—受詞」或「名詞—動詞—受詞補語」這種順序。

打個比方，你不能寫：「位於曼哈頓第五大道六六六號大樓的『數資公司』財務長查爾斯・威爾遜・埃文斯，當年以優異成績畢業於哈佛商學院，六年前升為財務長，於今日遭逮捕。有關當局控告他擅自挪用公司退休基金，且為掩飾虧空而有詐騙行為。」你應該改寫成：「你知道查理・埃文斯吧？那個『數資公司』的財務長？哈！可給人逮到了。他呀，汙了公司的錢。哈佛的高材生哪，當然曉得怎麼偷錢又不會被抓到。」講的事情一樣，但改寫的版本把重點拆成一串很短、結構簡單、日常對話會說的短句。觀眾一路聽

下來，就會逐漸了解是怎麼回事。

　　對白不要求完整句。我們不用老為名詞或動詞傷腦筋。典型的作法是像前述例子那樣，省去開頭的冠詞或代名詞，直接講片語，甚至咕噥兩聲也算。

　　把你寫的對白大聲唸出來，若能用錄音機錄下來更好，可用來提醒自己不要寫出拗口的句子，或不小心押了尾韻與頭韻，例如：「他們這會兒正把那車移到那兒。」[12]千萬別把會成為目光焦點、會自己跳出來高呼：「喔，我這句寫得超讚！」的句子寫成對白。你自覺寫出精雕細琢的文藝好詞時——請刪掉。

長話短說

　　電影對白的精髓，是古希臘戲劇中所謂的「stikomythia」，也就是簡短對白輪流快速往返更替。長段對話和電影美學恰恰對立。一頁寫得滿滿的對白，正好能讓鏡頭鎖定演員的臉，讓他講完一分鐘。只要盯著秒針花整整六十秒轉上一圈，就會發現一分鐘其實很長。觀眾的雙眼在十到十五秒內會吸收所有搶眼的東西，這樣的鏡頭反而變得多餘。就像唱片跳針不斷重複同一個音一樣，看同樣的東西也會膩，觀眾一膩，就不會再看銀幕；觀眾不看銀幕，你便失去了觀眾。

　　想大展文采的編劇對這問題常不屑一顧，認為只要剪接師讓鏡頭跳接聽者的臉，就可以把較長的對話拆成片段。不過這麼做只會造成新的問題，因為講話的演員變成在銀幕外講話，而通常我們讓觀眾「只聞演員聲而不見其人」時，演員必須刻意放慢說話速度，發音要格外清楚，因為觀眾看電影時其實等於在讀唇語。他們對台詞的理解，有百分之五十來自看著台詞說出來的過程，若看不到演員的臉，就會沒意願聽，所以演員在銀幕外說話時，一定要仔細逐一把字說清楚，讓觀眾不漏聽。另一個問題是，觀眾只聽銀幕外的聲音，便無法掌握說話者的弦外之音；他們會看見聽者反應的潛在含義，但或許對此不感興趣。

---

12 原句為 They're moving their car over there. 句中的 they're、their、there 三字發音近似，尾韻相同。

因此，若你要寫長篇對話，請慎思而後行。不過倘若你覺得有個時刻非常適合由單一角色扛下所有的對白，別人只要閉嘴聽，那就寫吧。不過寫的時候要記得，現實生活裡沒有獨白這回事。生活就是對白，以及行動與反應交替的成果。

如果我是演員，要講一大段長篇對話，開場是另一人進來，我的頭一句台詞是「你害我等了好久」。我若沒看到對方聽我說完這段話的反應，怎麼知道接下來該說什麼？假如對方的反應是致歉，不好意思地低下頭來，我的下一個行動會變得溫和些，台詞也會跟著配合。倘若對方的反應是和我槓上，擺張臭臉給我看，我接下來的台詞就可能隨之怒氣沖天。如果我們不知他人對我們的舉動有何反應，怎麼曉得接下來該說什麼或做什麼？不可能。生活總是有行動和反應，周而復始。沒有獨白。沒有講稿。無論我們為了人生重要時刻在腦海中排練多少次，生活始終是即興表演。

所以，你得向我們證明你懂電影美學，知道怎麼把長段對白拆成行動／反應的模式，以塑造說話的人的行為。你可以用沉默把他的話分成片段，令說話的人改變抑揚頓挫，例如《阿瑪迪斯》中，薩里耶利向神父告解的這段：

> 薩里耶利：
> 「我最想要的就是向上帝歌唱。祂給了我這種渴
> 望。然後把我變成啞巴。為什麼？告訴我。」

神父別過臉去，神情痛苦而尷尬，於是薩里耶利自問自答起來，但其實這問題不需要答案：

> 薩里耶利：
> 「假如祂不想讓我用音樂頌揚祂，為何要給我這
> 種欲望……像我體內的性欲那樣強，而又不給我
> 才華？」

或可在對白中加上括弧，以達到同樣效果，如同一場景後面的這段對白：

薩里耶利：
「你明白，我愛過那女孩……」
　　　（覺得自己的用字很妙）

「……或者說，至少對她有過欲念。」
　　　（見牧師垂眼望著放在腿上的耶穌受難像）

「但我向你發誓，我連碰都沒碰她一下。沒有。」
　　　（神父抬起眼來，一臉肅穆，帶著評判的眼光）

「話雖如此，我一想到別人碰她就受不了。」
　　　（想到莫札特，怒火中燒）

「尤其受不了……那傢伙。」

　　劇中角色可以回應自己，回應自己的思想和情感，就像前述的薩里耶利。這也是場景各種動態變化的一部分。你能寫出發生在角色內心、角色之間、角色與外在世界之間的行動／反應模式，就等於在讀者的想像中投射出觀影的感受，讓讀者了解，你所想像的，不是只拍攝人對著鏡頭講話的電影。

懸疑句

　　寫得差的對白，從頭到尾都是無用的空話（尤其是介系詞片語），因此真正的意義藏在對白中段，但觀眾非得聽完最後那堆空話不可，而且才一、兩秒工夫，觀眾已經不耐煩了。再說，演員也得從句子的意義中找出輪他開口的訊號，卻還是得尷尬地枯等句子結束才能行動。換到現實生活，我們會互相

打斷對方的話，把對方的話尾直接切掉，搞得談不下去。這也是演員和導演拍片時常重寫對白的另一個原因。把對白縮減一下，能為場景注入活水，讓演員接詞的訊號自然浮現。

傑出的電影對白，傾向用「掉尾句」[13]來寫，像：「假如你不希望我去做，何不給我那個……」那個什麼？眼神？槍？吻？掉尾句就是「懸疑句」。全句真正的意思要拖到最後一字才出現，迫使演員和觀眾也要一直聽到台詞最末。把前兩頁彼得‧謝弗寫的精采對白再讀一次，留意一下，幾乎每句台詞都是懸疑句。

無言的劇本

給寫電影對白的人最好的忠告，就是不要寫。假如能用視覺的方式表現，一句對白也別寫。每碰到一個場景，你該處理的第一件事是：我要怎麼用完全視覺的方式寫出來，而不必靠對白幫忙？謹遵報酬遞減法則：對白寫得愈多，產生的效果愈弱。假如你寫了一大堆台詞，讓不同的角色走進房間，坐進椅子，然後就只是說、說、說，一流對白足以觸發的感動，也會遭排山倒海的台詞壓得不見天日。

不過，假如你從雙眼所見的角度來寫，對白就會在該出現的時候出現，觀眾也早已求之不得，這時出現的對白，馬上就會激起觀眾的興趣。以視覺影像為主時，簡潔的對白相形之下更為突出有力。

以柏格曼的《沉默》為例，伊絲黛和安娜〔英格麗‧杜林（Ingrid Thulin）及古娜‧林德布隆（Gunnel Lindblom）飾〕是姊妹，兩人是女同性戀，也有極度施虐與受虐的關係。伊絲黛患了嚴重肺結核。有個私生子的安娜則是雙性戀，以折磨姊姊為樂。她倆在回瑞典老家的路上，影片設定的背景地點就是她們途中下榻的飯店。在柏格曼寫的一個場景中，安娜下樓到飯店的餐廳，服務生勾引她，她欣然接受，想故意用這段午後豔遇刺激姊姊。這個「服務生勾引客人」的場景……你會怎麼寫？

---

13 掉尾句（periodic sentence），亦有人稱為「尾重句」、「圓周句」，在修辭上指將主要文意放在句尾呈現的句子，具有營造懸疑或加強語氣的效果。

是不是讓服務生打開菜單，推薦某些菜？問她是不是就住在這間飯店？是不是從很遠的地方來？說她打扮得很漂亮？問她對這城市熟不熟？說他待會兒就下班，很樂意帶她去四處逛逛？除了說，還是說……

再看柏格曼給了我們什麼：服務生走到桌前，故意不小心把餐巾掉到地上。他彎腰去撿時，緩緩嗅著安娜全身的氣味，從頭，到胯下，到腳。她則緩緩、深深吸了一口氣，欲癲欲狂。**畫面切換**：兩人在飯店房間。太完美了，對吧？情欲撩人，純屬視覺，一個字都沒說，也完全沒必要。這才是電影編劇。

希區考克有言：「等劇本寫好，加上對白之後，我們就可以開拍了。」

影像是我們的第一選擇，對白則不巧排名第二。對白是我們為劇本添加的最後一層。我們無疑都喜歡精采的對白，但「少即是多」。當充滿意象的電影轉為對白時，足以讓觀眾精神大振，迎接聽覺的享受。

劇本描述

讓電影在讀者腦海中上演

電影編劇真可憐，因為他當不了詩人。明喻和暗喻、諧音和頭韻、格律和尾韻、提喻和轉喻、誇飾和反敘，種種精采絕倫的比喻，他沒有一樣能用。儘管如此，他的作品依然必須具備一切文學的本質，但不能文謅謅。文學創作完成時就是完整的作品，電影劇本還得等攝影機來詮釋。電影編劇既然不能創作文學，那下筆的目標是什麼？答案是：他們描述的功力，能讓讀者翻閱劇本時，電影自然在腦海中上演。

這可不是簡單的任務。第一步是找出我們想描述的到底是什麼——也就是望著銀幕的感受。語文能表達的事物，有百分之九十無法用影片表達，例如，「他已經在那兒坐了很久」，就沒法拍出來。因此我們要不斷自問：「我在銀幕上看到什麼？」藉此約束自己的想像力，再把可以用鏡頭表現的東西形容出來。比方說，要想表現「等了很久」，或許可用「他捻熄了第十支菸」，「他不安地瞄了錶一眼」，或「他打了個呵欠，努力讓自己醒著」。

當下的逼真動作

　　銀幕的存在，是在連續不斷的逼真活動中的絕對現在式。我們用現在式寫劇本，因為電影不像小說，電影時時處於當下的困境──無論倒敘或前敘，我們都會躍入某個新的當下。

　　還有，銀幕表現的是連續不停的行動，就連固定不動的鏡頭也有生氣，因為整個畫面雖然不動，觀眾的眼睛卻在銀幕上動個不停，讓固定的影像有了活力。再說，電影和現實生活不同，電影生動鮮活得多。我們每天的例行公事，或許偶爾會讓一些小事打斷，像是樓房反射的光、商店櫥窗裡的花、人群中一張女子的臉，但我們日復一日，大多還是只注意自己的事，對外面的世界也只偶爾看看聽聽，而銀幕卻是幾小時密集聲光大放送。

　　白紙黑字之所以生動，是由於事物的名稱。名詞是物體的名稱；動詞是動作的名稱。想把作品寫得生動，就別用「通稱性質的名詞和動詞，加形容詞與副詞」這種組合，你想寫什麼，就把它的名稱找出來。不要寫「木匠用大釘子（big nail）」；應該寫「木匠錘著尖鐵釘（spike）」。「釘子」是通稱名詞，「大」是形容詞，但只要一說英文的「尖鐵釘」（spike），讀者腦海中會立刻浮現清楚的影像，相對的，「釘子」的印象模糊，而「大」到底是多大？

　　動詞也是同樣的道理。舉個寫了跟沒寫一樣的典型範例：「他開始慢慢移動，穿過房間。」人要怎樣在電影中「開始」穿過房間？劇中人物要麼就穿過房間，要麼就邁出一步後停住。還有，什麼是「慢慢移動」？「慢慢」是副詞；「移動」這動詞則語義含糊，缺乏特色。

　　你應該寫出動作的名稱：「他放輕腳步（pads）穿過房間。」可以接在「他」後面的動詞還有很多，例如：從容緩步（ambles）、漫步（strolls）、閒晃（moseys）、隨興地走（saunters）、拖著身子（drags himself）、蹣跚（staggers）、輕快地走（waltzes）、無聲滑過（glides）、吃力地走（lumbers）、躡手躡腳（tiptoes）、悄悄地走（creeps）、無精打采（slouches）、拖著腳步（shuffles）、搖搖擺擺（waddles）、扭捏地小步走（minces）、疲憊地走（trudges）、跌跌撞撞（teeters）、搖搖晃晃（lurches）、摸索著走（gropes）、一跛一跛（hobbles）⋯⋯等等，然後才是「穿過房間」。這些詞都可以形容緩慢，但各有生動的畫面與特色。

從頭到尾都不要用「is」和「are」。銀幕上的東西都不算實際存在。故事裡的生活會不斷變化，轉為各種風貌。不要寫：「在小鎮上方的山丘上有棟大房子。（There is a big house on a hill above a small town.）」

「There is」、「They are」、「It is」、「He / She is」無論放在哪句英文裡，都是弱到極點的開頭。還有，「大房子」是什麼？是「法式別墅」（chateau）？還是「西語文化圈的大莊園」（hacienda）？還有，是要說「山丘」（hill）？還是「山脊」（ridge）？「峭壁」（bluff）？要說「小鎮」（small town）？「鄉間路口的小社區」（crossroads）？還是「小村落」（hamlet）？或許可以寫「位於村莊上方，一棟守護海角的宅邸」（A mansion guards the headlands above the village.）。

效法海明威，不用與拉丁文相關的詞彙，不用抽象詞彙，也不用形容詞和副詞，多用最具體、主動的動詞和盡可能具體的名詞，如此一來，即使是場景建立鏡頭也會活起來。寫得好的影片描述需要想像力和詞彙庫。

用「我在銀幕上看見（或聽見）什麼？」把關，刪掉所有過不了這關的暗喻和明喻。正如米洛斯・福爾曼所說：「電影中，樹就是樹。」比方說，「彷彿」就是不存在銀幕上的比喻。劇中人不會「彷彿」什麼一樣走進門來。他走進門來——就這樣，結束。不過像「一棟守護著……的宅邸」這種暗喻，和「門轟然關上的聲音宛如槍響……」這種明喻，就可以過關，因為你可以從前景角度拍宅邸，讓人有庇護、守護下方村莊的印象。摔門聲聽起來也的確可能像槍響。其實在《失蹤》一片中，所有摔門的音效都是用槍聲配的，以暗中增加緊張氣氛，因為觀眾意識上知道自己聽到摔門聲，但在無意識中出現的是對槍響的反應。

話說回來，投稿到「歐洲劇本基金」（European Script Fund）平台的劇本中，有像這樣的句子：「太陽緩緩西沉，猶如叢林中的老虎閉上眼睛」和「道路沿著山坡，一路連劃帶挖，奮力蜿蜒而上，直到盡頭邊緣，在即將現身時，卻又不見蹤影。」這是給導演的陷阱，文字極為誘人，卻無法變成畫面。寫出這類文字的歐洲編劇儘管缺乏電影編劇訓練，卻十分努力寫出那種景象，反觀美國編劇，既憤世嫉俗又懶惰，下筆常是冷嘲熱諷：

「班尼是英國人，三十來歲，個子小卻很結實，樣子瘋瘋癲癲的，你會

覺得他搞不好還真的咬掉過雞頭[14]。」又如：「你猜對了。該輪到床戲了。我是很想寫啦，但我媽會看我的稿子。」有趣是有趣，不過這些編劇就是要我們覺得有趣，免得我們發現他們其實寫不出來或根本不願意寫。他們只得寫出貧乏單調的東西，卻用挖苦嘲諷來包裝，因為他們既無功力亦無才華，或者少了身為編劇的自尊，連一場表現簡單想法的戲都寫不出來。

還有，「我們看見」和「我們聽到」這種字眼也要刪掉。「我們」並不存在。觀眾一旦進入故事歷程就什麼也不管了，戲院形同無人之地。「我們看見」等於把劇組透過鏡頭所見放進來，壞了劇本讀者腦中想像的電影版本。

刪除所有與鏡頭和剪接相關的註記。你對一舉一動的描述，演員只會棄之不顧。同理，導演也會對「移焦至」（rack focus to）、「橫搖至」（pan to）、「用較緊的雙人鏡頭拍攝」（tight two shot on）這類想當紙上導演的字眼一笑置之。如果你寫了「攝影機移動跟拍」（track on），讀者想像中的電影就會因此變得流暢嗎？不會。他只會看見一部電影正在拍攝。「剪接至」、「突兀剪接至」（smash cut to）、「前後場景溶接」（lap dissolve to）這類過場字眼也都要刪掉。讀者會以為角度的變換都靠剪接。

當代電影劇本是只描寫場景整體的作品（Master Scene），只應包括對敘事流程絕對必要的角度，別的都不用寫。例如：

內景　飯廳—白天

傑克走進來，把公事包放在門邊的古董椅上，注意到餐桌上立著一封便箋。他信步走到桌邊，拿起便箋，撕開信封，讀完之後，把紙揉成一團，癱坐椅上，雙手抱頭。

如果觀眾從之前的場景中得知便箋的內容，那麼描述可以繼續集中在傑克讀信和癱坐椅上。不過，假如觀眾非得和傑克一起讀信才跟得上故事情節，那麼就變成：

---

14 英文 geek（怪人）的原意是在嘉年華會表演咬掉雞頭或蛇頭、吞玻璃等的人。

內景　飯廳—白天

傑克走進來，把公事包放在門邊的古董椅上，注意到餐桌上立著一封便箋。他信步走到桌邊，拿起便箋，撕開信封。

插入字條

娟秀的筆跡寫著：傑克，我已經帶行李走了。不要找我。我找了律師，她會跟你聯繫。芭芭拉

回到場景

傑克把紙揉成一團，癱坐椅上，雙手抱頭。

　　再舉個例子：假如傑克雙手抱頭坐下時，不久就聽見有車停在門外。他急忙跑到窗邊，為了讓觀眾了解狀況，而且讓他們看見傑克此刻看到什麼很重要，上述的場景因此可如此繼續：

回到場景

傑克把紙揉成一團，癱坐椅上，雙手抱頭。
突然，一輛汽車停在門外。他急忙跑到窗邊。

傑克的觀點

透過窗簾看到路邊。芭芭拉步出旅行車，打開車後掀背門，拿出幾個行李箱。

回到傑克

轉身離開窗邊，把芭芭拉寫的信用力扔到房間另一端。

　　然而，假如芭芭拉之前已經用過這招兩次，觀眾會假定車停在外面，代表芭芭拉又回到傑克身邊，而傑克憤怒的反應也足以說明一切。這樣的話，

描述應該繼續集中於傑克在飯廳裡的主鏡頭。

　　不過，只描寫場景整體的劇本除了說明主要的敘事角度外，還能讓編劇直接影響導演手法。編劇不必標示角度，只要把不空行的大段文字敘述拆成許多描述單元，透過影像和言語，暗示攝影機的距離與構圖，一樣能有說明角度的效果。例如：

內景　餐廳—白天

傑克走進來，環視空無一人的房間。他把公事包高高舉過頭，重重扔在門邊搖搖欲墜的古董椅上，發出「砰」一聲巨響。他聽了聽。一片寂靜。

他沾沾自喜，慢慢晃到廚房，但忽然吃了一驚，停下腳步。

一只寫著他名字的信封，倚著餐桌上插滿玫瑰的花瓶。

他不安地轉著手指上的婚戒。

他吸了口氣，信步上前，拿起信封，撕開來，讀著信。

　　與其把前述這場景寫成一大段密密麻麻的不空行文字，不如用空行把它分成五個單元，依序代表：用一個廣角鏡頭涵蓋房間的大部分、一個移動鏡頭穿過房間跟拍、一個信封的特寫鏡頭，一個更近的特寫鏡頭放在傑克的左手無名指上、一個中距離跟拍鏡頭來到餐桌。

　　傑克故意拿公事包用力砸芭芭拉的古董椅，和他不安地轉著婚戒的動作，表達了他感情的變化。演員和導演當然始終有自由即興發揮新想法的空間，但這些極短的段落可以帶領劇本讀者，從傑克與房間、傑克與他的情緒、傑克與妻子（以妻子留的信為代表）這幾點之間，一路觀察、體會出傑克的行動／反應模式。這個場景的生命力就在這裡。導演和演員必須在此模式的影響下，

成功掌握它的神髓。至於怎麼掌握，就全憑他們發揮創意的本事了。只描寫場景整體的技巧，其效果是種閱讀趣味，能把文字化為觀影時的感受。

影像溝通體系

電影編劇兼詩人

　　前面說的「電影編劇真可憐，因為他當不了詩人」，其實也不盡然。只要電影編劇了解故事本質之中的詩意，以及詩意在電影中發揮的作用，電影就是展現詩人魂的動人舞台。

　　有詩意不等於拍得美。有種影像只是拍得好看，能讓觀眾對片子大失所望、走出戲院後依然喃喃道：「可是拍得好美喔……」這不叫有詩意。例如《遮蔽的天空》（*The Sheltering Sky*）想表達的人性面向是貧瘠，所有意義蕩然無存──也就是過去稱之為存在危機的狀態。原著小說設定的背景在沙漠，暗喻男女主角沉悶無趣的生活，然而全片處處美景，活像旅行社印得漂漂亮亮的促銷文宣品，觀眾幾乎感受不到全片的核心其實是苦難。只有片子的主題美好時才適用美麗的畫面，就像《真善美》（*The Sound of Music*）。

　　講得精確點，詩意是增強的表現。一個故事，無論內容優美或怪誕，敬神或瀆神，淡泊或激烈，背景是田園或都會，格局是史詩或個人，都需要充分的表現。講得精采的好故事，若能導得好、演得棒，或許就是一部好片。有了這一切，若能再以詩意的手法，把故事表現得更豐富、更深刻，或許就是一部傑作。

　　我們成為觀眾，進入故事儀式中後，對每個影像的反應，原本就是去解讀視覺或聽覺上的象徵意義。我們直覺就知道片中選擇的每項物件都有超乎本質的意義，所以對每個符號都會加上含義。有汽車駛入鏡頭，我們腦海裡出現的不是中性的「車輛」，而是給它別的含義，比方說，我們會想「呵，賓士啊……真有錢」或「藍寶堅尼……有錢的傻子」、「鏽到爛的福斯……肯定是藝術家」、「哈雷機車……危險人物」、「紅色的龐帝克火鳥跑車……

這人性向可能有問題」。說故事的人，會根據觀眾生出的這種自然傾向繼續發揮。

把講得精采的故事變得充滿詩意的第一步，是排除百分之九十的現實。世上絕大多數的物品，用在哪部特定片子裡的意涵都不對。所以即便有許多意象的比喻可選，我們還是得大幅縮小篩選範圍，只限含義相符的物品。

打個比方，假如導演拍片時想在鏡頭中加一只花瓶，這大概就需要討論一小時，而且這個討論非常重要。哪種花瓶？哪個時代？什麼形狀？顏色？陶瓷、金屬，還是木製？瓶中要不要插花？什麼花？放哪兒？前景？中景？背景？鏡頭左上方？右下方？焦點要清楚還是模糊？要不要打光？是不是演員可以拿的道具？因為這不僅是花瓶，而是深具內涵、有象徵意義的物品。它和同時入鏡的每樣物品，乃至全片前後出現過的物品都彼此呼應。所有的藝術作品都是一種綜合體，電影也不例外，片中每個物品都與其他影像或物品有關。

編劇篩選出含義相符的物品後，就要賦予全片一種或數種影像溝通體系，因為片中的影像溝通體系往往不止一種。

> 「影像溝通體系」是運用母題的策略，是嵌入片中的某類意象，在全片自始至終以畫面與聲音不斷重複出現，富含極多變化，卻也極不著痕跡。這是潛意識層面的溝通，以增加美學情感的深度與複雜度。

這句話當中用了「類」（category）這個字，是指從實體世界中取出一個主題，範圍廣度能包含足夠的多樣性。例如，自然面包含動物、季節、明暗；人文面包含樓房、機器、藝術。這個類別必須重複出現，因為光是一、兩樣單獨出現的象徵，效果不大，但讓組織過後的影像不斷重現，效果卻非常強大，因為其中的變化與重複的效果，會讓觀眾不知不覺中接受影像溝通體系。不過，最最重要的是影片的詩意表現必須讓觀眾完全看不出來，意識上也察覺不到。

創造影像溝通體系有兩種方法，一是外在意象，二是內在意象。外在意

象是選一種在片外現實世界就有象徵意義的類別，把它帶入片中後，意義不變。例如用國旗（愛國主義、愛國的象徵）代表愛國主義與愛國。就像《洛基第四集》中，洛基打敗俄國對手後，拿巨幅美國國旗裹住自己。或用十字架（愛上帝、虔誠的象徵）代表愛上帝與虔誠；用蜘蛛網表示落入困境；用淚滴表示哀傷。我必須指出，外在意象是學生電影的正字標記。

內在意象選的類別，在現實世界未必一定有象徵意義，但帶入影片後，便有了適用於片中的全新意義，而且只適用於該片。

《浴室情殺案》（*Les Diaboliques*）就是一例。本片改編自小說《惡魔般的女人》（*Celle qui n'etait plus*）[15]，作者為皮耶‧波瓦羅（Pierre Boileau）與托瑪‧納瑟賈克（Thomas Narcejac），一九五五年拍成電影，導演與編劇皆為亨利‧喬治‧克魯佐（Henri-Georges Clouzot）。片中，少婦克莉絲汀娜〔薇拉‧克魯佐（Vera Clouzot）飾〕外表美麗，但非常羞怯內向，寡言善感。她從小心臟不好，體弱多病，數年前繼承了巴黎郊區一座豪華宅院，開了專收菁英的寄宿學校，和丈夫米榭爾〔保羅‧莫西斯（Paul Meurisse）飾〕共同經營。米榭爾有虐待狂，心腸狠毒，以作踐妻子為樂，還和學校老師妮可〔西蒙妮‧席紐黑（Simone Signoret）飾〕有染，而且對情婦和妻子的態度一樣窮凶惡極。

人人都知道他和老師私通，但這兩個女人其實也早因不堪惡夫蹂躪，同病相憐而成為摯友。本片開始後不久，兩人便認定唯一解脫之道就是殺了他。

一天晚上，她們把米榭爾騙到遠離學校的某村，並事先在某公寓裡悄悄放滿一浴缸的水。他一身三件式西裝進得公寓，頤指氣使辱罵他的兩個女人，她倆則努力把他灌醉，然後拚命想把他壓進浴缸淹死。他還沒到爛醉的地步，猛烈掙扎。他可憐的妻子嚇得差點沒命，妮可則衝進客廳，抓了茶几上的陶瓷黑豹雕像壓在他胸口。雕像很重，再加上她使出全身力氣，終於把他壓到水面下，直到他淹死才放手。

兩個女人用油布包好屍體，藏在一輛小卡車後廂，趁深夜溜回校園。學校的游泳池一整個冬天都沒用過，水面上漂著厚厚一層浮藻。她們把屍體扔

---

15 作者將法文原著作者及書名誤植，中譯已補正。

進泳池,看他沒入水底,隨即離開,等著隔天早晨屍體浮上來讓人發現。但第二天過去,屍體沒有浮上來。幾天過去,屍體還是沒浮上來。

最後妮可沉不住氣,故意不小心把車鑰匙掉進泳池,請高年級的學生幫她撈上來。學生潛到浮藻底下,找了又找。他露出水面,猛吸一口氣,潛下水繼續找了又找。他再次浮起換氣,第三度下潛,繼續找了又找。等他終於浮出水面⋯⋯車鑰匙找到了。

兩人於是決定該清理泳池了。她們派人放乾池水,站在池邊觀望,看著浮藻一路下沉下沉下沉下沉⋯⋯直到排水口,但仍然不見屍體。當天下午,一輛從巴黎來的乾洗店送貨車送來一套熨燙平整的西服,正是米榭爾死時穿的那套。她們急忙趕到巴黎那間乾洗店,找到一張收據,上面是某寄宿公寓的地址。她們趕到那兒向門房打聽,門房說:「沒錯沒錯,之前是有個男人住在這兒,可是⋯⋯他今天一早就搬走了。」

她們回到學校,更離奇的事情發生了──米榭爾在學校的窗前一閃即過。她們看著高年級的畢業照時,發現米榭爾站在學生後面,只是影像有點模糊。她們實在想不透怎麼回事。難道他是鬼?難道他沒淹死,回來報復我們?還是別人發現了屍體,把他救活,再聯手對付我們?

暑假一到,所有師生都離校了。接著是妮可求去。她收拾行李,說再也受不了了,就這麼拋下那可憐的妻子一人留校。

當晚,克莉絲汀娜睡不著,在床上坐起來,毫無睡意,心底狂跳。深夜,她突然聽到丈夫的辦公室內傳來打字聲。她緩緩起床,捂著胸口,沿著長廊一步步走向辦公室,但在她碰到辦公室的門把的那瞬間,打字聲戛然而止。

她小心翼翼推開門,打字機旁赫然放著丈夫的手套⋯⋯像兩隻巨大的手。她接著聽見想像中最最恐怖的聲音──滴水聲。她朝辦公室外的浴室走去,心臟狂跳不已。待她「吱呀」一聲推開浴室的門,果然是他──依然穿著那套三件式西裝,浸在注滿水的浴缸內,水龍頭仍滴著水。

屍體猛然坐起,水如瀑布溢出浴缸。屍體雙眼睜開卻沒有眼珠,伸出手來抓她,她揪著胸口,要命的心臟病發作,倒地而亡。米榭爾拿掉放在眼皮下的白色塑膠薄膜,妮可則跳出衣櫃。兩人相擁,輕聲說:「我們成功了!」

《浴室情殺案》的片頭字幕看似打在一幅灰黑相間的抽象畫上，等到字幕結束，一只卡車輪胎突然駛過，讓水從銀幕底部向上飛濺，我們才恍然大悟，原來剛剛一直是用俯角看一攤泥水。鏡頭隨即上移拍攝雨景。從這第一刻起，「水」的影像溝通體系便不斷在潛意識中重複。片中總是雨霧濛濛。窗上凝結的小水珠匯成雨滴流到窗台。晚飯時她們吃魚。劇中角色飲酒喝茶，克莉絲汀娜則啜著治心臟病的藥。老師們在談怎樣過暑假，講到要去法國南部「玩水」。還有游泳池、浴缸……這應該可說是影史上最濕的片子吧。

　　在這部影片以外的世界，水是正面意義的通用象徵：聖潔、純淨、陰柔，是生命本身的原形。但克魯佐顛覆了這些價值，讓水有了死亡、驚駭和邪惡的魔力，還有光是水龍頭的滴答聲，就把觀眾嚇得想走人。

　　《北非諜影》則交織了三套影像溝通體系。首要的母題是創造出囚禁感，讓卡薩布蘭卡這個城市化為監獄。劇中角色悄聲談論「脫逃」計畫，警察宛如獄卒。機場指揮塔的燈光掃過街道，一如探照燈掃視監獄全區。百葉窗、房間隔間、樓梯欄杆，連盆栽棕櫚樹的葉片，都製造出牢房鐵欄杆似的影子。

　　第二套體系打造出從特例到原形的進程。卡薩布蘭卡一開始是避難中心，後來變成一個小聯合國，不僅滿是阿拉伯與歐洲面孔，還有亞洲人和非洲人。我們見到的美國人，只有瑞克和他的朋友山姆。反覆出現的影像，包括劇中多人把瑞克當成某個國家化身的對白，將瑞克與美國連結在一起，後來瑞克就成為美國的象徵，卡薩布蘭卡則代表世界。瑞克就像一九四一年的美國，是頑固的中立派，完全無意捲入另一場世界大戰。他最後改變心意，放手一搏，背後的意義，正是慶幸美國終於決定站在對抗強權的那邊。

　　第三套體系是連結與分離。畫面中有許多影像和構圖把瑞克與伊爾莎聯繫在一起，傳達一個潛在的重點──他們無法相守卻彼此相屬。與這點成對比的則是一連串影像與構圖的設計，把伊爾莎與拉茲洛分開，製造相反的印象──他們雖在一起卻注定分離。

　　《穿過黑暗的玻璃》是多線劇情的片子，有六條故事線──三個正面高潮描寫父親，三個負面結局表現女兒──採用正反相對設計，其中至少有四套影像溝通體系。父親的故事以開放空間、光線、智慧和言語溝通為特色；

女兒的內心衝突則以封閉空間、黑暗、動物影像和性來表達。

《唐人街》也採用四組影像溝通體系，兩組外在意象，兩組內在意象。主要的內化體系是「視而不見」或「錯看」這兩個母題，如窗戶、後照鏡、眼鏡，尤其是破裂的鏡片、照相機、望遠鏡、眼睛，甚至包括死者圓睜卻看不見東西的雙眼。這些元素匯聚成巨大的力量，表示假如我們想在外面的世界找尋邪惡，就是找錯了方向。它在裡面，在我們心裡，如毛澤東說的：「歷史是症狀，我們是疾病。」

第二組內化體系描寫政治貪腐，並把它轉化為社會的黏著劑。偽造合約、知法犯法及種種貪腐之舉，成為凝聚社會的力量，還能帶來「進步」。兩組外在意象，「水」對「旱」，「殘暴的性」對「充滿性的愛」，它們有傳統的含義，在片中卻用得一針見血。

《異形》問世時，《時代》雜誌有一篇長達十頁的報導，附上劇照和插畫，提出一個疑問：好萊塢做得太過分了嗎？因為該片包含極度情色的影像溝通體系，且有三個逼真的「強姦」場景。

蓋兒・安・赫德和詹姆斯・卡麥隆拍《異形》第二集時，不僅將類型從恐怖片轉為動作／冒險片，也把影像溝通體系翻新為母愛主題，讓蕾普利成為小女孩蕾貝卡・紐特〔Rebecca 'Newt' Jorden, 凱莉・漢恩（Carrie Henn）飾〕的「母親」，蕾貝卡則是她那破娃娃的「母親」。這「母女」倆需聯手對抗宇宙間最駭人的「母親」，也就是在如子宮般的巢穴內下蛋的巨大怪獸女王。在對白中，蕾普利有這麼一句：「那些怪物能讓你懷孕。」

《下班後》只有一組內化意象，卻有豐富的多樣性──藝術，但不是把藝術當生活的裝飾品，而是武器。曼哈頓蘇活區的藝術和藝術家不停朝主角保羅（葛里芬・鄧恩）進攻，直到他被封在一件藝術品內，又被奇區和強（Cheech & Chong）飾演的盜賊二人組偷走，噩夢才算結束。

回溯幾十年前，希區考克的驚悚片常結合宗教狂和性的影像，約翰・福特[16]的西部片則以荒野和文明互為對照。其實，再回溯個幾百年，我們就會發

---

16 約翰・福特（John Ford, 1894~1973），美國經典西部片導演，代表作有《驛馬車》（*Stagecoach*）、《俠骨柔情》（*My Darling Clementine*）等。

現影像溝通體系的歷史和故事一樣久。荷馬為他的史詩創造了美好的母題，艾斯奇勒斯、沙弗克里斯、歐里庇得斯在他們的劇作中亦然。莎士比亞在他每部作品中都埋藏了獨一無二的影像溝通體系，還有梅爾維爾、愛倫‧坡、托爾斯泰、狄更斯、歐威爾、海明威、易卜生、契訶夫、蕭伯納、貝克特——所有偉大的小說家和劇作家都採用了這一法則。

　　話說回來，究竟是誰發明了電影編劇？應可說是湧至好萊塢、倫敦、巴黎、柏林、東京、莫斯科，投入這門藝術的搖籃、撰寫默片劇本的小說家和劇作家。電影的首批主要導演，如葛里菲斯、愛森斯坦和穆瑙[17]，在戲院當過學徒，也曉得電影就像優秀的舞台劇，只要不斷重複背後蘊涵的詩意，就能躋身傑作之林。

　　此外，影像溝通體系必須存在潛意識中，觀眾並不知情。幾年前我看布紐爾的《薇麗狄雅娜》（Viridiana）時，注意到布紐爾引入了繩索的影像溝通體系。有個孩子跳繩，有個富人用繩子上吊，窮人用繩子當腰帶。大概是銀幕上第五次出現繩子時，觀眾異口同聲喊出：「象徵！」

　　象徵手法只要能繞過清醒的頭腦，潛入不自覺的境界，像我們作夢一樣，功效會十分強大，比大家想得還強。運用象徵必須遵守的原則與幫電影配樂相同。聲音不需要認知，所以音樂可以在我們不自覺時深深打動我們。同理，象徵也可以觸動我們、感動我們——只要我們沒看出它們是象徵。我們一旦知道那是象徵，對它就變成只有中性的、知識上的好奇，如此一來功效盡失，也無意義。

　　那麼，為什麼有這麼多當代編劇和導演要為他們的象徵貼標籤？我可以舉三個最露骨的例子，看他們把「象徵」意味影像處理得多彆腳：重拍的《恐怖角》（Cape Fear）、《吸血鬼：真愛不死》（Bram Stoker's Dracula），以及《鋼琴師和她的情人》（The Piano）。

　　我能想到兩個可能的原因：第一，討好自以為是知識分子的菁英觀眾，這些人總是隔著一段不帶情緒的安全距離看電影，邊看邊蒐集彈藥，準備散

---

17 F‧W‧穆瑙（F. W. Murnau, 1888~1931），德國默片時期知名導演，代表作品有《日出》等。

場後照例到咖啡館開砲猛轟。第二，為了影響甚或控制影評人和他們寫的評論。花稍浮誇的象徵手法根本不需要才華，只需要自以為讀懂榮格和德希達而變得目中無人。這種自大簡直貶低、敗壞了這門藝術。

有人會辯說電影的影像溝通體系是導演的工作，應該由導演一人創造。對此，我無可辯駁，因為導演最終要對片中每個鏡頭裡的每一平方寸負責。只是……有多少拍片中的導演懂得我前面解釋的一切？很少很少，目前全世界大概二十來個吧。這些人是頂尖高手，遺憾的是，絕大多數的導演根本分不出「拍得漂亮的攝影」和「有表現力的攝影」有何差別。

我認為應該由電影編劇先創造電影的影像溝通體系，再由導演和製作設計來完成。最先想像出所有影像的基礎、故事發生的實體世界、社會背景的都是編劇。我們常寫著寫著，才發現早已開始這部分的工作，描述與對白中也常會把影像的模式寫進去。如果我們察覺自己已經做到這一步，就會再想出不同的變化，不著痕跡地穿插進故事裡。假如影像溝通體系無法自動浮現，我們再創造出來。觀眾不會管我們是怎麼做的，只會希望有個精采的故事。

片名

片名是行銷最重要的特色，是決定觀眾「定位」的關鍵，讓觀眾對觀影體驗先有心理準備。因此電影編劇不能沉迷於「很文藝卻不達意」的片名，例如：《證言》（*Testament*）講的其實是核災浩劫後；《外貌與微笑》（*Looks and Smiles*）描寫的是仰賴社會福利的悲慘生活。我最喜歡的「不達意」片名是《浪子戀》（*Moment by Moment*, 直譯為：一刻又一刻）。後來我在想出正式片名之前，總是用《一刻又一刻》當拍攝期的暫定片名。

決定片名也就是命名。成功的片名應點出故事中確實存在的元素——角色、背景、主題或類型。最好的片名往往同時代表了兩個元素，或涵蓋了所有元素。

《大白鯊》這個片名不但顯示角色名稱，設定背景在野外，也點出「人與自然對抗」的主題，以及動作／冒險片的類型。《克拉瑪對克拉瑪》則代

表兩個角色的姓氏，點出本片以離婚為主題，以及家庭戲劇類型。《星際大戰》說的是銀河戰士間史詩般的對決。《假面》暗示一群精神有問題的人物，主題是不為人知的身分。《生活的甜蜜》讓我們置身都會富豪的墮落處境。《新娘不是我》確立了角色、背景和浪漫喜劇片的類型。

　　當然，片名不是唯一的行銷考量。正如好萊塢傳奇人物哈利·柯恩[18]所說：「《紅塵》（Mogambo）真是有夠爛的片名。由克拉克·蓋博（Clark Gable）和艾娃·嘉娜（Ava Gardner）主演的《紅塵》，卻真是他 X 的好片名。」

---

18 哈利·柯恩（Harry Cohn, 1891~1958），哥倫比亞影業公司創辦人之一，後任總裁與製作總監。風格獨斷強勢，卻是該公司從沒沒無聞躍為好萊塢巨頭的關鍵推手。

19
編劇方法

專業編劇未必能獲得一致好評，卻能掌控編劇技藝，知道怎麼運用才華，讓自己的表現與時俱進，並以這門藝術維生。還在努力齟口的編劇，有時或許能端出佳作，卻無法每次都達到自己應有的水準，符合自己的期望，從先後的作品中也看不到進步，收入自然有限。整體說來，這兩種編劇的區別，在於他們的工作方法相反，也就是「由內而外」與「由外而內」的差異。

由外而內的創作

還不成氣候的編劇，偏好的工作方法大概是這樣的：憑空冒出一個想法，略為思考後便直奔鍵盤。

外景　房子－白天
描述、描述、描述。角色 A 和 B 入場。

　　　　角色 A：
　　　　對白、對白、對白。

角色 B：
　　對白、對白、對白。

描述、描述、描述、描述、描述。

　　他邊幻想邊寫，邊寫邊幻想，寫了一百二十頁後打住，印了幾份影本分給朋友看，朋友看了紛紛表示意見：「喔，不錯啊，我喜歡車庫那場戲，他們互相把油漆甩來甩去，搞得全身都是，超好笑的！還有那個小孩啊，半夜穿著睡衣下樓，真是太可愛了！海灘那場戲很浪漫，汽車爆炸也很過癮。可是不曉得吔……結尾有點……中間也是……還有開場的方式……我覺得不太對勁。」

　　於是，為生計打拚的編劇蒐集友人意見，綜合自己的想法後，開始寫第二版。他的策略是：「要怎麼保留我愛別人也愛的六個場景，把它們統統串在片子裡，又能說得通？」他再想了一陣後，又回到鍵盤前：

內景　房子－夜晚
描述、描述、描述。角色 A 和 C 入場，B 躲在一旁看著。

　　角色 A：
　　對白、對白、對白。

　　角色 C：
　　對白、對白、對白。

描述、描述、描述、描述、描述。

　　他邊幻想邊寫，邊寫邊幻想，但始終像個快溺斃的人，緊抓住最喜歡的

那幾場戲不放，最後變成重寫。他照樣印了影本給朋友看，朋友的反應是：「不一樣了，絕對和之前不一樣。不過，我很高興你保留了車庫那場戲，還有穿睡衣的小孩，和海灘上的汽車⋯⋯這些場景都很棒。不過⋯⋯那個結尾還是有點問題，還有中間和開場的方式，我總是覺得不太對勁。」

編劇於是又寫了第三版、第四版和第五版，但過程總是一樣──緊抓心愛的場景不放，只是設法加進新的敘事方式，希望這樣就能一舉奏效。終於，一年過去，他已身心俱疲，對外說劇本十全十美，然後交給經紀人。經紀人讀得毫不帶勁，但還是盡了經紀人該盡的本分。他一樣印了副本，寄給好萊塢，結果對方的讀後報告是：「寫得極好。對白很好，簡單扼要，適合表演。場景描寫生動，細節鉅細靡遺，故事很爛。不予考慮。」於是編劇怪罪好萊塢品味低俗，摩拳擦掌準備下一個案子。

由內而外的創作

成功的編劇偏好的程序正好相反。假如我們樂觀假設，劇本從初次發想到最後定稿可在六個月內完成，前四個月編劇大多都是用成疊的三乘五寸卡片寫劇本：每疊卡片寫一幕，大約寫三、四幕，也可能更多。他們用這些卡片創造出故事的分場大綱（step-outline）。

分場大綱

顧名思義，分場大綱是按部就班講故事。

編劇只用一、兩句就簡單明瞭寫出每個場景發生的事，以及事情如何醞釀、轉折。例如：「他進屋時以為她在家，結果卻發現她留了字條，說她已一走了之。」

編劇會在每張卡片背面，標明這個場景在整個故事設計中符合哪個步驟（至少這是他當下的判斷）？哪些場景為觸發事件預作鋪陳？哪個是觸發事件？第一個幕高潮？或許是幕中點高潮？第二個幕高潮？第三個？第四個？或者還有更多？他對中心劇情和劇情副線，一樣用這個方法比照辦理。

編劇之所以一連幾個月只寫成疊的卡片，有個重要的原因——毀掉自己的作品。他的品味和經驗讓他很清楚，即使他天賦異稟，寫的東西有百分之九十充其量只是平平。為了精益求精，他創作的量必須比可用素材多得多，派不上用場的就毀掉。他可能會為某場景寫上十幾個不同版本，最後才確定這場戲的整個構想完全不應列入大綱。他可能會毀掉幾段戲、幾幕戲。但對自己才華有信心的編劇，知道自己的創意無極限，為了追求完美的故事，只要他寫的不算是最佳成果，都可以棄之不用。

然而，這個過程並不代表編劇不寫稿。成疊卡片一天天愈堆愈多，但內容是人物生平、虛構世界與歷史、主題相關註記、影像，包括零星的詞彙和成語。各式的研究和想像足以塞滿檔案櫃，故事則仍僅限於分場大綱的內容。

數週過去、數月過去，編劇終於發現了故事高潮。他於是根據故事高潮倒推回去重新寫過。故事至此終於成形。他會去找朋友，但不會請他們挪出一整天（我們想請人幫忙專心看劇本時，通常會要他們空出一天）。他會倒杯咖啡，請朋友撥出十分鐘，然後開始對朋友說故事。

編劇絕不會把自己的分場大綱給別人看，因為那只是工具，寫滿只有編劇自己看得懂的密碼。他在這個重要階段做的是把故事講給別人聽，以便及時觀察故事發展，看它對他人的想法與感覺有什麼作用。他想望著對方的雙眼，看著故事在其中發生。所以他一邊講故事，一邊研究對方的反應：我的朋友有沒有被我設計的觸發事件勾住？有沒有專心聽得身子都湊過來？還是眼睛東瞟西瞟？故事一路進展、轉折時，他是否仍專心聽？等故事講到高潮時，我是否得到我想要的強烈回應？

依據分場大綱來講故事，只要聽故事的人有頭腦、夠敏感，你必然能抓住他的注意力，讓他的興趣維持十分鐘不變，並回饋他一段情緒起伏的充實體驗——就像我前面講《浴室情殺案》的方式，馬上勾住你，讓你專心聽下去，而且聽得很激動。無論故事是哪種類型，要是連十分鐘的吸引力都沒有，片長一百一十分鐘時又當如何？故事不會因為規模變大就變好。十分鐘版本若有差錯，到了銀幕上，那差錯會嚴重十倍。

假如大多數聽眾對你的故事反應熱烈，你才有繼續下去的理由。所謂「反

應熱烈」不是說大家跳起來猛親你雙頰，而是低呼「哇嗚」，隨即一聲不響。優秀的藝術品——音樂、舞蹈、繪畫、故事——都有一種力量，能讓心靈的喧嘩安靜下來，把我們提升到另一種境界。分場大綱建構出來的故事若也有這麼大的力量，足以讓全場靜默，沒有評語，不作批判，只露出愉悅的神情，那就夠厲害！時間寶貴，缺乏這種力量的故事，就不值得浪費時間。編劇這時才會繼續進入下一階段——劇本雛形（treatment）。

劇本雛形

為進一步「處理」（treat）分場大綱，編劇把描寫每個場景的那一、兩句擴寫為一段，或者說是變成「句與句之間空單行、現在式時態、一刻接一刻」的描寫，如：

飯廳－白天

傑克走進來，把公事包扔到門邊的椅上，環視四周。房間空無一人。他喚了她的名。沒有回應。他又喚了一次，嗓門愈來愈大。還是沒有回應。他信步走到廚房，發現桌上有封便箋。他拿起來看了。上面寫著她已經離開，不會回來了。他頹然癱坐椅上，雙手抱頭，哭了起來。

在劇本雛形中，編劇會指出角色在談的事，例如「他想要她這麼做，但她拒絕了」，卻絕不會寫出對白。他要寫的反而是潛文本，也就是隱藏在一言一行底下的想法與情感。我們或許自以為曉得角色的想法與情感，但要等動筆寫下來，才會真的發現自己曉得。例如：

飯廳－白天

門開了，傑克倚著門框，一整天工作不順心，已經夠累的了。他環視屋內，不見她人影，實在很希望她不在家。他今天真的沒力氣應付她。他朝屋內喚她，好確定家裡沒別人。沒有回應。他又喚了幾遍，嗓門愈來愈大，還是沒有回應。很好。終於只有他一個人了。他把公事包高高舉起，故意重重摔在

門邊她最寶貝的齊本德爾式古董椅上。她最討厭他刮到她收藏的古董家具，不過今天他才懶得管哩。

他肚子餓了，走向廚房，走沒多久就發現飯桌上有封便箋。她老喜歡留這種鬼信給他，而且常貼在浴室鏡子上、冰箱上，四處亂貼，看著很惹人厭。他惱怒地拿起便箋，撕開信封。讀著讀著，他知道她走了，不會再回來了。他雙腿頓時一軟，癱坐進椅子，五臟六腑全攪成一團，雙手抱頭，哭了起來。情緒這樣大爆發，他自己也訝異，卻也欣慰自己不是完全沒感覺的人。不過他流的不是哀傷的淚，那只是他為這段感情終於結束，如釋重負而潰堤的淚。

＊　　＊　　＊

若把典型電影劇本的四十至六十場戲，處理成所有動作都有逐刻的描述，而且將所有角色在意識與無意識層面的想法和感情都寫成完整的潛文本，就會變成六十、八十、九十頁甚或更長的空單行文稿。三〇至五〇年代的片廠體制下，製片人若請編劇寫出劇本雛形，往往長達兩、三百頁。當時片廠編劇的策略是找本大部頭作品，從中摘出精華寫成電影劇本，免得疏漏或設想不周延。

目前演藝界風行十到十二頁的「劇本雛形」，其實不是劇本雛形，而是供讀者了解故事簡介的大綱。一份十頁的大綱，根本不夠當電影劇本的素材。現在的編劇或許不會走回頭路去寫片廠要求的兩、三百頁劇本雛形，但把分場大綱擴寫為六十到九十頁的劇本雛形時，創意能成就的空間也相對擴大了。

我們在劇本雛形階段必然會發現，原本以為在分場大綱行得通的東西，在這個階段卻需要更動。編劇在創作時，始終會不停蒐集資料、構思想像，劇中人和他們所處的世界也仍然不斷成長、演化，所以我們難免會想修改幾場戲。故事的整體設計毋需更動，因為我們每次向他人說明故事的構想時，得到的反應都很好。不過在這個架構之下，或許需要增、刪某些場景，或把場景重新排序。直到在文本與潛文本中的每一刻都活靈活現，改寫才大功告成。只有在劇本雛形定稿後，編劇才可進入「電影劇本」的階段。

電影劇本

　　根據完整的劇本雛形來寫電影劇本，可謂一大樂事，每天往往可以寫出五至十頁的戲。原本在劇本雛形裡的描述，此時要轉為影片中的描述，還要加上對白，而且這時寫的對白，必然是最好的對白。我們已讓劇中人物封口了那麼久，他們等不及要說話。這時的對白，是在詳盡的準備工作後，針對各角色量身打造的，不像許多片中所有角色的用字和講話風格都一樣。劇中人物講話的方式彼此未必相同，也未必都像編劇在講話。

　　在初稿階段，更動、修改仍是難免。你讓角色開口說話後，原本以為劇本雛形中某個程度還算順暢的某個場景，此時卻可能得改變方向。這類小毛病很少能靠重寫對白或舉動改正。你必須回到劇本雛形，重新鋪陳，也可能不單是把出問題的場景修好而已，還要重寫回饋結果。在最後定稿前，或許也需要修潤幾次稿。你必須培養自己的判斷力和品味，要有抓出自己寫得欠佳之處的敏銳嗅覺，並以不屈不撓的勇氣，拔除其中的缺點，化弱為強。

　　倘若想走捷徑，直接從大綱跳到劇本，那麼老實說，你的初稿就不是劇本，而是冒牌劇本雛形，不但狹隘、沒有開創精神、不曾即興發揮，而且極為淺薄。你應該窮盡想像與知識，選擇事件、設計故事。轉捩點必須經過想像、捨棄、再想像的過程，才能在文本和潛文本中充分詮釋。如果跳過這些步驟，也別想寫出傑作了。好，那你想在什麼時候動手？怎麼動手？在劇本雛形階段？還是劇本階段？答案是兩種情況都可以，但電影劇本往往是個陷阱。明智的編劇會把對白盡量放在最後寫，因為太早寫對白，反而扼殺創意。

　　由外而內的創作（也就是邊寫對白邊找場景，邊寫場景邊找故事）是最沒創意的方法。電影編劇習慣高估對白的價值，因為編劇寫了那麼多，只有對白能真的接觸到觀眾，其他文字都透過片中的影像呈現。假如我們還不清楚狀況就寫好對白，勢必會愛上自己的文字，不願玩味、探索事件，不願發掘我們筆下角色可能會變得多迷人，因為這麼做，就代表得親手刪掉自己寫的寶貝對白。於是所有即興發揮到此為止，而我們所謂的改寫，也只是把對白東修西補而已。

此外，太早寫好的對白，也是最慢的工作方法。它可能會讓你兜好幾年圈子才終於明白，你筆下的孩子未必都能如願登上銀幕，也不是每個構想都值得拍成電影。你希望什麼時候發現這點？兩年後還是兩個月後？如果先寫好對白，就會看不見這個真相，而且永遠找不到方向。如果你用的是由內而外創作法，應該在大綱階段就會發現故事行不通。你把故事講給別人聽時，反應都不佳。老實說，你也不喜歡它。於是你把它扔進抽屜，或許多年後會再拿出來，解決之前的問題，但此刻的你會繼續進行下一個構想。

我把這方法介紹給各位的同時，很清楚我們都會在反覆嘗試與錯誤中找出自己的方法。我也曉得確實有些編劇跳過劇本雛形階段，寫出優質的電影劇本；其實有人用由外而內創作法，也寫得很不錯。只是我不免會想，倘若他們願意再多做點苦工，不知會有多耀眼的成就？因為由內而外創作法既有規範，又有自由，之所以這麼設計，就是鼓勵你寫出最優秀的作品。

淡出

　　你已經一路讀到本書最後一章，這也讓你的事業走往許多編劇害怕的方向。有人怕一旦曉得本行的門道，反而嚴重影響自己發想的能力，因此從不深究所需的技能，而在無意識中因循舊習，以為這就叫直覺。他們夢想著寫出獨一無二、有力道、夠驚奇的作品，這夢想卻難有成真的一天。他們只繼續投注光陰，辛苦耕耘，畢竟編劇之路無論怎麼走，永遠不會一帆風順。而因為他們確有天賦，努力的成果會不時贏得掌聲，但在不為人知的內心深處，他們知道自己不過是牛刀小試。這種編劇，讓我想起父親喜歡講的一個寓言故事的主角：

　　在森林的高空，有隻千足蟲在樹枝上悠然爬行，一千對小腳邁著從容的步伐。樹頂上的鳥群向下望，見她整齊畫一的步伐，不禁看得入迷。「這本領實在厲害。」鳥兒嘰嘰喳喳地說：「妳的腿多到我們數不清。妳怎麼會走得這麼整齊？」千足蟲生平頭一次想到這點。「對呀，」她也在想：「我成天走走走，到底是怎麼**辦到的**？」她回頭往後看，多如毛的小腳突然踩到自己，像常春藤般纏成一團。鳥群大笑起來，千足蟲慌得六神無主，扭動著蜷成一團，摔到樹下的地上。

你或許也會有這種恐慌的感覺。我知道，有一堆想法突然湧現時，再老練的編劇也可能亂了腳步。所幸我父親的寓言還有「第二幕」：

千足蟲倒在森林的地上，發現還好只傷到面子，於是慢慢地、小心翼翼地把腿一隻隻解開。她以耐心和努力，把腿細細逐一研究、伸展、測試，終於可以站起來走路。這曾是她的本能，現在變成了知識。她也因此明白，不必再照著過去那套緩慢的老步法，她大可從容漫步，也可大搖大擺、昂首闊步，甚至連跑帶跳。然後她聽著鳥兒合唱的樂章，宛如從未聽過一樣，盡情讓音樂觸動心靈。她純熟地指揮那一千對靈巧異常的腳，鼓起勇氣，以自己獨特的方式起舞，跳著，跳著，那曼妙的舞姿，讓她那天地中的萬物驚艷不已。

每天寫，一行再一行，一頁接一頁，一個鐘點又一個鐘點。把這本書帶在身邊。把你從中學到的東西當作指南，直到你應用書中原理的本事像天賦那般自然。即使害怕，也要去做。因為，除了想像與技能，這世界對你最重要的期許就是勇氣，願意挺身面對拒絕、嘲笑、失敗的勇氣。在你追尋優美又有深意的故事的同時，鑽研時多思考，但大膽放手寫。你就會像那寓言中的主角，用你的舞蹈讓世人目眩神迷。

作者建議延伸閱讀

　　我對故事這門藝術的心得，也要歸功於數百位作者的著作所提供的養分。以下是我個人認為最具真知灼見與啟發的作品：

❋ *Aristotle's Poetics*　　　Translation and commentary by Stephen Halliwell. Chapel Hill: University of North Carolina Press, 1986.
（中譯本：《詩學》，五南出版）

❋ *Bergman on Bergman*　　　Bjorkman, Stig, Torsten Manns, and Jonas Sima. Translation by Paul Britten Austin. New York: Simon & Schuster, 1973.

❋ *The Rhetoric of Fiction*　　　Booth, Wayne C. 2d ed. Chicago: University of Chicago Press, 1983.

❋ *The Philosophy of Literary Form*　　　Burke, Kenneth. Berkeley: University of California Press, 1974.

❋ *The Fiction Writer's Handbook*　　　Burnett, Hallie, and Whit Burnett. New York: Barnes & Noble, 1979.

❋ *The Hero with a Thousand Faces*　　　Campbell, Joseph. 2d ed. Princeton, N.J.: Princeton University Press, 1972.
（中譯本：《千面英雄》，喬瑟夫·坎伯著，立緒出版）

❋ *Form and Meaning in Fiction*　　　Friedman, Norman. Athens: University of Georgia Press, 1975.

❋ *On Becoming a Novelist*　　　Gardner, John. New York: Harper & Row, 1983.

❋ *The Art of the Novel*　　　James, Henry. Edited by R. P. Blackmur. New York: Scribner's, 1932.

❋ *The Act of Creation*　　　Koestler, Arthur. New York: Macmillan, 1964.

❋ *Feeling and Form*　　　Langer, Susanne K. New York: Macmillan, 1977.
（中譯本：《情感與形式》，蘇珊·朗格，商鼎出版）

❋ *Film: The Creative Process*　　　Lawson, John Howard. New York: Hill & Wang, 1964.

❋ *The Theory and Technique of Playwriting and Screenwriting*　　　Lawson, John Howard. New York: G.P. Putnam's, 1949.

❋ *On Directing Film*　　　Mamet, David. New York: Viking Press, 1981.
（中譯本：《導演功課》，大衛·馬密，遠流出版）

❋ *Write That Play*　　　Rowe, Kenneth T. New York: Funk & Wagnalls, 1939, 1968.

❋ *The Nature of Narrative*　　　Scholes, Robert, and Robert Kellogg. Oxford: Oxford University Press, 1966.

（依作者姓氏排序）

索引

以下為書中相關譯名索引。
本書內文介紹的所有電影片名及編劇索引，
請掃描右邊的 QR 碼，即可閱讀 PDF 檔。

Mid-Act Climax	幕中點高潮	progression	情節進展
Minimal cinema	極簡（劇情）電影	Progressive Complication	漸進式困境
Minimalism	極簡主義	protagonist	主角
Miniplot	極簡劇情	Pro-war vs. Antiwar	主戰 vs. 反戰電影（電影次類型）
Mockumentary	偽紀錄片（電影類型）	Psycho-Drama	心理戲劇（電影次類型）
Modern Epic	當代史詩（電影類型）	Psycho-Thriller	心理驚悚片（電影次類型）
montage	蒙太奇	Punitive Plot	懲罰劇情（電影類型）
motif	母題（主調）	rack focus to	移焦至
Multiplot	多線劇情	Redemption Plot	救贖劇情（電影類型）
Multiprotagonist	多重主角	Resolution	衝突解除
Murder Mystery	謀殺推理（電影次類型）	Revenge Tale	復仇故事（電影次類型）
Musical	歌舞劇（電影類型）	Rhythm	節奏
Musical Comedy	歌舞劇喜劇	Romantic Comedies	浪漫喜劇（電影次類型）
Musical Horror	歌舞劇恐怖片	Satire	諷刺片（電影次類型）
Narrative Drive	敘事動力	scene	場景
Negation of the Negation	負面之負面	Scene Objective	場景目標
Newspaper	報紙劇情（電影次類型）	Science Fiction	科幻片（電影類型）
Nonplot	非劇情	Screentime	銀幕時間
Obligatory Scene	必要場景	Screwball	神經喜劇（電影次類型）
offscreen	銀幕外的聲音／畫外音	Self-reflexive	自我指涉
one-act play	獨幕劇	sequence	場景段落
Open Ending	開放式結局	Sequence Climax	場景段落高潮
Open Mystery	開放布局推理	setting	（故事或場景）設定
Openings	開場	setup / payoff	鋪陳／回饋結果
Opera film	歌劇片	Simple Fortunate	簡易幸運
Outline	故事大綱	Simple Tragic	簡易不幸
Pace	步調	single protagonist	單一主角
Pacing	步調調整	single shot	單鏡頭
pan to	橫搖至	Sitcom (situation comedy)	情境喜劇（電影次類型）
Parody	諧仿片（電影次類型）	smash cut to	突兀剪接至
Penultimate Act Climax	倒數第二個幕高潮	Soap opera	肥皂劇
Personal Progression	個人層面的進展	Social Drama	社會戲劇（電影次類型）
Plural-Protagonist	複數主角	Social Progression	社會層面的進展
Point of view, P. O. V.	觀點／視點	Spine	（故事的）骨幹
polarization	兩極化	split screen	分割畫面
Political Drama	政治戲劇（電影次類型）	Sports Genre	運動類型（電影類型）
POV shots	觀點鏡頭	Star system	明星制度
Premise	故事前提	step-outline	分場大綱
Prison Drama	監獄戲劇（電影次類型）	Story Climax	故事高潮

危機場景決定	Crisis Decision	故事事件	Story Event
因果關係	Causality	故事前提	Premise
多重主角	Multiprotagonist	故事高潮	Story Climax
多線劇情	Multiplot	故事終點	the end of the line
成長劇情（電影類型）	Maturation Plot	故事價值取向	Story Value
考驗劇情（電影類型）	Testing Plot	科幻片（電影類型）	Science Fiction
自我指涉	Self-reflexive	突兀剪接至	smash cut to
自傳電影（電影次類型）	Autobiography	紀錄片	Documentary
西部電影（電影類型）	Western	紀錄劇情片（電影類型）	Docu-Drama
低俗驚奇	Cheap Surprise	美國影藝學院／美國電影藝術與科學學院	
步調	Pace	Academy of Motion Picture Arts and Sciences	
步調調整	Pacing	美學情感	aesthetic emotion
災難／求生電影（電影次類型）	Disaster / Survial Film	背景故事	Backstory
角色本色	True Character	苦澀結局／負向結局	Down-ending
角色塑造	characterization	虹膜轉場	irises
角色轉變弧線	character arc	負面之負面	Negation of the Negation
兩極化	polarization	個人層面的進展	Personal Progression
具象徵意味的昇華	Symbolic Ascension	倒敘	flashback
具嘲諷意味的昇華	Ironic Ascension	倒數第二個幕高潮	Penultimate Act Climax
奇幻（電影類型）	Fantasy	原型	archetype
怪誕片（電影次類型）	Uncanny	原型劇情	Archplot
明星制度	Star system	家庭戲劇（電影次類型）	Domestic Drama
法式場景	French Scenes	恐怖電影（電影類型）	Horroor Film
法庭（電影次類型）	Courtroom	旁白敘事	Voice-over narration
社會層面的進展	Social Progression	時序	chronology
社會戲劇（電影類型）	Social Drama	浪漫喜劇（電影次類型）	Romantic Comedies
肥皂劇	Soap opera	特寫	close-up, C. U.
阻擋角色	Blocking Characters	真實電影	Cinéma Vérité
非劇情	Nonplot	真實驚奇	True Surprise
前後場景溶接	lap dissolve to	神經喜劇（電影次類型）	Screwball
前敘	flashforward	高潮	Climax
前衛電影	Avant-garde	偉大冒險（電影類型）	High Adventure
封閉布局推理	Closed Mystery	偵探片（電影次類型）	Detective
封閉式結局	Closed Ending	偷搶犯罪（電影次類型）	Caper
拯救摯友（電影類型）	Buddy Salvation	偽紀錄片（電影次類型）	Mockumentary
政治戲劇（電影次類型）	Political Drama	剪接至／畫面切換	cut to
故布疑陣	False Mystery	動作／冒險電影（電影類型）	Action/Adventure
故事三角	Story Triangle	動畫（電影類型）	Animation
故事大綱	Outline	情節進展	progression

衝突解除	Resolution	觀點／視點	Point of view, P. O. V.
複數主角	Plural-Protagonist	觀點鏡頭	POV shots
複雜不幸	Complex Tragic		
複雜幸運	Complex Fortunate		
鋪敘／背景說明	exposition		
鋪陳／回饋結果	setup / payoff		
靠片	Cult films		
鬧劇／搞笑電影（電影次類型）	Farce		
戰爭電影（電影類型）	War Genre		
整體性	Unity		
橫搖至	pan to		
歷史戲劇（電影類型）	Historical Drama		
獨幕劇	one-act play		
諜報片（電影次類型）	Espionage		
諧仿片（電影次類型）	Parody		
諷世喜劇	Comedy of Manners		
諷刺片（電影次類型）	Satire		
謀殺推理（電影次類型）	Murder Mystery		
頭號惡徒	arch-villains		
幫派電影（電影次類型）	Gangster		
戲劇的退場	exit		
戲劇的進場	entrance		
環保戲劇（電影次類型）	Eco-Drama		
隱喻／暗喻	metaphor		
簡易不幸	Simple Tragic		
簡易幸運	Simple Fortunate		
轉捩點	Turning Point		
轉變成人故事（成長劇情之別稱）	coming-of-age		
醫療戲劇（電影次類型）	Medical Drama		
雙人鏡頭	two-shot		
懲罰劇情（電影類型）	Punitive Plot		
藝術電影	Art Film		
關鍵影像	Key Image		
懸疑電影	suspense film		
觸發事件	Inciting Incident		
攝影機移動跟拍	track on		
攝影機鏡位	camera setup		
魔力假使	Magic if…		
驚悚片（電影次類型）	Thriller		

致謝

　　我要感謝妻子蘇珊‧查爾茲（Suzanne Childs），謝謝她對事實的明察秋毫、堅定的編輯眼光，以及刪減贅字的決心，也謝謝她向來可靠的邏輯判斷、樂觀與鼓舞，謝謝她的愛⋯⋯。

　　我要感謝潔絲‧曼尼（Jess Money）、蓋兒‧麥納馬拉（Gail McNamara），以及我的編輯安德魯‧奧巴尼斯（Andrew Albanese）。很幸運能與他們共事，謝謝他們願意忍受我簡陋的草稿、填補缺漏，並修潤粗糙的文字。

　　由於我的經紀人不可思議的時間掌控能力，這本書才不致於拖到下個世紀。謝謝你，黛博拉‧羅德曼（Debra Rodman）。

　　由於出版社的堅定意志，經紀人鼓勵我寫書的計畫才不致於拖到下個世紀。謝謝你，茱蒂絲‧芮根（Judith Regan）。

　　由於伊凡斯學術基金會（Evans Scholars Foundation）的支持，以及我在密西根大學遇到的許多優秀友人，我的人生才能像現在這麼充實。謝謝肯尼斯‧羅伊（Kenneth Rowe）、約翰‧艾索斯（John Arthos）、休‧諾頓（Hugh Norton）、克萊莉蓓‧拜雅德（Claribel Baird），以及唐納‧霍爾（Donald Hall）。還有我記不起姓名的諸位教授，我要為那段期間你們精采的課程帶給我的激勵深深致謝。

　　最後，也是最重要的，是謝謝我的學生。這些年來我對故事藝術的理解能不斷增長，很大一部分要歸功於各位提出的高明而實際的問題，讓我更加深入尋找解答，也走得更遠。沒有你們，就不會有這本書。

國家圖書館出版品預行編目 (CIP) 資料

故事的解剖 : 跟好萊塢編劇教父學習說故事的技藝,
打造獨一無二的內容、結構與風格!/ 羅伯特. 麥基
(Robert McKee) 著 ; 戴洛棻, 黃政淵, 蕭少嵫譯. -- 二
版. -- 臺北市 : 漫遊者文化事業股份有限公司 : 大雁出
版基地發行, 2024.01
424 面 ; 17 x 23 公分
譯自 : Story : substance, structure, style and the
principles of screenwriting
ISBN 978-986-489-889-3(平裝)
1.CST: 電影劇本 2.CST: 寫作法
812.3   112021569

故事的解剖：
跟好萊塢編劇教父學習說故事的技藝，打造獨一無二的內容、結構與風格！
STORY: Substance, Structure, Style and The Principles of Screenwriting

作　　　者　羅伯特·麥基（Robert McKee）
譯　　　者　戴洛棻（第一部、第三部）、
　　　　　　黃政淵（第二部）、蕭少嵫（第四部）
插　　　畫　高世傑、彭星凱
封 面 概 念　空白地區
特 約 編 輯　周宜靜
協 力 編 輯　程道民
文 字 校 對　謝惠鈴
內 頁 排 版　高巧怡
行 銷 企 劃　蕭浩仰、江紫涓
行 銷 統 籌　駱漢琦
業 務 發 行　邱紹溢
營 運 顧 問　郭其彬
責 任 編 輯　林淑雅
總 　 編 輯　李亞南
出　　　版　漫遊者文化事業股份有限公司
地　　　址　台北市103大同區重慶北路二段88號2樓之6
電　　　話　(02) 2715-2022
傳　　　真　(02) 2715-2021
服 務 信 箱　service@azothbooks.com
網 路 書 店　www.azothbooks.com
臉　　　書　www.facebook.com/azothbooks.read

發　　　行　大雁出版基地
地　　　址　新北市231新店區北新路三段207-3號5樓
電　　　話　(02) 8913-1005
訂 單 傳 真　(02) 8913-1056
二 版 一 刷　2024年1月
二 版 三 刷 (1)　2024年6月
定　　　價　台幣550元

ISBN　978-986-489-889-3
有著作權·侵害必究
本書如有缺頁、破損、裝訂錯誤，請寄回本公司更換。

STORY：Substance, Structure, Style and the Principles of Screenwriting
by Robert McKee
Copyright © 1997 by Robert McKee
Complex Chinese Translation copyright 2024 ©
by Azoth Books Co., Ltd.
Published by arrangement with HarperCollins Publishers, USA
through Bardon-Chinese Media Agency
博達著作權代理有限公司
ALL RIGHTS RESERVED

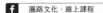
漫遊，一種新的路上觀察學
www.azothbooks.com
 漫遊者文化

大人的素養課，通往自由學習之路
www.ontheroad.today
 遍路文化·線上課程